Pedro
e
Daniel

Copyrights © 2024 by Federico Erebia
Ilustrations copyrights © 2024 by Julie Kwon
Licença exclusiva para publicação em português brasileiro cedida à nVersos Editora.
Publicado originalmente nos Estados Unidos na língua inglesa sob o título *Pedro & Daniel* pela editora Levino Querido (Lantern Publishing LLC). Direitos negociados pela Base Tres, base-tres.com.

Diretor Editorial e de Arte: Julio César Batista
Coordenação Editorial: Carlos Renato
Produção Editorial e Editoração Eletrônica: Juliana Siberi
Projeto Gráfico: Semadar Megged
Preparação: Lorrane Fortunato
Revisão: Elisete Capellossa e Jéssica Caroline

Dados Internacionais de Catalogação na Publicação (CIP)
(Câmara Brasileira do Livro, SP, Brasil)

Erebia, Federico
 Pedro e Daniel / Federico Erebia ; ilustração
Julie Kwon ; tradução Amanda Moura. -- São Paulo :
nVersos Editora, 2024.

 Título original: Pedro & Daniel
 ISBN 978-85-54862-88-6

 1. Ficção norte-americana I. Kwon, Julie.
II. Título.

24-238526 CDD-813

Índice para catálogo sistemático:
1. Ficção : Literatura norte-americana 813
Eliane de Freitas Leite - Bibliotecária - CRB 8/8415

1ª Edição, 2025
Esta obra contempla o Acordo Ortográfico da Língua Portuguesa
Impresso no Brasil – *Printed in Brazil*
nVersos Editora
Rua Cabo Eduardo Alegre, 36
CEP 01257-060 – São Paulo, SP
Tel: 11 3995-5617
www.nversos.com.br
nversos@nversos.com.br

PEDRO e DANIEL

Federico Erebia

Ilustração
Julie Kwon

Tradução
Amanda Moura

nVersos

Para Daniel, meu irmão.
E para todas as crianças que não são vistas pelo seu valor, beleza e potencial.

Recordar es volver a vivir.
Recordar é viver.
Origem desconhecida

sumário

introdução   11

PARTE 1 Maio 1968 – Agosto 1969

1. Cuidado com o vento ♦ Maio, 1968   17
2. Uma *Highlights* para Pedro ♦ Junho, 1968   29
3. *Hermanos de dobles sentidos* ♦ Julho, 1968   35
4. *Familia en México lindo* ♦ Agosto, 1968   41
5. Sinais nas paredes ♦ Setembro, 1968   49
6. Gostosuras ou travessuras ♦ Outubro, 1968   55
7. Nossas cores têm sombras ♦ Novembro, 1968   61
8. *La Virgen de Guadalupe* ♦ Dezembro, 1968   67
9. Palavras na cabeça ♦ Janeiro, 1969   73
10. Passado, presente, futuro ♦ Fevereiro, 1969   79
11. *Smorgasbord* de delícias ♦ Março, 1969   87
12. Os maus ventos que a trazem ♦ Abril, 1969   93
13. Tristeza na floresta ♦ Maio, 1969   99
14. Longe das sombras ♦ Junho, 1969   105
15. Lições nos campos ♦ Julho, 1969   111
16. Peixe no rio ♦ Agosto, 1969   119

PARTE 2 1969 – 1974

17. Casa ♦ Daniel, 5 anos   127
18. *Chonies* ♦ Pedro, 6 anos   130
19. *Chisme* ♦ Daniel, 6 anos   134
20. *Columpios* ♦ Pedro, 7 anos   138
21. *Dulce* ♦ Daniel, 7 anos   142
22. Feira ♦ Pedro, 8 anos   146
23. Bola dentro ♦ Daniel, 8 anos   151
24. Fantasia ♦ Pedro, 9 anos   159
25. Kenny's ♦ Daniel, 9 anos   167
26. Melhor amigo ♦ Pedro, 10 anos   173

27.	Altar ✦ Daniel, 10 anos	177
28.	Amigos ✦ Pedro, 11 anos	182
29.	¡Baile! ✦ Daniel, 11 anos	188
30.	Cisma ✦ Pedro, 12 anos	195

PARTE 3 1974 – 1980

31.	Caos ✦ Daniel, 12 anos	205
32.	Sem camisa ✦ Pedro, 13 anos	214
33.	Circunspecção ✦ Daniel, 13 anos	219
34.	Desajustados ✦ Pedro, 14 anos	226
35.	Esperança ✦ Daniel, 14 anos	232
36.	Departamento de Transportes ✦ Pedro, 15 anos	238
37.	Seminário ✦ Daniel, 15 anos	248
38.	Time de beisebol ✦ Pedro, 16 anos	258
39.	Confissões ✦ Daniel, 16 anos	272
40.	Vergonha ✦ Pedro, 17 anos	280
41.	Jesús ✦ Daniel, 17 anos	293
42.	Impostor ✦ Pedro, 18 anos	297

PARTE 4 1980 – Diagnóstico

43.	Vida ✦ Daniel	313
44.	Liberdade ✦ Pedro	317
45.	Gerard ✦ Daniel	326
46.	Bicho-papão ✦ Pedro	332
47.	Excluído ✦ Daniel	343
48.	Medicina ✦ Pedro	354

PARTE 5 Diagnóstico – 1992

49.	HIV ✦ Daniel	365
50.	México ✦ Pedro	377
51.	Homens ✦ Daniel	385
52.	Provincetown ✦ Pedro	392

53.	Religião ✦ Daniel	398
54.	AIDS ✦ Pedro	408
55.	Talvez ✦ Daniel	415
56.	Homenagem ✦ Pedro	425

agradecimentos 443

notas do Autor 447

apêndice dos dichos usados em Pedro e Daniel 451

INTRODUÇÃO

Este romance é uma obra de ficção baseada no meu relacionamento inesquecível com Daniel, meu irmão. Outras personagens e algumas cenas são ficcionais, e todos os outros nomes são fictícios. Muitas das histórias neste romance são difíceis de ler. Foram também difíceis de escrever. Aqueles que já vivenciaram alguma das várias formas de abuso retratadas nessas histórias podem se sentir incomodados e experienciar sentimentos negativos. Por favor, consulte a lista de contatos a seguir e, se necessário, peça ajuda.

Após a morte de Daniel em 1993, aos 30 anos, as sementes deste romance foram plantadas nos terrenos férteis do caos controlado da minha mente, onde germinaram – clamando constantemente pela luz do dia, para serem escritas e compartilhadas com outros.

Agora, no ano em que seria comemorado o aniversário de 60 anos de Daniel, minhas lembranças o trouxeram de volta à vida nestas páginas.

Recordar é viver.

A Parte Um deste romance é uma série de dezesseis histórias contadas em uma narração em terceira pessoa ligeiramente diferente. Talvez você possa imaginar as vozes do médico da família, padres, policiais, vizinhos ou de qualquer um dos muitos adultos que estavam cientes das circunstâncias de Pedro e Daniel, mas optaram em não intervir em favor deles.

Já as partes Dois a Cinco são contadas nas vozes de Pedro e Daniel, em capítulos alternados, para dar voz à esses personagens.

Pedro e Daniel usam *dichos*, ditados populares mexicanos, ao longo deste romance. Há um índice completo no final do livro com detalhes sobre suas traduções e origens, quando identificadas, para consulta.

ENCONTRE AJUDA

VIOLÊNCIA CONTRA CRIANÇA
Denuncie para o Conselho Tutelar pelo Disque 100

VIOLÊNCIA DOMÉSTICA
Disque 180 – Central de Atendimento à Mulher

LGTBFOBIA
Cidadanialgbt.ms.gov.br para informações e lista de instituições LGBT+
Disque 100 para denúncia de violação de Direitos Humanos

RACISMO
Disque 190 para denúncia criminal
Disque 100 para denunciar violação de Direitos Humanos

CVV – CENTRO DE VALORIZAÇÃO À VIDA
cvv.org.br
Ligue 188

Parte I
Maio de 1968 — Agosto de 1969

Más vale pájaro en mano que cien volando.
Piensa en toda la belleza en tu alrededor y sé feliz.
La rueda que chilla consigue la grasa.

MAIO, 1968

Um pássaro na mão, dois a voar,
Se fossem todos seus, três iria contar.

Se estiver feliz e contente,
Mesmo sem pássaros, não lamente!

I

CUIDADO COM O VENTO

Mamãe xinga Pedro e Daniel de tudo que é nome.
De marica para baixo.
Os irmãos não conseguem,
    não sabem,
    não entendem.
Mas as palavras apunhalam seus jovens corações,
    quando atiradas com precisão entre os dentes cerrados,
    como dardos venenosos,
    que deixam um rastro de saliva no ar.
Os olhos se arregalam, o peito arfa, a respiração encurta,
    enquanto ela se aproxima deles,
    com as sobrancelhas arqueadas, as narinas dilatadas, um sorriso de escárnio.
A mão esquerda esticada, a direita se aproxima do teto,
    com o único e claro objetivo,
    de maximizar a velocidade e o impacto,
    quando acertar aqueles dois corpos pequeninos.

De preferência na cabeça,
   com um *coscorrón*,
   seco, certeiro e bem dado,
   para a pulsação doce e repentina subir seu braço.
Ou mira os rostos,
   com a mão espalmada,
   para sentir o amargo e efêmero formigamento na mão.
Ou qualquer outro contato significativo que acarrete ferimento aos meninos,
   não, nada letal, nem necessariamente grave.
Mas algo que traga a ela uma certa satisfação, certo alívio, algum antídoto,
   que a ajude a lidar com a raiva e o rancor desenfreados,
   causados pelos atos digressivos e delinquentes deles...

✦✦✦

Ela tem um pensamento fugaz...
   "*Quisiera matar dos pájaros en un tiro.*"
Mas ela tem seu alvo preferido quando não pode machucar dois com um só golpe.

✦✦✦

Os meninos fazem de tudo para não acordar o demônio, que sob a pele da mãe arde feito fogo.

Ele sempre consegue farejar indícios de fraqueza, alegria
   ou ingenuidade.
Ele escuta coisas... sussurros, e sobretudo risadas... que alimentam
   as brasas e as induzem a flamejar.
Assim, o demônio irrompe da mãe mais uma vez.

Ela vive em busca constante da solução que possa acalmá-lo dentro dela.

✦✦✦

Dos cinco sentidos,
apenas o *tato* é capaz de proporcionar à mãe a satisfatória experiência sensorial de:
o odor do medo,
o vislumbre das lágrimas,
o som dos soluços reprimidos,
o sabor da vitória.

✦✦✦

Eles têm três irmãs e um irmão mais velho, mas Pedro e Daniel são muito parecidos, feito gêmeos nascidos com quinze meses de diferença.

"Son tal para cual"

Daniel costuma brincar com a boneca da irmã. Escova e depois faz um penteado no cabelo dela. Põe salto alto na boneca, ou às vezes prefere calçá-la com chinelo. Finge passar rímel, delineador, blush e batom. Entre os próprios lábios, ele pressiona um lenço imaginário para tirar o excesso de batom de sua boca.

Pedro adora o lindo namorado da boneca, o que tem olhos azuis-celestes, mas ninguém sabe disso e ninguém jamais poderá descobrir. Ele lembra da última vez que estava com o boneco: passava os dedos pelas covinhas sutis e invejáveis do rosto angular do namorado de olhos azuis quando mamãe entrou. Ele não quer correr o risco de despertar a ira dela novamente pelo mesmo crime. Nunca mais sequer se atreverá a tocar em qualquer boneco novamente. A surra e os insultos foram um aviso de que a próxima vez seria muito pior. Pedro terá de conviver com a mãe neste mundo fantasioso, onde não pode ser ele mesmo.

Seu verdadeiro eu deve permanecer sempre escondido numa mente confusa.

E é assim que Pedro suprime a própria fala, seus olhares, gestos e todos os demais movimentos. Isso o consome. Ele é visto como um menino quieto, letárgico. A mãe interpreta esses traços como sintomas de uma baixa capacidade intelectual e de pura preguiça — "es un pendejo y un huevón" — mais um rótulo que ele precisa aprender a digerir.

Quando se atreve a abrir a boca para falar, se enrola nas duas línguas. E os problemas não acabam por aí.

Nem Pedro nem Daniel gostam de esportes. A Mãe diz que todos os filhos devem gostar de esportes, devem praticá-los e ser bons esportistas. Sem exceções!

Num campo de atletismo, Pedro tropeça, se atrapalha, se desequilibra e cai.

Daniel, por outro lado, não vê motivo para esconder seu desinteresse por meio de falsas tentativas de praticar esportes. Ele tem muitas perguntas sem respostas sobre a obsessão da mãe em fazer deles atletas.

E nessa impetuosidade inexplicável pelo atletismo, resta aos dois tristeza e frustração.

✦✦✦

Toda manhã, as crianças se preparam para ir à escola. Sara e Juan, que estão no ensino fundamental, pegam o mesmo ônibus escolar amarelo que percorre pouco mais de oito quilômetro de distância até o destino. Já o ônibus do jardim de infância de Pedro viaja alguns quilômetros na direção oposta, até uma comunidade não incorporada — uma área fora da cidade, mas que não é grande o bastante para ser considerada um município com os seus próprios representantes eleitos.

A escola de Pedro fica na frente de um pequeno aeroporto, que recebe ricos entusiastas da pesca e aqueles que têm casas de veraneio pela região. Ao lado do aeroporto fica o cemitério onde sua irmãzinha está enterrada. A única vez em que Pedro viu a irmã foi quando ela estava naquele pequenino caixão branco, em cima de uma mesa na sala de estar, e a cena nunca mais saiu da cabeça dele. Parecia uma boneca enorme, com o rosto enrugado e os olhos fechados. Ele ansiava que alguém — não importava quem fosse — a pegasse no colo para assim ela abrir os olhos feito a boneca no quarto de Sara, cujos olhos pesados se arregalavam quando alguém a levantava e voltavam a se fechar quando era deitada.

✦✦✦

Há muito tempo, Pedro havia prometido a Daniel que um dia o levaria para a escola. Daniel é *terco e necio* em relação às promessas, e nunca as esquecia. Ele acredita que:

"*Querer es poder.*"

Então, naturalmente Daniel incomoda a mamãe também. Ele sempre pensa:

"*¡El que no llora, no mama!*"

Daniel se lembra de cada *dicho* – ou provérbio – que já ouviu e os usa a seu favor em qualquer oportunidade. *Dichos* são ferramentas úteis para uma criança astuciosa de cinco anos de idade. São velhos ditados, que equivalem aos conselhos sábios de uma anciã ou ancião e que não devem ser ignorados nem desrespeitados. Ou, como dizem:

"*A canas honradas no hay puertas cerradas.*"

Havia chegado o último dia de aula do jardim de infância. Pedro não terá outra chance. Ele deve abrir mão da cautela e cumprir a promessa feita *hoje*. Mas Pedro tem medo de pedir o que quer que seja para a mãe. Precisa escolher cada palavra a dedo, com todo o cuidado.

Assim, ele abre alguns centímetros da porta do quarto da mamãe, espia o escuro lá dentro e num sussurro alto repete as palavras que Daniel acabou de dizer e o ajudou a ensaiar:

— ¡Mama, la maestra dijo que lo tengo que llevar!

No fundo, Pedro acredita na veracidade dessas palavras, mas sabe que outros, talvez até sua professora, discordariam. Já o haviam dito que:

"Media verdad es media mentira."

Então, ele prende a respiração, esperando a resposta da mãe. Para sua surpresa, uma voz exasperada vem da escuridão:

— ¡Ándale, llévalo!

Num gesto afoito, Pedro usa o pé para ajudar a fechar a porta, resistindo ao tremor traiçoeiro da mão que, se batesse a porta com força, poria tudo a perder.

Agora Daniel precisa se acalmar, se vestir e tomar café da manhã. Pedro precisa colocá-lo no ônibus antes que mamãe mude de ideia. Se tiverem sorte, ela voltou a dormir e só vai acordar — se acordar — quando uma das irmãs mais novas começar a chorar.

✦✦✦

Toda noite, Pedro e Daniel conversam cochichando até caírem no sono. Daniel adora escutar as histórias do irmão sobre o que aconteceu na escola. Tudo é novo para eles:

— Sabia que se você colocar folhas de celofane de cores diferentes uma em cima da outra, elas se transformam em uma cor nova?! — sussurra Pedro.

— Sério?! — exclama Daniel, com os olhos arregalados.

— Massinha de modelar, cola e giz de cera tem o cheiro tão gostoso que dá vontade de comer! A professora até chamou a atenção de um menino porque ele tava tentando comer!

Daniel dá uma risadinha.

— Na cantina tem sanduíche de carne moída, cachorro-quente no palito, gelatina com frutas e brownie! — conta Pedro.

— Hummmm!

— A professora deu uma prova pra gente para ter certeza de que todo mundo da sala já pode ir pra primeira série — conta Pedro, com a voz séria.

Daniel parece preocupado. Ele ouviu por aí que prova é coisa difícil.

— Eu mostrei pra ela que eu sei a primeira letra de todas as cores do arco-íris. E também que consigo contar até dez. E pintar dentro das linhas. E também que posso usar a tesoura.

Daniel tem treinado em casa, com Pedro. Ele sabe que Pedro já conhece bem as letras do alfabeto; o irmão tem sido um ótimo professor para ele.

— Mas teve umas palavras que eu não consegui dizer.

— Aaaah. — Daniel sabe que Pedro gagueja quando fica nervoso. E que isso acontece com frequência.

— ¡¡¡*Tartamudo*!!! — gritou a mamãe.

— A Sra. Walker perguntou se isso acontece porque a gente fala espanhol em casa.

Daniel revira os olhos e indaga:

— Sério?

— Sim, mas aí ela ficou surpresa porque eu passei, mas não comemorei — conta Pedro, dando risada.

Daniel ri também.

— E se alguém me visse comemorando?

— Por que comemorar seria parte da prova?

— Sei lá! Lembra da dona Torres, que trabalha na cantina? Ela contou pra mãe que eu não como espinafre.

— A Sra. Torres é uma *metiche chismosa*, fofoqueira! — afirma Daniel.

— Tem sempre alguém de olho — avisa Pedro.

Daniel sabe que existem muitas *metiche chismosas* — e *chismosos* também! Não podemos esquecer dos homens que adoram uma fofoca. E eles podem ser piores que as mulheres, pois não perdem a oportunidade de bancar o machão.

— Os outros meninos comemoraram, ficaram pulando de um canto para o outro pela sala inteira! Tinha que ver, nunca vi tanta alegria! E parecia que eles não estavam nem aí se tinha alguém vendo ou não...
— conta Pedro, fascinado.
— A mamãe disse pra gente que ficar pulando é coisa de menina. Que menino que pula é um "*maldito maricón de mierda*"."
Daniel ainda pula quando quer. Ele simplesmente não consegue se conter... é involuntário, acontece, quando se dá por conta, já foi. E Daniel não liga muito para o que vão dizer, porque está acostumado a ser chamado de *maricón*... mesmo que doa a maneira como a mãe diz isso para eles.
— A Sra. Walker ficou olhando para mim porque eu não estava pulando. Eu só fiquei lá, parado, feito *La Momia Muda*.
Múmia muda.
A mamãe sempre tem uma expressão para descrever tudo o que Pedro faz.
— E o que eu poderia fazer? Eu não tinha como explicar pra ela *"maldito maricón"*. Eu nem sei o que isso quer dizer... nem em inglês nem em espanhol!
Pedro está acostumado a ser julgado em casa, mas não pela professora. Ali era um lugar seguro para ele, ele se sentia seguro perto dela. Pedro acreditava que sempre a obedecia, e fazia as coisas do jeito que ela pedia para fazer.
— Foi como se eu estivesse preso num saco plástico amarrado, onde não conseguia ver nem ouvir direito — explicou Pedro. — Mas no final das contas a Sra. Walker disse que ano que vem eu já posso ir para a Escola Nossa Senhora da Imaculada Conceição!

✦✦✦

Pedro leva Daniel às pressas até o ponto de ônibus. Mamãe não fez nenhuma pergunta; apenas continuou na cama. Daniel fora de casa significava uma criança a menos para ela cuidar.

Pedro e Daniel | 25

O ponto de ônibus fica do outro lado da via principal, na esquina da rua da casa deles. É uma estrada de terra onde o limite de velocidade é uma mera sugestão frequentemente ignorada. Trânsito por ali é coisa rara, então as crianças da vizinhança geralmente conseguem cronometrar a corrida até o fim da rua sem serem atropeladas. A via é plana, então dá pra ver o ônibus escolar amarelo a pelo menos um quilômetro de distância, com as luzes vermelhas que piscam a cada parada do veículo.

As sobrancelhas espessas do motorista do ônibus se erguem quando ele vê Daniel subindo as escadas com um cardigã marrom comido pelas traças, cobrindo a camisa branca abotoada até a gola, e as calças de veludo cotelê enormes para o tamanho dele, presas na altura do peito com um cinto comprido, os sapatos de couro gastos e com um cadarço curto amarrado no último ilhó do calçado. Pedro apressa o irmão em direção ao banco vazio da frente onde ele mesmo sempre senta — janela ampla, de onde dá pra ver o mundo todo à sua frente. O motorista olha de soslaio para os dois, depois o bigode fino acompanha o assobio que irrompe de seus lábios seguindo o ritmo da música que toca no rádio portátil.

Todas as crianças olham e apontam para Daniel quando o veem no ônibus. Pedro evita os olhares. Daniel está muito animado para se importar com o que os outros pensam. Dali a alguns meses, esta será sua rotina matinal, então ele procura aproveitar cada pequeno detalhe.

Quando o ônibus chega ao destino, as crianças saem correndo em direção ao prédio da escola. As conversas animadas ecoam pela fachada de tijolos, produzindo um efeito ensurdecedor mil vezes maior que o número correspondente de crianças que há ali.

A turma do jardim de infância fica no piso inferior, onde as janelas grandes ficam no mesmo nível do parquinho do lado de fora. Os olhos e a boca da Sra. Walker se abrem ligeiramente quando ela avista Daniel do outro lado da sala.

26 | Pedro e Daniel

Pedro procura não olhar para ela e leva Daniel até a primeira carteira disponível que encontra. Depois que as crianças se acalmam, a Sra. Walker começa a pedir a cada uma para ir à frente da sala, uma por vez. Ela havia pedido aos alunos para trazerem para a aula aquilo que cada um considerava seu verdadeiro tesouro.

A turma toda está ansiosa, cada um aguardando sua vez, mas Pedro estava aflito, nervoso.

As meninas mostram bonecas, vestidos e diários.

Os meninos se gabam de cartões de beisebol, carrinhos e histórias em quadrinhos.

Então a Sra. Walker olha para Pedro, que é o último a apresentar, e pergunta:

— E você, Pedro, qual é o seu verdadeiro tesouro que trouxe hoje para a gente conhecer?

Pedro pega Daniel pela mão. Os dois vão para a frente da sala e Pedro diz:

— Trouxe o meu irmão, Daniel.

"La amistad sincera es un alma repartida en dos cuerpos."

**Más vale paso que dure, y no trote que canse.
Lento, pero seguro.**

JUNHO, 1968

Prefira o passo lento que se pode aguentar,
 À corrida pela pressa de se chegar.

A lebre e a tartaruga, que bela história,
 A uma restou o choro e a outra a vitória!

2

UMA *HIGHLIGHTS*¹ PARA PEDRO

Pedro e Daniel esperam pela mãe na recepção do consultório do médico. Ela vai ter outro bebê! Os meninos adoram quando chega um novo bebê para morar com eles na pequena casa da família.

"*Apretados pero contentos.*"

Os dois se divertem quando o bebê dá uma piscadinha desdentada ou uma risadinha gorgolejante. E ficam encantados quando o neném começa a balbuciar coisas sem sentido. Amam cheirar a cabecinha dele e sentir o aroma da loção especial, do talco, do xampu. Eles adoram ver o bebê dormir. Mas sabem bem quais são as consequências de acordar um recém-nascido.

O Dr. Fritz ocupa um lugar especial no coração da mamãe. Ele fez o parto de todos os seus filhos, exceto Pedro, porque o Dr. Fritz estava atrasado. Mamãe o perdoou, mas não esqueceu esse deslize. Essa infração sempre a faz lembrar que o Dr. Fritz é simplesmente um ser humano. Simplesmente um homem. E que realmente não é nenhum Deus.

---

1. Título de revista infantil americana voltada para o público infantil [N.T.].

Pedro e Daniel escutam a mãe dizer:

"*No se puede tener todo.*"

Depois da última consulta da mãe ao Dr. Fritz, Pedro declarou que quando crescer quer ser médico. Por alguns instantes, ele se tornou verdadeiramente o filho favorito da mãe. De vez em quando, sem aviso prévio, a mãe decide anunciar quem é seu filho predileto, mas isso costuma mudar com certa frequência, a depender do dia. Pedro não se lembra de nenhum outro momento na vida, a não ser aquele, em que ocupou esse posto.

Hoje, no consultório médico, Daniel reclama dos tocos de giz de cera que tem à disposição; é quando percebe que algum *travieso*, maliciosamente e de propósito, usou cores diferentes para rabiscar todas as figuras dos livros de colorir, sem a menor intenção de preencher o espaço em branco entre os contornos dos desenhos. Daniel decide, então, vasculhar a pilha de livros e revistas, à procura de outras opções.

Pedro pega uma edição da *Highligths* de uma mesa abarrotada de revistas. Cada página está cheia de quebra-cabeças, figuras, enigmas, histórias. Na escola, sempre que tem a oportunidade, ele xereta a *Highligths*. Ele tenta se conter e preencher uma ou outra atividade da revista, para poder aproveitá-la por vários dias. É preciso muita disciplina para parar depois de resolver apenas um quebra-cabeça, ou ler só uma história, e quase sempre Pedro não consegue se controlar. Então promete a si mesmo que vai resolver um quebra-cabeça só da próxima vez...

Mas hoje ele quer preencher tudo o que puder na revista! Não vai desistir enquanto não descobrir todos os objetos escondidos no desenho. Ele observa uma página atentamente, tentando encontrar as diferenças entre um par de imagens que parecem idênticas. Lê uma história sobre um menino bom e outro nem tão bom assim; decide que quer ser como o primeiro. Há um labirinto e um caça-palavras... *Espero conseguir terminar tudo antes de ir embora!*

Pedro, então, percebe o anúncio de um clube de leitura, que foi rasgado da revista, onde se lê:

O PRIMEIRO LIVRO É GRATUITO!

Os meninos não têm livros nem papel em casa. Há algumas semanas, Pedro pegou um bloquinho com um calendário que distribuíam gratuitamente no banco, e usou para poder desenhar no verso em branco de cada página. Às vezes, ele abre envelopes para poder desenhar na parte de dentro do papel, que está em branco. Ele não gosta daqueles envelopes com janelas.

Há um pequeno cartão-postal no rodapé do anúncio, com uma marca pontilhada descartável, ele puxa essa parte da folha. Na frente, está escrito:

NÃO É PRECISO POSTAR.

Daniel percebe a concentração do irmão nesta folha da revista, cruza a sala e senta-se ao lado dele. Ele apoia a mão no ombro de Pedro e com seus olhos grandes e castanhos, olha para ele.

— Você podia pedir ajuda para aquela senhora ali — sugere Daniel.

— Você fala com ela por mim, por favor? — pede Pedro, constrangido e consciente das suas limitações.

A recepcionista fica feliz em poder ajudar os meninos a preencher o formulário. Pedro escolhe que livro quer ganhar. Alguém vai precisar pagar pelos outros livros que virão mensalmente até ele cancelar o serviço, mas, por ora, Pedro ignora esse detalhe. Ele quer se concentrar no novo livro que vai receber de graça.

Por várias semanas, todos os dias, Pedro reza, esperando ansiosamente pelo carteiro.

Um dia, mamãe exclama:

— ¡¿Y qué es esto?!

Pedro nunca havia recebido uma encomenda antes.

Mamãe abre o pacote — e lá está o lindo livro vermelho! Pedro não consegue acreditar que a mãe o deixará ficar com o livro, e nesse momento uma criança chorando a distrai. Ele corre para escondê-lo no quarto, só por garantia.

"*Fuera de vista, fuera de mente.*"

Este lindo livro, novinho, tem uma sobrecapa e, por baixo, ele está envolto num revestimento de tecido texturizado, que faz cócegas nas pontas dos dedos quando Pedro acaricia a capa. O título e o nome do autor e do ilustrador estão impressos em letras douradas. O livro tem um cheiro gostoso, diferente. Pedro o abre, enfia o nariz no meio dele e inala.

Se o paraíso tiver cheiro, com certeza é esse.

Ele fecha os olhos e uma sequência confusa de imagens de contos de fadas começa a dançar de um canto ao outro em sua mente confusa.

— Deixa eu ver! — exclama Daniel.

— Tá bom, mas cuidado pra não sujar ele! — diz Pedro, enquanto coloca a sobrecapa de volta.

As páginas são espessas e estão um pouco grudadas, e fazem um barulho engraçado quando os dois tentam separá-las.

Crrrr!

Os dois leem cada palavra de cada uma das páginas, sem deixar escapar nada, e observam as ilustrações encantadoras.

Crrrr!

Quando não sabem o significado de uma palavra ou outra, ou quando não sabem como pronunciá-la, perguntam para Sara.

Crrrr!
Aparece uma palavra que os dois não conhecem. Nem Sara sabe o que significa. Tampouco Juan. E quando papai chega em casa, ele também diz não conhecer a palavra.
Pedro está cheio de perguntas, pensamentos e dúvidas.

O que significa essa palavra?
Que outras palavras eu não conheço?
Que outras palavras existem que ninguém conhece?
Será que posso aprender todas as palavras que existem?

Vai ver essa é uma brincadeira nova, um desafio novo, como aqueles da revista *Highlights!*
Pedro agora percebe que precisa de mais livros e de novos meios de aprender.

— Talvez se eu continuar lendo e aprendendo — reflete Pedro —, eu possa *mesmo* ser um médico quando eu crescer!

— *El que la sigue, la consegue* — diz Daniel. — Para quem tem um desejo, sempre há um jeito.

Quien más mira, menos ve.
Vísteme despacio que tengo prisa.
Más de prisa, más despacio.

JULHO, 1968

Quanto mais se olha, menos se vê
Enxerga-se a floresta, não o ipê.

Pare, sinta o perfume das flores,
Respire fundo, é este o aroma que cura todas as dores!

3

HERMANOS DE DOBLES SENTIDOS

Daniel faz Pedro rir quando os dois deveriam ficar quietos. Pedro ri baixinho, mas não aguenta segurar o riso, ri a ponto de ter espasmos e de lágrimas começarem a escorrer pelas bochechas. Ninguém saberia dizer se aquilo era um ataque de riso ou de choro, ou mesmo uma emergência médica!

Daniel revira os grandes olhos castanhos, pois sabe que não deve dizer o que está pensando. Ele faz uma careta, e com as mãos e os quadris faz uma pose que deixa a postura ainda mais estilosa e extravagante. Mamãe o chama de *El Perico*, o periquito — um imitador. Ele sabe que a intenção dela não é elogiá-lo, de modo algum, mas seja como for, Daniel considera a alcunha um elogio. As reações que as caricaturas dele provocam confirmam que ele leva jeito para a coisa. Os meninos terão um raro momento de trégua enquanto a mãe estiver no hospital para dar à luz ao novo bebê. Os dois estão contando as horas para esse momento desde que descobriram que ela estava grávida, o que significa que a mãe passará quatro ou cinco dias no hospital, antes de voltar para casa com o bebê nos braços. É como se ganhassem o presente perfeito.

36 | Pedro e Daniel

Os irmãos deles estão lá fora com a filha de uma *comadre* vizinha. Ela está no último ano do ensino médio e conhece todas as coisas legais que acontecem mundo afora, ouve música no rádio portátil, lê o horóscopo para as crianças e não para de repetir: "Que irado!"

Pedro ri quando Daniel imita a atriz do filme que assistiram na noite anterior. Daniel está com roupas, sapatos e joias do armário da mãe, itens que ele mistura e consegue fazer uma infinidade de combinações. Mas os preferidos dele são os brincos grandes, de pressão, cheios de penduricalhos. Dá pra colocar vários deles de uma só vez, em torno das orelhas. Ele até prende alguns no cabelo, criando uma espécie de tiara, à la Elizabeth Taylor no filme *Cleópatra*.

Daniel coloca uma das perucas da mamãe, que está na moda. O vestido de seda azul-celeste, uma peça encantadora, sem alças e de saia rodada, é cheio de pregas, e faz volume debaixo dos braços e na altura da cintura. As luvas brancas e compridas formam um volume por cima das mangas da camisa dele.

Pedro acha graça ao ver Daniel caminhando sem equilíbrio com o salto alto da mãe. Hoje ele pode gargalhar como bem quiser, sem ter de se preocupar com o barulho, porque não tem ninguém em casa para gritar e chamar a atenção dele.

— ¡Otra cosa, mariposa! — berra Pedro.

Pedro desconhece o duplo sentido da palavra mariposa.

Daniel pisca repetidamente, observando os cílios, finge passar batom e joga beijinhos para os seus fãs imaginários, numa plateia fictícia. Ele ri quando se vê no espelho, dá mais umas piscadinhas e faz um biquinho. Fazendo graça, num gesto exagerado ele enrola um lenço no pescoço, do mesmo jeito que as mulheres fazem nos outros filmes que tinham assistido.

Daniel cambaleia no salto alto e mexe exageradamente a bunda, também imitando as inúmeras atrizes que viram, seja nos filmes em inglês ou em espanhol. O andar sedutor é a linguagem universal conhecida pelos homens, que ficam de boca aberta olhando para essas mulheres quando elas passam rebolando, vidrados pelos movimentos de um lado para o outro, de um lado para o outro, de um lado para o outro; como um relógio de pêndulo usado por um hipnotizador.

Pedro sentiu o rosto esquentar e um friozinho na barriga quando os dois homens sorriram no filme que assistiram na noite anterior. Foi como se eles estivessem sorrindo para Pedro e ninguém mais. O rosto lindo dos dois atores, um deles de olhos azuis e o outro de olhos verdes, com seus dentes brancos feito neve, e covinhas nas bochechas e no queixo, preencheram a tela. Pedro se lembra que um desses atores foi um gladiador valente num filme épico. O outro fez um espião infiltrado que tinha muitas namoradas, num outro filme. Quando desperta desse *pequeño ensueño*, ele olha rapidamente para Daniel, com receio de que o irmão tenha lido seus pensamentos. Pedro tem o ligeiro pressentimento de que estava devaneando com a boca entreaberta, como um maldito *pendejo de mierda* como a mãe costuma chamá-lo. Pedro acha que ele e Daniel são iguais porque os dois são diferentes dos outros meninos. Mas ao mesmo tempo eles também são diferentes um do outro.

"*El mismo perro con distinto collar.*"

A mãe parou de dar bronca quando surpreende Daniel brincando com alguma boneca ou vestido, porque de nada adiantava chamar a atenção, ele continuava fazendo a mesma coisa. Pedro jamais se arriscaria a brincar com nenhuma dessas duas coisas.

Mesmo sem querer, Daniel costuma arrancar risos das pessoas por conta de seus gracejos. Já Pedro é do tipo calado, só conversa com Daniel.

Daniel é um *travieso* que subiria em um palco diante dos holofotes e começaria a dançar sozinho, apenas por ter a oportunidade. Já Pedro assistiria a tudo sentado, em silêncio.

Pedro e Daniel

Pedro não gosta de ir à missa. Não o agrada o fato de ter nascido com o Pecado Original e de saber que para sempre será um pecador. Jesus morreu pelos pecados de Pedro muito antes de ele sequer sonhar em vir ao mundo. E se Deus é onisciente e sabe que Pedro cometerá todos os pecados, o que ele poderia fazer de diferente? Por que tentar mudar aquilo que não pode ser mudado? Daniel, por outro lado, adora ir à missa. E adora cantar. Adora o momento em que o pão e o vinho se tornam o corpo e o sangue de Jesus Cristo.

— É como um milagre! — diz ele. — Tudo que eu queria era poder conversar com Jesus como os padres fazem!

Daqui a pouco mais de um ano, Daniel vai estar na primeira série e poderá ir à missa todas as manhãs antes do início das aulas.

Mamãe está tão feliz de saber que Daniel quer ser padre!

Quando suas *comadres* mencionam que os meninos são magros e não praticam esportes, ela rebate, e explica que Pedro quer ser médico e Daniel padre.

E o argumento surte efeito.

Mamãe encontrou um orgulho inesperado em suas frustrações.

— *Hay que hacer de tripas corazón* — diz para si mesma.

Cuando en duda, consúltalo con tu almohada.
Duerme en ello, y tomarás consejo.
El que no oye consejo, no llega a viejo.

AGOSTO, 1968

Quando em dúvida, recorra ao seu travesseiro
Seja qual for a circunstância, ele será seu melhor conselheiro.

E quando chegar o alvorecer,
Você saberá o que fazer.

4

FAMILIA EN MÉXICO LINDO

Todo verão, a família de Pedro e Daniel viaja de carro para o México. Lá no fundo, Pedro sente pena de todas as pessoas do mundo que nunca estiveram no México. Ele gostaria de poder morar lá para sempre.

— *El amor y la felicidad, no se pueden ocultar* —, diz Daniel enquanto eles passam por Ohio. — *É impossível esconder o amor ou a felicidade.*

— Eu amo estar feliz no México! — confessa Pedro.

— Acho que esse *dicho* fala de amor, amor de verdade, entendeu? — pontuou Daniel. — Tipo, com beijinho, apelido fofo e risada boba.

Papai faz o caminho inteiro com apenas algumas paradas para abastecer e irem ao banheiro. Eles saem de Ohio e passam por Kentucky, Tennessee, Arkansas. Depois disso, só mais doze horas do Texas até o México!

O encosto do banco traseiro está rebaixado, então há uma cama plana atrás da mamãe, do papai e dos bebês que estão no banco da frente. Mas o banco de trás também está cheio de caixas, sacolas, cobertores e muitas crianças.

Não vão precisar parar para comer nem para beber. A mãe preparou tortillas com batatas fritas e ovos mexidos, sanduíches de mortadela e queijo, frutas, garrafas d'água. Os meninos deveriam fazer xixi num jarro grande, mas Pedro prefere segurar a vontade até pararem para abastecer. Se ele não consegue urinar numa árvore, que dirá dentro de um jarro no banco traseiro de um carro sacolejante e numa estrada esburacada? Ele estaria de joelhos e com a cabeça abaixada, porque ela bateria no teto do carro, a gola da camiseta presa na altura do queixo, enquanto com uma das mãos ele segura a garrafa e com a outra os shorts e a cueca, e tudo isso com todo mundo dentro e fora do carro olhando para ele.

A mamãe não parece feliz, mas ao que tudo indica decidiu que vale a pena tentar.

Na fronteira, todos precisam sair da van para que a polícia a reviste. O que sempre leva horas. A quantidade certa de tempo e o nível de inspeção dependem exclusivamente do montante em dinheiro que a mamãe está disposta a dispender para subornar os guardas. Há um sistema hierárquico que envolve esse discreto desembolso monetário. Difícil precisar quem é mais duro na queda: mamãe ou os diversos guardas com as palmas das mãos abertas nas costas. Cada um desses guardas detém a chave que permite avançar para a próxima fase desse jogo.

Mamá e papá são os pais da mamãe. Papá é vigilante noturno, e ele está no final do turno de trabalho quando a família sonolenta por fim cruza a ponte e atravessa a fronteira da cidade, no comecinho da manhã. Ainda de carro, a família passa pela região comercial, procurando por ele.

— ¡Allí está! — Os olhos de águia de Daniel avistam papá conferindo as portas das lojas durante a ronda. Ele caminha rápido, balançando o braço esquerdo enquanto a mão direita está apoiada na coronha da pistola presa ao coldre. Ele assovia com os lábios franzidos.

O papai para ao lado de papá. O dente da frente, de ouro, reluz quando ele abre um sorriso largo:

— ¡Hijos, bienvenidos!

Pedro e Daniel | 43

Mamá está alimentando as galinhas quando chegamos com papá à casa deles, que fica numa estrada de terra. Ela usa um vestido de manga curta, de algodão fino, com estampa de girassol, e suas *huaraches* rangem quando ela corre em direção a todos. Euforia, gritos de alegria e abraços definem o reencontro.

Mamá cultiva um labiríntico jardim mágico, que um olhar leigo confundiria com arbustos, ervas daninhas e vinhas maltratadas. Aves de todas as cores passam por ali ao longo do dia. As crianças precisam manter as roupas limpas, mas enquanto brincam podem usar as árvores grandes para se esconder, menos aquela que tem uns espinhos pequenininhos que podem causar um estragado danado se rasgarem algum tecido.

Papá ensina as crianças a descascar as romãs gigantes, e a tirar as sementes suculentas e amargas, cujo néctar mancha as mãos, o rosto e as roupas. Eles colhem os limões do pé para a limonada refrescante que tomam nas tardes quentes e ensolaradas. O abacateiro e as mangueiras estão cheios de frutos maduros, prontos para a colheita.

As crianças gostam de observar e dar comidas às galinhas. Todo dia mamá os repreende para que parem de dar folha de alfarroba para elas, porque dá prisão de ventre. Mas as galinhas parecem gostar das folhas. Juan é o único que tem coragem de recolher os ovos debaixo das galinhas todo dia de manhã.

Pedro prefere as tortilhas de farinha de trigo às de farinha de milho que a mãe faz. Mas as tortilhas de farinha de milho da *tortilleria* perto da casa da mamá são muito diferentes daquelas prontas, que se compra de pacote. Enquanto passeiam por ali, os meninos começam a sentir o cheiro que vem da esquina, de milho torrado e manteiga. De repente, feito um passe de mágica, a única coisa que ocupa o pensamento de Pedro é a imagem e o sabor de uma tortilha quentinha, que acabou de sair da máquina.

44 | Pedro e Daniel

— Eu adoraria morar perto de uma *tortilleria*, aqui no México — diz Pedro.

— Eu também. — concorda Daniel. — Amo a *mi México lindo!*

❖❖❖

Toda manhã, as crianças acordam ao som de:

— *¡¡¡EL MAÑANA!!!*

É o homem que passa todo dia, vendendo o jornal.

— *¡¡¡PAN!!! ¡¡¡PAN DULCE!!! ¡¡¡GALLETAS!!!* — grita o homem que vende pão fresco, bolo e biscoito.

— *¡¡¡CAFÉ!!! ¡¡¡CAFÉ CON LECHE!!!¡¡¡CHOCOLATE!!!* — berra o vendedor que passa oferecendo café e chocolate quente.

Para Daniel, esse é o melhor jeito de acordar.

Logo depois de abrir os olhos, ele se lembra de olhar embaixo do travesseiro.

— *Una peseta!*

Todas as crianças encontram uma ou duas moedas debaixo do travesseiro quando acordam.

Papá não vai deixar a filha tomar as moedas das mãos dos netos. Enquanto as crianças compram biscoito e doces dos vendedores ambulantes que passam, papá supervisiona tudo. A mãe dos meninos reclama, mas papá leva o dedo aos lábios, fazendo sinal para ela não dizer mais nada e ela simplesmente faz uma cara tão feia que chega a formar uma carranca em semicírculo. Os meninos nunca viram ninguém controlar a mãe deles, mas papá faz isso sem gritos e sem violência. Parece mágica!

Daniel evita o contato visual com a mãe, que implicitamente dá o recado: *nem sonhe em gastar todo esse dinheiro com doces e biscoitos!* Pedro tenta se conter e não demonstra toda a alegria que sente; vai que ela lembra disso mais tarde.

✦✦✦

Papá costuma dormir o dia inteiro, mas com todas aquelas crianças por ali fica difícil. Vez ou outra, ele dá uma bronca aqui ou ali, mas ele não consegue ficar bravo com os netos que vê apenas uma vez por ano. Quando o tempo fica quente e úmido, o pobre papá deita por cima das cobertas *vestindo sungas*. O ventilador apoiado na cadeira a poucos centímetros do rosto dele sopra o ar sufocante e abafado ao seu redor.

✦✦✦

Um ou dois dias depois de chegarem, todas as crianças são convocadas para se reunir na sala da frente. Mamá saca a chave pendurada numa corrente no pescoço, olha para os netos até que todos façam silêncio total e prestem atenção nela. Então, ela abre o guarda-roupa grande de onde exalam diferentes e hipnotizantes aromas de colônia, maquiagem, roupa guardada e madeira envernizada. Mamá tira os presentes escondidos no guarda-roupa fazendo um floreio aqui e ali, e dá uma risadinha dissimulada quando esquece um ou outro embrulho. No ano anterior, Daniel ganhou um pião colorido que faz uns desenhos de redemoinhos ao girar, e Pedro ganhou um anel de prata com suas iniciais. Neste ano, Sara ganhou um xale bordado, Juan uma máscara de luta livre do Mil Máscaras, Pedro uma gaita em miniatura e Daniel um caleidoscópio colorido. As crianças mais novas logo também serão recompensadas pela paciência.

✦✦✦

A mãe está berrando com mamá na cozinha e acaba acordando papá que dormia no outro cômodo. Algumas crianças entram correndo, enquanto outras assistem tudo a uma distância mais segura.

— *¿Ave María Purísima, qué pasa?* — grita papá enquanto esfrega os olhos e entra na sala, de regata branca e *chonies*. Ele tenta acalmar a mamãe, mas ela não para de gritar com a mamá, que chora, não com raiva, mas com um profundo *sentimiento*, e a cena deixa Pedro de coração partido. Ele sabe bem como mamá se sente: um simples riso de desdém da mãe dele tem o poder de revelar todos os seus defeitos e deficiências.

Depois a mãe grita com o papai quando ele tenta levá-la para o outro cômodo. Logo depois, ela quebra uma garrafa de Jarritos na cabeça do papai, e há vidro, sangue e *coraje* por toda parte.

✦✦✦

Papá acorda por volta das três da tarde.

Por trás das cortinas e dos móveis, as crianças o observam se preparar para o trabalho. Papá está sentado em frente a outra cadeira na sala da frente, que é bem grande, perto das janelas abertas onde a luz forte do sol ilumina seu rosto. Ele apoia um espelho no encosto da cadeira, que fica atrás do lavatório enorme, pega um pincel de cheiro almiscarado, umedece na água e depois gira o pincel num sabonete em barra cheiroso, que fica numa caneca, formando um creme espesso que depois ele espalha pelo rosto todo.

Papá sabe que está sendo observado, por isso passa o creme de barbear com gestos exagerados e engraçados, para as crianças rirem. A cena lembra os meninos dando comida para os irmãos, fazendo barulho de avião e balançando a colher no ar até o bebê abrir a boca para que o "avião" pouse. Papá chega até a passar um pouco de creme no topo da cabeça e fica parecendo uma torta coberta de chantilly!

Depois, ele pega uma lâmina estranha e faz a barba. Às vezes, ele raspa o topo da cabeça também, porque já está praticamente careca. Daniel imagina que a cabeça de papá deve estar macia, lisinha e fresca, feito uma melancia pequena e madura. Papá, então, despeja umas gotas de loção pós-barba em uma das mãos, esfrega as duas mãos num gesto rápido e depois dá umas batidinhas no rosto e na cabeça:

Tá tá tá... tou!
Tá tá tá... tou!
Tá tá tá... tou!

Papá não usa *chonies* como Pedro e Daniel; os shorts dele parecem mais aqueles curtos e brancos que Cary Grant e Rock Hudson usam nos filmes. Ele coloca calças verde-oliva e uma camisa que combina com a cor e tem dois bolsos com botão. Depois, lustra as botas pretas estilo militar antes de calçá-las, então afivela um cinto de couro amarelo e transpassado.

Depois, ele coloca o coldre com balas individuais em seus compartimentos. Todas as crianças foram alertadas para se manterem longe da pistola de papá, que ele guarda em cima do armário, descarregada, quando chega em casa do serviço, pela manhã. Pedro cerra os olhos para não ver quando papá estica o braço para pegar o revólver e o guarda no coldre. Por último, papá põe seu *sombrero* largo de feltro da mesma cor do cinto. Com o sorriso largo, que mostra o dente de ouro, e o uniforme de vigia noturno, papá fica muito bonito!

✦✦✦

A mãe está cansada de ver todas as crianças choramingando no banco traseiro da van. Ela avisa que eles vão dar meia-volta e passar mais um dia com mamá e papá. Só precisam fechar os olhos, dormir, e quando acordarem estarão de volta ao México.

Mas quando as crianças acordam, ainda faltam mais ou menos duas horas para sair do Texas e entrar em Arkansas. E a família *não* deu meia-volta para passar mais um dia com mamá e papá.

Daniel enxuga a lágrima do rosto de Pedro e sussurra no ouvido dele:
— *Desgracia compartida, menos sentida.*

A dor compartilhada dói menos, mas ainda dói. Pedro apenas abre um sorriso discreto e sem graça.

Para tonto no se estudia.
No estudio para saber más, sino para ignorar menos.
Dios nos libre del hombre de solo un libro.

SETEMBRO, 1968

Ninguém pede pra ser bobo,
Pois preste bastante atenção na escola, não seja tolo!

Leia, escreva, leia de novo e faça o que a professora manda,
Não banque o burro, pois é a vida quem toca a banda!

5

SINAIS NAS PAREDES

Tempestades vem estremecendo a casa de Pedro e Daniel por dentro. O pico desses temporais costuma acontecer no meio da noite, mas os estrondos vêm horas antes.

A tempestade traz ventos sibilantes, lixo espalhado pelas ruas, granizo e um barulho estrondoso e ecoante vindo da calçada que acorda a vizinhança inteira, seguido de uma sequência de relâmpagos que lançam raios vermelhos e brancos, e nesse vaivém iluminam o céu escuro. Até que, de repente, tudo fica em silêncio.

Pedro pensa nessas tempestades e lembra da água e do óleo misturados num pote: cada componente luta freneticamente para se desvencilhar e repelir o outro, tal como exige sua natureza, dissipando tanta energia um contra o outro que se mantêm próximos.

Naquela noite, Pedro dormiu e acordou várias vezes, num vaivém constante devido à eminente ameaça de que algo perigoso se aproximava: berros da mãe — calmaria — papai tenta acalmá-la —, mas o ciclo se repete e o alvoroço fica cada vez maior.

Vem aí um temporal dos fortes. E está vindo rápido!

Pedro consola Daniel, que choraminga ao lado dele na cama. Ambos sabem o que vem por aí: as coisas vão piorar muito antes de terminar, o que vai acontecer dali a algumas horas. Os dois sabem que a calmaria trazida pelo sol vai levar alguns dias para surgir no leste, quando papai poderá voltar para casa.

É provável que Juan esteja acordado na cama dele, que fica ali perto. Sara tem dez anos de idade; ela tem um quarto só dela, do outro lado do corredor.

Não há onde se esconder na pequenina casa deles. As crianças — *geralmente* — estão a salvo se permanecerem em seus quartos, mas não há lugar 100% seguro. No tenebroso olho do furacão, o perigo é eminente e o prejuízo certo.

"Entre padres y hermanos, no metas tus manos."

Não há alternativa, é preciso esperar passar.

Só o tempo dirá quais serão as consequências.

✦✦✦

Um pouco antes, naquela mesma noite...

Pedro percebe que a mãe está de bom humor. Ela nunca está bem-humorada. Não desse jeito.

Ela está batendo papo com papai. Ele está sentado no chão, de frente para ela, enquanto ela tricota. Papai olha para ela de um jeito carinhoso, provocando-a em tom de brincadeira, tentando arrancar uma risada dela.

E ela simplesmente riu!

Pedro sabe que tem alguma coisa errada nisso.

Não é um bom sinal.

Provavelmente algo ruim está por vir.

Do outro lado da sala, ele observa a mãe atentamente.

O programa de TV está perto de acabar. Naquela parte em que as gargalhadas da plateia ficam mais altas e duram mais tempo. Depois, vem os aplausos. A música começa e os créditos vão aparecendo.

O show acabou.

As mãos ansiosas de mamãe trabalham mais rápido.

clique-claque, clique -claque, clique-claque.

O tempo acelera, há urgência, um descompasso no pêndulo do relógio pendurado.

tic-tac, tic-tac, tic-tac.

Esse descompasso acentua a carranca da mãe.
Vincos se formam no meio da testa.
A incerteza provoca uma careta.
É sutil.
O olhar da mãe perde o brilho, mas ela continua tricotando.

clique-claque, clique -claque, clique-claque.

Uma nuvem escura paira sobre ela. É óbvio, muito óbvio para Pedro, mas ninguém além dele parece perceber o que está nas entrelinhas.

De repente, o ar fica muito sufocante, úmido. A sala parece se fechar ao redor de Pedro. A mente fica confusa, cheia de pensamentos turvos, lembranças tristes e uma sensação de pavor. Seu pequeno corpo vacila. Em meio àquela escuridão cada vez mais intensa, úmida e desesperadora, ele apaga.

Pedro não se recorda de ter ido para a cama.

+++

A tempestade está fustigante quando Sara abre a porta:

— Por favor, vem pro meu quarto! Por favor, por favor, rápido! Preciso de você! — diz em um sussurro desesperado e aflito, sem conseguir esconder o medo. Ela segura seu travesseiro contra a barriga.

Sem olhar para o corredor, os quatro correm para o quarto dela e pulam na cama.

— Você estão vendo eles? — pergunta ela, apontando para a parede do quarto, antes de os meninos procurarem refúgio debaixo dos cobertores.

Eles se viram para olhar em direção a parede e... engasgam! Na parede, em frente à janela, imagens se movimentam. Elas não são estáticas, são tridimensionais e coloridas, como se fossem desenhos animados suspensos no ar: quatro animais fantasiados tocando instrumentos, dançando ao som de uma música lenta, tocando uma música para os quatro irmãos. Parece haver um personagem para cada criança.

— O que é isso? — pergunta Pedro, confuso e surpreso.

— Não sei — responde Sara, aparentemente menos assustada. — Eles simplesmente apareceram do nada! Ainda bem que vocês também estão conseguindo ver!

— Gostei deles! — diz Daniel com um sorriso largo. — São engraçados!

— Eles são de verdade? — pergunta Juan.

Um deles toca guitarra, outro toca baixo, outro é baterista e o último toca teclado. Cada um tem o tamanho de uma lata de refrigerante. Pedro se concentra no urso de chapéu, que usa uma gravata larga de bolinhas e uma camisa aberta sem mangas; ele toca o baixo, meio dependurado. O braço direito mal dobra enquanto ele dedilha as cordas.

Os irmãos os observam em transe, sem nem mais se darem conta da tempestade impiedosa lá fora. Os quatro são embalados por uma sensação de calma e tranquilidade.

E de repente caem no sono.

E tudo silencia.

Na manhã seguinte, os quatro irmãos não conseguem explicar o que aconteceu na noite anterior. Os personagens os envolveram, mas não deixaram nenhum rastro daquela visita, a não ser a lembrança e os sentimentos indescritíveis que não poderão se apagar tampouco esquecer. As crianças já tinham assistido a filmes sobre Bernadette de Lourdes, os filhos de Fátima e sobre Juan Diego do México. E sabiam que quando cada um deles contou às pessoas que teve visões de Maria, a Mãe de Deus, ninguém acreditou. Os irmãos *não* tinham visto Maria, claro, por isso resolveram manter segredo sobre esse acontecimento incomum.

Mas encontraram conforto em saber que havia alguém cuidando deles.

— Mas eles vão proteger a gente? — pergunta Pedro.

— *Donde hay humo hay fuego* — assegura Daniel.

— *Quien espera, desespera* — observa Juan.

Más vale gotita permanente que aguacero de repente.
La mejor salsa es el hambre.

OUTUBRO, 1968

Antes a constância de uma goteira,
ao risco de uma cachoeira!

Prefira o pouco ao muito nesta vida,
tudo que é demais, complica!

6

GOSTOSURAS OU TRAVESSURAS

Pedro e Daniel adoram o Halloween. É a única época do ano em que conseguem juntar um montão de doces só para eles, quando batem em dezenas de portas, e voltam cada um com suas sacolas abarrotadas de balas e chocolates de tudo que é tipo.

A Páscoa é o segundo feriado favorito de Daniel, que é uma verdadeira formiga quando se fala de doces.

Pedro não gosta da Páscoa, nem dos doces desta época: os ovinhos amarelos de marshmallow são doces demais; as jujubas têm sabor estranho; os coelhinhos de chocolate, ocos e de gosto esquisito, dão dor de cabeça; e o pior de todos são os ovos de Páscoa com leite maltado.

Na Páscoa passada, a mãe quebrou um ovo de galinha na cabeça do Pedro quando ele entrou na sala. Ela preparou a "surpresa", ansiosa esperando ele chegar. Ficou escondida atrás da porta com o braço esticado e, assim que ele entrou, ela meteu o ovo na cabeça dele com força. Para ela, aquela foi a coisa mais engraçada de todas: o filho paralisado, com os olhos esbugalhados, casca de ovo quebrada e com a gema e a clara escorrendo pela cabeça, descendo até chegar à camisa, aos shorts e aos sapatos limpos que ele havia escolhido para passar a Páscoa, incapaz de pensar na reação adequada que diminuiria a probabilidade de um tapa ou *coscorrón* para completar a "surpresa".

Por entre as lágrimas de tristeza, Pedro observou a mãe tentando encontrar as palavras para explicar — ela, também enxugando as próprias lágrimas, mas de tanto rir — que essa é uma tradição mexicana que vai trazer para ele muita sorte no ano que se inicia. Para Pedro, não passou despercebido o fato de ela nunca ter partilhado essa tradição, nem essa suposta sorte e humilhação, com ninguém mais da família além dele.

Como Pedro adoraria poder comprar uma fantasia novinha naquele Halloween... Seria incrível comprar alguma de super-herói ou de algum personagem de desenho animado da Disney. Daniel, por outro lado, se sente feliz por poder criar diferentes tipos de fantasia combinando roupas velhas, cosméticos e bijuterias. Essa é a única ocasião e que a mamãe o deixa usar maquiagem.

Com uma bandana vermelha, Sara se torna uma cartomante, e completa a fantasia com brincos de argola e um xale novo bordado que cobre uma camisa branca e larga. Daniel passa blush, delineador, rímel e batom. Pedro prepara uma bola de cristal para ela, usando cartolina e giz de cera.

Juan vira um pirata com um lenço escuro que tapa um dos olhos, outro lenço no pescoço e um bigodinho fino. É a única maquiagem que ele permite fazer, para o azar da criatividade de Daniel. Pedro fez um chapéu de pirata com um jornal dobrado e uma pena de gaio-azul. Eles não conseguiram descobrir um jeito de arranjar uma perna de pau ou algo parecido para Juan, nem um papagaio para ele apoiar no ombro. Então, o chapéu terá de dar conta.

Pedro e Daniel aproveitam as roupas de segunda mão que pegam na igreja e que estão muito gastas ou rasgadas para usar no dia e as transformam em fantasias. Daniel tenta imitar a maquiagem de palhaço do comediante Red Skelton, com umas manchas escuras aqui e ali, mas nenhum dos dois irmãos fica satisfeito com a própria fantasia.

— Posso me fantasiar de fantasma? — pergunta Daniel.

— A mamãe não deixa a gente fazer buraco no lençol — responde Pedro.

— Que tal uma múmia?

— Como você vai fazer isso?

— Com papel higiênico!

— Tá brincando? A mamãe não vai deixar você desperdiçar tanto papel!

— Ah, vamos colocar mais umas camadas de roupa e um chapéu velho — murmura Daniel, nem um pouco entusiasmado.

— E vamos fazer mais buracos nas roupas velhas. Vai ficar bom! — acrescenta Pedro, tentando fingir empolgação.

Cada um ganha uma fronha para guardar seus doces.

A mãe vai ficar em casa com o bebê e as crianças menores. Ela gosta da novidade de ter um recém-nascido, especialmente o cheirinho da cabeça deles, que vai diminuindo com o tempo, mas, ainda assim, prefere quando todo mundo pega no sono pesado.

Papai combinou de ficar em casa naquela noite para poder acompanhar os filhos enquanto fazem a ronda pela vizinhança.

— ¡Hijos, qué ingeniosos disfraces! — exclama o papai quando as crianças entram na sala de estar. — Capricharam mesmo nas fantasias, hein! Não sei nem dizer quem é quem!

— Obrigado, papai! — diz Pedro com um sorriso radiante.

— Fui eu quem fiz toda a maquiagem! — conta Daniel.

— Eu só tenho bigode, nada de maquiagem! — afirma Juan.

— Posso tirar a sua sorte, se quiser! — oferece Sara.

✦✦✦

Ao passar de casa em casa, Pedro percebeu que as crianças não usavam as máscaras compradas em lojas porque não conseguiam enxergar nem respirar com elas.

— "Y, ¿tú qué eres?" — retruca Daniel exasperado ao sair da casa de Doña María.

— É sério gente, não dá pra perceber qual é a nossa fantasia?

— *Sobre gustos no hay nada escrito* — declara Sara. — Eu amo minha fantasia!

Ela gira e faz a saia e o xale rodarem, formando uma espécie de caleidoscópio. No final da noite, a fantasia de cada um pouco importava. Todos tinham recebido um monte de barras de chocolate, pirulitos, doces de todos os tipos, algumas moedinhas e até uma maçã, que não poderiam comer por conta das notícias alarmantes.

— Quem deu a maçã? — pergunta Pedro. — Essas pessoas não estão sabendo?

— *A beber y tragar, que el mundo se va a acabar* — canta Daniel, enfiando um chocolate no cantinho da boca, ao lado dos que já havia abocanhado.

— Isso parece frase de pirata — murmura Juan com a boca cheia, enquanto os dedos sujos de chocolate ajustam seu chapéu de pirata.

Un hombre sin alegría no es bueno o no está bien.
Una manzana al día para mantener alejado al médico.

NOVEMBRO, 1968

Quando lhe dizem que você está mal,
significa que algo não está legal.

Quando lhe dizem que boa pessoa você é,
nenhum mal você fará, é nisso que têm fé.

Dá para dizer quando você não está contente,
por mais que não diga, o coração não mente.

7
NOSSAS CORES TÊM SOMBRAS

Pedro e Daniel estão no quintal com a mãe quando uma simpática vizinha diz que Pedro é o papai cuspido e escarrado. Pedro ri por dentro com a ideia, em silêncio, sem esboçar nenhum sinal por fora, para não correr o risco de que a mãe veja. Ele ficou imaginando seu nascimento, saindo de um cuspe que o pai deu no chão.

Mas a ideia não demorou a parecer nojenta.

Escarrado? Argh! Por que "escarrado"? Credo!, pensa Pedro. *Por que eu sairia do catarro do papai?*

Depois a vizinha ainda acrescenta:

— E os dois são tão lindos!

De repente, Pedro sente o rosto quente. Um nó se forma na garganta, como se ele do nada tivesse engolido um chumaço de algodão, um punhado de serragem, algum pedaço de trapo velho, coisa do tipo.

Abruptamente, a mãe vocifera:

— ¡¡¡Yo tuve novios mucho más guapos que estos dos!!!

Mamãe dá um soco no braço de Pedro para tirá-lo do estado de transe, é um sinal de que ele precisa traduzir o que ela acabou e dizer.

62 | Pedro e Daniel

Ele tosse para desentalar sabe-se lá o que se alojou na garganta, olha para a mulher que não entendeu uma palavra sequer da mãe dele e diz:

— A minha mãe disse que teve namorados muito, mas *muito mais* bonitos que a gente!

✦✦✦

"O papai é lindo", pensa Pedro.

Quando vão ao cinema mexicano em Toledo, os homens que se parecem com o pai deles nos filmes são chamados de *moreno* ou *prieto*, porque têm a pele mais escura que a dos *güeros*, que são homens de pele mais clara.

Todos os atores desses filmes cantam músicas românticas para sua *morenita* ou *prietita*. Ambos são termos carinhosos para se referir às mulheres de pele mais escura, não são pejorativas.

"Todas essas mulheres são lindas, e os homens também, até os vilões! Não importa se *moreno*, *güero*, *morena* ou *güera*!", pensa Pedro.

✦✦✦

Pedro aprendeu que uma palavra pode ter dois (ou mais!) significados. Tudo depende da intenção de quem diz. As inflexões, ou seja, a entonação das palavras dentro de uma frase, podem fazer toda a diferença.

Por exemplo, uma vez, um tio que mora no México olhou para Pedro e disse:

— ¡Salió prietito!

A intenção do tio tinha sido clara e atingiu a mãe de Pedro feito a picada de uma cobra no rosto, mas por motivos diferentes.

A julgar pela maneira como a mãe olhou para Pedro, ele sabia que ela tinha ficado muito brava com ele, não com o irmão dela que tinha dito aquelas palavras com toda a malícia do mundo.

Salió prietito.

Como essas *duas palavrinhas* podem causar tanto aborrecimento?

Ela estava brava porque Pedro saiu *prieto* como papai, não *güero* como seus outros filhos. Irritada, ela tinha de reafirmar que Pedro era seu filho legítimo.

Tío Bigote adorava irritar a irmã, que compartilhava de suas crenças. Ele sabia que seria fácil tirá-la do sério.

— *Es un San Martín de Porres* — acrescentou ela com uma risada sarcástica, pegando todo mundo desprevenido, complementando a maldade do irmão.

Tío Bigote, um preconceituoso e alienado de bigode grande, de repente ficou sem palavras ao ouvir o nome do santo católico mestiço e peruano de pele negra.

✦✦✦

Quando a simpática vizinha vai embora, mamãe espuma feito uma chaleira fervente. Ao contrário de outras vezes, esta tempestade virá antes da calada da noite.

Papai está consertando a torneira da cozinha. Ele não tinha escutado o comentário da vizinha lá fora. Ele não sabe o que se passa, até a mãe atravessar a porta feito um foguete.

— *¡¡¡Vete de mi casa!!!* — grita ela. — *¡¡¡E llévate este renegrido contigo!!!* — rosna. Ela agarra Pedro, assustado, pelo braço e o empurra para fora com o marido. Depois, ela bate a porta com tudo.

Renegrido é uma palavra que Pedro jamais ousaria traduzir para ninguém, nem mesmo para a mãe. Ninguém nunca deveria se atrever a dizer aquela palavra; Pedro detesta quando a escuta nos filmes.

Ele odeia ouvir essas duas palavras, em espanhol e a traduzida, tanto quanto odeia outras duas: *maricón* e *joto*.

✦✦✦

Papai acaricia a porta da frente, dirigindo-se a ela com os apelidos carinhosos com que costuma tratar a mãe. Pedro permanece ao lado dele, de cabeça baixa e imóvel. O pai quer descobrir o que aconteceu, e como pode tentar corrigir a situação. Ele pede desculpas à porta por tudo o que possa ter feito. E declara que não teve a intenção de aborrecer a esposa, que ela é seu amor, agora e para sempre.

Pedro tenta explicar ao pai o que a vizinha disse. Ele tem vergonha de repetir que os dois são lindos. Ele não entende o que havia de tão errado na fala dela.

Mas papai parece entender. E ele parece saber por que Pedro virou o saco de pancadas perfeito — seu sósia substituto — quando ele não está por perto.

✦✦✦

Faz frio e está escuro. Pedro está com fome e precisa fazer xixi. Soluçando, ele bate na porta e grita:

— ¡¡¡Mamãe, te amo!!! ¡¡¡Te amo, mamãe!!!

Uma tosse carregada o assusta. Os soluços cessam e a visão clareia.

De repente, Pedro percebe que a mãe nunca disse essas palavras para ele:

"¡Te amo!"

Ele nunca a ouviu dizer essas duas palavrinhas para ninguém: nem para o papai, nem para os irmãos e, com certeza, nem para ele.

Te amo.

Como *duas palavrinhas* tão curtas podem ser tão poderosas?

Pedro lembra que escutou essas palavras num filme mexicano, e que ficou hipnotizado ao ver aquelas duas pessoas demonstrando carinho uma pela outra como ele nunca tinha visto antes. Ele não lembra quem eram exatamente, se *prietos* ou *güeros*. Mas isso não importava.

✦✦✦

Depois que os irmãos vão dormir, a mãe deixa Pedro entrar, mas ela manda o esposo ficar do lado de fora. Ele terá de dormir no carro esta noite. Ela acredita que a culpa é dele por ser considerado bonito aos olhos de uma vizinha, o que significa que todas as vizinhas o acham bonito, e que mamãe não merece um homem como ele, o que é absurdo e irrelevante.

A mãe se senta no sofá e segura Pedro contra o peito. Ela o embala enquanto soluça e murmura baixinho, depois chora *con coraje*, como faz depois de uma daquelas tempestades fortes em que ela faz com que o papai vá embora por ser bom demais para ela, como se por isso ele tivesse de passar o resto da vida na cela de uma prisão e apodrecer lá.

Pedro está assustado e constrangido. Ele não consegue se lembrar se alguma vez a mãe já o segurou nos braços.

Nunca?

Talvez, quando bebê, e é por isso que ele não consegue se lembrar?

Para ele, bastaria que ela simplesmente dissesse:

Lo siento.

Como *duas palavrinhas* assim podem ser capazes de curar tanta dor?

Ele preferiria estar na cama dele, seguro ao lado de Daniel, a estar ali, naquele abraço tão estranho. Ele pensa consigo mesmo:

"Es peor el remedio que la enfermedad."

Esse abraço só piora as coisas.

No dejes para mañana lo que puedas hacer hoy.
En la tardanza está el peligro.
El perezoso siempre es menesteroso.

DEZEMBRO, 1968

Se aquilo que é para hoje você adia,
procrastina ou deixa para outro dia,

Saiba que quando o amanhã chegar,
tristeza e frustração vai encontrar!

8

LA VIRGEN DE GUADALUPE

Pedro e Daniel sabem que *La Virgen de Guadalupe* é a mais importante figura de Maria, mãe de Deus, para os mexicanos e para tantos outros católicos ao redor do mundo. Ela foi uma das primeiras e mais famosas aparições de Maria reconhecida como autêntica pelo Vaticano, e aconteceu no México.

Pedro e Daniel conhecem a história de Juan Diego, um nativo que viu Maria em quatro ocasiões, em 1531. Depois da quarta vez, a imagem de Maria foi pintada em seu manto. Essa imagem é conhecida como *La Virgen de Guadalupe*.

Na imagem, Maria tem a pele mais escura do que a maioria de suas outras representações em pinturas e filmes. A impressão é que ela mesma era indígena. Essa imagem e a história de que ela teria falado com Juan Diego na língua nativa dele, o nauatle, foi o que motivou a conversão de tantos mexicanos indígenas ao catolicismo. A história da Virgem de Guadalupe certamente desempenhou um papel importante para tornar o México um dos países com o maior número de católicos do mundo.

✦✦✦

A mãe de Pedro e Daniel confeccionou uma bandeira enorme com a imagem de *La Virgencita* para *La Sociedad de la Virgen de Guadalupe*. Ela usou muito glitter e lantejoula no cetim branco para enfeitar a imagem. Ano passado, houve uma divisão entre os membros de *La Sociedad*, e a bandeira anterior ficou com os outros membros. Ter criado a nova bandeira para *La Sociedad* é motivo de muito orgulho para a nossa mãe.

— É tão linda — afirma Daniel. — Queria poder tocá-la.

— Não faça isso! — adverte Pedro. — Ela vai te picar que nem uma vespa!

Daniel esbugalha os olhos, que por si só já são bem grandes, e depois eles murcham. Ele dá um sorriso sem graça e Pedro sorri de volta.

— Você quis dizer a mamãe, não *La Virgencita*, né?

Os dois riem.

Foi difícil aplicar o glitter naquela bandeira grande. A cola não aderia. Mesmo o mais singelo movimento do tecido faz chover glitter colorido para todo lado. E, para piorar, o glitter que descolava grudava na parte branca do tecido onde não deveria haver cor nenhuma.

Qualquer um poderia ver as partículas brilhosas fora do lugar se alguém mexesse na bandeira.

— Eu também gosto — diz Pedro enquanto seus olhos percorrem a bandeira. — É tão colorida e brilhosa...

— É...

— Nossa Senhora é tão bonita, mas me pergunto por que a pele dela se parece mais com a minha e não com as outras Marias que a gente já viu... — comenta Pedro.

Com a boca fechada, Daniel olha para o irmão, abre um sorriso amarelo e dá de ombros.

Na parte debaixo da bandeira, há uma franja dourada, e na superior, grandes borlas também douradas, que recaem de cada um dos cantos do estandarte preso numa haste dourada.

✦✦✦

— *Cuando vienen todos, los quiero bien portados.* — declara a mãe, esperando que todos se comportem bem quando as pessoas começarem a chegar naquela noite. — *¡Los niños deben ser vistos y no escuchados!* — acrescenta. Então, conclui: — *¡Mejor no salgan de su cuarto!* Ela não deseja os filhos apenas comportados ou quietos, mas que deixem de existir.

As crianças se dispersam, cada uma para o seu respectivo quarto. Juan está brincando na neve com os amigos, então Pedro e Daniel têm o quarto só para eles, sem a preocupação de alguém por trás da *ropa tendida* escutando a conversa. Os dois sentam no chão com os gizes de cera e os livros de colorir que compraram na Oficina do Papai Noel.

— Ainda bem que a gente precisa ficar no nosso quarto — afirma Pedro. — Essas *comadres* sempre ficam procurando defeito na gente.

— É mesmo — concorda Daniel. — Será que elas não sabem que *"La mejor palabra es la que no se dice"*?

— Como você se lembra de tantos *dichos*? — pergunta Pedro. — Tipo... parece que você lembra de todos!

— Eu nunca esqueceria nenhum dos meus *dichos*. Eles fazem parte de mim!

— Eu quase nunca entendo, sei lá, parece enigma, só que em espanhol.

— Os *dichos* são como fábulas, só que muito mais curtas — observa Daniel, fazendo que sim com a cabeça, concordando com a própria fala.

— Verdade.

— Por exemplo, a história da tartaruga e a lebre tem o mesmo significado do *dicho "más vale paso que dure, no trote que canse"*. A lição é que devagar e sempre se vence a corrida.

— Ou seja, os *dichos* são *muito* mais curtos que as fábulas! — brinca Pedro.

✦✦✦

As *comadres* de *La Sociedad* vão embora no final da tarde para se preparar para a comemoração de *La Virgen de Guadalupe*, que acontece em 12 de dezembro. Já está escuro lá fora.

— Acha que elas trouxeram algum biscoito? — pergunta Daniel, espiando o corredor por uma fresta na porta do quarto. — Tô com tanta fome...

— Eu também. A gente só comeu ovo e feijão hoje — sussurra Pedro.

Depois de um bate-papo aqui e um *chisme* ali, as mulheres se ajoelham em frente de *La Virgen* para começar a rezar o rosário.

Pedro e Daniel não sabem rezar o rosário, em nenhum idioma. Pedro até aprendeu a Ave Maria e o Pai Nosso quando frequentou por 3 meses a escola paroquial, mas acredita que pronuncia errado algumas palavras e não entende outras. Há um trecho sobre "o fruto do vosso dente, Jesus", que soa estranha. Pedro se pergunta como um dente pode dar frutos.

✦✦✦

Daniel importunou a mãe quando a família esteve no México no ano anterior até ela comprar para ele uma imagem de *La Virgen de Guadalupe*. A estátua geralmente fica na mesinha ao lado da cama que os meninos compartilham.

— Ela é linda mesmo — murmura Pedro sozinho. Ele contempla a imagem em suas mãos enquanto a acaricia bem devagar.

— Eu sei. Ela é tipo aquele monte de atrizes mexicanas reunidas em uma só!

Daniel está pintando os enfeites de uma árvore. Apesar dos esforços de Pedro em ensinar o irmão a segurar o giz de cera, uma pontinha amarela escapa e salta pra fora do dedo mindinho.

— Daniel, lembra daquela vez que a gente viu aqueles bichos na parede da Sara?

— Lógico. Eu nunca vou esquecer.

Daniel solta o giz de cera e olha para o irmão.

Pedro ainda segura a imagem. Com a vista turva, ele agora vê dois rostos lindos de Nossa Senhora.

— Você acha que foi assim que Juan Diego viu Maria? — indaga Pedro. Os dois se olham.

— Mais ou menos — responde Daniel. — Acho que Deus enviou eles para confortar a gente porque a mãe e o pai estavam brigando muito.

Os olhos grandes e castanhos de Daniel desviam para o lado, e ali se detêm; depois, correm de um lado para o outro e logo em seguida fixam um ponto na parede.

— Por que você acha que Ele mandou animais de desenho animado pra gente? E não Nossa Senhora? — Uma lágrima escapa dos olhos marejados de Pedro. Ele torce para que Daniel tenha a resposta. Ele sempre tem.

— Não sei. Talvez não fizesse o mesmo efeito. Aqueles bichos fizeram a gente se sentir bem, esquecer que a mãe e o pai estavam brigando.

Daniel reflete por um momento e acrescenta:

— Como você acha que a gente ia se sentir se Maria, Mãe de Deus, *La Virgencita*, aparecesse no meio da briga deles?

Uma pergunta inesperada, inoportuna. Pedro já tem muitas perguntas na cabeça. Precisa desesperadamente de respostas, não de mais perguntas.

— Eu acho que uma mulher bonita e carinhosa ia fazer a gente se sentir muito bem — declara Pedro, talvez com a voz um pouco mais alta que de costume.

— Mas até Maria ficou com medo quando o anjo Gabriel apareceu na casa dela, você lembra?

Daniel se aproxima e abraça Pedro de lado.

— É... acho que você tem razão... Mesmo assim, eu só queria saber o que significavam aqueles animais...

— E eu só queria que Deus não se esquecesse mais da gente depois daquilo...

— *Algo é algo, menos es nada* — diz Daniel. E puxa Pedro para um abraço.

Aunque la jaula sea de oro, no deja de ser prisión.
Prefiero libertad con pobreza, que prisión con riqueza.
La libertad es un tesoro que no se compra ni con oro.

JANEIRO, 1969

Cercado de ouro, em uma cela dourada,
um prisioneiro anseia pelo brilho da alvorada.

Para quem tem liberdade, ele suplica,
viva, viva com alegria, que assim a existência se explica!

9

PALAVRAS NA CABEÇA

Pedro e Daniel adoram tortilhas. Elas podem ser feitas com farinha de milho ou de trigo, e tem sabores e finalidades distintas na culinária mexicana. As tortilhas podem ser usadas como um tipo de "massa" para diferentes recheios como em tacos, burritos e fajitas. Também podem ser servidas como uma espécie de pão para incrementar a refeição, fatiada em pedacinhos, ou para mergulhar em molhos.

Arroz con pollo, feijão e *mole* são pratos mexicanos comuns. Essas refeições são complementadas seja pela característica visual, tátil, olfativa ou gustativa de uma tortilha quente e douradinha que são servidas junto ao prato. Se for inteiramente preparada na frigideira ou frita no óleo, a tortilha fica crocante, o que confere a sensação e experiência ainda mais saborosas à refeição.

❖❖❖

A mãe ordena:

— *Necesito huevos y tortillas.*

As tortilhas de farinha de trigo que ela faz são deliciosas, mas tortilhas de milho ela sempre compra pronta. Ela havia tentado fazer em casa, mas nunca saíram boas, então não valia a pena insistir.

Infelizmente, as tortilhas que vendem nas lojas de Ohio em pacotes não são fresquinhas como as que saem da prensa das *tortillerías* do México.

Casas dispersas, campos e bosques circundam a casa de Pedro e Daniel, localizada a oito quilômetros do centro de uma cidadezinha à beira do lago Erie. Nesse vilarejo rural, há uma comunidade de famílias mexicano-americanas. A maioria das famílias fala espanhol em casa e segue a culinária tradicional mexicana.

A família Garza administra um pequeno comércio na própria casa. A loja é um alívio e tanto para quem não pode se deslocar até o mercado quando surge a necessidade de comprar algo numa emergência.

A mãe dá dinheiro a Pedro e passa a instrução:

— ¡*Habla claro y con fuerza!*

Ela sabe que ele não consegue falar de forma imponente.

— ¡*Yo quiero ir!* — exclama Daniel.

— *No, que vaya solo!*

Daniel faz uma careta. Ele gosta de aventuras. E sabe que sem a ajuda dele, Pedro vai se enrolar.

Pedro repete as palavras mentalmente para não as esquecer, e isso o ajuda a pronunciá-las melhor:

webos y toh-tillas
WEBOS *y toh-*TILLAS
¡*WEBOS Y TOH-TILLAS!*

Pedro desce a rua e vira à direita ao passar pela casa de *Don* Roberto e Doña Hilda. Depois de mais duas casas, ele vira à esquerda na estrada principal por onde costumam passar carros e caminhões. Ele se sente aliviado por hoje não precisar atravessar essa estrada. A casa dos Garza fica ao lado da casa de esquina.

Ao ver Pedro tentando abrir a porta sem sucesso, Ramón Garza aparece.

— ¡*Buenos días señorito! ¿Qué le puedo ofrecer este día tan hermoso?*

Ramón Garza fala de forma alta e clara. As sobrancelhas desgrenhadas, pretas e grisalhas parecem ter um irmão um pouco maior bem abaixo do nariz. O avental dobrado, amarrado na barriga grande parece uma tenda de circo sustentada por dois postes com pés.

— *Webos y toh-tillas* — sussurra Pedro, e sua visão turva procura um ponto para focar.

— *Huevos y tortillas. Muy bien patroncito. ¿Y cuántas tortillas quisieras?* Ai, não! Ela falou quantas eram?!

— *Una?* — pergunta Pedro, mas logo em seguida se arrepende. Eu deveria ter pedido "dos"?

Ramón Garza vai até a sala dos fundos para buscar os itens. Pedro fica sem saber o que acontecerá se chegar em casa com a quantidade errada.

— *Aquí tienes tus huevos y tortillas. Y tu cambio, señorito.* — Ramon Garza entrega a Pedro o pacote de ovos e tortilhas, e o troco. — *¡Saludos a tu mamá!*

Dessa vez, a caminhada de volta para casa é muito mais comprida e penosa. Pedro pensa:

Não sei se ela falou quantas tortillas *precisava! Não parei de repetir essas palavras na cabeça, não é possível! Eu sempre tenho em mente alguma coisa pra dizer! Porque se ela me pergunta alguma coisa e eu não sei o que dizer, ela fica brava! E se eu não presto atenção, ela fica brava! Não importa o que eu faça, ela sempre fica brava!*

Mamãe está na porta, esperando, quando Pedro se aproxima.

— *¡¡¡¿Dónde están las otras tortillas?!!!*

Ah, não! ELA QUERIA DUAS!

— *No tenen* — sussurra, mas imediatamente se arrepende, porque o que queria dizer era: *"No tenían más"*, o que ele não sabe se é verdade. Pedro não consegue explicar mais nada porque a mãe começa a balbuciar palavras, frases e grunhidos aos quatro ventos.

E ele não gosta de mentir.

Quem quer que tenha dito que "a honestidade é a melhor política", não conhece a mãe dele.

Daniel franze a testa. Ele sabe que quando Pedro conversa com alguém as palavras soam engraçadas ou saem na ordem errada, mas ele nunca ri nem caçoa do irmão por isso.

As pessoas riem quando Daniel fala porque ele é engraçado, mas esperto, sabe sair da situação, porém Daniel sabe que Pedro é diferente.

A mãe liga para Ramón Garza e diz coisas terríveis sobre Pedro. Ele tenta ludibriar os ouvidos e fingir que não escuta as palavras maldosas que ela diz a Ramón Garza. Não há espaço para essas palavras na cabeça de Pedro.

A mesma cabeça que agora tem dois calos novos e latejantes bem no topo.

As orelhas vermelhas de Pedro queimam e os olhos marejam, mas a mãe o empurra porta afora, e o manda voltar à casa de Ramón Garza, que acaba de ouvir uma série de reclamações sobre Pedro e sua inutilidade.

Ramón Garza recebe Pedro com a porta aberta e um sorriso largo. Ele entrega as tortilhas, um pirulito e uma piscadela.

— ¡Que tengas un buen día, hijo!

Depois, de brincadeira ele dá uma sacudida na cabeleira de Pedro e o despenteia, mas os calos do couro cabeludo nem sentem o gesto.

Com os olhos grudados na guloseima e aquelas belas palavras nos ouvidos, Pedro deixa escapar:

— ¡Gathas!

E fica paralisado! O que ele queria dizer, na verdade, era "¡Gracias!".

É por isso que Pedro não gosta de abrir a boca para nada!

Por que lhe deram uma boca e uma língua que não perdem a menor oportunidade de humilhá-lo?

Por que ele simplesmente não se contenta em ser *La Momia Muda* o tempo todo?

Ele sai correndo da loja de Ramón Garza antes que as lágrimas comecem a escorrer.

Una onza de alegría vale más que una onza de oro.
Más vale un presente que dos después.

FEVEREIRO, 1969

A felicidade vale mais que ouro,
não existe no mundo maior tesouro!

Olhe, veja, não escape do que os olhos podem ver,
a felicidade, ah, uma vida feliz, era tudo o que eu queria ter!

10

PASSADO, PRESENTE, FUTURO

Festas são raras na casa de Pedro e Daniel, não só lá, mas na comunidade inteira. Embora geralmente permitam que os filhos brinquem uns com os outros, os vizinhos procuram evitar conflitos, e por isso costumam não ter muito contato, exceto quando se encontram em torno de um varal, pendurando a *ropa tendida*, verificando se a *ropa tendida* já secou, recolhendo a *ropa tendida*.

De vez em quando alguém faz uma pequena *fiesta* para comemorar um batismo, a primeira eucaristia ou uma formatura. Mas essas ocasiões são compreensivelmente limitadas à família, padrinhos, colegas de escola. Raramente questiona-se a lista de convidados.

Fiestas maiores, com lista exclusiva de convidados, costumam ser um negócio arriscado, com complicações a longo prazo para o anfitrião, para os convidados e para a frágil política da boa vizinhança. Estrella Mendoza, por exemplo, perdeu o status de *señora* ao achar que poderia fazer um encontro com um seleto grupo de *comadres*, achando que não haveria consequências.

80 | Pedro e Daniel

O marido de Estrella, *señor* Emiliano Mendoza, ainda é visto por aí bebendo com um grupo que vive embriagado. As regras sociais e suas punições não se aplicam aos homens da comunidade.

Por isso, é uma surpresa e tanto para a vizinhança quando a mãe anuncia que vai dar uma festa de aniversário para Pedro e que todas as famílias do vilarejo estão convidadas. Todo mundo sabe da existência de Pedro, mas poucos o conhecem pessoalmente. Fazer a primeira festa de aniversário dele quando completa sete anos é uma circunstância agradável demais para ser ignorada.

O *chisme* começa...

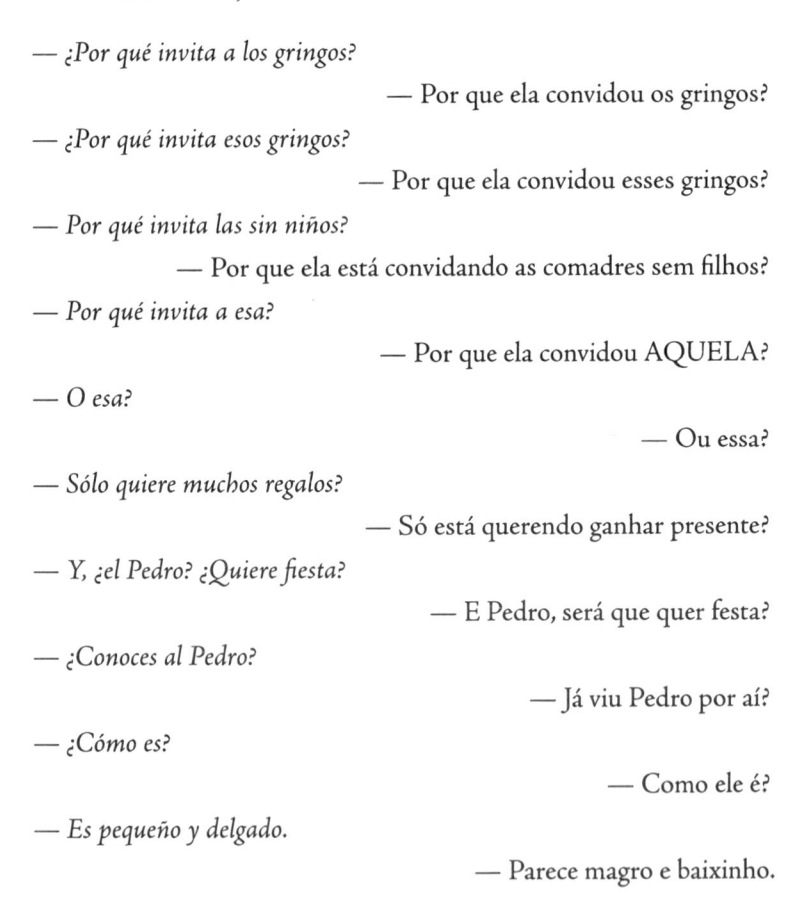

— *¿Por qué invita a los gringos?*

— Por que ela convidou os gringos?

— *¿Por qué invita esos gringos?*

— Por que ela convidou esses gringos?

— *Por qué invita las sin niños?*

— Por que ela está convidando as comadres sem filhos?

— *Por qué invita a esa?*

— Por que ela convidou AQUELA?

— *O esa?*

— Ou essa?

— *Sólo quiere muchos regalos?*

— Só está querendo ganhar presente?

— *Y, ¿el Pedro? ¿Quiere fiesta?*

— E Pedro, será que quer festa?

— *¿Conoces al Pedro?*

— Já viu Pedro por aí?

— *¿Cómo es?*

— Como ele é?

— *Es pequeño y delgado.*

— Parece magro e baixinho.

— No le gustan los deportes.

— Dicen que es listo.

— Nunca lo he oído hablar.

— Se habla a él mismo.

— Es reservado.

— Parece un poco raro.

— Parece un poco triste.

— Não gosta de esporte.

— Dizem que ele é inteligente.

— Eu nunca ouvi a voz dele.

— Parece que fala sozinho.

— É reservado.

— Menino esquisito.

— Parece triste.

Falam sobre as outras *comadres* e sobre Pedro. É um *chisme caliente*... As *comadres* sabem que não há como explicar a atitude da mãe dele. Seus caprichos e critérios para gostar ou detestar algo ou alguém desafia qualquer explicação. Todas lembram do incidente do "marido bonito" que reverberou na vizinhança por vários meses. Elas viam e ouviam as brigas no meio da madrugada que aconteciam na Rua Dirella, 1238, que geralmente acabavam numa visita da polícia ou num para-brisa quebrado, enquanto se ouvia o rangido das rodas do carro em disparada.

Mas as *comadres* terão de esperar, porque o tempo, e somente ele, poderá revelar as verdadeiras intenções da mãe nesta maquinação suspeita.

Ninguém sabe por que a mãe de Pedro está dando uma festa de aniversário para ele.

Nem mesmo o próprio Pedro.

— Por que será que ela decidiu fazer essa festa? — pergunta Pedro.

— Não sei, mas quero descobrir — responde Daniel.

— Mas eu não! Sei lá, isso tá estranho. Alguma coisa vai sair errado, ela vai ficar brava e botar a culpa em mim.

— Tente não se preocupar com isso, Pedro. Talvez a gente se divirta!

Mas os dois acham isso improvável.

Os dias que antecedem o aniversário de Pedro são bastante tranquilos.

— *Siempre tranquilo antes da tormenta* — avisa Daniel.

Pedro conhece bem essa expressão: ele experimentou isso na própria pele.

— Ai, eu sei — diz ele. Durante a calmaria, a brisa costuma dar indícios da tempestade iminente, mas ele não havia percebido nada até ali, embora estivesse mais do que atento aos sinais.

A manhã do aniversário de Pedro, em 14 de fevereiro, é como a maioria dos outros dias, com a única diferença dos irmãos lhe desejando feliz aniversário. Até a mãe dele levanta da cama e o cumprimenta antes de as crianças saírem para o ponto de ônibus:

— *Feliz cumpleaños!*

O assunto da escola hoje é o Dia dos Namorados. Pedro se sente menos exposto em relação ao seu aniversário porque todo mundo leva doces e cartões para a aula. Todos estão muito ocupados, dando e recebendo presentes. É uma ocasião incomum. Pedro se sente especial, mas ao mesmo tempo praticamente um anônimo. Esse é o epítome de um aniversário perfeito para ele.

Os cartões que Pedro recebe de alguns meninos da turma chamam muito a atenção dele. Quem teria escrito "SEJA MEU", "SOU SEU" e "BEIJE-ME"?

✦✦✦

A festa de aniversário do Pedro será na casa dos *padrinos* dele. Eles têm uma sala de estar enorme, que fica entre uma cozinha ampla e uma garagem para dois carros, o cômodo perfeito para reuniões grandes e para as pessoas se evitarem, quando necessário. O ambiente foi decorado com papel picado de várias cores e há uma *piñata* na garagem. No toca-discos, ouve-se *mariachi* e *ranchera*.

Pedro adora comida mexicana, mas uma ocasião festiva assim, com todos os tipos de comida mexicana ao mesmo tempo, é mais que especial. Há um bolo de chocolate com uma cobertura rosa e letras vermelhas que a Doña Ignacia Perez trouxe; ela é a confeiteira perfeita para qualquer comemoração.

Comida, bolo, e ainda nada aconteceu.

O que ela está esperando? Pedro se pergunta, preocupado.

Chega a hora dos presentes. Pedro nunca viu tantos presentes na vida! E são todos para ele! A atenção que ele recebe é rara e incômoda. Ele sente os olhares e os cochichos, tudo ao mesmo tempo.

Depois de abrir cada um dos presentes, ele deve se aproximar de cada pessoa que o presentou, agradecer de forma clara em inglês ou espanhol e retribuir com um abraço... um abraço!

— *¡Recuerda dar las gracias y un abrazo a todos os que te den un presente!*

Essa combinação de deveres desagradáveis é provavelmente a pior parte de todas.

As mãos de Pedro se repelem das pessoas no instante em que ele as envolve com os braços, e evitam o toque até que esse ritual terrível termine. As marcas dos lábios molhados cravadas nas bochechas vão incomodar, aborrecer e atormentar enquanto Pedro não puder sair daí para lavar o rosto.

Se Daniel estivesse mais perto, lembraria o irmão de respirar fundo.

Finalmente ele abriu todos os presentes e nada de ruim aconteceu.

Pedro fecha os olhos e respira fundo.

Nesse momento, a mãe anuncia que tem outro presente.

Os ouvidos treinados de Daniel escutam os suspiros fracos da multidão.

Se Pedro consegue ouvi-los, faz um esforço e tanto para esconder a própria reação, embora o ângulo de luz apropriado possa denunciar um brilho repentino naqueles olhos agora ligeiramente maiores.

O anúncio dramático feito pela mãe, do último presente, é recebido com um silêncio espantoso pelos convidados. A impressão que se tem é de que até os bebês prendem a respiração nesse momento.

Pedro não consegue disfarçar as mãos trêmulas e os dedos vacilantes enquanto abre o presente da mãe com todo o cuidado.

Certa vez, Pedro viu num filme a cena de uma festa em que os presentes tinham que ser enterrados numa banheira cheia de água, para o caso de terem alguma bomba dentro.

Pedro realmente precisava parar de assistir filmes de guerra.

Mas o presente da mamãe não é nenhum truque, nem uma bomba--relógio. É um lindo suéter. Um cardigã marrom escuro com listras brancas, roxas e violetas, uma de cada cor, com botões de couro em formato de nó.

Ouve-se um suspiro coletivo dos convidados — não se sabe ao certo se de admiração, alívio ou decepção.

Mais tarde, as crianças batem na *piñata* e recolhem os doces que caem. Por fim, as *comadres* reúnem seus filhos e pratos e se despedem. Todas as *comadres*, e um ou outro *compadre*, ao se despedir, olha para Pedro com uma expressão difícil de explicar.

A família de Pedro é a última a sair, depois de ajudar os *padrinos* dele a limpar e organizar a casa.

— Não acredito que nada aconteceu na festa — confessa Daniel com as mãos apoiadas na cintura. Eles estão se preparando para dormir. — *De músico, poeta y loco, todos tenemos un poco.*

— Pois é. Não é maravilhoso? — diz Pedro, encantado, segurando o querido suéter novo. — *El que mucho mal padece, con poco bien se consuela...* ou alguma coisa assim.

— Uau, estou impressionado! — comemora Daniel. — É isso mesmo: "Aquele que muito sofre, com muito pouco se consola". E também tem aquele assim:

"*Cuando hay hambre, no hay pan duro.*"

— Tem algum *dicho* que fale para vocês dois calarem a boca? — murmura Juan debaixo das cobertas.

Todo por servir se acaba.

MARÇO, 1969

Tudo aquilo que tem serventia,
se acabará um dia.

Os sapatos que hoje te levam pra todo lugar,
buracos logo hão de criar!

II

SMORGASBORD DE DELÍCIAS

Todos na vizinhança, nas escolas e na paróquia sabem que a família do Pedro e do Daniel é pobre. A maioria das pessoas são gentis ou, pelo menos, não falam coisas maldosas sobre eles. As crianças parecem sempre banhadas, de roupas limpas e têm ótimos modos.

Alguns questionam o fato de os pais terem tido tantos filhos: "é uma superabundância, excesso de indulgência".

O governo envia à família queijo, manteiga e leite em pó numa caixas de papelão. O queijo e a manteiga têm um sabor diferente das compradas no mercado, mas as crianças sabem que não devem dizer nada. O leite em pó reidratado é azedo e parece areia. A mãe o mistura com leite comum para deixá-lo mais agradável, mas isso só prolonga a exposição a esse desagrado.

Uma vez por ano, a Escola Imaculada Conceição realiza o *Smorgasbord*, um evento para arrecadar fundos e que acontece no refeitório do colégio. As pessoas pagam uma taxa para participar de um buffet à vontade de comidas suecas, com vários tipos de alimentos e uma ou outra atração de entretenimento. Há uma espécie de leilão silencioso enquanto um conselheiro que atua como mestre de cerimônias fica atrás dos participantes mais ricos e dos empresários, pedindo doações para a igreja e para a escola paroquial.

No dia seguinte, as freiras da escola surpreenderam a família com bandejas de comida que sobrou do evento.

Uma mistura de aromas emana dos pratos cobertos na cozinha: carnes e molhos saborosos, macarrão na manteiga, chocolate, baunilha, cheiro de temperos que os meninos nunca tinham sentido.

A mãe e o pai conversam com as freiras na sala. Irmã Diana é professora de Pedro e irmã Francisca, de Sara. Mamãe parece feliz quando elas falam sobre o padre Ambrose — o lindo e novo assistente da igreja — que deve se juntar a eles em breve!

O Dr. Fritz e padre Ambrose são as pessoas de que a mãe mais gosta neste mundo.

Ela acredita que médicos e padres são as melhores pessoas do mundo.

Daniel puxa Pedro para a cozinha e sussurra no ouvido dele:

— Tô com muita fome. Vamos pegar uns! — diz ele, tirando o papel alumínio que cobre as bandejas antes mesmo de Pedro responder.

— Não! Melhor esperar a mãe falar que pode! — alerta Pedro.

Mas Daniel lasca várias mordidas num biscoito e depois num brownie, até eles acabarem.

— Gelatina! — exclama ele, pegando uma colher. — Vem, Pedro, pega só um pouco! Você não tá com fome também?

— Sim. A gente nem comeu hoje.

Pedro pega uma almôndega sueca e depois se serve de uma colherada de estrogonofe de carne.

— Ai, é tão gostoso! Será que algum dia a gente vai comer isso de novo?

— *La vida no es un ensayo, Pedro*. Você tem que aproveitar a vida enquanto pode.

Pedro e Daniel | 89

Há uma grande comoção na sala quando o padre Ambrose aparece. Mamãe sorri e espera que os vizinhos barulhentos tenham percebido sua chegada. Um convidado de honra inesperado sempre deve ser anunciado. Pedro conhece o jovem assistente do padre Durbin. Os dois alternam rezando a missa pela manhã, antes de as aulas das crianças começarem. De vez em quando eles aparecem nas salas de aula. Pedro tem medo dos dois porque eles conversam com Deus. Ele também prefere que seu nome nunca seja citado nas conversas entre eles. Como a mãe está sempre brava com Pedro, talvez Deus também não goste dele. Seja como for, ele prefere não saber.

Daniel espia o padre Ambrose da porta da cozinha. Ele o viu apenas algumas vezes na igreja. Aqui, na casa deles, padre Ambrose está usando uma camisa preta, um colarinho branco e uma calça preta. Para alguns, ele pode parecer um homem normal, mas é claro que não é!

— Ele é tão diferente! — comenta Daniel. — Eu não sabia que padre podia dirigir!

— ¡Daniel! ¡Daniel, ven pa'ca! — diz a mãe. Ela já apresentou todos os outros filhos ao padre. Então anuncia: — Padre Ahmbrosh, Daniel *querer* ser padre quando *crescerá*.

Os olhos grandes de Daniel focam o rosto gentil e intrigante do padre Ambrose quando ele pega sua mão.

— Muito prazer, Daniel.

Pouco tempo depois, o padre Ambrose avista a cabeça flutuante de Pedro, espreitando pela fresta da porta da cozinha.

— E.... eu conheço o Pedro! — declara Padre Ambrose com entusiasmo.

Pedro olha rapidamente para mamãe, preparado para ouvir uma bronca.

— ¡Ven y saluda! — ordena a mãe.

Pedro sabe que deve apertar a mão do padre e dizer:

— Olá, padre Ambrose, prazer ver o senhor. — A mãe presta muita atenção às formalidades dos cumprimentos nos programas de TV, e por isso espera-se que Pedro seja cortês e respeitoso. Ela definitivamente *não* está criando um bando de *maleducados*.

— Ouvi dizer que Pedro é bom aluno — Padre Ambrose olha para a irmã Diana. — Espero que você também seja, Daniel! Estamos ansiosos para te encontrar na nossa escola ano que vem. Lembre-se, é preciso estudar muito para ser médico, e para ser padre também!

Nesse momento, Daniel pensa: *Quantas vezes mamãe disse: "Para tonto no se estudia!"*?

El que ansioso escoge lo mejor, suele quedarse con lo peor.
Anda tu camino sin ayuda de vecino.
Más vale dar que recibir.

ABRIL, 1969

Se o que você quer é ser o melhor,
que reste a outro o papel de pior.

Dê o melhor de si, enquanto puder sorrir,
e saiba que o melhor está sempre por vir!

12

OS MAUS VENTOS QUE A TRAZEM

Deitado na grama em frente de casa, Pedro está imóvel, com o olhar distraído e a boca entreaberta. O céu está fascinante, uma mistura sofisticada de tons de azul, rosa, lilás e todas as cores derivadas dessas. Nuvens flutuam na brisa vespertina, avivando a ampla paisagem impressionista que parece uma pintura. As nuvens em si parecem uma paleta de cores, tonalidades e matizes. As chuvas dos últimos dias despertaram as árvores e as plantas. A primavera chegou depois de um inverno cinzento e opressivo. Pássaros e insetos vibram e gorjeiam e zunem e voam e saltitam e rodopiam numa sinfonia de sons, formando um balé. Papai levou a mãe para fazer compras. Sara está cuidando dos bebês lá dentro, Juan saiu com os amigos e Daniel provavelmente está no quarto de Sara, brincando com as bonecas dela e com o fogão de brinquedo.

Esse cenário bucólico nunca foi tão pacífico. Pedro sempre se sente sozinho no meio da multidão. Mas agora ele está verdadeiramente sozinho, no seu próprio mundo. Mas a visão periférica dele está alerta, atenta a qualquer movimento, caso algum carro se aproxime. Ele está preparado para levantar depressa e correr para dentro de casa, caso precise.

94 | Pedro e Daniel

Naquele exato momento, Pedro está quebrando várias regras. A mãe *não* quer que nenhum dos filhos fique do lado de fora quando ela não estiver em casa. Nunca. Ela não quer que nenhuma *comadre* saia por aí dizendo que viu um dos filhos dela à toa na rua... nem sem sapatos... nem com o cabelo despenteado... nem com a cara suja... e muito menos parecendo um *huérfano*!

Ninguém espera que a mãe controle a própria raiva e tampouco seus impulsos caso essas infrações sejam cometidas pelos filhos. Sob nenhuma hipótese as consequências de sua fúria poderiam ser atribuídas a ela. Pelo contrário: a responsabilidade recairia única e inquestionavelmente sobre o filho ou filha que desobedeceu aos seus decretos.

Tudo isso é muito claro e óbvio para qualquer um que tenha prestado atenção aos costumes e hábitos daquela casa.

✦✦✦

Que dia lindo para empinar pipa, pensa Pedro, ainda deitado na grama.

Se eu tivesse uma pipa...

A luz do sol provoca um, dois, três espirros.

Como seria bom ficar debaixo de uma árvore lendo... se o meu livro estivesse aqui, e se tivéssemos uma árvore...

Pedro faz anjos com a grama.

E mesmo que eu pudesse andar de bicicleta, eu me afastaria muito de casa...

Ele ajeita a camiseta para a grama áspera não machucar suas costas sensíveis.

Mesmo assim, está tudo tão calmo... tranquilo... e bonito.

Ele respira profundamente e enche bem os pulmões de ar.

Agora não preciso de mais nada, nada mesmo...

Por um momento brevíssimo e inesperado, ele fecha os olhos — é um segundo assustador.

Ele força as pálpebras para obrigá-las a se manterem abertas e pisca repetidamente para afastar o sono.

Isso é tão maravilhoso...
Ele boceja.
E me dá tanta paz...
Pisca.
Eu poderia simplesmente...

✦✦✦

— ¡¿Y qué haces tú allí?!
Ah, não! Pedro resfolega e levanta de repente, num sobressalto, sentando-se ereto. *Peguei no sono!*
— ¡¡¡Vente pa'ca!!!
Numa mistura de espanto e confusão, Pedro cambaleia, trôpego, caminhado em direção à mãe, que está contornando o carro num ritmo rápido e enfurecido, o rosto se contorcendo entre xingamentos, risadas maliciosas e um regozijo demoníaco. A postura familiar se aproxima com uma das mãos estendidas e a outra se erguendo em direção ao encantador céu de brigadeiro de Pedro. Ela o acerta com um *coscorrón* que faz o topo da cabeça arder e provoca ondas elétricas que irradiam pelas têmporas, emitindo por fim a sensação de uma facada profunda dentro do ouvido. Poucos sabem, mas um golpe rápido e certeiro na cabeça, com um único nó de um dos dedos, é capaz de afetar uma parte do sistema nervoso complexo, entre o couro cabeludo e o crânio, resultando numa dor repentina e lancinante. A dor é um mecanismo de defesa útil e natural que alerta o ser humano sobre o perigo que correm os tecidos vitais que ficam logo abaixo do crânio. É como se ela dissesse: "O cérebro precisa ser protegido!"

— ¡¡¡¿Por qué estás aquí afuera, en las nubes de mierda como un MAL-DITO MARICÓN?!!!"

Ela o agarra num aperto mortal e deliberado e o arrasta pelo cotovelo para dentro de casa, enquanto os pezinhos de Pedro lutam para acompanhar o passo da mãe, e seus dedinhos penteiam a grama.

✦✦✦

Pedro sabia quais eram os riscos de desafiar as regras, quais eram os riscos de sair de casa sem um propósito claro e imediato. Ele sabia que haveria consequências se fosse descoberto. Não merece, então, ser punido e humilhado?

Talvez a mãe só estivesse preocupada com a possibilidade de alguém aparecer e sequestrá-lo, levá-lo para muito, muito longe dali?
Mas será que isso não deixaria *os dois* felizes?
Talvez eu não devesse desejar tanto isso.
Talvez seja por isso que ainda não se tornou realidade.

✦✦✦

— ¡Dale una nalgada para que aprenda! — grita a mãe com o pai, ordenando que ele bata em Pedro para que ele aprenda a lição.

— Eso no lo voy a hacer — responde o papai com calma e firmeza. Mas tampouco ele defende Pedro dela.

— ¡¡¡Yo siempre soy la que tiene que sufrir con este RENEGRIDO PENDEJO Y MALDITO MARICÓN!!! — grita, esticando o braço para tirar o sapato, cuspindo em Pedro. À medida que as palavras odiosas soam cada vez mais altas, as outras crianças fogem para seus quartos. Cada um precisa se defender da melhor forma possível.

A mente enlouquecida da mãe logo decifrará que todos foram cúmplices da delinquência de Pedro. Todos tiveram alguma participação nisso, seja direta ou indiretamente, e cada um deverá ser punido por isso.

Toda a raiva dela se concentra no sapato, que foi erguido do chão em direção ao teto e começa uma descida vertiginosa no formato de um arco perfeito, se aproximando cada vez mais, até a ponta do salto encontrar o alvo.

Poucas pessoas sabem que as feridas no miolo da cabeça sangram muito por conta de uma rede complexa de vasos sanguíneos que ficam próximos ao couro cabeludo. Talvez se a mãe soubesse que tamanha quantidade de sangue vazaria continuamente, e por tanto tempo, teria mirado em outro lugar. Que não a culpem por desconhecer essa teia ludibriosa, invisível aos olhos. Afinal de contas, ela não é médica.

Assim que o sangramento cessa, a mãe entrega a Pedro uma toalha velha para que ele limpe a própria bagunça e, para completar, o cheiro nojento de ferrugem do sangue provoca náusea e ameaça acrescentar vômito a toda essa calamidade diante dele.

— ¡Y si alguien te pregunta, dile que te pegaste con una puerta, como el pendejo que eres!

Se alguém visse seu ferimento, ele deveria dizer que foi idiota o suficiente para bater a cabeça na porta e se machucar sozinho. Pedro aprendeu por meio da dor a lição que já tinha ouvido:

"*Camarón que se duerme, se lo lleva la corriente.*"

Portanto, permaneça alerta e vigilante, mesmo quando deitado na grama em um dia bonito e tranquilo.

Contestación sin pregunta, señal de culpa.
No pidas perdón antes de ser acusado.
Excusa no pedida, la culpa manifiesta.

MAIO, 1969

Sem acusação, já pediu desculpa,
Com certeza aí tem alguma culpa.

Cuidado, segure a língua para não dizer,
Palavras em que não se pode crer.

13

TRISTEZA NA FLORESTA

Pedro e Daniel perceberam uma anormalidade na vizinhança ontem à noite, mas não podiam sair para saber o que aconteceu. As crianças vizinhas estavam correndo de uma casa para outra, uma espécie de reprodução da brincadeira do telefone que costumam fazer na escola. Cada criança que escutava o *chisme* soltava um grito de alegria, ou talvez de nojo. Impossível dizer ao certo, já que Pedro e Daniel assistiram tudo pela janela do quarto de Sara.

Amanhece, e agora, no ponto de ônibus escolar, Pedro mordisca a bochecha e não consegue ficar parado quando as outras crianças começam a chegar. Quer saber o que estava acontecendo!

Um grupo de crianças reunido por ali conversa, todas muito animadas. Estão falando sobre a floresta, ou sobre tocar alguma coisa, sobre dedos, cruzes...

— Do que vocês estão falando? — pergunta alguém finalmente.

— FLORESTA! — responde o grupo todo.

— Que floresta? — pergunta Pedro.

— A família Floresta mudou para aquele trailer pequeno que fica de frente para o Garzas! — grita Sharon. — Aqueles meninos vão começar a pegar o ônibus com a gente!

O bochicho recomeça, mas Pedro ainda não consegue compreender a euforia toda. Ele se aproxima do grupo para obter mais detalhes.

— Quando aqueles meninos embarcarem no ônibus, cruzem os dedos! — declara Steve.

— Não deixe nenhum deles olhar pra você! — alerta Davi.

— Não deixe eles te tocarem! — diz Sam.

— E o que acontece se eles te tocarem? — indaga Pedro.

— VOCÊ VAI PEGAR PIOLHO! — grita em uníssono o aglomerado de crianças.

Pedro já tinha ouvido falar de piolho. Na escola, os professores dizem que essa história de piolho é boato, mas no recreio sempre aparece alguém com piolho e os alunos supostamente precisam evitar essas pessoas. Pedro sempre está lendo algum livro ilustrado na hora do recreio, por isso nunca prestou muita atenção a esses boatos.

O ônibus escolar chega. Pedro, Juan, Sara e as outras crianças sobem. Os três ficam plantados em seus assentos previamente definidos.

Os meninos da família Floresta embarcam na próxima parada, e as crianças no veículo começam a rir.

Matt Floresta está na terceira série, e Mark Floresta está na quarta. Pedro lembra de ter visto as crianças apontando para eles no parquinho da escola. Eles se parecem muito com os primos de Pedro, por parte de pai.

A família Floresta é indígena, originária de algum povo nativo-americano. Faz alguns anos que moram nesta cidade. Além disso, a única coisa que se sabe sobre essa família é que ninguém nunca se preocupou em conversar com eles, muito menos em fazer alguma gentileza ou dar as boas-vindas.

Pedro e Daniel | 101

Pedro não sabe ao certo se seus familiares, tanto os que moram nos Estados Unidos quanto os que estão no México, são descendentes de povos indígenas, mas ele sempre se identificou com essa população. Eles têm a pele mais escura, como Pedro e o pai. Além disso, os olhos, sobrancelhas, nariz, boca, cabelo e todo o resto também se parecem com os deles.

Pedro é um indígena mexicano-americano. E assim como acontece com eles, poucas pessoas se preocupam em conversar ou manter contato com Pedro.

De repente, Pedro estufa o peito, todo orgulhoso. A sua mente, onde ele conversa consigo mesmo, diz em alto e bom som:

Eles podem ser irmãos de sangue, mas todos nós somos
filhos da mãe Terra.
Então somos membros separados, da mesma família.
Somos filhos do Sol, irmãos da Lua.
Por que o novo, ou o diferente, causa tanto incômodo?
Matt e Mark não falam, não sorriem, não brincam, não dão risada.
Eles são tristes.
Eles são crianças...
Eles são como eu!

Ah, se essa voz na cabeça fosse a mesma voz que sai pela boca...

+++

Pedro sempre se senta no banco da frente do ônibus, para poder olhar pelo vidro grande do motorista.

As outras crianças dizem que é estranho se sentar no banco da frente, porque ali o motorista do ônibus fica de olho em você. Mas Pedro não se importa com o que os outros pensam; já basta ter de se preocupar com isso em casa.

Matt e Mark já subiram e estão de pé na parte da frente do ônibus, atrás deles há vários bancos vazios, mas eles sabem que não são bem-vindos. Essa recepção fria seja no ônibus ou na escola não é nenhuma novidade para eles.

Pedro agarra a barra de ferro à frente, as mãos agora ficam visíveis e todos atrás dele podem vê-las.

— Pedro, cruza os dedos! — grita Yolanda atrás dele.

— Não! — responde ele. — Eu não preciso!

As sobrancelhas de Mark contraem, e ele olha para as mãos de Pedro.

Pedro olha para os dois meninos ali sentados. Eles vestem roupas cinzas e mal ajustadas no corpo, familiares. A julgar pelo cabelo, e pelas marcar de cortes no pescoço, iguais às de Pedro, a mãe deles deve ter submetido os dois a uma sessão torturante de corte com a maquininha. Numa foto com Matt e Mark, Pedro bem que poderia se passar por irmão ou primo deles.

— Querem sentar? — pergunta Pedro.

— Hum... não, obrigado — responde Matt baixinho, parecendo inseguro. Logo depois, sentando-se ao lado de Pedro, ele diz: — Sim, muito obrigado!

Os olhos de Mark dançam de um lado para o outro, entre Pedro e o espaço vazio no banco. Ele morde de lado o lábio inferior.

— Sim, obrigado — agradece Mark, e Pedro tem quase certeza que viu Mark sorrir enquanto se sentava.

Há espaço de sobra para três meninos no banco.

Hay que aprender a perder antes de saber jugar.
Nada arriesgado, nada ganado.
No da el que puede, sino el que quiere.

JUNHO, 1969

Aprenda a perder, depois a jogar.
Treine feito o maratonista, que entra para ganhar.

Para aquele que não tenta, sorte não há à vista.
E quem não arrisca, não petisca.

14

LONGE DAS SOMBRAS

Pedro e Daniel permanecem reclusos o máximo possível no quarto. Quando a mãe tira uma soneca no cômodo ao lado, eles precisam tomar todo o cuidado possível e fazer ainda mais silêncio. Por que o destino quis que a cama deles ficasse bem contra a parede do quarto da mãe?

— O que seria pior? — sussurra Pedro. — Se a gente acordasse a mãe ou um dos bebês?

— Se um dos bebês acordar, a mãe também acorda, isso seria a pior coisa de todas!

— É mesmo... E a gente pode acabar batendo na parede se ficar brincando aqui na cama. Vamos brincar no chão.

— *Fuera de vista, fuera de mente* — resmunga Daniel.

Pedro traz livros da biblioteca da escola para casa. Eles leem em silêncio, pronunciam com o menor barulho possível palavras que ainda não conhecem e as sussurram no ouvido um do outro.

— Tô com fome — diz Pedro depois de um tempo.

— Eu tô sempre com fome. A gente tá sem comer nada desde manhã.

Os meninos têm uma língua própria de sinais e palavras, usam códigos para que os outros irmãos não saibam do que estão falando. Embora

Pedro e Daniel

fuxicar com o irmão não seja algo legal, tem lá suas vantagens. Um fuxiqueiro tagarela com *chisme caliente* se torna o filho predileto da mãe. Pelo menos por um tempo eles podem respirar tranquilos e relaxados.

— "*Hay ropa tendida*" — observa Daniel — significa que as paredes têm ouvidos, o que por sua vez quer dizer que é preciso tomar cuidado com o que se diz.

— Mas se a gente disser "*hay ropa tendida*" — pontua Pedro —, eles não vão se tocar que a gente sabe que eles estão prestando atenção na nossa conversa, e vão sair correndo pra contar pra mãe?

— É. Então talvez seja melhor a gente dizer "*ropa*" só, aí dá pra saber que o outro quer conversar. É só mudar de assunto e dizer "*ropa*".

— Tá bom. Mas não esquece de usar o codinome da mãe quando for pra falar sobre ela!

Quando Juan volta do banheiro, Daniel murmura "*ropa*". Pedro ri por dentro.

Depois de um tempo, os meninos escutam a mãe levantar e ligar a TV.

— Tô com fome, e quero assistir TV — sussurra Daniel no ouvido do irmão.

— Eu sei, eu também. O que quer assistir? — pergunta Pedro, para distrai-lo.

— Desenho. Acho que *Pernalonga* ou *Tom e Jerry*.

O Pernalonga é ágil e sarcástico. Astuto, é um personagem que tem malícia. E que gosta de usar roupas femininas.

— Adoro quando o Pernalonga se veste que nem menina — comenta Pedro. — E Hortelino sempre acaba se apaixonando por ele.

— Eu sei! E aquele batom vermelho e os peitões são engraçados! — lembra Daniel, rindo.

— Até o Fred e o Barney se vestem de mulher às vezes!

— E Bob Hope e Milton Berle também — acrescenta Pedro. — O melhor é quando eles aparecem de barba, bigode e maquiagem... eu acho que eles se divertem muito!

Daniel de repente vira para o irmão e abre um largo sorriso desdentado.

Todas as tardes, a família assiste a série *Sombras da noite*, que começa logo depois que as crianças chegam da escola. É uma novela diferente de todas as outras: uma histórica gótica, de bruxas, feiticeiros, lobisomens e vampiros. É espetacular, mas inapropriada para crianças.

— Eu adoro *Sombras da noite*! — exclama Pedro. — Tenho pena do Barnabas Collins, apesar de ele ficar assustador quando se transforma em vampiro.

— Angelique é a minha favorita — contrapõe Daniel. — Não fale mal daquela bruxa linda!

"No hay furia como la de una mujer despreciada."

— Com certeza! Sinto pena é do Quentin — acrescenta Pedro. Barnabas Collins é um cavalheiro estranho e taciturno, quando não está no modo vampiro. Angelique é uma beldade enfurecida, que amaldiçoou Barnabas porque seu amor por ele não foi correspondido. Os traços faciais de Quentin Collins são bonitos, como os do namorado de olhos azuis de Sara, mas Quentin foi amaldiçoado como lobisomen.

— Eu gosto das coisas que eles usam... os bonecos de vodu, a bola de cristal, o anel que dá pra abrir e despejar veneno numa taça de vinho... — comenta Daniel.

Mas é o castigo merecido e a prisão do reverendo Trask que mais comove e assusta Pedro. Enterrado vivo atrás de uma parede de tijolos no porão da velha mansão, ele é condenado à escuridão perpétua.

— Tive tantos pesadelos com o reverendo Trask... — murmura Pedro.

— Sei como é — concorda Daniel. — Mas acho que ele mereceu. Consegue imaginar a sensação de ser enterrado vivo?

— Mais ou menos — responde Pedro. — É por isso que eu continuo tendo pesadelos.

Barnabas Collins, com seu cabelo de Benito Juárez, é um anti-herói torturado e atormentado, que esconde um segredo — uma coisa muito vergonhosa — a plena vista. Está condenado a nunca ser amado por ninguém, pois quem quer que o amasse estaria destinado a morrer. Ele jamais poderá se libertar das trevas que o oprime.

Esses temas, que se arrastam por dias... por semanas, meses e anos... são o que atormenta o sono de Pedro.

Las deudas viejas no se pagan, y las nuevas se dejan envejecer.
Gasta con tu dinero, no con el del banquero.
Más lejos ven los sesos que los ojos.

JULHO, 1969

Tolo é aquele cuja dívida não paga,
aos novos endividados, sábios são, assim se fala.

Gaste apenas aquilo que é seu,
E nunca o dinheiro que um banco te deu

15

LIÇÕES NOS CAMPOS

Nas últimas semanas, a família de Pedro e Daniel tem colhido tomates nos campos das cidades vizinhas de Ohio.

Toda manhã, o papai gentilmente esfrega o peito dos meninos com um prato de tortilhas de farinha de trigo fresquinhas na outra mão. O aroma faz cócegas no nariz deles e as pálpebras se abrem. Eles precisam estar nos campos quando o sol nascer, e vão ficar até depois do pôr do sol. Aproveitar a luz do dia é fundamental para colher o máximo possível de tomates. Até a luz do amanhecer e do entardecer são momentos preciosos. Deus ajuda quem cedo madruga.

"El que madruga coge la oruga."

Um vizinho cuida dos bebês enquanto a família trabalha na lavoura.

De carro, o papai deixa a mãe e os filhos junto a um grupo de trabalhadores em torno de um trator, numa enorme plantação de tomate. Por ali, não há o menor sinal de nenhum prédio, nem mesmo à distância.

Logo depois, papai segue para o próprio trabalho, numa fábrica.

Pontinhos vermelhos enfeitam o campo verde sob o céu azul.

112 | Pedro e Daniel

El Patrón distribui as cestas (ou *canastas*) para cada um no começo do dia, e vai embora. Mal o Patrón sai e Pedro já começa a contar os minutos e segundos para a volta dele, que indica que o expediente acabou e eles poderão parar de colher tomate e voltar para casa.

Pedro sempre torce para o dia passar rápido, na esperança de que amanhã tudo seja melhor.

Ele tem a esperança de que um dia será feliz, e quando esse dia chegar ele não vai mais precisar torcer para o tempo passar rápido. Ao contrário, vai torcer para ele passar bem devagar para poder saborear cada momento.

A mãe quer que todos os filhos levem todas as *canastas* de uma vez ao campo para não perderem tempo voltando para buscar mais.

— Pedro, me ajuda aqui? — implora Daniel, mas Pedro está se debatendo com as próprias *canastas*.

E a mãe está sempre observando os dois...

— ¡Ese no! ¡Es muy verde!
— Esse não! Tá muito verde!
— ¡Ese no! ¡Es muy chiquito!
— Este não! Tá muito pequeno!
— ¡Los grandes para llenar la canasta rápido!
— Os maiores enchem a cesta rápido!

A mãe vai receber por cada *canasta* cheia, por isso quer encher o máximo possível com tomates grandes — menos tomates colhidos, mais *canastas*. Tratores trazem novas *canastas* vazias e levam as cheias de tomate embora.

— ¡Ya deja esa canasta! ¡Está llena!
— Deixa essa cesta aí, está cheia!
— ¡Comienza otra!
— Começa outra!

Pedro sente o gosto salgado do suor que escorre e entra pela boca aberta. É perfeito para o tomate cereja doce que ele enfia na boca escondido.

Ele imagina os colegas de sala nas férias de verão, brincando nas gangorras, fazendo *una fiesta* com sorvete e pastel, ou lendo um livro debaixo de uma árvore.

Enquanto sobe e desce, para cima e para baixo, colhendo cada tomate, ele brinca consigo mesmo, imaginando ser um pistão num trem.

E imagina o dia em que não vai mais precisar colher tanto tomate.

Em meio ao calor e à umidade, Pedro e Daniel estapeiam as moscas que não param de zunir!

— ¡*Ya deja*!

— Já chega!

Sara e Juan estão concentrados no trabalho. A mãe não precisa gritar com eles.

No horário do almoço, a família de Pedro se reúne para comer *tortillas con papas con blanquillos*. Apesar do papel alumínio, elas já esfriaram, mas ainda estão uma delícia! Só faltou uma coisa: ketchup! Comer tortillas com ketchup pode parecer estranho, mas a combinação de sabores fica maravilhosa.

A água que eles trouxeram em jarros de vidro está quente devido ao sol e não sacia a sede.

✦✦✦

As outras famílias que trabalham na colheita vivem dentro do próprio carro. Muitos não têm casa para morar. Viajam pelo país inteiro, durante o ano todo, para colher frutas e legumes. Faz algumas semanas que estão em Ohio. A mãe até conversa com eles, mas prefere não manter muito contato; quer que a família se mantenha concentrada na colheita. Não há tempo para conversa fiada nem para vadiagem.

Pedro pensa na própria cama. Ele a divide com Daniel, mas ela é confortável!

Onde essas famílias dormem?

Pedro pensa em seu *baño*. No campo, eles fazem xixi por algum canto da vegetação, mas não tem como se esconder!

Onde eles fazem cocô?
Onde tomam banho?

Pedro pensa na cozinha de casa. A mãe prepara *tamales, mole* e *arroz con pollo*.

Onde fica a comida dessas pessoas?
Como cozinham?
O que comem?

Com frequência, Pedro tem muitas perguntas e, com frequência, ele não obtém respostas. Essas perguntas são sobre pessoas que têm muito menos que ele. Pedro nunca se sentiu afortunado e não sabe como processar todas essas novas sensações e emoções.

✦✦✦

Pedro teve a oportunidade de conhecer algumas dessas famílias. Há meninos e meninas da idade dele. Ele se pergunta se eles vão à escola, mas tem medo de perguntar.

Ele repara que essas famílias *parecem* felizes. Eles conversam e riem todos os dias — até os meninos que se parecem muito com ele!

Às vezes ele gostaria de viver com eles, dentro de um carro — sem cama, sem banheiro, sem cozinha.

Pedro acha que a mãe ficaria feliz se ele fosse morar com eles. Mas duvida que deixaria Daniel ir também.

✦✦✦

Recentemente, Pedro e Daniel não tomaram o devido cuidado com a traiçoeira *ropa tendida* e sofreram dolorosas consequências que os fizeram lembrar que é preciso se manter discreto e vigilante o tempo todo. Agora, quando querem falar sobre fuga, sussurram.

Eles acham que deveriam fugir quando a mãe comprar muita comida na promoção. Memorizaram listas e planos, nada pode ser por escrito. Levariam um saco de pão, mortadela e salgadinhos. Às vezes, a mãe compra as tortinhas que Daniel tanto adora. Roupas e outros suprimentos na menor quantidade possível. Eles sabem que pedir carona é perigoso, mas às vezes, nos filmes, um bom casal para e leva as crianças para casa, adotam e as matriculam numa boa escola.

Não poderia ser assim com Pedro e Daniel?

Pedro quer continuar indo à escola. Ele quer aprender sobre tudo e todos. Ele não quer ficar com ninguém se não puder frequentar a escola.

✦✦✦

Não há tempo para descansar nem para sonhar acordado depois do almoço. Todos eles precisam voltar para continuar *llenando canastas*.

— *Comienza otra!*

— Começa outra!

— *¡Ándale, com energia!*

— Vamos, com vontade!

Os tomates maduros que Pedro escolhe são doces e suculentos, e bem vermelhinhos, ao contrário dos que vendem na mercearia. O aroma picante das folhas dos pés de tomate faz cócegas no nariz dele.

— *¡Yay, papa está aquí!*

Papai começa a trabalhar imediatamente. Com isso, a mãe desvia o foco de Pedro e Daniel.

No sereno do final da tarde, Pedro e Daniel continuam matando mosquitos, que não param de picar!

— *¡Ya deja!*

Há uma empolgação, uma pressa, uma expectativa no ar.

— ¡*Yay, El Patrón está aquí!*
Com a chegada do patrão, é hora de voltar para casa!
Ou quase.
A mãe pede para que encham *más canastas* o mais depressa possível.
É como correr cem metros rasos depois de uma maratona!
A mãe havia trazido uma lanterna para que possam trabalhar no escuro, mas *El Pátron* quer pagá-la de uma vez e voltar para casa.
— *Donde hay patrón, no manda outro* — diz Daniel baixinho, para Pedro.
— *Nadie puede servir a dos* — afirma Pedro.
Manda quem pode e obedece quem tem juízo. Em casa, pode ser a mãe quem manda, mas no campo é *El Patron*. Terão pouco tempo para descansar, pois dali a algumas horas estarão de volta para mais um dia inteiro de colheita.

El pendejo no tiene dudas ni temores.
Sabe el precio de todo y el valor de nada.
Mal piensa el que piensa que otro no piensa.

AGOSTO, 1969

Só não tem medo, dúvidas ou ânsia,
O tolo que vive na constante ignorância.

Pode conhecer tudo por seu preço,
Mas não sabe nada sobre valor ou apreço.

16

PEIXE NO RIO

A cidadezinha de Pedro e Daniel tem um parque público com um rio que deságua no Lago Erie. Grandes blocos de granito foram postos de maneira irregular ao longo das margens do rio e do lago. Quando chove forte, a água sobe e o parque inteiro se transforma numa extensão do lago. Nessas horas, não dá pra saber o que é lago, rio nem terra: árvores, postes de luz, cestas de basquete, latas de lixo e mesas de piquenique se projetam para fora da água, formando figuras estranhas. O papai adora quando a mãe concorda em encher o carro com os filhos e os equipamentos de pesca. Ele não costuma pescar com frequência. A mãe, por sua vez, fica na expectativa por um bagre empanado e frito.

Pedro e Daniel não gostam de pescar, mas não têm escolha. É o que se espera que os meninos debaixo do teto da mãe façam. Do banco de trás, enquanto a família ainda no carro se dirige para o estacionamento, tudo que Pedro consegue ver é a água. Não há nenhum gradil, proteção, nada do tipo na margem. Ele prende a respiração, ciente de que o carro poderia simplesmente desviar e acabar parando bem no fundo do rio.

Ninguém ali sabe nadar, então uma queda repentina seria morte na certa.

A pior parte da pesca definitivamente são os insetos. Durante o dia, tem mosca por todos os lados, e em tudo. Quando começa a anoitecer, os mosquitos atacam, principalmente, Pedro e Daniel. Naquela noite, os mosquitos formavam nuvens hipnotizantes e zunidoras, se aglomerando ao redor de um dos meninos, depois do outro, e voltando para o primeiro. Picadas de mosquito fazem muito mal a Daniel. E, naquela noite sufocante, a regata larga que ele veste não oferece proteção nenhuma. Ele coça, coça, coça até ficar coberto de feridas.

— Pare, antes que a mãe veja! — sussurra Pedro afoito.

— Não consigo! Tá coçando muito, Pedro!

Papai e Juan já estão pescando. A mãe segura um bebê e com a outra mão se abana com um leque mexicano onde há estampada uma figura de Juan Diego ajoelhado diante de *La Virgencita*.

As irmãs deles brincam por perto.

— Papai, ¿*pon el lumbri?* — pergunta Pedro baixinho para o pai. Ele quis dizer, na verdade, "*la lombriz*"; a minhoca.

A mãe grita:

— ¡¡¡*Deja que lo hagan ellos mismos!!! ¡¡¡Esos dos nunca aprenderán!!!*

Para ela, eles só aprenderão se virando sozinhos. Mas o pai coloca a minhoca no anzol e entrega a vara para Pedro com um sorriso e uma piscadela e, por uma fração de segundo, Pedro queria muito gostar de pescar. Um sorriso como o do pai é a chave para o coração de Pedro.

Depois de capturarem e puxarem os peixes para terra firme, Pedro e Daniel sentem medo dos seres vivos que ali se debatem. Pedro quer agarrá-los e jogá-los de volta ao rio — isso se tiver coragem de tocá-los. Os meninos detestam ainda mais o que acontece depois. É uma barbaridade, mas a mãe os obriga a assistir. Os irmãos lutam contra as lágrimas. Eles sentem uma conexão inexplicável com esses peixes indefesos e moribundos.

A mãe diz que os meninos devem ser fortes. Que meninos devem gostar de pescar e de praticar esporte! Mas eles não são como os meninos devem ser. Ela esbraveja:

— ¡Pero estos dos son distintos!

Mas esses dois são diferentes!

Com a vara de pesca, Pedro senta o mais longe possível da margem do rio. Ele reza e pede a Deus algum tipo de mágica que faça a linha do anzol puxar, anunciando assim que finalmente Pedro conseguiu pegar o peixe para a mãe. Também reza para que o peixe consiga se soltar antes de ser retirado da água, mesmo que ele, Pedro, seja taxado de fraco e incompetente por isso.

Daniel abandonou sua vara de pesca faz tempo. Está cantando sozinho, distraidamente, espantando os mosquitos pela margem do rio.

E, num piscar de olhos, ele some.

Gritos, caos, confusão.

É tudo muito rápido.

E...

Muito...

Devagar...

Pedro sente que tem alguma coisa errada.

Ele começa a chorar.

Pânico o invade.

A vista escurece.

Vontade de vomitar.

De repente, Daniel aparece deitado na beira do rio, encharcado, tossindo, cuspindo água pela boca. Juan conseguiu agarrar Daniel quando ele, por um milagre, apareceu na superfície à procura de ar, e papai o puxou para fora da água. Daniel levanta, ainda encharcado e pingando. Ele treme, tosse. A voz rouca, aterrorizada, se esforça para sair, desesperada diante da iminente, inevitável e irônica bronca que está por vir.

— ¡¡¡Estaba mirando peces en el río!!!

Nesse momento, há um pouco de tudo: delírio e descrença, racionalidade e alívio, alegria e exaustão.

Sem nenhuma trégua, a mãe repreende todos com um discurso desordenado, sincopado, entremeado por respirações e suspiros.

Todos arrumam as coisas para ir embora em completo silêncio.

✦✦✦

Dentro do carro, um clima melancólico paira no ar.

No banco de trás, Pedro segura a mão de Daniel. Ele não consegue processar muito bem que quase perdeu o irmão, que àquela altura estaria sozinho no mundo caso Daniel não tivesse retornado à superfície.

Os olhos grandes de Daniel se mantêm paralisados, não piscam.

Seu lábio inferior se contrai, sutilmente e devagar, feito um peixe em seus momentos finais fora do rio.

Eles já estão na cama naquela noite quando a mãe chega da igreja com ramos benzidos.

Ela sussurra preces, e usa os ramos para varrer *los malos espíritus*. Pedro viu as tias da mãe fazendo isso no México. As pessoas lá dizem que as tias dela são *brujas* que praticam feitiçarias, mas Pedro se pergunta por que elas rezam a Deus, a Jesus Cristo e a Virgem Maria se são *brujas*. Talvez ele não saiba o verdadeiro significado de *bruja*. Pode ser que tenha um significado diferente de "bruxa" em Ohio.

Mamãe começa pelo peito e desce pelos braços em direção aos dedos, depois desce as mãos pelas pernas até chegar aos dedos dos pés. Os olhos dela não estão fechados nesse momento de oração, pelo contrário, se mantêm fixos num botão do pijama de Daniel. Mal dá pra perceber que as preces escapam de seus lábios.

Ela está, de todas as maneiras possíveis e imagináveis, muito diferente da mãe que Pedro e Daniel conhecem desde que se entendem por gente.

Quem é essa mãe gentil, carinhosa, amorosa?

Por um brevíssimo momento, Pedro se sente protegido contra todos os males do mundo. Ele se pergunta se é verdade que:

"*El tiempo lo cura todo.*"

Parte 2
1969-1974

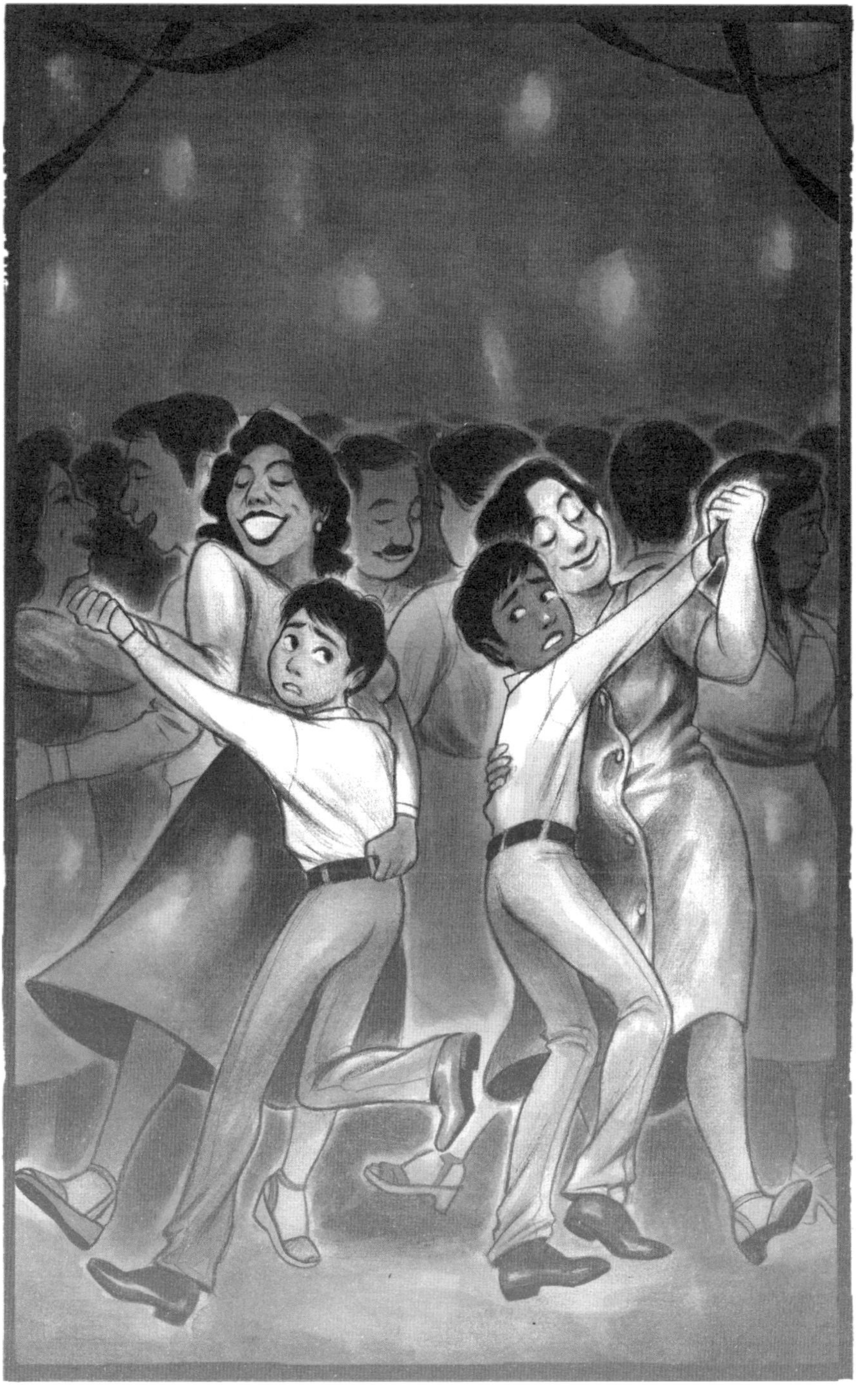

17
CASA
Daniel, 5 anos

Quando Pedro chega do jardim de infância, a primeira coisa que pergunto é o que ele comeu no lanche e no almoço, e se trouxe alguma coisa para mim porque sempre estou com muita fome.

A mãe disse para gente ficar quieto porque Lola e a bebê estão dormindo, e agora a mãe também pegou no sono. Ela sempre passa a maior parte do dia dormindo, e eu sempre fico muito entediado. Ela sempre diz: *"Eres como un elefante en una cacharrería"* porque não consigo ficar parado nem quieto.

Tô aqui com os carros e caminhões de Juan que deveriam ser batidos uns contra os outros. Os braços e pernas dos soldadinhos de brinquedo dele não se mexem, por isso não posso colocar roupas neles. Eles também não têm cabelo para escovar. E não posso fingir que passo batom neles.

Ou posso?

A mãe disse que é bom que ela não consegue ouvir o que se passa dentro de mim quando reviro os olhos, isso acontece quando tenho algo desagradável para dizer — alguma coisa que preciso guardar comigo —, mas em vez de falar pela boca, as palavras escapam dos meus olhos.

✦✦✦

Aqui em Ohio, e nos Estados Unidos como um todo, as crianças ouvem falar de Branca de Neve e Cinderela. Já no México, a gente ouve falar de *La Lechuza*, uma bruxa que se transforma em coruja, ou de *La Llorona*, uma senhora que está à procura dos filhos mortos, mas que vai te levar se te encontrar primeiro, por isso a gente tem que ir pra cama no horário certo. Ninguém consegue fazer uma criança pegar no sono contando pra ela que uma velha fantasma ou uma bruxa está vindo te pegar.

✦✦✦

Sara diz que sou sarcástico. Mas quem pediu a opinião dela? Ela tá aprendendo palavras mais complicadas, entrou na quarta série. Ela diz que sou precoce, mas acho que na verdade ela quer dizer que sou "precioso", e nisso eu concordo!

Três quartos para a mãe, papai, Sara, Juan, Pedro, eu, Lola e a bebê. Juan diz: "faça as contas". Acho que sei o que isso quer dizer, mas só vou pro jardim de infância no ano que vem e ainda não consigo fazer conta. Por que será que Pedro ainda não ensinou isso? Todo o resto ele já me ensinou.

A mãe finalmente levantou porque a bebê está chorando. Ela tem um cheiro bom. A bebê, não a mãe.

A mãe fica cheirosa quando passa perfume pra ir em algum baile com papai. Ela fica bem-humorada quando sai pra dançar. Eu adoro ver ela se maquiando, principalmente quando ela passa batom. Antes de sair, a mãe morde um lenço de papel e as marcas do beijo têm um cheiro tão gostoso que quando ela sai eu vou até a lixeira e pego o papel de lá.

Se eu beijar o lenço exatamente do mesmo jeito, meus lábios também vão ficar com um pouco de batom.

Papai passa gel no cabelo. Eu adoro o cheiro desse negócio. Quando passo no meu cabelo, a mãe diz que eu fico parecendo Benito Juárez.

Ele foi presidente do México. Ele parece um vampiro na nota do peso mexicano, então não gosto quando ela faz essa comparação.

✦✦✦

Pedro dormiu no ônibus hoje! O motorista chegou no final e ficou muito bravo porque Pedro continuou lá dentro. Quando ele chegou em casa, a mãe disse: "*¡¿Cómo puedes ser tan pendejo?!*" e meteu um *coscorrón* na cabeça dele, com a colher que ela tava usando para cozinhar.

— A mãe disse pra eu não descer no ponto de ônibus. Ela disse pra sempre esperar ele dar a volta e chegar mais perto de casa — explica Pedro entre soluços. Ele sempre soluça quando chora muito. — Hoje, o motorista disse: "Todo mundo que mora perto daqui precisa descer porque não vou dar a volta — acrescenta Pedro. — Eu fiquei sem saber o que fazer. Se a mãe me visse vindo do ponto de ônibus, ela ia ficar muito brava. Você sabe que não dá pra explicar nada pra ela.

— Eu sei.

— O motorista até olhou pra mim e perguntou: "Você não deveria descer aqui?", e eu respondi: "Não, senhor".

— Você é sempre tão educado...

— Por isso eu fiquei no ônibus. Até ele ir pra garagem, onde estacionam todo dia. Precisei explicar pro patrão deles lá onde eu morava pra ele poder me trazer pra casa. Agora todo mundo tá bravo comigo!

Pobre Pedro! Ele não percebe que muita gente não se importa com o que a gente fala. Entra por um ouvido e sai pelo outro.

Eu disse pra ele:

— *Pedro, a palabras necias, oídos sordos.*

E, entre as lágrimas, ele dá uma risadinha.

18

CHONIES[2]
Pedro, 6 anos

— Eu nunca gostei do jeito com que o Papai Noel trata Rudolph — sussurro no ouvido de Daniel. — Quando ele descobre que pode usar o Rudolph, o nariz dele pra ser mais preciso, o Papai Noel é muito malvado com ele.

— O Papai Noel quer que Rudolph esconda o nariz, pra não ficar piscando e fazendo barulho — sussurra Daniel de volta.

— Mas o que o Papai Noel tem a ver com isso? Por que ele se incomoda com isso? Não é uma coisa que dá pro Rudolph controlar. Não é algo que ele deveria esconder.

— É... vai saber... mas eu acho que o Papai Noel não é nenhum santinho...

Começamos a rir e Sara manda a gente ficar quieto.

Estou muito contente porque a mãe e o papai foram para uma reunião na *Sociedad de la Virgen*. Sara e Juan estão no sofá, com os bebês. Daniel e eu estamos no chão, deitados de lado para poder assistir TV e conversar ao mesmo tempo.

---

2. "*Chonies*" é a forma como crianças estadunidenses de ascendência hispânica falam sobre roupas íntimas. É muito utilizado também em alguns países latinos em formas similares, como "*chones*", "*chonitos*", "*choninos*", entre outros. A forma utilizada aqui é a da convivência do autor e desses personagens. [N.T.]

✦✦✦

Faltam dois dias para o Natal e Daniel está procurando os nossos presentes. Eu fico sentado na cama, pintando uma sacola de papel. Daniel entra correndo e quase bate na cama!

— Anda logo, Pedro! A mãe e o pai foram fazer compra com os bebês — declara, afoito, quase sem fôlego e com um olhar *travieso*.

— Não, eu não quero encrenca pro meu lado! Sempre sobra pra mim, a mãe sempre vem brigar comigo, nunca com você. — É a mais pura verdade. A mãe diz que grita comigo porque eu sou mais velho e por isso deveria me comportar bem.

Eu me comporto bem, mas não porque sou mais velho.

— Anda logo! A Sara está no quarto dela e o Juan tá brincando lá fora. Ninguém vai saber! *¡Con la honra no se pone la olla!*

— Daniel, o que isso quer dizer?

Ele tira a caixa de giz de cera do meu alcance. Depois, agarra a minha mão e me arrasta para o quarto dos nossos pais.

Preciso tomar cuidado para não pisar em nada que possa quebrar.

— Achei uma sacola embaixo do berço! — exclama Daniel. Ele começa a explorar a sacola todo animado, mas logo murcha. — Mas acho que a única coisa que a gente vai encontrar aqui são *chonies* — murmura.

Crianças só conversam sobre *chonies* pra tirar sarro de alguém. Dizem que estão sujos, amarelos ou fedorentos. Não vou contar pra ninguém na escola que ganhei *chonies* de Natal.

Daniel joga os *chonies* de lado. Ele pega alguns vestidos para as meninas e separa também.

Restaram três coisas na bolsa, e ele tira uma por uma, na sequência: um rádio portátil, uma imagem de Jesus crucificado, uma luva de beisebol.

Um rádio portátil, uma imagem de Jesus crucificado, uma luva de beisebol.

Juan adora beisebol. Ele conhece todos os times. E sabe o nome dos jogadores e suas estatísticas; segundo ele, essas informações são importantes porque mostram o desempenho de cada um.

Mas ele já tem uma luva de beisebol nova. E *chonies* também. Eu e Daniel rimos muito quando Juan ganhou uns *chonies* finos, que não tapava o bumbum. Não consegui entender direito o que era, mas Daniel de cara sacou.

Como Daniel sempre sabe tudo sobre tudo?

Aí Daniel colocou os *chonies* na cabeça, que nem os gorros das mulheres que vimos no filme *Oklahoma!*, com as cordas dependuradas, uma de cada lado, e Juan ficou muito bravo. Acho que ele ficou com vergonha. Ainda bem que os *chonies* ainda eram novos! Por que inventaram *chonies* que não cobrem o bumbum? Eu não entendo.

Uma coisa com que Daniel sonha em ter é uma imagem de Jesus crucificado. Quer colocá-la na mesinha do nosso quarto, ao lado da *Virgen de Guadalupe* e da santa que ama todos os animais.

Então, aqueles presentes na sacola guardada embaixo do berço só podem significar uma coisa.

Meus olhos ardem e lacrimejam.

Sinto que as coisas estão esquentando. Começando a ferver.

Tambores começam a rufar nos meus ouvidos.

Penso na manhã de Natal. Imagino a mãe olhando para mim o tempo todo, enquanto abro o meu presente. Vou ter que mentir. Vou ter que fingir que gostei da minha luva nova de beisebol. E dos meus *chonies*.

Daniel segura sua imagem de Jesus crucificado. Ele toca a cabeça de nosso Senhor, a barriga, as mãos e os pés, todos os lugares por onde ele sangra: a cabeça por causa da coroa de espinhos; os buracos feitos pelos pregos que sustentam o corpo na cruz e o buraco em seu corpo que os soldados fizeram porque ele estava demorando a morrer.

Com o polegar, Daniel cobre os *chonies* de Jesus, e ele parece estar nu.

Estou contente porque meu irmão vai conseguir o que quer.

✦✦✦

Estamos no cinema onde passa filme mexicano, assistindo um filme de terror sobre múmias que ressuscitam, quando um homem atrás da gente simplesmente dá um grito:

— ¡Mordí mis chonies!

— O que isso significa? — pergunto a Daniel, que ri como todo mundo.

— Significa que ele fez cocô nos *chonies* de tanto medo, entendeu?! — explica. De repente o homem levanta e aperta uma banda da bunda contra a outra, juntando as duas.

Agora entendo por que todo mundo riu tanto, e quero dar risada também... mas a mãe chia e manda a gente ficar quieto.

19

CHISME
Daniel, 6 anos

A Sra. Walker lembra de quando eu vim pra escola numa atividade em que a gente tem que mostrar e falar sobre um objeto. No meu primeiro dia de aula, ela disse:

— Como eu poderia esquecer de você e do Pedro?!

E agora ela não para de dizer coisas como:

— Daniel, pode ficar um pouco mais quieto?... Sabe, como o Pedro?

E ela acabou de dizer pra mim:

— Como está meu querido Pedro? Sinto muita saudade dele.

Acho que ela não ia gostar se eu dissesse:

"La ausencia hace crecer el cariño."

Amo meu irmão, mas não consigo ficar quieto como ele. Mesmo se eu tentar com todas as forças (coisa que eu nem quero), não consigo ser tão quieto assim.

Tenho olhos e orelhas grandes e acho minha boca grande também. O que me faz lembrar que:

"'Dos oídos, pero una boca. Escucha más y habla menos."

Mas aí eu penso: *tenho duas orelhas e DOIS LÁBIOS!* Então posso falar tanto quanto ouço!

Eu gosto da Sra. Walker, ela é legal e bonita. Eu a ajudaria a escolher suas roupas, se ela me pedisse, e eu sugeriria que usasse uma maquiagem leve às vezes. E com certeza uns brincos grandes. Mas ela não pediu minha opinião, então...

"*Guardo la ayuda para quien me lo pida.*"

Não gosto de brincar com os meninos. Eles gostam de sair correndo e bater um contra o outro só pra dizer "Tôu!" ou "Pá!" ou alguma outra palavra que viram em algum desenho animado num sábado de manhã. Ou então querem jogar uma bola em sua direção para você pode pegar e atirar de volta. Vai e volta. Sério, é difícil acreditar que alguém goste de uma brincadeira assim.

Também não gosto de brincar com as meninas. Algumas querem me beijar ou segurar a minha mão. E eu nem sei por quê. Mary Beth chorou quando eu disse: "Eu nem gosto de você!", sendo que o que eu quis dizer foi: "Eu não gosto de você assim, desse jeito", mas já era tarde demais para tentar explicar qualquer coisa.

Por que *eu* me meti em encrenca por não querer que Mary Beth me beijasse?

Gosto de brincar com a cozinha de mentirinha que tem geladeira, fogão, pia, armário para guardar comida e louça. Estou preparando o jantar para minhas convidadas: Samantha Stephens, de *A Feiticeira* e Laura Petrie de *Dick Van Dyke Show*.

— Eu sei que elas não são convidadas de verdade — digo pra todo mundo ao meu redor. — Só tô fingindo que vou dar um jantar comemorativo.

— Por que você finge que tá dando um jantar pra gente que não tá aqui de verdade? — pergunta um menino, e o restante demonstra a mesma curiosidade. Eles parecem não acreditar no que veem.

Sei que a Sra. Torres, com seus dentes com borda de ouro, vai contar pra mãe o que eu faço. Não acho que ela saiba que...

"*En bocas cerradas no entran moscas.*"

A mãe vai ficar brava comigo. Vai sentir vergonha porque uma de suas *comadres* me viu fazendo coisa de mulher. Aí os dentes amarelados da Sra. Torres vão espalhar a notícia para todas as outras *comadres* do mundo.

"*No hay fuego más ardiente que la lengua del maldiciente.*"

Fofoca é como uma chama se espalhando... Acho que daí surgiu aquela expressão "*chisme caliente*".

A mãe sabe que é perda de tempo me bater de novo porque vou continuar brincando de jantar de mentirinha, de um jeito ou de outro.

"*Quien comenta, inventa.*"

Acho que eu gosto de *chisme*, quando o *chisme* é sobre outras pessoas. Por que falar mal dos outros é tão bom?

É como chocolate, você sabe que não deve comer outro, e outro, e outro, e mais um, e quando percebe já comeu todos os bombons da caixa e tudo que quer é mais e mais. Mas não acho que *chisme* faça a sua barriga crescer que nem o chocolate, nem que cause uma dor nessa mesma barriga inchada depois de comer uma caixa inteira de bombom.

✦✦✦

Ano passado, quando o Pedro trazia comida para casa pra mim, ele ficava sempre nervoso e com medo de ser pego e arranjar encrenca, porque as paredes, sem exceção, têm olhos *e* ouvidos.

Um *tío* malvado nosso, que mora no México, chama Pedro de "*paniquito chiquito gatito blaquito*", o que pode parecer uma coisa engraçada, mas não é. Significa algo como "gatinho preto assustado". Ele inventou *blaquito* só para provocar Pedro. O *tío* chama Pedro de *blaqui* de um jeito maldoso, porque ele tem a pele mais escura, e quando isso acontece Pedro chora muito num canto, escondido, para ninguém ver. E o *tío* maldoso não para de rir.

✦✦✦

Ano que vem finalmente estarei na mesma escola que Pedro.

Quando a Sra. Walker me pedir pra comemorar pra ver se tô preparado para a primeira série, vou sair pulando pela escola inteira! Vou pular o caminho inteiro de volta para casa! Porque nada, nada, nada, vai me impedir de ir para a Imaculada Conceição ano que vem!

20

COLUMPIOS
Pedro, 7 anos

Faz um tempão que Daniel e eu estamos pendurados nos *columpios* em nosso quintal. A mãe diz que isso vai fazer a gente crescer. Minhas mãos soam e eu fico escorregando o tempo todo.

— *El que se fue a Sevilla perdió su silla* — diz Daniel, ainda pendurado.

— *El que se fue a Torreón perdió su sillón* — rebato. É um *dicho* bobinho sobre perder o próprio lugar ou o assento.

Acho que a gente deveria ficar pendurado pelos pés para alongar as nossas pernas. Mas não vou dizer isso pra mãe. E também não vou dizer pro Daniel, porque ele provavelmente vai acabar falando pra ela, sem querer.

Às vezes Daniel acaba dizendo coisas porque ele simplesmente não consegue segurar a língua. Aí a mãe começa a ter umas ideias malucas ou então fica brava comigo. Por isso eu preciso tomar cuidado para não contar para o meu irmão tudo que passa na minha cabeça.

Mas às vezes eu esqueço disso porque Daniel é a única pessoa com quem eu converso de verdade.

— É culpa das *comadres* a gente ficar aqui pendurado nos *columpios* — resmunga Daniel. — Elas vivem falando para a mãe que gente está muito magro e pequeno.

— O que é uma verdade — digo, pensando em voz alta.

— Essas *comadres*... "*les gusta lo ajeno más por ajeno que por bueno*" — continua Daniel.

— O quê? Fala mais devagar!

— Ah, significa basicamente que a grama do vizinho é sempre mais verde. Eles querem que a mãe queira o que ela não tem, porque ela não tem o que ela quer.

— Com é? Espera... Você tá me dando cãimba no cérebro.

— A mãe quer filhos altos e musculosos.

— Sim, mas eu não acho que seu sonho vá se realizar.

— A mãe quer que a gente pratique esportes para que as *comadres* parem de perguntar por que a gente não pratica esportes — acrescenta Daniel. — E ela quer que a gente vire os melhores jogadores do time de futebol americano da escola pra ela poder finalmente calar a boca daquelas *comadres*.

— Acho que vou ficar com uns braços compridos de tanto ficar aqui, isso sim. Os *columpios* não vão me fazer crescer mais nem ficar mais forte, mas vou conseguir alcançar todas as prateleiras que estiverem no alto. Talvez isso deixe a mãe contente.

❖❖❖

Eu gostaria de ser um super-herói. Eu voaria para longe daqui.

Ou gostaria que um super-herói gostasse de mim. Assim eu teria um amigo. Ele poderia me levar para muito, muito longe. E levar o Daniel também. Eu gostaria que meus desejos se tornassem realidade. Como acontece nos livros e filmes. Cinderela, Branca de Neve e Bela Adormecida, todas elas são resgatadas por lindos príncipes. E todos os super-heróis sempre salvam suas namoradas.

Será que também têm belos príncipes e super-heróis por aí pra resgatar os meninos?

❖❖❖

Mamãe nos dá remédios pra crescer. Tem gosto de peixe, fígado e repolho cozido, tudo junto e misturado!

As *comadres* disseram que provavelmente a gente não crescia porque estamos com vermes, então a mãe decidiu fazer a gente tomar uns remédios nojentos pra matar os vermes. Uma dessas *comadres* faz um xarope horrível, seguindo uma receita que recebeu de uma curandeira no México. Acho que ela usa meias sujas na receita, só poder ser. Ou quem sabe até *chonies* sujos, mas prefiro nem saber.

— *Consejo no pedido da el entrometido* — diz Daniel. — Se conselho fosse bom, seria vendido, não dado. E esse conselho em especial é melhor não ter nem se fosse pago.

A mãe também dá ferro para a gente não ficar com anemia, porque as *comadres* disseram que vermes causam anemia. Esse remédio tem um gosto muito, muito esquisito, como se alguém tivesse arrancado um punhado de ferrugem de uma bicicleta velha, posto num pote de água, misturado com um pouquinho de açúcar e depois fervido tudo por dez horas.

Não sei exatamente qual o sabor de ferrugem, mas penso na água de poço dentro de uma xícara de barro no labirinto mágico da Mamá.

— *Lo que no mata, engorda* — afirma mamãe.

Não me agrada que matar a gente seja uma dessas duas opções.

— *"De mal el menos"* e *"El mejor no vale nada"* — sussurra Daniel no meu ouvido.

A primeira ideia me desagrada menos. De fato, dos males o menor. Mas por que o que é melhor não vale nada?

— Não faço a menor ideia do que isso quer dizer — digo.

Tia Emma disse pro Espantalho ou pro Homem-de-Lata… (ou foi pro Leão Covarde?) para dar comida aos porcos antes que eles começassem a se estressar e tivessem anemia.

Se eu tiver anemia, provavelmente será por estresse.

✦✦✦

— Por favor, tenta virar católico — digo ao nosso amigo Oscar, que mora na esquina da estrada principal. Os pais dele são meus *padrinos*.

— Não sei como podem ser meus *padrinos* se não são católicos.

A Irmã Josephine disse que todo mundo que não é católico não vai pro céu quando morrer. Não gosto que "lá embaixo" seja a única outra opção.

— Oscar, não quero que você vá para aquele outro lugar!

Oscar e os pais vão levar Daniel e eu ao cinema drive-in para assistir o novo filme da Disney. Meus *padrinos* perguntam se a gente quer brincar nos *columpios* que ficam embaixo da tela enquanto o filme não começa. Daniel e eu dizemos educadamente e ao mesmo tempo:

— *No, gracias*. — E encostamos na primeira coisa verde que achamos pra dar sorte.

Então, em vez de ir pros *columpios* eles levam a gente aos quiosques, compram sanduíche e sorvete, e agora eu tenho um novo passatempo favorito.

21
DULCE
Daniel, 7 anos

O Jesus pregado na cruz que fica em cima da cabeça do padre Durbin parece muito triste. E ao mesmo tempo tão lindo... Não sei se posso achá-lo bonito, porque sou menino e os meninos não devem achar os outros meninos bonitos. Não tenho permissão para dizer isso, mas posso pensar?

Jesus está quase nu, veste apenas uns *chonies* engraçados que eram usados naquela época. Eles parecem desconfortáveis e complicados de pôr e tirar.

Não acho que Jesus fazia xixi e cocô, porque ele também era Deus. Acho que Deus provavelmente fez algum tipo de mágica para Jesus não ter que fazer xixi e cocô.

Mal posso esperar para falar com Jesus quando me tornar padre. Provavelmente falaremos sobre a paz mundial. As meninas da Miss América sempre falam sobre a paz mundial em seus discursos.

Eu gosto muito de vir à igreja. Só não consigo entender o que o padre Durbin fala. Gosto das roupas dele, as cores, estampas e túnicas. É quase uma espécie de vestido de homem, só que ninguém briga com ele por se vestir assim. Já vi fotos do Papa usando sapatos vermelhos e roupas vermelhas. Não dá pra negar que a igreja tem uns padrões engraçados de moda.

❖❖❖

A primeira série é melhor que o jardim de infância porque encontro Pedro nos corredores. Às vezes, quando a irmã Rose me leva pra diretoria porque falo muito na sala de aula, vejo Pedro sentado na primeira fila, prestando atenção na professora.

Não sei como ele consegue ser tão focado, mas eu nem me atrevo a tentar.

"El que quiere algo, algo le cuesta."

❖❖❖

Quando Pedro me disse ontem à noite que a mãe e o pai iam começar a brigar no meio da madrugada, eu não quis acreditar nele, mesmo que ele quase sempre perceba que a briga vai acontecer, porque achei que a mãe tava muito bem-humorada.

O que não faz o menor sentido.

E então a polícia levou o papai embora, como sempre faz, sem que ele tivesse feito algo de errado.

Acho que é por isso que ele tenta sair de carro antes que a mãe chame a polícia, mas ela sempre quebra a janela do carro pra ele não conseguir escapar.

❖❖❖

— Gosto de tudo que é doce — digo. — Engraçado, *dulce* significa o gosto doce, algo açucarado, mas também comidas que são doces, como balas, chocolates e bolos. Então, eu posso dizer que gosto de *dulce dulce*!

— Às vezes uma pessoa pode ser *dulce* porque ela é doce, entendeu? — pergunta Pedro.

— Eu acho que sou muito *dulce*, mas ninguém nunca me disse isso.

"*El que es puro dulce, se lo comen las hormigas.*"

— Tem uma menina chamada *Dulce* na escola, mas todo mundo chama ela de Candy, que também é *dulce* em inglês — diz Pedro.

— Eu acho que faz sentido. Que nem a Truly Scrumptious[3] em *O calhambeque mágico.*

— É verdade, ela é tão legal e bonita. Eu queria que a gente pudesse morar com ela.

❖❖❖

Eu não sabia que existiam diferentes tipos de beliscões.

A mãe descobriu uma maneira de transformar tapas, *coscorrones* e palmadas num beliscão silencioso que ela pode dar na gente no banco da igreja, por exemplo, como um aviso de que ela está brava. Ela pega um pedacinho de pele entre duas unhas e aperta com toda a força, até você começar a chorar baixinho porque não pode fazer barulho quando chora, muito menos na igreja.

Eu gostaria de poder conversar com Jesus pendurado na cruz em cima da cabeça do Padre Durbin e perguntar: "Por que mamãe é tão má?"

Ela costuma dizer: "*No hay que ahogarse en un vaso de agua*", o que significa "não faça tempestade num copo d'água", mas na verdade ela quer dizer: "não faça caso".

Fácil dizer.

❖❖❖

Uma das meninas que cuidava da gente enquanto a mãe estava no hospital se casou hoje. Conhecemos o namorado dela, Arturo, e achamos que os dois serão felizes.

— Ela está tão bonita com seu vestido branco, véu branco e sapato branco — digo.

---

3. Em inglês, as duas palavras combinadas formam o significado "verdadeiramente delicioso" [N.T.].

— E ele está lindo de terno e gravata escuros — opina Pedro. — Com certeza ele passou muito gel no cabelo.

Em todas as mesas do salão há uns saquinhos cheios de nozes com uma cobertura *dulce* e branca, que todo mundo pode levar.

— A ideia é ser as bolas de meninos dentro do saco — murmura Juan com um risinho baixo.

— Então por que tem cinco e não duas? — pergunta Pedro.

— E por que eles iam querer que a gente comesse bolas de meninos? — pergunto. Antes de cortarem o bolo de casamento, servem um monte de biscoitos redondos cobertos de açúcar de confeiteiro que são uma delícia. A mãe diz que esses biscoitos sempre têm em casamentos. Agora mal posso esperar que outra pessoa se case.

— Pedro, quem a gente conhece que deveria se casar logo?

— Eu não conheço mais ninguém.

— Não faz mal. ¡*Mientras dura, vida y dulzura!* — declaro.

Temos que aproveitar os bons momentos enquanto eles duram.

— Eu queria que durasse pra sempre — murmura Pedro com a boca cheia. — Principalmente esses biscoitos!

22

FEIRA
Pedro, 8 anos

A Feira do Condado de Ottawa tem, principalmente, um monte de animais. Tem alguns brinquedos também, mas nada como o parque de diversões de Cedar Point. Tem vários jogos de atirar e outros com bolas que você joga para ganhar um prêmio, mas é preciso pagar a ficha, então não jogamos nada.

Andando por aí hoje, a gente viu um cara que raspou os pelos das pernas! Elas estavam tão lisinhas! E ele estava vestindo shorts jeans bem curtinhos e justos — aqui em Ohio!

Ele tinha pernas grandes e musculosas, e dava para perceber que passava óleo porque a pele brilhava com o sol. Talvez fosse um fisiculturista porque os músculos eram muito grandes, do corpo todo. O cabelo era castanho claro, comprido e com uns fios dourados, parecia quase uma menina, e ele usava óculos escuros grandes, daqueles de estrela de cinema. Fiquei envergonhado, mas não conseguia parar de olhar para as pernas dele. Se fosse garota, os homens certamente diriam que aquelas pernas eram muito sensuais. Homens podem ter pernas sensuais? Homens podem ser sensuais?

Que sensação estranha na barriga.

Acho que vou vomitar.

Daniel simplesmente ficou olhando para mim com seus olhos grandes e a boca bem aberta. Depois soltou uma gargalhada demorada e alta. Mas qualquer um entenderia o ataque de riso, porque não é o tipo de coisa que se vê por aí. É como se houvesse uma seta néon piscando e apontando em direção àquelas pernas, dizendo: "Venha ver essas pernas sensuais, musculosas e besuntadas! E elas pertencem a um homem, *não* a uma mulher! Venham ver com os seus próprios olhos!

Eu não pude rir com Daniel porque a cabeça da mãe virou bem rápido e deu pra perceber que ela não estava feliz. Ela tinha visto o cara com as pernas besuntadas, a seta néon piscando e as palavras em torno de tudo aquilo. E ela sabia o que a gente estava pensando.

— *Más sabe el diablo por viejo que por diablo* — sussura Daniel no meu ouvido.

— Você está comparando a mãe com o diabo?

— Se a carapuça servir — responde com um sorriso. — Mas, na verdade, o *dicho* diz: "O diabo é mais sábio por ser velho do que por ser o diabo."

— Ainda bem que ela não veio com um *coscorrón* pra cima da gente.

— Ela geralmente não faz isso na frente das outras pessoas. Com sorte, ela vai esquecer.

Na feira, toda noite tem um show com alguém que está *quase* famoso — talvez uma irmã ou prima de alguém *já* famoso.

— É a Marcy Williams! — exclama Daniel bem alto, e ela vira e acena pra gente. — Eu amo esses brilhos do vestido dela.

— Ela parece a irmã dela — comento. — A que é famosa.

— Espero que ela fique famosa logo, logo.

Terminado o show, todos correm para seu respectivo carro pra saírem antes que o trânsito fique ruim. Esta noite, a fila de carros tentando sair do estacionamento da feira está grande. Escutamos algumas pessoas falando sobre um acidente na estrada. Talvez alguma batida ou atropelamento, e chamaram a polícia ou o resgate. Eles vão levar horas para chegar até aqui.

Quando finalmente atravessamos o espaço até a saída e chegamos à estrada, avistamos um caminhão com reboque para cavalo, parado. A estrada é uma espécie de alça suspensa, fica acima do nível do chão para evitar inundação quando chove muito. É bem apertada, quase não tem espaço suficiente para o tráfego de mão dupla, e ainda tem um pequeno acostamento e umas valetas em ambos os lados. Parece que alguém com uma lanterna está orientando a passagem dos carros, um lado de cada vez. É preciso alternar a circulação das vias, interromper o tráfego numa mão pra deixar os carros na direção oposta passar. Mas as pessoas não estão cooperando. Todo mundo tem sempre muita pressa.

Ouve-se muitas buzinas e ora ou outra gritos. São principalmente mulheres, mas às vezes os homens gritam também. É como se estivesse num filme de terror ou algo do tipo. Por que ficar gritando desse jeito? A impressão é que tem um assassino com um machado matando todo mundo, e eu não tô gostando disso. Sinto palpitações e minhas mãos suam. Acho que meus olhos devem estar tão grandes quanto os de Daniel.

Quando chega a nossa hora de passar, avançamos bem devagar, porque todo mundo quer olhar e saber o que aconteceu. Toda vez que há um acidente é isso.

A gritaria soa mais alta porque agora quem grita são as pessoas nos carros à nossa frente.

Estamos bem perto da carroça de cavalos e a mãe também começa a gritar de repente, o que faz o meu corpo pular. Ela grita muito, muito alto e eu não gosto nada disso. Queria que ela parasse. Ela grita pedindo pra gente fechar os olhos, se abaixar e não olhar pela janela.

Todos começamos a chorar.

É mesmo um assassino com um machado, matando todo mundo que encontra pela frente aqui na Feira do Condado de Ottawa, em Ohio.

Um tambor retumba nas laterais da minha cabeça. Sinto o barulho dentro dos ouvidos. Cerro os olhos com toda a força e vejo estrelas azuis claras feito fogos de artifício sob minhas pálpebras. Vou vomitar, mas não quero.

Mamãe continua gritando, mas abafada pelo seu cachecol. Ela continua tentando espiar para ver melhor, mas cada vez que faz isso grita mais e mais alto e cobre os bebês no banco da frente para que eles não vejam. Mas eles também choram muito. A mãe continua fazendo esse movimento sem parar.

Sara e Juan estavam deitados de bruços no banco de trás. Daniel e eu nos aconchegamos na traseira do carro. Às vezes Daniel dá uma espiada discreta pela janela, mas não consegue ver o que está acontecendo.

Agora estamos bem perto da carroça, e papai tenta atravessar o mais rápido possível. O carro balança para frente e para trás porque ele acelera e depois pisa no freio com tudo. É como se ele estivesse com pressa para desacelerar, o movimento é repetitivo, acelera e freia, acelera e freia, rápido e devagar. A perua balança feito um barco numa tempestade e minha náusea piora.

Todos gritam, por todos os lugares.

É realmente assustador.

Tem muita gente pro assassino do machado conseguir matar de uma vez!

Ainda bem que ele não está com uma metralhadora.

O papai começa a gritar alguns palavrões em espanhol que nunca podemos dizer. Ele parece muito preocupado e acho que está até com medo de ser assassinado com um machado. A mãe continua berrando, e o papai grita e respira fundo, como se estivesse mordendo os próprios *chonies*.

Estamos todos em apuros e todos vamos morrer.

Eu não quero sofrer.

Só espero que ele nos mate rápido...

Então, eu olho para cima e vejo que....

Logo que vejo o homem sei que um dia ele já foi muito bonito. É um homem muito grande, bem ao lado do nosso carro. Os olhos quase saltam pra fora. Posso dizer que ele está com medo. Ele está bufando e mostrando os dentes grandes. Ele tenta se levantar, mas não para de cair. Uma boa parte do couro cabelo está sem cabelo e sem pele de um lado, e dá pra ver as costelas e muito sangue. Eu quero ajudar ele. Ah, meu Deus, eu realmente quero fazer algo. Mas o que eu posso fazer? Agora choro porque sinto pena dele, não mais por medo.

23
BOLA DENTRO
Daniel, 8 anos

Pedro e eu estamos lá fora praticando esportes. Eu gostaria de dizer à mãe: "*Dios te bendiga*" pelas preces dela, mas Pedro e eu que decidimos. A gente acha engraçado ela continuar derramando água em algumas pedras, esperando que se transformem em montanhas um dia. Um dia, ainda vamos nos afogar.

"*No se puede sacar sangre de una piedra.*"

O papai instalou uma cesta de basquete em cima do portão da garagem. Juan tenta nos ensinar a arremessar, driblar, fazer bandeja.

Altas expectativas.

Boas intenções.

Péssimas recompensas.

Depois de tantas vezes em que eu e o Pedro ficamos pendurados nos *columpios*, não crescemos nem um pouquinho. Também não ficamos mais fortes. Quando jogo a bola ela nem sequer encosta na pontinha debaixo da rede. Em minha defesa, a entrada da garagem é inclinada, então aqui embaixo estou mais longe da cesta.

A bola de basquete acerta a porta da garagem em cheio, fazendo um grande estrondo e um chacoalho.

— ¡¡¡No golpeen la puerta con esa pelota!!!

É uma situação em que ninguém ganha.

+++

Entrei para o beisebol este ano. Não por minha vontade, mas o que eu quero não tem importância nenhuma. Eu gostaria muito, muito mesmo que mamãe arranjasse um novo grupo de *comadres*, umas que se preocupassem com a própria vida e parassem de sugerir coisas para eu e Pedro fazer.

— Elas são como *hierbas malas que nunca mueren* — murmuro.

— Essa história aí das ervas daninhas é verdade — opina Pedro.

— A gente não consegue plantar flores de qualquer jeito, precisam de muitos cuidados. Agora, ervas daninhas brotam até nas rachaduras das calçadas, mesmo com um sol de rachar e sem água.

O pobre Pedro nunca jogou beisebol. Ele entrou direto na liga infantil como arremessador. Acertam ele com a bola tantas vezes... Ele diz que dói pra caramba, e eu acredito. Pedro chega em casa com todo tipo de hematoma.

Às vezes é difícil saber quais hematomas são culpa da nossa mãe e quais são por conta das partidas de beisebol.

Em algum momento, alguém poderia suspeitar que os esportes são uma ameaça à nossa saúde.

+++

Pedro riu quando queimei o pescoço enquanto passava meu uniforme de beisebol. Eu sei que deveria ter tirado o uniforme e usado uma tábua de passar, mas, sei lá, na hora pareceu uma boa ideia. Acho que deve ter sido engraçado, mas ele deveria ter esperado para *rir comigo*, não *de mim*.

Tudo bem, eu entendo. Eu também teria rido. Foi meio *pendejo* passar uma camisa enquanto você tá vestindo ela.

Meus colegas de time sempre riem do meu uniforme engomado, sem manchas e passado a ferro.

Quando tô em campo, os treinadores lançam todo tipo de incentivo para me encorajar:

— Ergue a cabeça, Dan!

— Prepare-se, Daniel!

— Olho na bola, Dani!

Pedro e eu não gostamos dessa ideia de "olho na bola". Os treinadores não param de gritar essa frase pra gente. O que isso significa? Como colocar o olho na bola? Não faz sentido. Que parte não estou entendendo? Eu tô posicionado do outro lado do campo, bem longe da bola!

E, aparentemente, "ergue a cabeça!" não significa "olhe para cima!" porque se eu olho para cima, eles gritam: "olhe para baixo!", o que geralmente leva de volta ao "ergue a cabeça!"

Cada vez que fico na frente daquele ferro que eles chamam de "T", eu acerto o "T", e não a bola. Eu realmente acho que deveria receber o mérito por acertar o "T", mesmo que a bola caia e role alguns centímetros para longe. Talvez eles devessem colocar umas marcas no "T", tipo aquelas de alvo de dardos. Tenho quase certeza que a pessoa marcaria ponto, a depender da proximidade do dardo.

Não aprendi todas as regras porque não é um assunto que me desperta interesse, mas dependendo de onde a bola cai quando sai do "T", alguém pode gritar: "CORRE!"

Aparentemente nossa equipe é boa. Vencemos a maioria dos jogos, e os pais na arquibancada ficam muito empolgados, eufóricos. Quando o treinador me disse que eu poderia jogar esta noite, ele simplesmente disse isso e ficou olhando para a minha cara. Levei um tempo para descobrir que ele tava esperando uma resposta minha. Eu esqueço que eles não sabem que eu não tenho interesse em jogar.

— Que bom, treinador! — exclamei olhando pro seu rosto gentil. E me surpreendi com o entusiasmo que provoquei nele.

Talvez eu deva me tornar ator.

No final ou no começo de algum lance de ataque, o treinador diz:

— Ok, Dan, sua vez!

Só pra constar, não gosto que me chamem de "Dan", mas o treinador usa esse apelido com tanto entusiasmo que nunca digo nada. Acho que gosto quando ele fala "Dan", mas não quero que ninguém mais me chame assim. Eu não ando me dedicando como se espera. Eu deveria treinar, atacando um *donut* gigante e pesado com o bastão para fortalecer meus braços.

— Que braços? — perguntou um colega do time certa vez. — Com todo o respeito — acrescentou.

Sempre que alguém diz "com todo o respeito", todo mundo sabe que no fundo isso significa "sem o menor respeito". Pura ironia. É por isso que eu gosto quando posso usar essa frase. "Com todo o respeito... ofensa... ofensa... ofensa... *Con todo respeto*... ofensa... ofensa... ofensa. Parece uma espécie de varinha mágica que te absolve das consequências das suas declarações.

Isso me lembra quando as pessoas começam uma frase com: "Não estou reclamando, mas..."

Não há melhor anúncio para você reclamar do que começar um comentário com "Não estou reclamando, mas".

Ou então, "Modéstia à parte, mas..."

Outra coisa que me irrita é quando alguém bufa perto de você, e você não quer saber o motivo, mas sente que não tem escolha, então se vê obrigado a perguntar: "O que foi?!", e a pessoa responde: "Nada", e o motivo dessa resposta não é porque eu perguntei: "O que foi?!" exasperado e irritado (o que é totalmente cabível nesses casos).

O treinador sempre diz:

— Pense na bola como se fosse uma pessoa, uma que você sente muita vontade de bater! — Isso é meio agressivo e certamente violento, mas lá não podemos esquecer, é preciso manter o entusiasmo, sempre!

Hoje a bola é Dylan, o idiota que me chama de mariquinha. Eu sei que deveria "oferecer a outra face", como diz a Bíblia, mas decidi que certos ensinamentos religiosos precisam de uma boa revisão. Nunca vi ninguém oferecer a outra face.

— Sua vez! — grita o árbitro. Ele me lança um olhar sarcástico e eu gostaria de reagir e dizer alguma coisa, mas é preciso escolher suas batalhas.

Ele coloca Dylan no "T". As manchas de barro e grama na bola parecem a boca de Dylan sem os dentes da frente.

Com todas as minhas forças, levanto o bastão de alumínio — que deveria ser mais leve que o de madeira, mas não parece — faço o movimento e miro direto no vão que há entre os dentes de Dylan.

Acerto o "T" bem abaixo dele e Dylan sai voando.

TOU!

— Corre!

— Dan, corre!...

— Corre!

O quê?

O que está acontecendo?

Vejo o treinador pulando sem parar. E apontando de um jeito muito enfático para a primeira base. Eu conheço a primeira base. Nunca tive de correr para ela, mas agora corro, corro em direção à primeira base.

Não sou um corredor dos bons.

Mesmo assim, continuo correndo.

Os aplausos do treinador são registrados em algum lugar na minha cabeça. Estou numa espécie de estado de pânico. Não entendo o que tá acontecendo.

Ouço gritos... sons estridentes... vaias.

Ah...

Eles estão vindo na minha direção.

O jogador da primeira base se aproxima de mim, mas ele está olhando pra cima. Preciso dar a volta nele porque ele tá no meio do meu caminho. Isso é permitido?

— Corre Daniel! Continue correndo!

Bill, o técnico auxiliar, que está perto de mim na primeira base, também faz de tudo pra me incentivar.

— A base! Toque a base! Toque a base! Toque a base, Daniel!... Ai, meu Deus, meu Deus, meu Deus, Daniel!

Fico em cima da primeira base e tomo fôlego.

Nesse momento ouço a instrução de Bill:

— Vai pra segunda!... Daniel, vai pra segunda! Vai pra segunda! Segunda, Daniel!

Recomeço a correr.

A equipe adversária parece um bando de soldados desengonçados com a bola. Caos geral.

— Continue correndo, Dani! Continue assim, garoto! Vamos Dani, não pare, não pare!... Toque na base, Dani! Toque na base! A base!

Agora quem fala é Joe, o treinador da terceira base.

Fala sério... Eu sei que tenho que tocar cada base antes de ir para a próxima. Eu conheço *algumas* regras.

A comoção e a euforia aumentam.

— Dani, vem pra terceira! Vem, vem, vem!!! A terceira, Dani!!! A terceira!

— Dan! Corre pra terceira! Dan! Corre pra terceira! A terceira, Dan! Corre pra terceira base!

— Daniel, vai pra terceira! Vai! Vai! Vai! Daniel, vaaai!

Algo aconteceu atrás de mim, mas não tenho tempo para olhar a baderna do campo.

Fica difícil correr. Eu tô ficando sem ar porque tô rindo muito.

Está difícil enxergar porque tem muito sol e tem muita água nos meus olhos.

— Continue, Dani! Vem, vem, vem direto na minha direção!
— Dan, você é o cara! Continue assim, Dan, você é o cara!
— Vai Daniel, vai! Vai! Vai!

Vejo, sinto e ouço um jogador adversário correndo também em direção à terceira base, olhando para trás enquanto corre.

Vejo um garoto que provavelmente é o jogador da terceira base, mordendo os lábios, olhando para cima, se deslocando rapidamente e estendendo a mão livre no ar, indo de encontro à mão enluvada.

Em câmera lenta, vejo a bola cair do céu, acertar a ponta da luva dele e quicar em direção ao campo esquerdo. Essa é a área atrás da terceira base.

Aos poucos, tô aprendendo a linguagem técnica do jogo.

— Toque a base! Toque a base!!!
— Vem, Danny, vem pra base principal! Ai, meu Deus, vem, vem, rápido! Corre, corre!

O barulho e os aplausos são ensurdecedores.

Nunca corri tanto na vida. Ainda tô rindo, chorando e ofegando quando avisto meu novo alvo e continuo correndo.

O treinador, Bill e Joe estão na minha visão periférica, torcendo e pulando com braços e pernas que não param de se agitar e mexer, para todos os lados.

O receptor está em frente à base principal, com os braços cruzados no peito, a luva apoiada no topo da cabeça. Ele e o árbitro logo atrás olham fixamente pra algum lugar atrás de mim, ambos boquiabertos.

Um tempo depois de chegar na base — sim, tive que correr e contornar o receptor que tava nem no meio do meu caminho — o apanhador realmente consegue pegar Dylan com a luva. Por algum reflexo esquisito, ele se desloca para me tocar com a bola, mesmo sabendo que agora é tarde demais.

Por que, adivinha só: eu cheguei à base antes!

Dylan tentou, tentou bravamente. Ele me perseguiu pelo campo, mas não conseguiu alcançar o mariquinha aqui. Agora percebe que o time adversário cometeu vários erros que me permitiram avançar uma base por vez, mas não importa como tenha sido, eu consegui, consegui completar o circuito.

Dizem por aí que

"*El éxito llama el éxito.*"

Será que esse sucesso vai chamar outro?

24
FANTASIA
Pedro, 9 anos

Quando a gente se mudou pra mais perto da cidade, Juan pegou um bico como entregador de jornal porque achou que poderia guardar dinheiro e também comprar coisas legais para ele. Mas assim que a mãe viu a cor do dinheiro dele, pegou tudo. Ela alegou que guardaria pra ele no banco, e que Juan poderia receber tudo de volta quando fosse pra faculdade ou quando fosse se casar. Daniel e eu ficamos com pena dele, mas a gente sabia que isso ia acontecer.

Afinal, ela é a mãe.

Não demorou muito pra ela dizer que eu precisava começar a entregar jornal. Mais uma tarefa para acrescentar à longa lista. E eu ainda ganho o benefício de andar de bicicleta na chuva, no calor, na umidade, no frio congelante, na neve impenetrável.

A pior parte de entregar jornal é o pagamento. Cobrar de clientes relutantes um valor devido por um produto e um serviço. De vez em quando, tenho que bater na porta de alguns e tocar campainha de outros nas manhãs de sábado e domingo pra receber o dinheiro.

É muito estranho quando alguém atende a porta usando *chonies* e simplesmente fica ali, parado, olhando para mim.

Fiquei numa situação muito constrangedora quando o pai de Doug Jensen atendeu a porta, e o buraco da calça do pijama dele estava aberto e ele não usava nada por baixo. Um arbusto emaranhado simplesmente se projetava para fora do buraco, e a base de sua *polla* tava ali, emoldurada pela braguilha. Eu tava na varanda, um degrau mais baixo, e ele à porta de casa, então tudo isso ficou bem na altura dos meus olhos, a poucos centímetros.

O Sr. Daly sempre atende a porta de cueca samba-canção. Ele usa umas meias com suspensórios estranhos, já vi isso em filmes, mas nunca na vida real. Ele é muito simpático e educado. Parece solitário, então me sinto triste por ele. Mas acho que ele é um maldito *maricón*, e preciso lembrar que não posso me parecer muito com ele.

✦✦✦

A mãe disse que hoje tenho que cobrar todo mundo porque ela precisa de dinheiro.

Não acho que ela esteja guardando meu dinheiro para quando eu for pra faculdade.

O Sr. Harris, o cara da banca onde compramos nossos jornais, me deu uma bolsa bem comprida com uma bolsinha menor para guardar o meu dinheiro. A bolsa tem estampado o nome do banco local. Gosto do modelo diferente e do fato de ser nova, mas às vezes, quando procuro moedas no fundo dela, um monte de notas cai. Seria bem melhor se houvesse compartimentos dentro dela.

Já estou na metade do meu percurso, quando chego na casa da Sra. Knudsen. Eu sempre abaixo o pezinho da bicicleta e espero um pouco para ver se ela vai cair, por causa da bolsa pesada apoiada no guidão. Na última vez que caiu, todos os jornais voaram pelos ares feito ondas de rádio transmitindo as notícias. Agora sei que uns segundos a mais valem a pena para garantir que a bicicleta vai ficar no lugar.

A Sra. Knudsen é uma das minhas clientes favoritas. A gente sempre conversa e ela me oferece um lanche para eu poder ficar mais tempo.

Acho que se sente sozinha porque largou o emprego no ano passado e o marido morreu faz pouco tempo.

Enquanto eu passava de casa em casa hoje, vi um garoto me observando. Já tinha visto ele por aí antes, andando numa bicicleta surrada e enferrujada, com umas cartas de baralho presas com pregador de roupa nos raios do aro, fazendo um barulhinho enquanto ele pedala. Ele deve estar no Fundamental I de alguma escola pública.

Quando tô saindo da casa da Sra. Knudsen, ele vem pedalando até mim. A mãe daria tantos *coscorrones* no coitado desse menino porque ele definitivamente parece um *huérfano*. Ele tem muitas olheiras, profundas mesmo. Acho que ele não lava o rosto nem as mãos. As roupas parecem piores do que as que a gente pega na igreja. Estou aqui pensando, será que ele conseguiria pegar umas roupas lá também? Não acho que precise ser católico pra pegar as roupas doadas, porque supostamente os católicos devem ajudar todas as pessoas pobres, não só quem é católico, mas não tenho certeza. Acho que não vou dizer nada porque não quero que ele se sinta mal.

— Oi — diz.
— Oi — respondo.
— E aí, que cê tá fazendo?
— Tô cobrando pelas entregas de jornal.
— Como assim?
— Passo nas casas dos clientes, e peço dinheiro pelos jornais que eu trago.

Engraçado, eu também não sabia o que significava "cobrar" quando recebi minha entrega de jornais pela primeira vez.

— Ah — ele diz. — E cê ganha uma grana boa?
— Às vezes.
— Xô ver.

Estico a bolsa bem à minha frente, mas me arrependo no mesmo instante. Não sei se ele percebeu que as juntas dos meus dedos ficaram brancas. Eu me sinto mal por ficar nervoso assim sendo que ele não passa de um menino... e eu só quero um amigo.

O garoto pega a bolsa para sentir o peso. E eu simplesmente deixo. Não quero que ele saiba que tô inseguro.

— Parece que num tem muita coisa aí.

Trago a bolsa de volta para o meu lado.

— É que a maioria é nota — murmuro e imediatamente me arrependo disso também. O que tem de errado comigo? Será que quero tanto assim um amigo?

— Me dá um pouco?

— Não...

Tento não parecer maldoso, nem egoísta. Sinto um aperto no peito e um pouco de náusea. Eu tinha razão de desconfiar! Não posso confiar em ninguém! Nunca poderia ter amigo nenhum!

— Ah, me dá um pouco, vai — implora com todo o coração. — Minha mãe tá doente. Eu só quero comprá alguma coisa pra ela!

— Então começa a entregar jornal também, ué! — grito, agora com raiva de mim. Minhas pernas ficam pesadas e moles, como quando eu tento subir a escada rolante, uma, duas, três vezes, mas ela não para e eu não consigo subir com os dois pés juntos. Sou um completo desengonçado. Não consigo levantar o pezinho de descanso nem subir na bicicleta a tempo de evitar que o moleque avance com tudo para puxar a bolsa da minha mão. Isso me lembra Gollum se esforçando para tomar de volta o anel de Frodo, pouco antes de lascar uma mordida no dedo de Frodo e arrancar fora. Grito e puxo a bolsa pra perto, perco o equilíbrio e caio, e acabo derrubando a bicicleta em cima de mim. Os jornais voam pra fora da bolsa e parecem dezenas de ondas de rádio flutuando pelos ares. O menino se assusta, me dá um chute e sai correndo.

Eu consigo me desvencilhar da bicicleta e levantar e corro até a casa da Sra. Knudsen, que escutou a confusão do lado de fora, e veio abrir a porta depressa.

Estou juntando os jornais quando a polícia chega. Um grandalhão assustador, com uniforme militar, e um homem bem mais baixo que ele escutam o meu relato. Menciono as cartas de baralho na bicicleta. Depois eles escutam o que a Sra. Knudsen tem a dizer.

Então, os dois vão embora.

A Sra. Knudsen faz chocolate quente e me oferece biscoitos.

— Você levou um susto e tanto, menino! — exclama antes que eu saia pra terminar o meu percurso.

Quando chego em casa, todas as crianças correm até a porta e ficam olhando para mim.

— Você tá bem? — pergunta Sara. — A polícia veio aqui!

— O quê?

— Eles disseram que você contou que alguém tentou te roubar!

— Ele *tentou* me roubar, mas eu não deixei!

— *Que bueno que no soltaste la bolsa!* — exclama a mãe lá de sua cadeira na sala, depois ela volta a prestar atenção na novela.

Ela nem se levanta para olhar pra mim. Simplesmente deixou escapar seu interesse particular, sua única preocupação: eu não tinha deixado levar a bolsa de dinheiro.

— E aí — continua Sara —, eles perguntaram se você tem o costume de ficar inventando coisas.

✦✦✦

Ele tem o hábito de ficar inventando coisas?

Sara foi quem mais conversou com os policiais.

Aparentemente, a única coisa que minha mãe perguntou foi se pegaram meu dinheiro.

Tenho medo de perguntar se alguém teve a curiosidade de saber se eu estava bem.

✦✦✦

Ele tem o hábito de ficar inventando coisas?

Um menino de pele escura acusou um menino branco de alguma coisa.

Um menino de pele escura acusou um menino branco de algo que os meninos brancos não têm o hábito de fazer.

Um menino de pele escura acusou um menino branco de algo que os meninos de pele escura *às vezes* são conhecidos por fazer.

✦✦✦

Ele tem o hábito de ficar inventando coisas?

Os meninos de pele escura têm o hábito de ficar inventando coisas?

Os meninos de pele escura ficam sonhando que alguém vai acreditar neles?

Os meninos de pele escura ficam inventando coisas que não fazem sentido inventar?

✦✦✦

Ele tem o hábito de ficar inventando coisas?

Penso nessa pergunta toda vez que vejo um policial, uma criança de bicicleta, a Sra. Knudsen, ou quando saio pra receber o pagamento pelos jornais.

Na próxima vez que encontro a Sra. Knudsen, ela me diz que a polícia voltou à casa dela depois que eu saí. Disseram que encontraram o menino, mas que ele negou a tentativa de furto. O menino disse a eles que eu *quis* dar o dinheiro pra ele.

Eu quis dar o dinheiro para ele?

E a polícia acreditou.

Ele, o menino branco, tem o hábito de ficar inventando coisas?

Não importa que ele não tenha conseguido levar o meu dinheiro. E por que raios eu ofereceria o meu dinheiro a um estranho?

Não precisei contar à Sra. Knudsen que a polícia perguntou à minha família se eu tenho o hábito de inventar coisas. Ficou claro que a polícia plantou essa dúvida na cabeça dela e, depois, ela não resistiu à tentação de colocar um rótulo em mim. Ela nunca olharia para mim ou falaria comigo da mesma maneira novamente. Ela foi praticamente uma testemunha do que aconteceu e, ainda assim, acreditava que eu tinha inventado a história.

O mais irônico de tudo isso, claro, é que eu realmente tenho o hábito de ficar inventando coisas.

Quando imagino, todos os dias e a qualquer hora que alguém vai me ajudar, eu tô inventando coisa.

Quando imagino todo santo dia que os super-heróis, as fadas madrinhas, as bruxas e magos vão formar algum tipo de aliança para me proteger e me resgatar... sim, podemos dizer que tenho o hábito de inventar coisas.

Quando imagino todo dia que tudo só pode ter sido um erro terrível — uma troca acidental no hospital! — e que preciso encontrar minha família verdadeira e amorosa e que, de alguma forma, a mesma coisa aconteceu com Daniel, que continua sendo meu irmão de verdade, e que um dia nós dois vamos morar com nossa família verdadeira e amorosa, muito, muito longe daqui, sim, *isso* é inventar coisa.

+++

Daniel chega em casa mais tarde.

No momento em que ele entra no nosso quarto, ele já sabe de tudo o que aconteceu. Preocupado, ele me examina com seus olhos grandes bem abertos.

— Você tá bem? — pergunta.

— Me sinto machucado, mais por dentro do que por fora. Mas, sim, tô bem.

Sento na cama, e fico olhando para minhas mãos apoiadas no colo.

— Que alívio saber que não te machucaram! — exclama. — Maldito *pendejo* que achou que poderia te roubar.

Daniel senta ao meu lado e pega a minha mão.

— Era só uma criança. Eu meio que sinto pena dele... O que deu em mim? Por que não sinto raiva dele?

— *El hombre que se levanta es más fuerte que el que no ha caído* — observa Daniel.

25

KENNY'S
Daniel, 9 anos

Eu tive que começar a entregar jornal como Juan e Pedro. Pedro geralmente termina a rota antes, depois ele me encontra aqui no Kenny's e me ajuda a terminar a minha.

O pessoal desse mercado gosta bastante de mim. Eles dão risada comigo, e eu compro uma torta de frutas, um refrigerante e um chocolate... ou dois. Posso olhar as revistas ou simplesmente ficar batendo papo até o Pedro chegar.

✦✦✦

— ¡*Hijos, hora de levantarse!* — sussurra o papai na porta. Depois ele vira para voltar à cozinha e tomar sua segunda xícara de café. É a rotina dele das manhãs de domingo antes de levar a gente para entregar nossos jornais.

— Tá bom, papai — diz Pedro enquanto se levanta rapidamente. Demoro mais para acordar e levantar, todos os dias. Acho que ouço Juan escovando os dentes.

— Daniel, lembra que a gente vai ganhar rosquinhas quando terminar! — sussurra Pedro no meu ouvido.

Pulo da cama pronto pra sair, antes mesmo de Pedro amarrar os cadarços dos sapatos.

Pedro ri baixinho porque todos lá no andar de cima ainda estão dormindo, e a gente quer que tudo permaneça assim.

O papai leva a gente de carro até a banca de jornal onde o Sr. Harris já empilhou a quantidade correta de jornais para cada entregador. O jornal de domingo tem muito mais seções do que a versão do dia da semana, e ainda temos que enfiar dentro deles um espesso maço de panfletos de anunciantes. Cada jornal fica tão grosso que as três pilhas ocupam toda a traseira da perua do papai, três pilhas completas.

— Obrigado pela ajuda, papai — agradece Juan no banco da frente.

— É tão difícil fazer isso de bicicleta...

— De nada, filho.

— Obrigado, papai! — gritamos do banco de trás, e nosso pai olha pelo retrovisor e dá uma piscadinha para gente.

As três rotas de entrega são bem próximas. O papai para na esquina de um quarteirão, onde a gente desce para fazer as entregas, depois vamos com ele até o próximo, onde pegamos os jornais daquele respectivo quarteirão. Enquanto espera a gente, ele lê a seção de esportes.

Pedro costuma olhar pra mim quando passamos pelo Kenny's, e eu abro o sorrisão que eu sei que ele espera.

Um segredo só nosso (ou seja, que a mãe desconhece) é que o papai leva a gente ao Matthew's depois da última entrega. Eles têm as melhores rosquinhas do mundo e bem aqui, na nossa cidadezinha natal.

Quase não vemos o papai durante a semana, então passar um tempo com ele e comer rosquinhas é uma alegria dupla.

Mas às vezes não sabemos bem o que conversar enquanto ele toma o café dele e a gente come nossas rosquinhas com um copo de leite. Às vezes o papai pergunta sobre a escola. Normalmente, ele não diz muita coisa, apenas sorri pra gente enquanto escuta. Quando ele e Juan conversam sobre esportes, sinto uma dorzinha no coração. Eu gostaria de ter assunto para poder conversar com o papai.

Mais tarde, Pedro pergunta:

— Onde você acha que o papai consegue dinheiro para comprar rosquinhas pra gente?

Ele fala de uma forma triste. Às vezes ele quer que eu tranquilize ele sobre as coisas. Geralmente ele acha que eu sei de tudo.

— Eu não sei — digo devagar.

Agora, sou *eu* quem me sinto triste.

— Mas lembra que... — eu aconselho. — *"Lo que no sabe Mamá no le hace daño."*

O que a mãe não vê, a mãe não sente. Não é um *dicho* de verdade, mas é a verdade.

— Mas se ela descobrir, quem vai sentir é *a gente* — pontua Pedro com as sobrancelhas franzidas, quase se encontrando.

✦✦✦

A mãe não tira os olhos do tricô quando exige o pagamento semanal da minha entrega. Eu disse que não tinha dinheiro nenhum. Agora sim, ela olha para mim e me encara, os músculos faciais se comprimem, como que lutando entre si para saber quem será o vencedor. Eu me sinto Bob Cratchit, logo depois de pedir um dia de folga, esperando pelo pior...

— *¡¡¡Dónde está todo tu dinero!!!* — grita a mãe, num crescendo impressionante.

— *¡¡¡Yo no sé!!!* — grito, enquanto a minha boca se enche de saliva.

Difícil dizer se ela está mais enraivecida porque não tenho dinheiro nenhum ou porque tem que se levantar para me dar um *coscorrón* decente. Normalmente, ela simplesmente me puxa, sentada mesmo, mas essa posição dificulta o movimento dela e não me machuca o suficiente.

— *¡¡¡Pendejo!!!* — berra ela e depois pede um cinto. Ela vai pegar uma vassoura ou um rolo de macarrão, o primeiro que tiver à vista, mas geralmente um dos meus irmãos tem um cinto à mão para comprovar que eles, meus irmãos, prestam pra alguma coisa. A recompensa efêmera de poder respirar livremente por alguns segundos compensa o rótulo de "*cabrón*" ou "*cabrona*" disparado pelos olhos raivosos dos traídos.

✦✦✦

— Eu sei que a mãe sabe que o dinheiro foi gasto no Kenny's porque Juan contou pra ela mais de uma vez — gaguejo, entre soluços. — Por que ela finge que não sabe?

— Vai saber... — diz Pedro.

Ele apoia o braço em volta do meu ombro enquanto nos sentamos na minha cama.

Minha bunda e as pernas doem muito por conta das cintadas.

— Não tenho nem o suficiente para pagar o Sr. Harris da banca.

— Ah, não! O que aconteceu com o dinheiro da gorjeta que te dei?

— Gastei no Kenny's — respondo.

— Daniel... Não posso continuar te dando dinheiro. Ela *me* bate ainda mais quando não recebo gorjetas suficientes.

— Eu sei... Você tá certo.

— Tal como os teus *dichos*, eu sempre tenho razão — responde Pedro, e ambos sorrimos.

— Claro, agora posso pensar em alguns *dichos* perfeitos para o momento:

"*A los tontos no les dura el dinero*".

— Parabéns, Pedro, seu irmão é um tolo! — acrescento.

Uma risada alta escapa de Pedro, que tapa a boca com as mãos. O fogo da raiva da mãe permanece aceso e ele precisa evitar entrar na mira dela.

— Tem aquele também:

"*Quien poco tiene pronto lo gasta*".

Depois acrescento:

— Gostaria de saber se existe um *dicho* que rima *pronto* e *tonto*.

— Seria engraçado! — comenta Pedro, sorrindo.

— Um que eu não gosto:

"*Quien mal anda mal acaba*".

— Sim, esse tira as esperanças. Como se algo que começa mal não possa melhorar nunca — opina Pedro. — Mas eu tenho um bom:

"*Más vale lo que aprendí que lo que perdí*".

— Hmmm, isso quer dizer que já aprendi o que precisava hoje e que amanhã não vou voltar ao Kenny's — digo a ele hesitante.

— Sim, Daniel, você *precisa* parar de ir no Kenny's!

Mas penso comigo mesmo:

"*El que jugó, jugará*".

Uma vez no Kenny's, não tem como escapar.

✦✦✦

— Quantas tortas você comeu? — pergunta Pedro com uma risadinha, balançando a cabeça, sem acreditar. — A gente conversou sobre isso *ontem*!

Olho pra Kenny, que do caixa ri.

— Comecei com a de limão, e guardei essa para você — murmuro, entregando a Pedro, meio a contragosto, a minha torta francesa de maçã. Ele raramente come as minhas tortas, mas essa é a favorita dele.

Terei de explicar que hoje gastei o dinheiro que recebi dos Peterson.

— Tudo bem, pode ficar com ela. Vamos indo, tenho muita lição de casa para fazer de novo.

— Você é a única pessoa que conheço que adora fazer lição de casa.

— Eu gosto mesmo de fazer lição de casa, mas preciso de tempo pra isso!

Ele segura a porta aberta para mim, e é aí que vejo a mãe e o papai no carro estacionado logo à frente, com a janela do carro aberta.

— ¿Ya mero acaban? Vamos fazer compras. ¡Dales de comer cuando lleguen!

E com isso, os dois vão embora.

— O que foi isso?! — pergunta Pedro enquanto caminhamos rapidamente em direção às nossas bicicletas que denunciaram a nossa localização clandestina.

— A mãe quer que a gente dê de comer para os meninos quando a gente chegar em casa.

— Isso eu sei! Eu ouvi. Mas por que ela ignorou o fato de a gente estar no Kenny's e de você estar segurando uma torta?

— Acrescente isso à lista crescente de "enigmas insolúveis que rondam a cabeça da mãe".

— Inacreditável! — exclama Pedro. — Se fosse eu segurando a torta, ela teria me batido aqui mesmo, na calçada.

E eu sei que provavelmente ele tem razão.

— *Dame pan y dime tonto* — brinco.

— De barriga cheia, ninguém reclama.

— Duvido você dizer isso pra mãe!

— Eeei! Acabo de ter uma ótima ideia. Vou mudar para "*Dame pan pronto y dime el tonto*!

— Não acredito que você adaptou um *dicho* só pra formar rima!

— Ué, a gente deve respeitar e honrar um *dicho*, mas quem disse que ele não pode ser aperfeiçoado?

— Verdade...

— Aí, escapamos por pouco da mãe, mas "*de casi, no se muere nadie*". Vamos ver no que isso vai dar...

26

MELHOR AMIGO
Pedro, 10 anos

Adoro tudo que envolve a volta às aulas. O cheiro de livro, apontador, borracha, e principalmente de roupa nova.

Ao contrário de Daniel e de mim, Juan não para de crescer a cada ano, o que significa que ele ganha roupas novas e eu fico com as roupas usadas dele que não servem mais. Seria ótimo ter roupas que me servissem para não parecer sempre um *huérfano* de *Oliver Twist*. Normalmente eu ganho uma calça nova e uma camisa para usar no primeiro dia de aula. Fico inalando o cheiro de roupa nova por várias semanas, até ele, infelizmente, começar a desaparecer depois de tantas lavagens.

Acho que deve ser mais ou menos assim que alguns adultos se sentem com um carro novo. O cheiro de roupa nova significa que vou voltar à escola, onde estarei feliz e seguro, pelo menos enquanto estiver lá. A mãe nunca vai lá. Ela me espera em casa.

Acredito que a quarta série vai ser o meu melhor ano, até o ano que vem, que vai ser ainda melhor. Eu absorvo as coisas com facilidade, embora ainda tenha dificuldade de dizer algumas palavras e frases.

Não preciso falar muito para mostrar à minha professora que quero dar o meu melhor como estudante.

Eu me considero um Aspirador de Palavras e Frases. Armazeno todo tipo de informação complexa no cérebro logo na primeira leitura — ou aspirada. E continuo a sugar mais e mais fragmentos menores toda vez que releio algo. Por fim, aspiro toda e qualquer partícula de "poeira" que possa ter ficado para trás. Não sei como, mas o saquinho coletor do meu cérebro consegue organizar tudo.

Infelizmente, levo muito tempo para ler alguma coisa. E qualquer tipo de ruído, seja uma conversa ou uma música, umedece a "poeira", e fica mais difícil de sugar.

— Sinto até um alívio por poder descrever isso — digo —, mesmo que detalhar meu problema não me ajude em nada.

— El sáber es fuerza — comenta Daniel. — Sempre foi.

— Acho que você está certo — respondo.

— Los dichos no mienten — retruca com um sorriso, as palmas das mãos na cintura e os polegares apontando para frente.

✦✦✦

No verão, mudamos para um sobrado. Agora moramos numa rua paralela do colegial. Passando por dentro dele, leva mais ou menos trinta minutos para chegar a nossa escola. Do outro lado da rua da Imaculada Conceição fica o prédio onde vou cursar as últimas séries do ensino fundamental daqui a alguns anos.

Nossa nova casa é muito maior que a antiga. Os seis quartos são quase suficientes para a mãe e para o papai, meus três irmãos, minhas quatro irmãs, o próximo bebê que está a caminho e eu. O quarto da mãe e do papai fica no andar de cima, onde também fica o quarto de Sara, que ela não divide com ninguém, o que as meninas mais novas dividem, e o do nosso irmão mais novo, que divide apenas com o berço. No andar de baixo, Juan tem seu próprio quarto e Daniel e eu dividimos o outro.

Há uma sala enorme no andar de baixo, com uma TV que não pode ficar alta a ponto de atrapalhar a mãe de assistir aos programas dela enquanto ela tricota sentada em uma cadeira, numa área que fica a alguns degraus de distância. Não gosto de uma casa dividida em dois andares.

Mas ter um quarto separado com Daniel significa que a gente pode conversar livremente sem precisar dizer *"ropa"* nem mudar de assunto.

Não que a gente não goste dos nossos irmãos, não é isso; simplesmente não *confiamos* em compartilhar coisas com eles que possam nos enfiar em encrenca... e praticamente *toda e qualquer* informação pode colocar a gente em maus lençóis.

Sinceramente, eu ainda não confio todos os meus maiores segredos ao Daniel. O risco de ele acabar contando sem querer para alguém é muito grande.

Às vezes, o estresse me faz lembrar aquela imagem do meu irmão debaixo d'água naquele rio, e eu chego a ficar sem fôlego, preciso puxar o ar e respirar várias vezes até conseguir me acalmar. Eu queria conseguir fazer tudo isso parar.

Tudo.

De uma vez por todas.

✦✦✦

Quando você é diferente dos outros meninos e não tem amigos, nem brinquedos como os dos outros meninos, é preciso usar e abusar da imaginação no seu quarto, lá no cantinho, longe de tudo e todos.

Quando algo inusitado chama minha atenção, minha imaginação se liberta.

Então, Daniel e eu brincamos de vários tipos de jogos de palavras que a gente mesmo inventa, como rimas, sinônimos, antônimos, homônimos e contrônimos. A nossa brincadeira preferida é testar aliterações e onomatopeias.

Às vezes a gente escreve palavras em cartões para memorizar. É um dos meus meios prediletos de aprender.

Nós dois percebemos que a nossa gramática é melhor que a de nossos colegas, e que o nosso vocabulário cresceu significativamente.

✦✦✦

Nos últimos dias de aula da quarta série, estou me sentindo muito nervoso. Acho que a irmã Denise pode me reprovar, embora eu tenha tirado notas muito boas em tudo.

O ano todo, sentei ao lado de Stevie Perkins. Eu era praticamente o único amigo dele. Stevie se metia em encrencas quase todo dia e apanhava de palmatória do diretor o tempo todo. Achei que poderia acabar reprovado naquele ano porque já disseram a Stevie que ele foi reprovado. Mas me passaram de ano, e agora acabou a minha amizade com Stevie Perkins.

27
ALTAR
Daniel, 10 anos

Eu amo estar na igreja vazia. A maioria das luzes está apagada. A vela vermelha do sacrário se destaca. Ela está sempre acesa para confirmar a presença de Jesus Cristo em Sua casa em *todos* os momentos, o que considero reconfortante. Eu sei que Ele está aqui. Eu posso senti-Lo. Eu só queria poder vê-Lo e conversar com Ele, como fazem os sacerdotes.

Mal posso esperar para ser padre!

Eu gostaria que eles me contassem qual é a sensação de falar com Deus e Jesus. Nunca ouvi falar nada sobre a conversa de padres com o Espírito Santo, o que para mim é uma incógnita; eu não entendo o que Ele faz, ou se Ele é Ele mesmo. Irmã Piety referiu-se ao Espírito Santo como um Ser, nem Ele nem Ela, o que soou meio engraçado, mas também confuso.

A vela do sacrário nunca acaba. Estou de olho nela há semanas, quem sabe até meses. É um dos grandes mistérios desta igreja. Assim como aquela história dos peixes e dos pães que nunca acabavam quando Jesus os distribuía aos pobres.

Eu gostaria que houvesse uma maneira de alimentar todas as pessoas pobres e famintas no mundo.

"*Mas, con esperanza no se come.*"

Ninguém come esperança. Bem que Jesus poderia fazer esse milagre acontecer de novo. A maioria das pessoas no mundo provavelmente se sentiria agraciada com peixe fresco e pão. Quando a gente era mais novo, passávamos fome o tempo todo. Não é o tipo de coisa que se esquece, e eu não gostaria que as pessoas passassem fome.

Um dos motivos de eu não gostar de pescar nem de comer peixe é a ideia de acabar engasgando com uma espinha, medo que provavelmente surgiu graças ao ritual anual da "bênção da garganta", em homenagem a São Brás, que salvou um menino que tinha se engasgado com uma espinha de peixe.

Várias vezes eu fiquei me perguntando por que essa bênção é tão importante, a ponto de acontecer todo ano. Tanta gente assim se engasga com espinha de peixe? Quem sabe essa seja uma pergunta tipo "quem nasceu primeiro: o ovo ou a galinha?". Talvez, se pararem com as bênçãos anuais, isso volte a ser um problemão.

As pessoas pagam pelas velas votivas aos pés da grande imagem de Nossa Senhora que fica no lado esquerdo do altar, perto da porta lateral. É Nossa Senhora da Imaculada Conceição, nome desta igreja, paróquia e escola.

A maioria das pessoas pensam que Maria é a Imaculada Conceição porque ela era virgem quando engravidou de Jesus pela graça de Deus, por meio do Espírito Santo — *é isso* que o Espírito Santo faz!

Mas a verdade é que Maria é a Imaculada Conceição porque ela nasceu sem a mancha do Pecado Original quando foi concebida no útero da mãe.

É por *isso* que dizemos que Maria é cheia de graça... Ela está cheia de Deus, sem nenhum pecado, inclusive o Pecado Original.

✧✧✧

Agora que estou na quarta série, concluí o curso e hoje serei um coroinha de verdade do padre Donovan, junto a outro menino.

— Estão prontos? — pergunta o padre da porta da sacristia onde vestimos a batina preta e a sobrepeliz branca.

— Sim, padre — respondemos em uníssono.

Num outro dia qualquer, eu teria encostado em alguma coisa verde pra dar sorte.

Nós o acompanhamos e entramos no vestuário, para ajudá-lo a vestir a batina. Eu ainda não passei pela porta que fica do outro lado e que dá para a sacristia. É lá que guardam os cálices e todos os itens importantes usados durante a missa. Um dia, vou poder entrar ali e ver todo o ouro, a prata e as pedras preciosas.

O Padre Donovan não é de falar muito. Ele já tem uma certa idade, e é meio ranzinza. Precisamos tomar cuidado para não fazer o que não deve e ter problemas com ele.

Logo a gente se encrenca ao colocar a casula dele do lado avesso. Mas com todos aqueles bordados, não é de se estranhar que a gente tenha se confundido.

— Não, não, não! Quem ensinou vocês?

Por fim, conseguimos colocar a peça do lado certo e ele passou o pente nos fios de cabelo que ainda restavam. Pelo visto, um careca não é careca se ainda tiver um fio na cabeça.

"*Casi, pero no.*"

Acho que *nunca* vou entender esse tipo de penteado para o lado para esconder a calvície. Porque ele só serve pra evidenciar ainda mais o buraco na cabeça. Prefiro homens que assumem a careca de vez, porque ser careca é melhor do que ter de pentear o cabelo.

Que saudade do Papá.

✦✦✦

Um padre serve *in persona Christi*. Isso quer dizer que durante a missa ele se torna o próprio Jesus. Sei quando isso acontece porque eles se tornam pessoas totalmente diferentes. É como se fossem atores. Ou como se estivessem hipnotizados. Ou, sei lá, como se fossem Deus mesmo. Isso assusta um pouco, mas tudo que preciso fazer é não atrapalhar e fazer tudo *exatamente* como deve ser feito.

✦✦✦

Gosto de acender velas. Gosto de chamas e fogo. Não acho que eu seja piromaníaco. Ouvi falar de alguém no noticiário que ficava acendendo fogueiras e queimando coisas. Não é o meu caso, eu só gosto de acender velas.

Às vezes, é difícil acender as velas que estão muito altas porque não dá pra ver o pavio. Tenho que inclinar o candelabro para alcançar com o isqueiro. Além disso, uma vela grande sempre provoca uma chama grande e muita fuligem. Mantenho a chama protegida com o suporte de metal — uma espécie de "colarinho" que fica em torno do topo da vela — até ter certeza de que ela está acesa.

É realmente constrangedor quando você precisa tentar mais de uma vez acender a vela. Tem sempre aquelas pessoas que madrugam na igreja, chegam muito antes do início da celebração. Eu acho que elas chegam nesse horário só pra ficar vendo a gente se debater com o pavio dessas velas cumpridas. Meus olhos sempre ziguezagueiam pelos quatro cantos da igreja enquanto estou ali tentando acender a vela e, ao mesmo tempo, quero saber quem está me espiando.

Uma das razões de fazermos de tudo para diminuir a fuligem é o fato de a limpeza da cera dos protetores de metal ser nossa responsabilidade. É difícil remover a cera e a fuligem sem produtos químicos e sem riscar o metal. Tenho a impressão que as freiras tem uma satisfação especial quando anunciam que é hora dos coroinhas limparem todos os colarinhos das velas da igreja.

Mas como diz o dicho: *El que la hace, la paga.*" E eu acrescentaria:"*El empezar é o começo do fim.*" Então, quanto mais cedo começamos, mais rápido terminamos!

✦✦✦

Há tantas coisas que um coroinha faz, e é por isso que o curso é tão demorado. Não sei qual é a minha parte favorita, mas a que menos gosto é ficar segurando a patena abaixo do queixo das pessoas enquanto recebem a comunhão. Nossa igreja tem um arco enorme em frente ao altar, onde as pessoas se ajoelham para receber a comunhão. Quando cada pessoa levanta, a esteira rolante de católicos avança e o próximo toma seu lugar. Os padres correm de uma pessoa a outra, e eu tenho que acompanhá-los, o que significa que bato com a patena no pescoço de um monte de gente, e essas pessoas geralmente me lançam um olhar furioso.

Não digo que estão errados, porque deve doer levar uma pancada no pescoço com um objeto metálico e pontiagudo.

Mas o meu maior medo é deixar a hóstia cair no chão por não ter apoiado a patena da maneira certa debaixo do queixo de alguém. Deixar a sagrada Eucaristia — que se transubstanciou no corpo de Jesus Cristo — cair no chão onde os sapatos pisotearam milhares de milhões de bactérias é um grave sacrilégio.

Correm certos boatos sobre a última vez que isso aconteceu...

Eu sei que provavelmente os meninos estão exagerando, mas dizem que o último coroinha que deixou uma hóstia cair no chão simplesmente desapareceu do mapa, e ninguém teve permissão de perguntar o que aconteceu com ele, nem mesmo seus pais.

Há um casal de idosos que vem à missa quase todos os dias. A mulher sempre usa um véu preto, e o homem está sempre com uma carranca terrível na última fileira da igreja. Nenhum dos dois comunga. Os meninos dizem que eles são os pais do coroinha desaparecido e que vêm à missa na esperança de que o menino reapareça.

Sinto muita pena deles.

28
AMIGOS
Pedro, 11 anos

Aparentemente, todos os meus colegas de sala têm amigos. Acho que é difícil fazer amizades quando não se pode conversar com ninguém fora da escola, nem ir à casa deles e nem convidá-los para a sua. Daniel é meu melhor e único amigo, mas ele é meu irmão, então não conta de verdade.

Eu gosto quando a professora passa algum trabalho em grupo para fazer em casa. Eu até queria que fizessem isso com mais frequência. Mike Mason e eu estamos no porão de casa dele, fazendo uma máquina telegráfica para um projeto de ciência.

Um circuito completo com bateria de seis volts transforma um prego enrolado num arame em um ímã, que atrai um pedaço de metal para perto dele. O metal "bate" e fica preso no prego magnetizado.

Uma alavanca dentro do circuito libera o metal do prego. A repetição desse processo produz uns toques que podem ser usados como código.

— Ficou muito legal! — digo entusiasmado.

— Agora, imagine se aquele prego estivesse em outra casa, ou até em outra cidade, e a alavanca estivesse bem aqui, com a gente — diz Mike. — Quando a gente acionasse a alavanca, as pessoas no outro lugar ouviriam o metal batendo na cabeça do prego magnetizado!

— É *assim* que as pessoas se comunicam com o código Morse! — exclamo. — Eu fico pensando como alguém um dia pensou nisso.

— Ah, provavelmente foi coisa de alguns caras que estavam xeretando coisas num porão... — sugere Mike com um sorriso.

— Agora eu quero descobrir como funciona o rádio e a televisão!

— Acho que pra isso a gente vai precisar de muito mais coisa! — comenta ele, rindo. — Ei, você já pensou em participar do grupo de escoteiros? A gente faz um monte de coisa legal lá, inclusive projetos de ciências.

— Eu *adoraria* ser escoteiro.

É verdade, eu adoraria mesmo.

A mãe queria que Juan fosse escoteiro, mas ele não mostrou interesse. Agora, que eu quero ser, ela não deixa. Foi tão legal quando eu vi um escoteiro enrolar uma corda comprida em torno da mão e do cotovelo. Ele fez tão rápido e com tanta facilidade, e a corda ficou perfeitamente enrolada. Não sei se eu teria conseguido pensar nisso sozinho. Vi esse mesmo escoteiro fazendo um monte de nós também. Não sei por que alguém precisaria de tantos tipos de nós, mas seja como for, pareciam muito legais de fazer. Quero aprender a fazer coisas manuais. Não é só de livro que eu gosto!

E seria uma ótima maneira de fazer amizade.

— Minha mãe não me deixa entrar — resmungo.

— Que chato... Lá a gente tem vários tipos de tarefas para conquistar um novo distintivo, então a gente sempre quer e pode aprender alguma coisa nova... a gente faz encontros e refeições, e vamos acampar juntos. É muito divertido!

— Parece bem divertido mesmo! — digo.

— Mas primeiro você tem que passar pela iniciação e fazer isso completamente pelado! — Mike ri e dá um tapa no próprio joelho.

— O quê? — pergunto, sem saber se é uma brincadeira ou se está me testando.

— Isso mesmo que você ouviu, você tem que subir num poste e fazer um monte de exercício totalmente pelado. É tão engraçado! Mas não é tão difícil porque depois todo mundo vai nadar junto, pelado. Isso ajuda a construir o espírito de grupo.

— Meio estranho — murmuro.

— É meio estranho... mas a gente se torna mais que amigos. É como se fôssemos irmãos, porque formamos um clube especial.

— Hum...

— Eu tenho uma verdadeira tropa de amigos escoteiros. Sério, eles são muito legais. A maioria não frequenta a nossa escola... Eles estudam em escola pública.

Não sei bem o que Mike quer dizer com tudo isso, mas acho que pela primeira vez na vida me sinto feliz por minha mãe não ter me deixado fazer algo que eu queria fazer. Acho que eu nunca conseguiria fazer esse tipo de iniciação, mesmo que todo mundo acabe ficando pelado.

Ou melhor, *principalmente* se todo mundo acabar ficando pelado.

✦✦✦

Minha prima Graciela está na minha turma, mas não tenho permissão para conversar com ela. É outra regra da mãe. Nenhum de nós pode falar com nossos primos, mesmo que a gente esteja na mesma sala. Ela tem como descobrir se a gente desobedece, então não deixo Graciela perceber quando estou olhando para ela. Eu gostaria de poder conversar, como vejo primos conversando em programas de TV e nos filmes...

Minha *abuelita* mora com a família da Graciela. O pai dela é irmão do papai.

Eu sei que o papai adoraria ver a mãe dele, não só na igreja ou nos casamentos. Posso dizer que ele a ama de verdade.

Eu me pergunto qual deve ser essa sensação.

A casa de Graciela fica a dez minutos da nossa, mas só estivemos lá algumas vezes. A *abuelita* é tão fofa com sua pele escura e enrugada, o cabelo preso num coque apertado, usando seu avental grande com bolsos, cobrindo um vestido floral simples, meias brancas que vão até os tornozelos e o sapato masculino preto e desajeitado.

✦✦✦

Ben Milner se mudou para Ohio no ano passado. Ele tem cabelo loiro escuro e olhos azuis-esverdeados. Ele é um pouco *travieso* na aula. A freira grita com ele o tempo todo, mas chamar a atenção dele só coloca mais lenha na fogueira.

Ben senta do meu lado. Um dia, ele enfiou a mão entre as minhas pernas e apertou minha coxa com força. Depois riu e fingiu que nada tinha acontecido. O que isso significa?

Agora Ben me chama de Taco, como se eu fosse seu ajudante ou algo assim. Eu não gosto desse apelido, mas ele sempre pronuncia essa palavra com um sorrisão, que destaca seus lindos olhos e as covinhas, o que sempre me impressiona. Agora os outros também me chamam de Taco. A mãe diz que eu deveria chamá-los de "batata".

— Afinal, o que isso quer dizer? — pergunto. — A gente come batata o tempo todo.

— Não é bem o melhor tipo de conselho que se deve oferecer a uma criança — comenta Daniel.

— Não tenho certeza se o Ben é mesmo meu amigo. Acho que talvez ele não tenha *la cabeza* no lugar.

— *Borra con el codo lo que escribe con la mano.* Ben ofusca as coisas boas que ele faz com as coisas ruins que ele também faz. Ele não é lá uma boa companhia.

— Acho que você tem razão.

— Pedro, a gente nunca vai ter o tipo de amigo que vemos na TV.

— Eu sei, mas não seria legal... ter *alguns* amigos?

— Amizades normais... amigos imperfeitos, cheios de falhas? Sim, seria legal e mais provável de acontecer.

Cada quien con su cada cual.

Tudo a seu tempo. Talvez o seu *Quien* encontre o seu *Cual* em breve.

— Você é engraçado... Obrigado por sempre saber o que dizer.

— *Dime con quién andas y te diré quién eres* — acrescenta Daniel.

✦✦✦

— Alguma vez você já perdeu a esperança? — pergunto entre soluços suaves, depois de mais um súbito e insensível ataque de crueldade da mãe porque não tínhamos feito nossa lição de casa, pelo menos não nos exatos critérios que ela estabeleceu.

— De quê? — pergunta Daniel.

Estamos cada um em posição fetal, cada um em sua respectiva cama, um de frente para o outro. É a posição menos dolorosa. Os vergões na minha bunda e nas pernas estão muito sensíveis.

— Que a gente vai sobreviver.

— Sim. Às vezes.

Eu gostaria de conseguir fazer isso tudo parar.

Não sei como.

E não quero deixar Daniel aqui sozinho...

Estou com medo. Só Deus sabe o quanto esses pensamentos me colocariam em apuros ainda piores, caso alguém os descobrisse.

✦✦✦

— Tem várias músicas que tocam na rádio que contam uma história... — diz Daniel — Tipo *The Night the Lights Went Out in Georgia*, *Tie a Yellow Ribbon* e *You're So Vain*.

— Essas são boas — opino —, mas você vai adorar *Daniel, My Brother*.

— Bom, espero mesmo que você goste dessa música, Pedro! Eu só não gosto dessa coisa do Daniel morrer na música.

— Eu também não gostava dessa parte, mas depois eu fui entendendo e acho que ele não morre de verdade. Ele só se muda pra Espanha.

O cara sente falta do Daniel porque ele foi embora para a Espanha, de avião... na chuva — digo, rindo.

— Ah, menos mal, então. Acho que eu não tinha entendido... Daniel quase morreu... bem na minha frente... naquele rio... alguns anos atrás. Eu sentiria muita, muita falta dele se ele tivesse morrido.

29

¡BAILE!
Daniel, 11 anos

A estação de rádio AM de Toledo toca um programa mexicano todo sábado à tarde, e a mãe escuta religiosamente. É o jeito mais fácil de manter conexão com o México. O locutor parece mesmo o das rádios mexicanas: voz de bravata quando lê as notícias, vende um produto, ou quando anuncia novidades esportivas ou as músicas mexicanas.

Ele acaba de lembrar a nós, seus ouvintes, do ¡*Baile Mexicano!* que acontecerá esta noite, em uma cidade vizinha.

Algumas vezes por ano, umas bandas mexicanas se apresentam em salões de danças regionais, atraindo famílias de vários condados do nordeste de Ohio.

— Não vejo a hora de chegar logo a noite pra gente ir ao baile! — digo.

— Esses bailes são muito chatos — resmunga Pedro. — A gente fica lá sem fazer nada, até que chega uma *comadre* bêbada e fica tentando puxar a gente pra dançar.

— Ué, geralmente é aí que a coisa fica interessante! Literal e sarcasticamente… Vai ser divertido! Literal e sarcasticamente.

❖❖❖

Quando entramos no clube VFW, ele está quase cheio. A banda já está se apresentando e a pista de dança está bastante movimentada. Aceno para algumas crianças que serão meus colegas da quinta série em breve.

— Tem muita gente aqui — resmunga Pedro.

— Alguns vieram pra beber *ou* dançar, outros pra beber *e* dançar, e outros ainda que até o fim do baile vão procurar sarna pra se coçar...

"Al que le pique, que se rasque."

— Isso parece meio ameaçador... e engraçado! — ri Pedro. — Mas eu entendi o que você quis dizer, com base nos últimos bailes com um monte de *borrachos* que a gente já viu... Espero que não tenha briga nem discussão esta noite. Aí tudo pode virar uma zona mesmo.

A mãe nunca bebe álcool. O papai só consegue autorização da mãe pra beber se não tiver jeito; ou seja, se garrafa de cerveja vier parar bem na cara dele, oferecida por algum compadre atrevido, desesperado por um companheiro de copo.

Há um bar que vende bebida, mas a maioria das pessoas traz o próprio isopor com gelo, cerveja, rum, vodca, refrigerante e suco de laranja.

A banda toca músicas que misturam elementos do Texas e do México. Tem bateria e guitarra, mas é o acordeão que dá um som de polca parecido com a música do *The Lawrence Welk Show*.

— Eu amo essas músicas que misturam ritmos — murmura Pedro, balançando o corpo discretamente, fora do radar da mamãe. — Até eu dançaria essa, se pudesse... não que eu queira.

— Olha a Hilda e o Isidro Morales — aponto. — Eles devem ter inventado esse passo.

Isidro parece uma muralha perto de Hilda, que, de salto alto, tem um metro e meio. O braço esquerdo dele a aperta contra ele; o nariz resvala no bolso da camisa dele. Os pés dos dois parecem amarrados, tamanha a sinergia do compasso do casal. É hipnotizante.

— Eles devem ter praticado muito — reflete Pedro. — Parece tango.

— Gosto de como cada casal tem um estilo próprio de dança — observo. Cada casal dança sua própria versão de valsa misturada com polca, tango, salsa, chá-chá-chá e sabe-se lá o que mais.

— Por que eles sempre dançam virando pra lá e pra cá na pista de dança, como se estivessem numa pista de patinação? — pergunta Pedro.

— Boa pergunta. Aparentemente quem não é mexicano fica sempre no mesmo lugar quando dança. Mas aqui não!

— Olha a Irma e o Morelio Fuentes — aponta Pedro. — Ele com esse sorriso de Gato que Ri e a cabeça sonolenta apoiada nos peitões dela — acrescenta, dando risada.

— Parece um bebê precisando arrotar, mas com duas mamadeiras gigantes a disposição — brinco e nós dois rimos feito dois *maleducados*.

— Às vezes a gente leva jeito com as palavras.

— Eu adoro os nossos trocadilhos!

Ficamos observando a pista de dança por alguns momentos, em silêncio.

— Eu gosto como a mãe e o papai dançam — afirma Pedro com a voz baixa, quase triste. — Eles parecem felizes juntos.

A mãe está sorrindo, olhando ao redor enquanto se movem pelo salão. O papai está com a cabeça apoiada no ombro dela. Com a boca fechada, ele sorri. É um sorriso grande, apesar da boca fechada. De repente, ele olha pra cima, como se estivesse agradecendo a Deus por alguma coisa.

— Eles são ótimos dançarinos. Parecem felizes, não? Espero que dure.

— O papai parece apaixonado.

— Sim, acho que ele ama a mãe *de verdade*.

— Você acha que *ela* ama o papai de verdade?

— Espero que sim, Pedro. Espero mesmo.

Observamos os nossos pais por um tempo, em silêncio. Olho para Pedro e percebo seus olhos marejados. Eu me aproximo do meu irmão e o abraço de lado. Ele sorri, discretamente.

— Já percebeu que a Yolanda e o Arturo Romero dançam como se estivessem numa corrida? — brinco. — Sei lá, parece que eles estão no dobro da velocidade, ultrapassando os outros casais da pista.

— É... Não sei pra onde eles acham que vão com tanta pressa.

A cena parece animar um pouquinho Pedro.

Quando os homens ficam cansados ou embriagados, as mulheres (e até as meninas) formam pares e dançam lado a lado, levadas pela corrente de casais que circula.

— É muito engraçado quando duas *comadres* ficam dançando de rosto coladinho, como se uma delas fosse o homem — comenta Pedro. — *Doña* Inés e Carmen López aparentemente estão se divertindo.

— Na verdade, os maridos delas também parecem estar se divertindo.

Aponto para *Don* Diego e Camilo López que conversam a uma mesa, bem compenetrados um no outro.

— Hum... De um ângulo diferente, parece até que esses caras estão se beijando! — exclama Pedro.

Os homens estão sentados lado a lado, mas voltados em direções opostas, como se estivessem sentados numa cadeira *tête-à-tête* vitoriana. Eu sempre adorei esse tipo de mobiliário.

— Deve fazer muito barulho ali onde eles estão sentados.

Mulheres que precisam de um parceiro olham ao redor e avistam um bando de garotos entediados num canto, precisando de distração ou diversão. Juan e seus amigos experientes sabiam do risco que corriam se ficassem por ali dando sopa, disponíveis para a dança. Por isso deixaram o salão faz um tempo... Eles provavelmente estão escondidos num carro.

Olhares ansiosos de repente se voltam para Pedro e eu.

— Ah, não! — Pedro geme baixinho.

— ¡Ándale mijito, anímate! — Doña Josefa dá uma gargalhada ao agarrar a mão de Pedro e arrastá-lo.

O rosto do pobre Pedro está enterrado entre os *chichis* enormes de Doña Josefa, envoltos por um vestido decotado, e logo em seguida ela encosta a cabeça na dele. Eu sei que ele vai se sacudir todo que nem um cachorro tomando banho quando terminar. Ele se esforça na ponta dos pés para manter a mulher embriagada de pé. É uma verdadeira maravilha gravitacional.

Estou com o olhar fixo na desgraça de Pedro quando uma nuvem com aroma de rosas de Bonita Jiménez me engole por trás, seguido pela mão dela apoiada no meu ombro. Olho para o sorriso sedutor e para as sobrancelhas maliciosas e arqueadas à la María Félix[4] enquanto ela pergunta:— *¿Me acompañas?*

Como uma frase tão simples pode, de repente, soar tão maldosa?

Ela apoia a minha mão direita no inferior de suas costas, na mesa que suas *nalgies* formam na altura da lombar. Minha bochecha direita repousa contra o travesseiro macio de sua barriga. Ela segura minha mão esquerda bem acima do ombro. Seu braço esquerdo me prende contra ela enquanto agarra meu cinto, e então ela pode me carregar e girar pelo meio da pista de dança abrindo caminho à força. Rogo pela misericórdia divina enquanto ela grita e berra junto aos outros cantores.

✦✦✦

Os homens sonolentos acordam quando a cereja do bolo da festa chega no formato de uma dupla de mulheres curvilíneas, com vestidos tubinho bem colados no corpo, desfilando pelo corredor com sapatos de salto alto e ponta fina, ao som de uma cacofonia de assobios e cantadas.

Vários homens tomam tapas na nuca por conta do entusiasmo. As esposas não acham graça nenhuma.

---

4. Famosa atriz e cantora mexicana que faleceu em 2002 [N.T.].

— Aperte os cintos aí, Pedro — recomendo, sorrindo. — Isso aqui tá começando a ficar bom.

— Eu me lembro daquelas garotas... Como elas conseguiram se espremer nesses vestidos? Se derem um espirrinho de nada, vão acabar explodindo.

— Espero que elas não se empolguem na dança, se não... — brinco e nós rimos.

Talvez a mãe esteja criando dois *maleducados* e *delincuentes*.

— Eu meio que sinto pena delas — murmura Pedro. — Acho que estão sozinhas e querem se divertir como todo mundo. Elas nem são velhas... Olha, aquela lá não foi nossa babá quando a gente era pequeno?

— Olha a Mariana Castro. Ela parece pronta pra uma briga. Lembra quando a menina de azul sentou no colo do Roberto Castro no último baile?

— Claro que lembro. É... eles gostam de uma encrenca.

— *Como dos e dos son cuatro.*

Tenho pena da Mariana. Roberto parece uma versão jovem daquele cantor Pedro Infante, e com certeza ele sabe disso, com esse cabelo preto liso, olhos escuros, bigode fino, o cantinho da boca ligeiramente erguido só para incrementar ainda mais o semblante...

Essas duas mulheres flertam com rapazes num canto do salão e depois disso passam o resto da noite na pista de dança, cada homem jovem que ali está disputa a atenção delas. As mulheres casadas suspiram de alívio; os homens casados se amuam, frustrados.

✦✦✦

A mãe está se divertindo trocando *chisme caliente* com Rosa Álvarez e Valeria Ortiz, e a conversa só é interrompida vez ou outra para uma risada sincera. O papai está sentado à mesa com Rogelio Álvarez e José Ortiz.

— O que será que eles tanto conversam? — indaga Pedro, apontando para as mulheres. — O papai e os *compadres* com certeza estão falando de beisebol.

— E do que mais os homens casados conversam, com as esposas sentadas bem ali, na mesa de frente pra eles?

✦✦✦

Sem dúvida meu irmão e eu demos muita risada esta noite. Ele se divertiu mais do que esperava. Cada um de nós dançou com várias *comadres* que estavam sob variados graus de embriaguez.

— Minhas costas e meu pescoço tão doendo — reclama Pedro. — Eu tive que segurar a *Señora* Valência o tempo todo!

— Rosario Sánchez me melecou todo de suor. Deus tenha compaixão dela.... Só ele mesmo, meu Deus!

Pessoas bêbadas ficam sonolentas, relapsas ou sentimentais. *Comadres* e *compadres* se abraçam aqui e ali, derramando lágrimas de alegria e afeto enquanto ignoram desprezos dissimulados, rivalidades mal resolvidas e uma mistura de outros mal-entendidos.

Quando a banda faz uma pausa, os dançarinos também param. O empresário da banda toca discos com músicas Tex-Mex[5] que ninguém dança, e as pessoas vão ao banheiro, pegam bebidas, saem para fumar. Nesse intervalo, alguns adolescentes imploraram ao empresário da banda para tocarem os discos que trouxeram de casa.

Sempre vou lembrar desses homens, mulheres e crianças da nossa comunidade dançando ao som de Cher, Elton John, Steely Dan, Little River Band e outras músicas do Top 40.

---

5. Que misturam elementos do Texas e do México (N.T.).

30
CISMA
Pedro, 12 anos

— Irmã Francisca, os dois meninos estão chorando — diz a irmã Jude, a diretora da Escola Primária Imaculada Conceição. — Não sei dizer quem *ganhou* nem o que está *acontecendo*.

— Pedro ganhou com a DIOCESE, Irmã Jude. Não sei por que algum deles está chorando. — Irmã Francisca faz uma meia-volta digna de militar e sai da sala da diretora para retornar à sala de aula. Parece que ela está farta de nós.

Acabo de ganhar o concurso de soletração para alunos da quinta e sexta séries. O evento aconteceu no auditório, para toda a escola. Não me esforcei para ganhar; eu simplesmente sabia soletrar as palavras que mandaram a gente memorizar.

Agora, pela primeira vez na vida, estou na sala do diretor.

Por que estou chorando?

É medo?

Ou alegria, felicidade?

O que há de errado comigo?

Também não sei por que Héctor Ramírez está chorando.

Pedro e Daniel

Ele ficou em segundo lugar entre cem alunos que participaram, o que é muito bom. Talvez ele esteja pensando que seus colegas da sexta série vão tirar sarro porque ele perdeu para mim. Quero consolá-lo, mas ele não é meu amigo e não quero que me bata.

— Pedro, você deveria estar feliz... e *orgulhoso*! Está na quinta série e ganhou! Isso é uma baita de uma conquista! — exclama a irmã Jude. — Tenho certeza que a sua mãe também vai ficar muito feliz e orgulhosa. Vou ligar pra ela agora mesmo e contar a novidade.

Ah, não! Esqueci que tenho que contar para a mãe! Ela ficará feliz? E se a irmã Jude acordar a mãe ou os bebês?

Não sei o que a mãe está dizendo, só vejo que a irmã Jude não para de repetir: "Não, não, isso não é ruim, é *bom*... Sim, é *bueno*, não *malo*... Não, Pedro não é *malo*... Ele é... *bueno*... Ele é *bueno*... A senhora deveria ficar muito feliz... contente... *contento!*... A senhora deveria estar muito *contento* e... *satisfecho* e..."

— Pedro, como se diz "orgulhosa" em espanhol? — pergunta a Irmã Jude, com certa exasperação e uma careta bem sutil, quase imperceptível. Ela está segurando o telefone contra o peito amplo, logo abaixo do crucifixo prateado pendurado no pescoço. Se ela não tivesse usando essa coisa na cabeça, já estaria arrancando os cabelos.

Eu encolho os ombros.

— Sinto muito, Irmã Jude, não sei.

Não sei como se diz "orgulhosa" em espanhol. Acho que a mãe nunca usou essa palavra. Eu saberia se ela já tivesse falado?

— Não, Pedro é mesmo um bom menino... A senhora parece surpresa... Não, não... Pedro nunca se mete em confusão... Não... Não, Pedro é mesmo muito *esperto*... Ele é *inteli-gien-to*... Ele acabou de ganhar o concurso de soletração... *sole-tra-cion*... de palavras, *pala--vrias*... A senhora deveria... A senhora deveria estar muito orgulhosa... *orgu-lio-sa*? Sim, feliz! *Contento, bueno!*

Quando chego em casa, escuto a mãe ao telefone com uma de suas *comadres*, dizendo que derrotei o filho de María Ramírez em uma prova na escola. Aparentemente isso é tudo que ela sabe a respeito do que aconteceu, e ela nunca me fez nenhuma pergunta sequer sobre o assunto.

✦✦✦

Agora que estou na sexta série, temo ter que ganhar a todo custo o concurso anual de soletração. Daniel também tem que soletrar, então praticamos com cartões.

Eu gostaria de não ter que falar em público, num palco, na frente da escola toda.

Parece um pesadelo.

A menos que eu não cometa nenhum erro.

O que significa que tenho que vencer novamente.

Sem pressão...

Sem problemas...

Estou captando o sarcasmo de Daniel e isso me agrada.

Soletrar é um verdadeiro enigma para alguém disléxico como eu.

Parece que quando escrevo me saio muito bem, acerto todas as sílabas.

Soletrar em voz alta, sem nenhuma palavra à vista, nenhum papel nem lápis, e sem cometer erros deveria ser uma tarefa impossível, mas eu consigo *ver* as palavras escritas na minha cabeça se as outras imagens que piscam no meu cérebro se acalmarem. Se eu conseguir memorizar a sequência correta de sons ao dizer as letras que formam as palavras, vou me sair bem, porque meu principal problema em soletrar ou ler em voz alta é ter que *dizer* o que *vejo*.

Letras e palavras ficam misturadas, apagadas ou substituídas.

Eu ainda confundo "c", "s" e "z", ou "g", "j" e "z". E "b" e "d" às vezes aparecem para mim como imagem num espelho.

Também tenho problemas com números. Se vejo *cinco* ou 5, fico repetindo a letra "c" até meu cérebro destravar. Outro exemplo dos meus desafios de pronúncia em voz alta: se vejo "cama", posso dizer, "maca".

Tudo isso me faz parecer meio burro, por isso eu evito abrir a boca quando estou entre as pessoas, o que no final das contas me faz parecer ainda mais burro.

E tudo isso me faz pensar que muitas crianças burras não são nada burras, então talvez todos devêssemos parar de usar essa palavra.

✦✦✦

É a Irmã Francisca de novo quem está organizando o concurso de soletração este ano. Ela lê cada palavra lentamente. A Sra. Curtis inicia o cronômetro assim que a palavra é falada.

Neste concurso de soletração, recebemos uma lista de quinhentas palavras para memorizar. São palavras que usamos na vida cotidiana, mas sobretudo que aprendemos no catecismo. É por isso que ganhei no ano passado com "DIOCESE".

Todas as crianças ficam sentadas no chão do auditório, a menos que façam parte do grupo chamado para formar fila no palco. Um por um, cada aluno é eliminado ou enviado para a próxima rodada.

Joe Palermo sussurra — mas não tão baixo assim — para os meninos ao seu redor:

— Quem não for eliminado é uma mariquinha de saia! — Joe Palermo fez jus ao sobrenome que tem. Ele foi eliminado no primeiro round e quer todos os demais se juntem a ele e aos mais incompetentes.

Penso comigo mesmo:

"No es lo mismo hablar de toros que estar en el redondel." Em outras palavras, para Joe Palermo, falar é fácil.

Daniel vai ficar tão orgulhoso de eu ter me lembrado disso! Agora está bem claro que não só *preciso* vencer. Eu *quero* vencer.

✦✦✦

Faço parte de um grupo de dez alunos finalistas do quinto e sexto ano. Sinto todos os olhares concentrados em mim, mesmo quando não estou soletrando. Provavelmente ninguém está *de fato* olhando para mim, mas simplesmente a sensação é essa. É uma pressão que sinto na cabeça, no peito, nos punhos cerrados batendo levemente nas coxas. Agora só restam dois no palco com a Irmã Francisca e a Sra. Curtis depois que Sally soletra sua palavra incorretamente. Tenho que soletrar a minha palavra de maneira correta para vencer. Caso contrário, Sally e eu partimos para outra rodada.

Irmã Francisca anuncia:

— Pedro, a sua palavra é "cisma". Cisma — diz, pronunciando o "cis" com ênfase. Eu sei que dá pra confundir a sílaba; ela poderia começar com "c" e com "s". Mas eu definitivamente sei a resposta certa.

— "Cisma": C-I-S-M-A, "cisma". — digo, sem hesitação.

"Cisma" é uma das minhas palavras favoritas. Gosto dos vários sentidos que ela tem. Gosto especialmente porque ela pode significar uma "grande divisão religiosa", como quando partes do cristianismo se separaram do catolicismo porque não acreditavam que o Papa fosse infalível.

Eu acredito que o Papa não é infalível, coisa que eu nunca poderia dizer sem me meter numa encrenca das grandes, mas ganhei o concurso de soletração com "cisma" e sei que pra *sempre* eu me lembrarei dessa palavra.

✦✦✦

É o último dia de aula da sexta série e sou o último aluno a sair da aula. Sinto os pelinhos da nuca arrepiarem. A Sra. Davidson me observa por cima dos óculos milagrosamente equilibrados na ponta do nariz.

Na semana passada, ela me chamou para conversar em particular e disse:

— Pedro, quero que você saiba que reconheço todo o seu esforço ao longo deste ano. Você *mereceu* suas boas notas. Você trabalha duro, se *dedica* de verdade. Estou muito orgulhosa de você.

Lembro que me senti um pouco tonto e que lutei contra as lágrimas, mas consegui dizer:

— Obrigado, Sra. Davidson.

Fiquei surpreso por ela ter *me* notado, por saber que ela estava *me* observando. Observando a *minha pessoa*, não só o meu dever de casa, minhas provas ou minhas notas.

Muitos dos meus colegas não gostam da Sra. Davidson porque ela é rígida e passa muita lição de casa. Às vezes eu gostaria de poder dizer o que está na minha cabeça para que eles soubessem que ela é a melhor professora que já tivemos.

Agora, quero dizer a ela que a amo.

É a minha melhor compreensão do que é o *amor*, da palavra e do sentimento, que só senti por Daniel, pela Mamá e pelo Papá.

As lágrimas começam a brotar e ameaçam me trair. Eu quero ser forte. Para mostrar a ela que ficarei bem no ano que vem, do outro lado da rua, no desconhecido. Estou quase, quase reunindo coragem para lhe dar um abraço. Será que ela se importaria?

— Adeus, Sra. Davidson... Obrigado.

— Adeus, Pedro — responde, com seu sorriso amigável e um brilho no olhar. — Eu estou tão orgulhosa de você... Foi uma honra ser sua professora.

Minha boca se contrai — nenhuma palavra *poderia* sair, mesmo se eu tivesse a coragem de pronunciá-la.

Será que vou me arrepender para sempre de não ter dado um abraço nela?

Parte 3
1974 – 1980

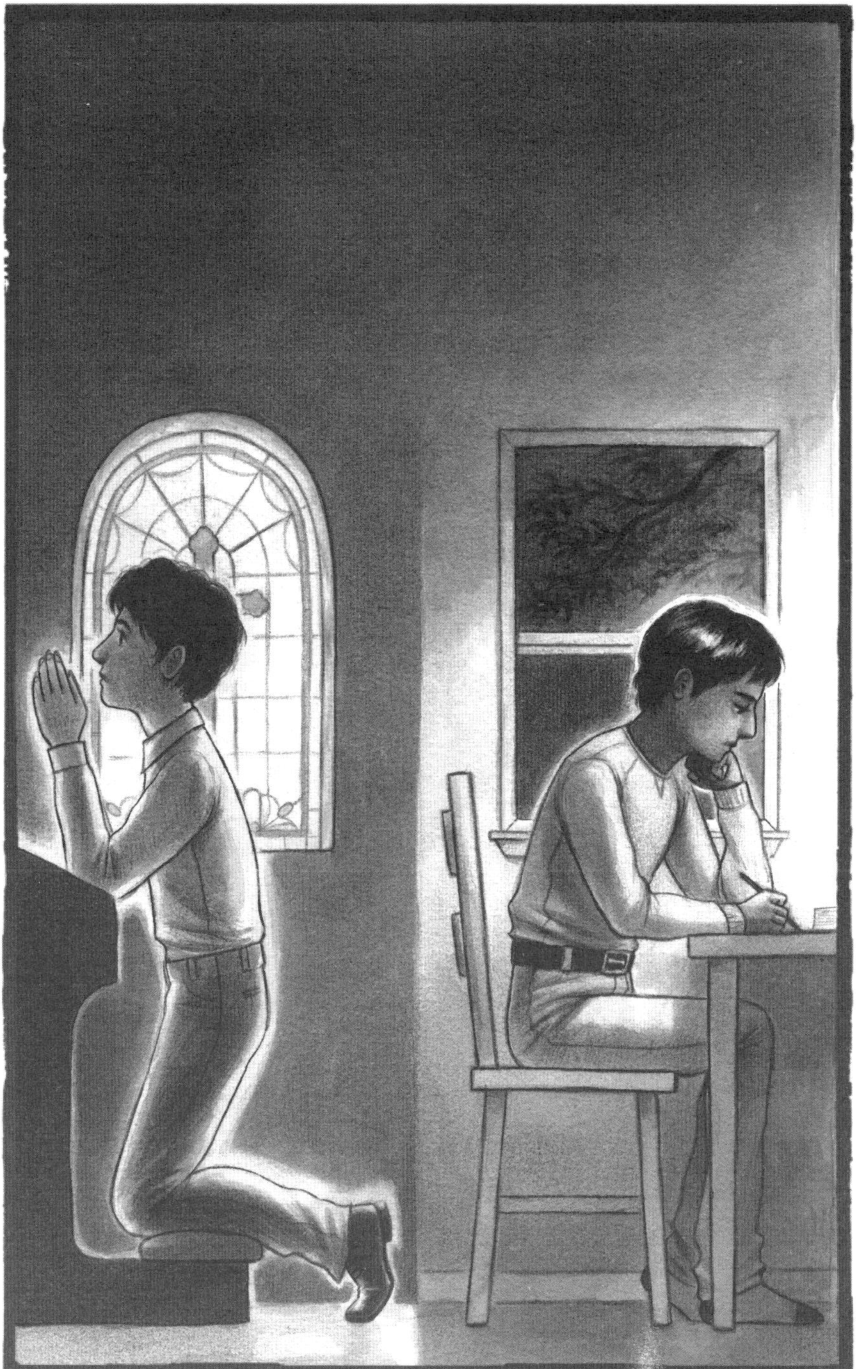

31
CAOS
Daniel, 12 anos

Sinto falta de ver o Pedro na escola. O ensino fundamental parece uma selva selvagem. É redundante, eu sei. Acho que não vou gostar nem um pouco.

— Acho que você não vai gostar nem um pouco — diz Pedro enquanto caminhamos da escola para casa. — É tudo muito diferente. As pessoas parecem viver do avesso, querendo se adequar e se rebelar. Com certeza eu não me encaixo em lugar nenhum.

— E se você tentar praticar algum esporte ou alguma coisa assim? — sugiro a ele.

Por que tenho esse lado polêmico e sarcástico, mesmo com Pedro?

— Calma, eu tô brincando! — acrescento, antes que ele responda com aquela careta.

— Eles precisariam estar *muito* desesperados para me chamar para entrar pra qualquer time. *Por el amor*, Daniel, por favor, não diga nada para a mãe!

— Você tá brincando?! Se eu sugerir isso, vou ter que praticar esporte também no ano que vem! Ainda estou colhendo a fama da minha façanha no beisebol.

— Hahaha!

— *Hombre precavido vale dos* — declaro.

Esse *dicho* foi feito para nós. Em tudo precisamos pensar por nós dois: se eu *sem querer* plantar uma ideia na cabeça da mãe, pode haver consequências ruins para mim *e* para o Pedro.

✦✦✦

A essa altura, participo como coroinha de quantas missas eu bem quiser, já que estou na sexta série e vou ser padre. Ninguém além de mim quer ser padre, então esse "nicho de mercado" é todo meu.

As coisas na escola vão bem. Sinto que eu deveria estar uma ou duas séries acima, convivendo com alunos com vocabulário mais avançado e senso de curiosidade maior. Na minha sala, não consigo encontrar um colega que esteja interessado nos meus jogos de palavras nem em aprender algo que esteja fora do currículo escolar.

Eu simplesmente me sinto entediado com o mesmo de sempre, *lo mismo viejo*.

Eu não gostava quando as freiras me olhavam feio ou me mandavam para a diretoria, então agora ando mais calado que nunca. Não que eu fosse o palhaço boca aberta da turma, nunca fui. Embora admita que já fiz meus colegas rirem muito. Sei lá, talvez eu fosse meio palhaço, mas nunca foi a minha intenção! Nasci hiperativo, falo pelos cotovelos, sou esperto e sarcástico. Mas eu realmente gostaria de ser o mais engraçado da turma.

✦✦✦

— Vocês, NÃO SE PREOCUPEM! O pai de vocês está *bem*. Ele acabou de sofrer um acidente — declara Irma Mendoza quando atravessamos a porta de casa. —Minha mãe levou a mãe de vocês ao hospital para ver como ele está.

Irma parece se preparar para a chuva meteórica prestes a chegar com a nossa arremetida interrogatória.

— O quê?!
— O que aconteceu?!
— Que tipo de acidente?!
— Onde ele está?!
— Ela já disse que ele está no hospital!
— Eu sei, só estava perguntando qual!
— Ele vai morrer?
— A gente pode ver ele?
— Ele teve um ataque cardíaco?!
— Ela disse que foi um acidente, não um ataque cardíaco!
— Eu sei, só estava perguntando!
— Vocês dois parem de brigar!
— Foi ela que começou!
— Hum-hum! Foi ele!
— Eles brigam que nem o pai e a mãe.
— Quê?

Bombardeamos a pobre Irma com perguntas e mais perguntas alternadas entre soluços e histeria generalizada. Pablo e Rosa continuam discutindo e começam a se beliscar num outro canto.

— Ele está bem, tá tudo bem. Ele prendeu a mão numa máquina no trabalho... Disseram que amanhã mesmo ele vai poder voltar pra casa, ou talvez depois de amanhã.

Irma é uma jovem baixa e corpulenta que terminou o ensino médio há alguns anos. Ela trabalha no Kroger como assistente do gerente. Ela não é casada, então continua morando com a *Doña* Cata, *la viuda*.

— Você vai ficar com a gente hoje à noite? — pergunta Pedro à Irma entre uma fungada e outra.

— Veremos. A mãe de vocês vai ficar com ele esta noite, ou até ele melhorar. Agora estou preparando o jantar e todos vocês precisam fazer a lição de casa ou o seja lá o que costumam fazer quando chegam em casa.

Estamos acostumados com a ausência do papai durante a semana, por isso não estranhamos o fato de ele não estar em casa hoje. O que não é nada comum é a ausência da *mãe*. Ela acaba ficando com o papai no hospital. Parece que ela realmente se importa com ele. A ausência dela, e o fato de saber que o papai está bem depois de ter feito uma cirurgia na mão, significa que teoricamente passaremos alguns dias livres de estresse. Nada de violência e loucura.

No último dia, não há briga nenhuma.

Depois de três dias, o papai finalmente volta para casa.

✦✦✦

— *Buenos días hijo. ¿Cómo amaneciste?* — pergunta o papai quando entro na cozinha. Ele está tomando uma xícara de café tranquilamente à mesa da cozinha. Tenho certeza de que Pedro vai contar pra ele que acordei bem cedo hoje.

Quero passar um tempo a sós com o papai...

— Oi, papai.

Mas agora que estou aqui com ele, me sinto completamente sem palavras. As *únicas* vezes em que não sei o que dizer é quando estou sozinho com ele.

Por que não consigo pensar em algo para dizer?

Eu deveria ter trazido Pedro.

— Você quer comer alguma coisa? — pergunta ele.

A mão e o antebraço dele estão mumificados, cobertos com gesso e bandagem.

O que me lembra o Halloween. E os doces de Halloween.

— Quero só um pouquinho de cereal, papai.

Pego uma tigela, uma colher, o açucareiro e a caixa de cereal e coloco tudo na mesa à minha frente. Papi me observa em silêncio. Como é estranho ter público para uma atividade tão rotineira. Percebo que ele está olhando para minha tigela, que é mais uma tigela comum do que uma tigela de cereal propriamente. Sinto minhas orelhas esquentarem e os pelos invisíveis do meu braço se arrepiarem. Tento não me importar; continuo. Despejo um pouco cereal na minha tigela e ergo o açucareiro para despejar o açúcar...

— ¡¿*Tanta azúcar*, Daniel?!

As sobrancelhas do papai se erguem até o meio da testa e a boca dele se abre e forma um círculo perfeito. Isso me lembra algo, alguém... Eu às vezes esqueço que as pessoas usam uma colher para polvilhar um pouco de açúcar no cereal.

Papi não gosta de doce. Ele não comeria nem um donut sequer no café da manhã se houvesse ali dez bandejas de donuts bem de frente pra ele.

— Você adora seus *chiles calientes* — comento com um sorriso. — E eu adoro *azúcar*!

Então papai eu ficamos ali, rindo silenciosamente. Ele me lembra Pedro, quando contém o riso para não acordar a mãe, com os ombros tremulando discretamente. Acho que eu causo esse tipo de reação em todo mundo.

Quero manter este momento especial um segredo entre nós dois, pelo menos até contar ao Pedro, mais tarde.

Quando vejo os olhos marejados do papai, percebo que a minha visão está ficando turva com as minhas próprias lágrimas de felicidade.

Encontrei algo para dizer ao meu pai.

✦✦✦

— Tem muita energia estática na escola agora! — exclama Pedro enquanto esperamos nossos irmãos saírem das salas. — Basta uma faisquinha pra começar uma explosão.

— Como assim? — pergunto.

— O pessoal tá procurando algum tipo de libertação. Estão agitando uma briga entre as duas facções de atletas, igual ao que acontece no filme *Amor, sublime amor*... a única diferença é que aqui os dois lados são brancos.

— Você acha que vão fazer alguma dança coreografada, inspirada em Jerome Robbins? — brinco, porque ao relato favorece a piada e às vezes não consigo me segurar.

— O quê? — pergunta Pedro, claramente distraído. — Acho que os dois líderes vão ter que lutar entre eles logo, logo para evitar uma briga generalizada.

— Que horror!

— Eu sei. Mas acho que eles não têm escolha. A situação está fora de controle.

— Por que os atletas estão sempre brigando? — questiono. — Por que eles não liberam esse espírito agressivo no esporte?

— Acho que os treinadores querem evitar que eles se machuquem nos treinos... Eles querem que guardem a hostilidade e a agressão para enfrentar as equipes de outras escolas... Sei lá, é só um palpite meu. Eu realmente não entendo os meninos que praticam esportes.

— *La suerte está echada* — observo. —Aqueles meninos não têm mais escolha. Coitados.

Não digo ao Pedro que eu torço para que eles não machuquem o rosto uns dos outros porque acho todos lindos. Esses meninos são tão fofos! Não vou gostar de entrar para o colegial, mas vou adorar ver todos esses garotos novos das escolas públicas jogando com os da minha escola.

✦✦✦

— Pedro, como é que tão as coisas aí na sua cabeça? — pergunto no meio da noite.

Sei que o calor e a umidade também tiraram o sono dele.

— Quê?

— O que tá se passando aí, com todas as suas palavras, pensamentos e tudo o que está acontecendo nesse...

— Caos controlado — interrompe ele, quase involuntariamente, como se as palavras fossem uma batata quente que ele precisa lançar às pressas para não se queimar.

— Hum... tá, mas o que isso significa? Quer dizer, acho que eu sei o que isso significa, digo, as palavras em si. Que é *"cada cabeza es un mundo"*.

— Sim, acredite, pensei muito sobre isso. E caos controlado é a descrição mais simples e visual que consigo imaginar para a minha situação. Na minha cabeça sempre tem tantas palavras, frases e músicas flutuando... Gasto muita energia tentando organizar as coisas, tentando manter tudo calmo... tentando controlar um monólogo interior que não para nunca. Eu sempre fico praticando o que eu vou dizer pra não cometer muitos erros na hora de falar de verdade.

— Engraçado... você tem um nome pra definir isso.

— Você lembra do K.A.O.S. do *Agente 86*? — pergunta Pedro. — Foi a primeira vez que eu ouvi essa palavra, embora seja escrita um pouquinho diferente. Depois que descobri o que "caos" significa de verdade, simplesmente caiu como uma luva. E só digo "caos controlado" porque me esforço pra caramba para manter tudo sob controle. Mas, sendo bem sincero, tentar controlar o caos é uma causa perdida.

— E tem alguma coisa que te faça sentir melhor... ou pior?

Uma vez vi um médico perguntando isso na TV. E me pareceu uma boa pergunta.

— Boa pergunta — responde ele.

— Caramba, pega no verde pra dar sorte! Acabei de pensar que era uma boa pergunta e bem na hora que pensei você disse "boa pergunta"! *¡Los genios pensamos igual!*

— Bom, o que eu sei com certeza é que a mãe faz eu me sentir bem pior. Ela me deixa nervoso e tudo aqui dentro da cabeça piora. Lembra de *"La Momia Muda"*? Sou eu travando. Não consigo falar quando ela começa a gritar e berrar. Eu realmente me transformo em *La Momia Muda*. Minha visão fica embaçada, coço a sola dos sapatos com a ponta dos dedos dos pés, minhas mãos se contorcem...

— Já te vi fazendo isso — comento e fico em silêncio por um momento. — Pedro, não consigo imaginar como deve ser sentir esse caos o tempo todo... que não para nunca.

— Eu sei... Levei um tempo pra descobrir que o meu cérebro é diferente. Só de saber disso já me sinto melhor um pouco.

— Sua gagueira melhorou bastante...

— Obrigado, eu sei... Consigo controlar melhor agora...

Pedro parece ter gostado de ouvir isso. Não consigo ver o rosto dele na escuridão, mas posso sentir as emoções em suas palavras.

— ... mas eu ainda sinto dificuldade de dizer algumas palavras.

— Você nunca tem dificuldade quando fala comigo.

— E você acha que conversar com você é parecido com conversar com a mãe em algum sentido? — pergunta Pedro, meio surpreso, meio sarcástico.

— Não, entendi o que você quis dizer... Mas como ganhou o concurso de soletração na escola? Duas vezes?!

— Outra boa pergunta. E não tenho muita certeza... Acho que, ah, você me conhece, sou um pouco obsessivo por aprender as coisas...

— Um pouco? — Eu o interrompo e nós dois rimos. — Eu diria que você é um filomático.

— Um o quê?

— Um filomático. Você tem curiosidade sobre tudo e o desejo insaciável de aprender.

— Ah, é claro que existe uma palavra para isso...

— Não se esqueça que eu também gosto de aprender coisas novas! Se eu não estivesse tão entediado na escola, acho que tiraria notas melhores.

Eu acho que também me sairia melhor se estivesse na mesma série que você, na sua sala, já que a gente costumava estudar junto o tempo todo.

— Eu não duvido disso... Você já percebeu que eu deixo escapar uma frase estranha quando eu começo a falar?

— Não... Como assim?

— Então, eu fico tão obcecado com o que está passando dentro de mim, nesse meu monólogo interior, que se alguém me fizer uma pergunta, eu digo uma palavra associada ao que estava pensando. Dá muita vergonha... Esse é um dos motivos que me levam a evitar falar.

— Acho que nunca percebi...

E sinceramente, nunca percebi mesmo.

— Achei que fosse parte da gagueira, mas é algo diferente — murmura Pedro. — Por um tempo, cheguei a pensar que eu tinha Tourette, como aquele cara que a gente via direto nas nossas entregas de jornal...

— Eu lembro dele.

— E tenho sinais e sintomas de ansiedade, depressão, dislexia, e um monte de outros distúrbios... Continuo pesquisando e me vejo em todas as descrições.

— Você ama suas enciclopédias, isso tá na cara! Nossa, já pra mim, acho que não tem nada que faça eu me sentir tão inquieto e distraído.

— Hmmm.... talvez... Mas eu só queria conseguir encontrar um jeito ou alguma coisa que fizesse esse barulho na minha cabeça se calar!

— ¡¡¿QUIÉN ESTÁ HABLANDO?!!! — grita a mãe da sala de estar.

Não sei se é uma pergunta retórica, e se ela só quer que a gente cale a boca para que ela possa fingir que a gente não existe; ou se ela realmente espera uma resposta e que a gente diga quem está falando.

— Boa noite, Daniel.

— Boa noite, Pedro.

32

SEM CAMISA
Pedro, 13 anos

Venho contando para o Daniel como a sétima série é diferente da Imaculada Conceição.

Alunos de todas as escolas primárias da cidade vêm para este colégio. Aqui, a maioria dos alunos usa jeans e camiseta, joias e maquiagem. Muitos deles fumam. Inclusive maconha, no estacionamento.

Muitos dos meus colegas da escola paroquial não teriam permissão para voltar à escola onde estudaram há poucos meses, bem do outro lado da rua.

A mãe diz que não posso ser amigo de *ninguém* nessa escola, mesmo que fossemos amigos até o ano passado. Ainda não tenho amizades fora da escola, então vou tentar manter os amigos de escola, pelo menos aqueles que ainda conversam comigo. Alguns estão "experimentando" uma nova personalidade antissocial, esses não querem ser lembrados como ex-estudantes de escola católica. Tudo bem, não ligo.

Ainda não posso usar jeans porque só garotos maus usam jeans, isso no mundo da minha mãe. Sou o "ser estranho" com minhas calças e camisas que são uma mistura entre raiom e poliéster, com estampas esquisitas. Tenho uma camisa de manga comprida com patos-reais espalhados em várias direções. Eu me sinto carregando um alvo no peito e outro nas costas.

Minha nova amiga, Lori, adora responder às minhas perguntas sobre os novos tipos de música que toca nas rádios dos meus colegas. — Você tá acostumado com as estações AM que tocam as top-40 — diz. Ela está vestindo uma camiseta preta com a capa de *The Dark Side of the Moon* do Pink Floyd estampada, o icônico feixe de luz que se distorce em um arco-íris ao passar por um prisma. — A FM toca mais músicas do álbum que a gente escuta por aqui.

Lori diz que sou "gente boa", o que é uma das coisas mais bacanas que alguém já me disse. Parece mais sincero dizer que sou "gente boa" antes de me rotular como "legal".

Gosto dessa coisa de "gente boa" porque o que mais ouço nessa vida é que sou "ruim".

Também acho "gente boa" mais claro que "legal". "Legal" é uma daquelas palavras que me deixa com as mãos suadas, que fazem meu cérebro paralisar. Uma palavrinha de duas sílabas, mas com tantos significados confusos. Já me perguntei, por exemplo, se é legal que a mãe me dê um *coscorrón* quando bem entender e... depende! Se pensar "legal" como "agradável", nem um pouco. Não para mim, pelo menos. Mas não é contra a lei, então é "legal". Os antônimos são mais claros: se eu perguntar se é "ilegal" ou se é "desagradável" que ela me dê um *coscorrón*, não há confusão. Por isso me esforço sempre para pensar no antônimo que mais convém e inverto a frase quando quero usar "legal".

Outro antônimo para "legal" é "ruim". Assim como "gente boa", mas "gente boa" não tem confusão.

✦✦✦

— O nome disso é *jamais vu* — diz Daniel.

Ele está na cama, lendo meu exemplar de *Café da manhã dos campeões*, que peguei na biblioteca. A mãe me deixa "perder tempo" com livros quando eu digo a ela que a leitura é para algum trabalho de escola. Aquilo que ela não sabe, não pode importuná-la, certo?

Daniel não olha para cima quando acrescenta:

— É meio que o oposto de déjà vu.

— Existe uma palavra para o que sinto? — pergunto.

— Sim... *Jamais vu* basicamente significa que você sente como se nunca tivesse visto algo, como uma palavra, por exemplo, mesmo sabendo que já leu ela por aí um milhão de vezes — explica ele, que depois vira uma página. — Déjà vu significa que você sente como se já tivesse visto ou experimentado algo.

— Já ouvi falar de déjà vu. E sinto isso o tempo todo.

— Tem também o *presque vu*, que eu tenho certeza que você também já teve várias vezes — brinca Daniel, que finalmente tira os olhos do livro e olha pra mim. — Significa que você está quase, quase lembrando de algo, como quando tem alguma coisa bem na "ponta da língua".

— Caramba, Daniel, como você sabe disso tudo?

Eu não faço a menor questão de esconder a minha inveja nem a minha exasperação.

— A Irmã Angélique adora usar umas palavras em francês quando está ensinando alguma coisa. E eu educadamente, como costumo agir, peço uma explicação mais completa. — Ele me lança uma risadinha diabólica quando seu dedo indicador desliza pela página, procurando um cantinho para repousar na folha. — *Déjà/jamais/presque vu* significam já/nunca/quase visto. Esse resuminho me ajuda a fazer a aula passar mais rápido. Já te contei que ando entediado...

✦✦✦

A educação física é a pior parte. Acho que as crianças que não gostam de aulas regulares provavelmente sentem o mesmo que eu em relação à educação física. A escola tem uma pequena área externa pavimentada, então a maior parte do tempo ficamos na academia, jogando bola uns nos outros até a hora da saída. Aparentemente, alguns meninos gostam de jogar a bola com força, fazendo os meninos menores se machucarem. Já fui atingido por bolas de beisebol "por acidente". Por que preciso ser bombardeado por bolas nas aulas de educação física *de propósito*? E por que acabo sempre caindo no time sem camisa?

E por que os meninos riem toda vez que alguém me diz para não ficar de lado, porque vou desaparecer — como se fosse a primeira vez que alguém fizesse essa piada ridícula e desrespeitosa com alguém magro?

✦✦✦

Este mês perdemos a nossa Abuelita e o nosso Papá.

— Eu me sinto mal pelo papai. Eu sei que ele amava a mãe dele. Queria que ele pudesse ter visto ela todas as vezes que teve vontade — digo.

— Eu queria que *todos* nós pudéssemos ter conhecido a *abuelita* melhor — resmunga Daniel. — Não sei qual era a questão, mas era injusto que a gente nunca falasse com ela.

Nós a víamos ocasionalmente: na igreja, em casamentos e uma vez em um ¡Baile Mexicano!, mas compreendo o que Daniel quer dizer.

— Não consigo imaginar como o papai está se sentindo… É muito triste.

— E nunca haverá outro homem como o Papá — acrescenta Daniel.

— Eu me sinto mal pela mãe, mas também me sinto mal pela gente.

— Sim. Ele era um cavalheiro… um cavalheiro de verdade.

Visitar o México nunca mais será a mesma coisa sem o Papá.

É muito triste.

✦✦✦

— ¡¡¡AY!!! — berra a mãe.

Daniel e eu rapidamente nos entreolhamos.

Nos segundos seguintes, os próximos sons determinarão o nosso destino.

Ela pode exclamar "que bebê mais fofinho!", ou pode…

— ¡¡¡PEDRO VEN PA'CA!!! — ela dá um grito esganiçado.

Sinto um arrepio na espinha.

Luto contra as lágrimas.

Eu conheço essa voz, essa entonação.

Todos conhecem, até os vizinhos, que irão vivenciar indiretamente uma agressão iminente.

Daniel larga o livro e se levanta da cama.

— ¡¡¡PEDROOO!!!

Embora ela esteja fervendo de raiva, a mãe não fará o menor esforço para vir até mim — pelo menos não imediatamente —, mas quanto mais eu esperar, pior vai ser.

Daniel apoia a mão no meu ombro e me acompanha pelo corredor.

A mãe está no topo da escada, segurando o cabo do aspirador de pó. Seu rosto se contorce enquanto ela descobre que palavras quer usar.

O peito arfa violentamente.

Perdigotos espirram de sua boca ligeiramente aberta.

Ela aponta o cabo do aspirador para meu rosto.

— ¡¡¡RENEGRIDO RETARDO!!!

É notável a clareza com que as palavras, encharcadas de saliva, emergem por entre os dentes cerrados.

Antes que haja tempo hábil de eu subir os poucos degraus, ela me alcança com a mão livre e me puxa em direção à altura dos pés dela para conseguir chutar o meu rosto. Vejo estrelas enquanto a dor lancinante nos meus olhos aumenta exponencialmente. Por um momento, estou cego, com ambos os olhos fechados, em estado de agonia.

— ¡¡¡Dejaste este palo tirado en el piso, y me golpeé EL PIE!!!

Por um momento, me pergunto se foi o mesmo dedo do pé que acertou o meu olho.

Ela me bate com o cabo de metal que acertou o pé dela.

Ouço Daniel e os outros irmãos implorando para ela parar.

Mas ela só vai fazer isso quando seu demônio interno se der por satisfeito.

33

CIRCUNSPECÇÃO
Daniel, 13 anos

Às vezes a vida se define em uma frase.

Às vezes gosto de pensar em declarações dramáticas, especialmente quando estou entediado e preciso ficar quieto porque a mãe está tirando um cochilo. Escrevo essas declarações e dou para Pedro, que ri silenciosamente. Ele fica bravo porque dói segurar a gargalhada enquanto o corpo se revolve em espasmos.

— *La risa es el mejor remedio* — digo a ele.

— Concordo — responde Pedro. — Mas dizem também que tudo que é demais faz mal?

— Ah sim. *Todo con moderación, inclusive la moderación* — declaro.

— Eu nunca gostei desse *dicho*.

— O quê?!

✧✧✧

Às vezes penso que deveria estudar filosofia para ponderar, examinar e analisar questões e situações, e depois lançar perguntas controversas, comentários vãos e respostas vagas, sem tomar uma decisão clara sobre qual poderia ser a resposta ou a solução certa.

Mas depois reflito e penso que a coisa logo deve ficar chata.

Suponho que vou precisar estudar filosofia quando me tornar padre. Os sermões *são* filosóficos. Embora sejam apenas palavras, não ações.

"*Las palabras se las lleva el viento.*"

Sinto falta de ir à igreja todas as manhãs. Muitas vezes me pergunto se meu professor se importaria se eu chegasse atrasado na aula para poder ir à igreja.

É bem do outro lado da rua! Duvido que alguém sequer perceba que eu fui!

✦✦✦

Parafraseando a Dorothy em *O Mágico de Oz*: "Meu Deus... os padres daqui vão embora mais rápido do que chegam!".

O padre Richter é o mais novo padre da nossa paróquia. Ele sempre usa uma tirinha de Snoopy e Charlie Brown para ajudar a explicar o sermão. Ele descreve os personagens e lê as palavras de cada painel da história em quadrinhos. Depois passa uns quinze minutos relacionando as palavras e ações dos personagens às escrituras que foram lidas durante a missa. É realmente uma coisa bem inteligente e impressionante.

Espero poder dar sermões como esse um dia. Meu objetivo é ajudar as pessoas a entenderem melhor as escrituras e os ensinamentos de Jesus Cristo e seus discípulos.

✦✦✦

O Dr. Fritz diz que eu deveria fazer uma circuncisão porque estou tendo problemas lá embaixo. Geralmente, esse procedimento é feito em meninos recém-nascidos, que ainda não têm consciência do que se passa. A maioria dos pais não sabe que pode dizer: "Com todo o respeito, não, obrigado".

Eu quero dizer: "Com todo o respeito, não, obrigado".

Pelo menos me deixe pensar um pouco.

É, a resposta ainda é não.

Já ouvi crianças falarem por aí sobre um movimento para impedir as circuncisões no nascimento que não fazem parte de um ritual religioso. Acho que muitos homens, e provavelmente alguns dos meus colegas de classe, têm raiva por terem sido submetidos à circuncisão pelos pais, que não se importaram com o que os filhos sentiriam quando se tornassem adultos.

Os meninos com certeza falam muito sobre pênis.

E também há pais que dizem que querem que seus filhos se pareçam com eles, como se pais e filhos comparassem esse tipo de coisa. Talvez isso aconteça mesmo em lares menos reprimidos, sei lá. A questão é que não preciso pensar mais não, já pensei nisso e prefiro permanecer intacto. Obrigado, de nada.

Pimenta no olho dos outros é refresco. Quem tem que decidir sobre meu corpo, sou *eu*. Penso comigo mesmo:

"*Los mirones son de piedra*".

Mamãe acabou de perguntar ao Dr. Fritz se Pedro e eu somos assim porque não nos circuncidaram quando éramos bebês. E ela fez essa pergunta pra ele bem aqui, na minha frente. Às vezes ela não tem filtro nenhum, não tem a menor consciência do que se passa ao redor. Talvez ela simplesmente não esteja nem aí. Provavelmente é isso.

"*La cabra siempre tira al monte.*"

— Não entendi muito bem a sua pergunta, mãe — responde o Dr. Fritz, e sinto vontade de dizer: "eu também não!". Ele sempre a chama de "mãe" quando a consulta é para uma das crianças. A gente acha meio engraçado. Mas eu gosto muito do Dr. Fritz.

— Que, eles não *gustan* de *beisbol*, *o* de futebol, nada — diz ela. — E eles *gustan* de bonecas e vestidos. *Gustan* de tudo que *las meniñas gustan*.

— Ah, compreendo. — Ele faz uma pausa. — Não, mãe, a circuncisão não tem a ver com nada disso.

Ah, legal. Eles estão falando de mim como se eu nem estivesse aqui. Sentado bem na frente deles... vestindo uma versão bem sádica de uma camisola hospitalar... Pela Virgem Imaculada, é sério? Acham mesmo que eu gosto do que gosto e faço o que faço porque tenho prepúcio? Pelo amor de Deus e de todos os santos! *Por el amor*, gente. *Por el amor*.

"*Mala piensa la que piensa que otro no piensa.*"

E acho que essa decisão deveria ser minha, o que ainda não é, e que deveriam simplesmente me receitar um creme, um comprimido, alguma coisa assim para ajudar a resolver o problema.

Em defesa da minha mãe — embora eu *definitivamente* não a esteja defendendo —, Juan foi circuncidado e ele é exatamente o tipo de filho que ela deseja. Pelo menos no que diz respeito ao interesse pelos esportes e ao tipo de pessoa que não gosta de bonecas nem de vestidos.

Não quero ficar falando sobre o pênis dos outros, mas é meio que o assunto que estamos tratando aqui.

Peraí...
Mas eu nem gosto mais de bonecas e vestidos!
Pelo menos... Não gosto das roupas da mãe...
Mas um vestido glamuroso digno de tapete vermelho pode muito bem chamar a minha atenção...

Não duvido que a mãe tenha herdado essa ideia maluca de uma de suas *comadres* de confiança. Acredito mesmo que parte delas já se deparou com questões semelhantes em relação aos próprios filhos. Digamos apenas que nunca esperei que houvesse outros meninos na mesma situação nessa cidadezinha minúscula, mas o fato é que há, sim. Chame de intuição ou sexto sentido, como preferir... Mas quando os outros estão suficientemente ocupados para não enxergar o que está bem na cara deles, basta um olhar, um gesto ou uma expressão, e depois eu e esse menino nos encaramos e pronto, está confirmado. Não sei se eles próprios têm consciência disso. Às vezes não se vê a verdade quando se está imerso bem no meio dela. É preciso enxergá-la do ponto de vista de uma águia.

Agora que pensei nesse assunto, lembro que a mãe *uma vez* comentou que eu tinha um olho de águia e conseguia enxergar detalhes a distância.

❖❖❖

Eu gostaria de tratar desse assunto com cautela, tomar uma decisão com circunspecção, e pensar com muito cuidado nas minhas opções além da circuncisão. Seja como for, a resposta continuará sendo muito polida, porém clara: "Não, obrigado, Dr. Fritz.". E quem sabe eu ainda acrescente: "Diga a Sra. Fritz que mandei lembranças", para que ele saiba que eu tenho consciência de que ele não tem culpa nenhuma de tudo isso.

Só não gosto dessa ideia de me cortarem bem ali, não importa exatamente onde.

E quais são minhas outras opções?

Deve haver outras, certo?

❖❖❖

Acho que não tive o direito de dar pitaco nenhum, tomaram a decisão por mim. Na verdade, nunca me perguntaram qual era a minha opinião, o que eu achava, se tinha algum comentário a fazer, pergunta, preocupação, sugestão, nada. Vou fazer a circuncisão. Na minha idade. E eu sei o que eles vão fazer.

Isso me faz pensar em Zípora, a esposa de Moisés, lindamente retratada por Yvonne De Carlo — sim, Lily Munster — em *Os dez mandamentos*:

DEIXE MEU POVO PASSAR!

Bem, Zípora cortou o prepúcio de seu filho com uma pedra — sim, a Bíblia diz que ela fez isso com uma pedra, e deve ter deixado uma cicatriz feia — porque Deus estava zangado com Moisés, possivelmente porque ele nunca circuncidou o próprio filho, e ela está com medo de que Deus tire a vida de Moisés.

Deus certamente puniu muitas pessoas com a morte naquela época.

Por que estou pensando nisso agora?

Ah, a circuncisão.

✦✦✦

— Espera, o quê?... Por quê?... Quando? — pergunta Pedro.

As sobrancelhas dele flexionam enquanto seus olhos se movem de de um lado para o outro.

Eu ainda nem tinha contado para ele... só resolvi fazer isso agora.

— O seu não fica mais inflamado e vermelho?

— Não... Só ficava assim quando eu era pequeno.

— É, o meu ainda fica... e quando fico excitado, dói muito porque não consigo passar pelo prepúcio.

— Okay, uau! Mais informações do que eu esperava, mas tudo bem. Mas e aí, o que acha disso?

— Acho que não tenho escolha. Primeiro porque a mãe já decidiu, segundo porque o Dr. Fritz disse que precisa ser feito porque é um problema que não vai desaparecer sozinho. Embora o Dr. Fritz não tenha dito isso exatamente com essas palavras.

— Então eu acho que você não tem escolha. Presumo que o Dr. Fritz avaliou com cuidado e decidiu que era a coisa certa a fazer por você.

Eu meio que queria que o Pedro já fosse médico para poder falar mais sobre o assunto, e talvez até conversar com o Dr. Fritz. Talvez isso seja injusto. Não, talvez não, *é totalmente injusto*, já que faltam pelo menos doze anos para ele se tornar médico.

Eu só preciso de alguém do meu lado.

✦✦✦

Sejamos sinceros, paus não são nada atraentes. Bom... a maioria dos paus dos meninos que vi nas aulas de educação física não é atraente. E até agora eu só vi o pau de alguns homens. Na *Playgirl*. Na banca de jornal, enquanto o Sr. Harris estava ocupado.

Ok... Para ser sincero, vejo a *Playgirl* pelo menos uma vez por semana. Eu vi muitos paus de homens. Eles me intrigam. Tudo sobre o corpo atraente e musculoso de homens que não se parecem em nada comigo me intriga. Não consigo imaginar meu corpo magro de menino ficando assim um dia. Parece que a maioria dos homens, pelo menos os da *Playgirl*, são circuncidados. Acho que se tornou uma prática padrão para os meninos dos Estados Unidos, e poucos de nós conseguiram escapar dessa sina terrível no hospital.

Agora tem uma cicatriz horrível em torno do meu pau. E a cabeça é muito sensível... não no bom sentido. Passou treze anos completamente coberto e agora está exposto: desprotegido, irritado e inflamado. Eu mencionei sensível? E não no bom sentido?

E nas primeiras vezes que senti tensão, a incisão sangrou. Sangrou muito. A mãe me ajudou na primeira vez, depois pedi ao Pedro para me ajudar, já que ele vai ser médico.

Arriscaria dizer que ninguém, nunca e jamais quer que seu pau sangre. Nunca. Sem chance. Nem mesmo os sádicos. Ou aqueles sadomasoquistas.

Pelos menos pelas próximas semanas eu posso faltar nas aulas de educação física por causa da cirurgia. Eu realmente espero que ninguém perceba nada na primeira vez que eu tiver de tomar banho na frente daqueles otários.

34
DESAJUSTADOS
Pedro, 14 anos

Sou um esquisito.

Um Desajustado.

Somos um grupo de meninos que desafia qualquer tipo de categorização. Não somos atletas, nem nerds, nem descolados, nem ricos, nem fumantes, nem drogados. Somos quatro garotos atados uns aos outros porque somos o que sobrou. Desajustados. Como os brinquedos do desenho animado do Papai Noel.

Se eu tivesse que adivinhar, sou o Choo-Choo[6] com rodas quadradas no vagão.

Ron é metódico e analítico, obcecado pelos Beatles. Ele é capaz de dissecar cada álbum e música da banda com precisão forense. Não sou fã dos Beatles, mas acho que não deveria dizer isso… nunca.

Craig é cativantemente estranho. Ele é o tipo meio filósofo, um progressista de coração de ouro como nenhum outro. Acho que ele é o tipo que vai fazer diferença no mundo, e eu vou acompanhar tudo do lado de fora, com muita admiração.

---

6. Personagem do livro infantil de Virginia Lee Burton "*Choo Choo The Runaway Engine*", sobre uma locomotiva que decide se tornar independente, se separa dos outros vagões e foge. [N.T.].

Mike tem permissão para assistir a filmes censurados e ele é o único de nós que assiste *Saturday Night Live*. Toda segunda-feira ele regurgita todas as piadas e os pontos altos do programa para seus companheiros ávidos de curiosidade.

Todos os outros três, inclusive eu, gostaria de ter um pai legal como o do Mike. Mas nos contentamos em viver indiretamente a nossa liberdade por meio das experiências dele.

Eu sou o integrante inteligente, mas miseravelmente ingênuo, calado e introvertido desse quarteto.

Somos todos, os quatro, os socialmente desajustados.

✦✦✦

Sentir vontade de atravessar a parede e desaparecer não te torna invisível, nem invencível. Mantenho minha cabeça baixa e evito contato visual para permanecer anônimo nos corredores da escola pelo maior tempo possível.

Mas mesmo entre os esquisitos, eu me destaco como o mais alheio em relação a todas as coisas de adolescentes...

— Ei, Pedro — Mike diz com um sorriso malicioso, então eu já sei que ele está no modo *travieso*. — Sabe o que é uma úvula?

— Sim — respondo meio que sussurrando, com medo da próxima pergunta óbvia.

— O que é?

— Eu não vou dizer! — É o que deixo escapar, sabendo que o pior ainda está por vir. Tem mais coisa nesta piada, e eu sou o alvo dela. Eu sei o que ele quer que eu diga, que tem algo a ver com a anatomia da região frontal da menina, mas honestamente não tenho como explicar já que é tudo um mistério. E não sei por que ele está perguntando isso. Por que ele me perguntaria sobre isso?

— É aquela coisinha que fica pendurada no fundo da sua garganta — responde, rindo. — O que você achou que era?

Os outros riem também.

Suponho que eu deveria me sentir contente por não ter me precipitado e cometido o erro de responder: "a genitália feminina externa, a entrada da vagina que consiste nos grandes lábios, nos pequenos lábios, no clitóris e em outros tecidos".

Claro, se eu *soubesse* de tudo isso, também saberia que isso é a *vulva*, não a *úvula*. Por isso essa pegadinha funcionaria para 95%, ou 99% dos meninos que estão no ginásio desta escola.

Eu gostaria que meu cérebro fosse capaz de memorizar essas passagens da enciclopédia, e que minha boca e língua pudessem recitá-los à vontade.

Invejo Daniel, a enciclopédia ambulante e falante.

✦✦✦

— Ei, Pedro, já tomou leite de vaca? — pergunta Mike.

— Já — respondo inseguro, sabendo que não é uma curiosidade qualquer.

— E de boi?

Os outros Desajustados riem.

E boi dá leite? Do que ele está falando? Eu sei que todo mamífero dá leite, mas só as fêmeas. Meu cérebro não consegue processar a coisa tão rapidamente pra entender o que ele quer dizer... Além disso, sei que é mais uma pegadinha, então, não há muito o que fazer.

Não entendi a piada, mas não vou admitir.

Pera... qual é a resposta?

Tem alguma coisa ver com sexo?

Merda!... Claro que tem.

✦✦✦

— Ei, Pedro, sabe porque a garota do *Tubarão* conseguiu voltar pra praia mesmo depois de ter metade do corpo comido?

— Não sei — respondo.

Assisti *Tubarão* com meus irmãos. E odiei. Fiquei muito tenso, muito ansioso e com muito medo. E como poderia haver uma charada sobre *Tubarão?* Ainda mais sobre a mulher da primeira cena? O tubarão arranca metade do corpo dela, e depois ela é achada no dia seguinte coberta por areia... é horrível.

— Porque o tubarão queria o resto à milanesa.

Eca.

Nada mais a dizer.

✦✦✦

Tenho quase certeza de que Craig disse alguma coisa, então Mike para com charadas embaraçosas, pelo menos comigo.

Agora todos rimos das mesmas coisas ao mesmo tempo.

✦✦✦

Os alunos da oitava série recebem um retiro especial de saúde como parte do catecismo; um para meninos e outro para meninas, separadamente. Um padre ou uma freira fala sobre saúde e corpo humano. Eles evitam a todo custo a palavra sexo: "O homem casado coloca o pênis na amada esposa e libera sua semente".

Isso, além de não me explicar *nada*, me deixa com ainda mais perguntas que antes.

Muitos dos meninos têm irmãos mais velhos que passaram pelo retiro. Acho que Juan também já esteve, mas ele e eu *nunca* conversamos sobre esse tipo de coisa. Alguns dos meninos da minha turma até já fizeram sexo, ou pelo menos dizem que sim. Pesco uma informação aqui e ali dos Desajustados, ou de outros garotos, coisas que eles deixam escapar por um descuido, mas definitivamente eu jamais sairia por aí fazendo perguntas a esse respeito.

Nesse retiro de saúde, eles nos mostram desenhos animados de corpos nus, tanto de meninos quanto de meninas. Na verdade, acho que são de homens e mulheres adultos, haja vista o tamanho das coisas.

Os corpos são cortados ao meio para que a gente possa ver também o que há por dentro. Os desenhos femininos são muito estranhos, tento entender, mas é tudo muito confuso.

O dos meninos também é bem confuso, apesar de eu ser menino. Na lateral, há um pênis grande (cortado ao meio!), e um testículo igualmente grande, e também cortado. A metade cortada do pênis se projeta para fora do corpo e pende completamente sobre a metade cortada do testículo. Parece que termina na metade do joelho do cara.

Isso não parece nada, *nada* com o que eu tenho.

Há todo tipo de rabisco e protuberância rotulados como diferentes órgãos do corpo humano. Será que tenho tudo isso mesmo dentro de mim, já que ainda sou pequeno e magro e não cresço nada nem ganho músculos? Quem sabe eu não seja um garoto de verdade? Talvez seja esse o problema? Sinto falta de algum rabisco desse dentro de mim?

✦✦✦

No ensino médio, os meninos tomam banho juntos depois da educação física.

Não entendo por que a humilhação da total incompetência nos esportes precisa vir acompanhada pela humilhação de ficar nu com os colegas. Nessa idade, o biotipo varia muito de menino para menino. Muitos atletas têm pelos pubianos. O pênis e os testículos deles parecem quase do tamanho normal de um adulto.

Mas a maioria de nós continua a mesma coisa de sempre.

Eu me sinto aliviado por não ser o único que ainda não desenvolveu nenhum sinal de puberdade.

A nudez parece ficar menos humilhante com o tempo. Você se acostuma a ver os mesmos meninos pelados todos os dias, por isso o choque e o constrangimento diminuem. Mas, para ser sincero, continuo detestando tirar a roupa na frente de qualquer pessoa, especialmente na frente daqueles que conheço e que podem me tornar um alvo fácil com algumas palavras bem escolhidas lançadas nos corredores: balõezinhos que flutuam pelo ar e são levados adiante por um sussurro sutil aqui, outro ali, até o momento que todo mundo na escola toma conhecimento daquelas palavras, e todos, incluindo os professores, zeladores e cozinheiros, se dão conta da traição ao mandamento tácito do vestiário masculino: tudo que se passa ali dentro deve permanecer ali dentro.

— Você entende o que eu quero dizer? — pergunto. — Eu me sinto exposto e vulnerável no vestiário.

— Sim, entendo. *"Qué bonito es ver la lluvia y no mojarse"* — responde Daniel.

— O que isso significa?

— "É bonito ver a chuva sem se molhar". Quer dizer que alguns meninos tem o privilégio de falar dos outros sem medo de receber o troco porque foram abençoados com certos genes. Palavras não vão atingir eles. Eu sei exatamente como você se sente.

✦✦✦

Eu detesto ter pesadelo. Zero novidade, a maioria sempre envolve a minha mãe na pior de suas atitudes. Sempre acordo sentindo que tem alguém me observando. Já sei que espíritos, ou anjos, podem entrar no nosso quarto. Não me atrevo a abrir os olhos quando me viro para deitar de barriga para baixo, para protegê-la do machado. Mas é raro eu ter dois pesadelos na mesma noite, então devo ficar bem.

Ultimamente, tenho acordado com o rosto, o pescoço e o travesseiro molhados porque estava chorando em meu sonho, meu corpo inteiro parece se desintegrar em água. Acordo e me sinto tão mal quanto estava no pesadelo. *Há algo mais triste que isso?*

Continuo pensando em fazer tudo isso parar de uma vez, o que acho ainda mais triste. Contemplo maneiras de executar esse plano e sou consumido pela culpa por sequer cogitar um pecado mortal como esse.

35
ESPERANÇA
Daniel, 14 anos

A primeira vez que assisti uma missa católica, pude ver a magia cênica à luz de velas e senti os misteriosos aromas e efeitos do incenso. Fiquei encantado com a imagem de Jesus Cristo e da Virgem Maria, e com as cruzes posicionadas nas paredes laterais da igreja. O toque dos sinos no momento da transubstanciação do pão e do vinho no corpo e sangue de Jesus Cristo chamou minha atenção. E também, é claro, fiquei fascinado com aquela riqueza de cores, tecidos, grandiosidade, sinos, pompa e circunstância, e toda aquela exuberância exposta por uma hora.

Mas o momento mais fascinante foi quando o padre disse durante o sermão que ele fala com Deus. Fiquei embasbacado. Essa é a minha vocação, o meu desejo.

Depois daquela missa, declarei meu desejo de ser padre.

A mãe ficou emocionada. É uma honra e tanto para uma mexicana ter um filho padre. Ela espalhou a notícia pelos quatro cantos, para quem quisesse ouvir. Os padres e freiras da paróquia levaram o meu desejo muito a sério e alimentaram ativamente o meu interesse durante todo o meu tempo na escola paroquial e no ginásio.

Agora, que estou na oitava série, parece que muitos estão empenhados no meu bem-sucedido ingresso no sacerdócio. Está ficando muito claro o quanto é raro um menino querer ser padre.

❖❖❖

— Daniel, sei que recebeu no coração o chamado para ser padre — diz o Padre Randolph. — Você precisa saber que o caminho para o sacerdócio é longo e difícil. São muitos anos de estudo e você terá de fazer alguns sacrifícios sérios.

O Padre Randolph pediu para falar comigo depois de celebrar a missa de hoje, em que fui coroinha.

Estamos sentados em um banco da igreja.

— Eu sei, padre.

Mas eu não sei *de verdade*. Que sacrifícios são esses? Parece que vou ter de desistir dos chocolates, doces e tortas, como deveria fazer na Quaresma, mas nunca passo de um ou dois dias; ano passado, só aguentei algumas horas.

— Acho que você deveria considerar ir para o seminário menor ano que vem, em vez do colegial comum. Estou ciente da situação financeira de sua família, mas acho que posso ajudá-lo a conseguir subsídios e bolsas de estudo. O que você acha?

— Padre, seria ótimo! Eu não pensei que isso fosse possível — exclamo e depois faço uma pausa. — Mas não sei o que minha mãe diria.

— Não se preocupe com ela, Daniel. Quando chegar o tempo da sua ordenação, será uma alegria enorme para ela. O seminário seria o início da jornada para se tornar padre... Vou explicar tudo isso aos seus pais, se você realmente estiver interessado.

— Sim, padre, estou! Obrigado por toda a ajuda! Eu realmente fiquei muito feliz! — Não consigo conter o entusiasmo e a esperança.

— Vou ligar para seus pais e ver se posso passar na sua casa para conversar com eles este fim de semana.

✦✦✦

O Seminário Santa Cruz, em Toledo, fica a cerca de uma hora de casa. Se eu for para lá ano que vem, vou morar no campus e só voltarei para casa em fins de semana alternados. Isso aumentaria, de certo modo, a possibilidade de sair de casa pelos próximos quatro anos! Sei que os fins de semana em casa seriam cruéis, mas finalmente poderei sair e conhecer o mundo.

✦✦✦

Padre Randolph e a mãe conversaram esta manhã. O papai estava lá, mas só ficou ouvindo. Ele aceita tudo o que possa me fazer feliz... desde que a mãe concorde; em relação a isso, ela parece entusiasmada com a oportunidade. Eu iria para um seminário caro, mas com uma bolsa integral — o que ela poderia se gabar a todas as suas *comadres* —, receberia uma educação excelente e começaria a minha jornada para me tornar padre, algo que ela deseja desesperadamente.

Mas agora os "ses" começa a surgir.

— *Sólo quieres irte para dejarme aquí* — reclama ela. — *Y allí estarás de paseo.*

Como acontece com todas as decisões importantes, a mãe luta com esta. Não enxergo qualquer possível empecilho à minha ida ao seminário, a não ser a percepção dela de se sentir abandonada e o equívoco de que estou indo para lá apenas me divertir.

Quantas vezes ao ver o comportamento da minha mãe pensei nesse *dicho*:

"*No hay más que temer que una mujer enfadada.*"

Mas, nesse caso, eu substituiria "*enfadada*" — ou "furiosa" — por "abandonada" ou "deixada de lado".

Admito que a ideia de ficar longe de casa me agrada, mas ainda assim continua sendo por motivo de estudo. Como qualquer outra escola, no seminário eu vou precisar estudar, fazer lição de casa, provas. Não seria um passeio, ficar de bobeira, nada disso.

✦✦✦

— O que você acha, Pedro? — pergunto.

Eu sei que meu irmão está triste. Ele ouviu toda a comoção em relação a essa oportunidade inesperada que ameaça nos separar — pelo menos fisicamente.

Penso em todas as vezes que conversamos sobre fugir juntos. Nunca tentamos, nenhuma vez. O medo de ser pego era muito grande. Nos filmes, vimos como as pessoas escravizadas de várias culturas eram tratadas quando eram capturadas e devolvidas a essas pessoas que chamavam de *senhores* — detesto essa palavra.

Pedro e eu conversamos sobre a história multimilenar da escravidão humana ao redor do mundo. Sempre houve humanos que tratavam os outros como seres inferiores, como uma propriedade, uma mercadoria de valor econômico, nada mais. Falamos sobre como a mãe sempre tratou a gente como escravos: ela nos aterrorizou, abusou de nós de maneiras indescritíveis, e sei que Pedro se sente rejeitado por causa da cor da pele dele.

Agora estou ciente das opiniões racistas arraigadas de algumas pessoas latinas de pele mais clara contra as de pele mais escura. O que não faz o menor sentido, exceto pela tendência humana de subjugar os outros. E isso acontece mesmo com os mais "sensatos", que se dizem cristãos.

— Você vai me deixar aqui...com ela... sozinho — murmura.

Acho que o rosto dele está vermelho. Ele não vai olhar para mim e eu não vou forçá-lo.

— Você não vai ficar sozinho — respondo de coração partido.

Mas eu sei o que ele quer dizer.

— Você sabe o que quero dizer.

Devagar ele ergue o olhar, vejo lágrimas prestes a escorrer e o queixo comprimido.

Não entendo por que a mãe é tão dura com Pedro. Será que realmente é porque ele se parece muito com o papai? Porque ele tem a pele mais escura, porque é *prieto*? Porque ele não gosta de esportes? Porque ela acha que ele é um *maricón*? É difícil entender como uma mãe pode não gostar de um filho assim, com tudo o que ele tem a oferecer.

Não que ela goste de mim! Estou ciente dos meus "defeitos" que são, para ela, motivo de chacota e decepção. Definitivamente sou um *maricón* — tive uma ideia melhor do que isso significa pelas conversas no vestiário e pelos desenhos sarcásticos de colegas de escola —, mas ela não parece se importar mais com isso. O desejo de ser padre é minha única possibilidade de redenção. Provavelmente faz sentido para ela que eu não tenha interesse em meninas, já que de qualquer maneira eu não vou me casar.

A mãe tem propensão a pensamentos rudimentares e concretos, em vez de abstratos. Ela pensou que tudo era culpa do prepúcio. Agora que fui operado, ela provavelmente pensa que estou curado.

Pelo amor de...

Espero que ela não force Pedro a ser circuncidado!

— Tá pensando em quê? — pergunta Pedro.

— Nada — minto.

Meu rosto deve ter me dedurado quando pensei na hipótese da mãe submeter Pedro à cirurgia para "curá-lo"... para "expurgar o lado gay", como se no procedimento fizessem lobotomia ou alguma esterilização ou sabe-se lá que outra barbaridade, como faziam no passado. Eu *não* estranharia uma coisa assim da parte dela.

Ela pensa que é a nossa *dona*, e *dona* do nosso corpo.

— Eu viria pra casa em fins de semanas alternados... E tenho certeza que pagaria o preço pelo tempo de ausência — explico.

— Daniel, eu sei que você quer ser padre. — Neste momento ele me olha nos olhos. Eu conheço essa cara. Ele entendeu e aceitou o que está por vir. Está em paz com isso. — Eu não entendo isso... não faz sentido nenhum... mas se você tem a chance de sair daqui e seguir seu sonho, faça isso. "*Deja de mirar atrás, si no nunca llegarás.*"

— Essa é boa!... Vou sentir muita saudade de você, Pedro.

Meus olhos ficam embaçados e parece que tem uma pedra na minha garganta.

— Você ainda precisa conseguir a bolsa! — brinca com um sorriso.

— E ainda tem que esperar até setembro que vem!

— Ai, isso é verdade. Sabe, Pedro... Eu gostaria que você pudesse começar a estudar medicina em algum lugar longe daqui também!

— Tá de brincadeira? — Ele faz uma careta. Depois de um momento em silêncio, ele acrescenta: — Ela não vai abrir mão do seu escravo predileto *tão* fácil assim.

Detesto ver dor, tristeza e medo nos olhos do meu irmão.

✦✦✦

Faz alguns meses que o Padre Randolph falou com a mãe. Num dia, ela dirá sim, posso ir; no outro, vai dizer, não, não posso ir ao seminário. Faço oração e peço a intercessão de Jesus, mas sobretudo de *La Virgencita*, porque é mais provável que a mãe ouça esta última.

✦✦✦

No fim de semana, o Padre Randolph vai me levar de carro até a Holy Cross para fazer uma visita.

O objetivo da visita é convencer os alunos a se matricularem no próximo outono.

Não preciso de convencimento nenhum.

Onde eu assino?

36

DEPARTAMENTO DE TRANSPORTES
Pedro, 15 anos

Meus pelos pubianos começaram a crescer. Eu nem tinha percebido, só me dei conta porque senti uma pinicada dolorida lá embaixo, corri para o banheiro e vi um pelo preso no prepúcio. Esse único pelo naquela área sensível ficava preso e puxando quando eu me mexia ou andava. E começava a se esfregar no prepúcio, feito um pedaço de arame serrando o pescoço. Ganhei um combo terrível de dor, mas me senti feliz porque era um sinal de que a puberdade finalmente tinha chegado.

"Todo llega a su tiempo."

✦✦✦

Descobri um programa de empregos para estudantes do ensino médio de baixa-renda. Daniel e eu estamos trabalhando no Departamento de Transportes durante as férias de verão.

Juan nos dá carona até a enorme entrada de carros de frente para o prédio e logo depois ele vai para o serviço dele, que fica perto dali. Todos os caminhões do Departamento de Transportes do condado estacionam nessa garagem. Daniel e eu os lavamos e limpamos, colocamos areia nas poças de diesel e varremos a garagem inteira todos os dias. Também cortamos a grama em torno do prédio. Algumas semanas depois, ainda no verão, teremos de pintar a parte externa do edifício.

Nas primeiras semanas aqui, removemos toda a ferrugem dos limpa-neves gigantes para que Stan, o pau-pra-toda-obra, possa dar um trato neles e passar mais uma camada de tinta amarela e brilhante. Esse é um trabalho chato, tem que manusear cinzel e depois a lixa. Na verdade, a gente precisa retirar toda a tinta vermelha e a ferrugem para que a nova camada de tinta tenha mais aderência.

✦✦✦

Ao entrar pela porta da frente do Departamento, logo dá pra ver uma sala enorme com três mesas longas onde os funcionários se reúnem de manhã para tomar café e onde também ficam no intervalo, caso estejam pelo prédio. Nesse espaço, há uma geladeira, um bebedouro e muitos armários com suprimentos. Há também portas que dão para o escritório do gerente, um banheiro e uma porta dupla com saída para a garagem enorme onde se vê a frota de caminhões e todo o maquinário ao fundo. Os caminhões sempre entram pelas portas enormes da garagem, nos fundos do prédio.

Tem chocolate, refrigerante e uns lanchinhos na geladeira, junto com um saquinho de plástico para depositar o dinheiro pela compra dessas comidinhas. Funciona dentro do "sistema de honra".

— Vamos pegar uma barrinha de cereal! — sugere Daniel, pelo menos uma vez por dia, todo dia. Embora ele esteja prestes a ingressar no seminário, daqui a alguns meses, ele parece não saber o que é o "sistema de honra". E isso me faz pensar na teimosia dele no Kenny's.

— A gente precisa colocar vinte e cinco centavos lá, Daniel! — digo, ficando irritado. De um jeito ou de outro, ele vai conseguir uma barra de cereal (ou duas). Como que a boca dele não está cheia de cáries? O sorriso jovem dele, mais iluminado que de uma abóbora do Halloween com vela dentro, virou uma isca para distrair e desarmar as pessoas e conseguir o que quer.

✦✦✦

Se estiver chovendo, almoçaremos nas mesas da sala da frente. Caso contrário, vamos nos sentar debaixo de uma árvore onde ninguém consegue ver a gente.

Depois do almoço, abrimos as revistas femininas que pegamos emprestadas numas caixas na sala do gerente. Tem centenas de revistas nessas caixas. Os títulos das revistas e as capas geralmente anunciam o que há dentro, como os grandes pares de *chichis* ou mulher transando com mulher ou algum outro assunto do gênero. Acho que é possível, sim, julgar uma revista pela capa. Não consigo imaginar por que elas estão ali para qualquer um ver e pegar emprestado.

— Abre! — Daniel deixa escapar, ansioso para ver as fotos de hoje e para ler as histórias engraçadas.

— Por que elas sempre usam salto alto pontiagudo? — pergunto.

— E por que elas usam *chonies* que não cobrem a frente? E sutiãs que não cobrem os *chichis*? Eu não entendo por que usar lingerie. As mulheres realmente usam essas coisas? A mãe eu sei que não.

— Não! Daniel, por favor, não ponha essas imagens na minha cabeça! — Eu dou um tapa nos meus olhos, como se isso fosse magicamente impedir que essas imagens já formadas na minha mente alcançassem minhas pupilas.

— E... por que eles sempre têm essas unhas compridas e vermelhas? Será que elas não saem espetando e arranhando coisas por aí que provavelmente não deveriam ser espetadas nem arranhadas?

Rapaz, Daniel hoje está um interrogatório em pessoa.

Olho para a foto da mulher numa página e não consigo entender nada. Aí me vem também uma pergunta:

— De onde sai o xixi?

Daniel ri.

— Eu também não sei.

Raramente tem homem nas fotos da revista. Quando tem, só aparece as *nalgies*, os braços e as pernas musculosas. O uniforme de carteiro, bombeiro ou de policial geralmente fica todo amontoado na altura dos tornozelos, junto com os *chonies*.

As histórias são engraçadas — pelo menos pra gente — e confusas. O homem coloca o pênis dentro da mulher, mas não sei onde ele vai parar. Não acho que tudo aquilo caiba lá dentro. Apesar que... um bebê inteiro pode sair dali, então... Talvez o pênis caiba mesmo ali? Espera! Um bebê inteiro consegue sair de *lá?* Como isso é possível?

Acho que está faltando alguma coisa...

Ah, então o homem chega lá. Ou goza. Acho que é só uma outra maneira de dizer a mesma coisa. Por que não contam a história de forma mais direta e menos confusa?

Por que os homens falam que estão "comendo" as mulheres quando penetram? Deveria ser o contrário. Até porque quem tem "lábios" são elas.

Às vezes, as histórias dizem que a mulher chegou lá também. Quero perguntar a Daniel se ele sabe o que isso significa. Ele sempre parece saber *tudo* sobre *tudo* que não consigo encontrar nos livros.

— Por que você acha que eles têm essas revistas aqui? — pergunto, nervoso demais para perguntar o que realmente quero saber.

— Eu não sei, mas *"Donde fueres, haz lo que vieres"* — afirma ele. — Quando em Roma, faça como os romanos.

— Acho que eu não compararia o Departamento de Transportes com Roma.

— Nem Stan, o pau-pra-toda-obra, com um romano — brinca, dando risada, e nós dois caímos no riso.

✦✦✦

Ok, agora entendi o "leite" de boi, que os Desajustados tanto riam! Essa revista aqui de hoje é mais ilustrativa, tem várias imagens de pênis. Mas como esse "leite" saiu dali? Eles injetaram de algum jeito? O xixi sai dali, é amarelo e mais líquido. Como podem dois fluidos completamente diferentes sair do mesmo lugar? É verdade que a gente pode comer e respirar pela boca, mas sinceramente eu não entendo como o ar e a comida sabem que caminho tomar.

Deve ser igual a mudança de trilho de um trem.

Não conheço ninguém de confiança para quem eu possa perguntar, além do Daniel. Eu não acampo nem participo do grupo de escoteiros. E a enciclopédia não ajudou. Eu poderia perguntar ao Dr. Fritz? Ele contaria à mãe? Deixa pra lá, é muito arriscado.

✦✦✦

Tem um cara novo agora, que começou a trabalhar aqui, se chama Keith. Ele é bonitinho. Ele tem um olhão azul brilhante, com manchinhas douradas que reluzem discretamente, e dentes muito grandes, retos e incrivelmente brancos. A barba bem aparada acentua seu queixo quadrado. O cabelo castanho claro, levemente ondulado, repousa na altura dos ombros.

Keith se parece com Jesus que vemos nos filmes e nas pinturas.

— Jesus era um judeu do Oriente Médio que viveu dois mil anos atrás — reflito. — Ele não teria cabelos, olhos e pele mais escuros?

— Talvez — responde Daniel. — O Sudário de Turim é a única imagem de que se tem registro de Jesus. Embora eu tenha ouvido alguns coroinhas dizerem que ela é falsa... mas o padre ouviu a conversa e ficou furioso.

Daniel coloca os dedos nas têmporas e os abre como se fogos de artifício estourassem pela cabeça, e ao mesmo tempo ele gira os olhos em movimento circular. Nós dois rimos.

— Percebi que os padres não gostam quando a gente faz pergunta sobre alguma coisa que eles não sabem a resposta — comento.

— É verdade, eles não gostam nem um pouco.

Daniel está apoiado em sua vassoura, observado o céu através da uma janela grande que dá para a garagem.

O gerente está na estrada, então Stan, o pau-pra-toda-obra, passou o dia no escritório do chefe. Ele continua fazendo longas pausas para ir ao banheiro, mas pode vigiar a gente a qualquer momento, então, começo a varrer.

— Eu li que o Sudário foi estudado, e que ele não tem idade suficiente para corresponder a uma imagem autêntica de Jesus — explico. — É curioso que ele sempre seja retratado com a pele branca, olhos azuis e cabelo castanho claro ondulado.

Não que haja algo de errado com olhos azuis e cabelos castanhos claros e ondulados, penso comigo mesmo. Nunca é demais esclarecer as coisas, caso os deuses do carma estejam ouvindo meus pensamentos.

Provavelmente Keith acha que sou estranho porque nunca olho nos olhos dele. Tenho medo que eles vejam a verdade escondida dentro de mim.

Posso dizer que Daniel também se sente atraído por Keith.

Talvez essa seja a primeira vez que Daniel e eu queremos a mesma coisa.

Mas o que queremos exatamente?

Gostaria de olhar nos olhos de Keith pelo tempo que eu quisesse, sem que ninguém me dissesse nada.

❖❖❖

Uma vez por semana, o gerente manda a gente acompanhar Bill para limpar as latas de lixo do parque ao redor do lago. O slogan do lago é: "As férias dos sonhos nos EUA", e vem gente de tudo o que é lugar pescar e visitar as praias do estado.

Bill é meio bobão, mas é um cara legal. Ele não fuma quando estamos na caminhonete com ele. "Não quero envenenar o pulmão de vocês." Não acho que ele seja tão velho, talvez tenha uns vinte e seis ou vinte e sete.

Ele tem uma barba grossa que nunca apara e cabelo castanho sujo e pegajoso, por isso é difícil dizer o que há por baixo.

É como se ele usasse óculos de mergulhador isolando a área enquanto os pelos do rosto ao redor cresciam. Sei lá, pelos menos a única coisa que eu consigo ver direito no rosto dele é a região dos olhos. Os dentes tortos estão manchados de tabaco, mas ele seria um bom tipo, se passasse por um tapa no visual. Sim, estou imaginando Bill com barba e bigode bem aparados e um corte de cabelo urgente, muito urgente. Há uma certa beleza ali por baixo.

Seus olhos são lindos.

✦✦✦

Estamos na primeira semana de agosto e o calor e umidade estão insuportáveis. Daniel e eu usamos regatas largas e mesmo assim estamos encharcados no táxi, com Bill.

Quando avistamos algum lixo doméstico, devemos abrir os sacos e procurar nome e endereço para que os culpados recebam uma notificação comunicando que é contra a lei despejar lixo em parques públicos.

Bill esvazia as latas de lixo de metal pesado, despejando o conteúdo na traseira do caminhão enquanto Daniel e eu vasculhamos sacos de lixo doméstico. Quando eu puxo uma única página de pornografia com dois caras, inspiro de maneira repentina e ruidosa. Volto a vasculhar freneticamente. Meu peito bate forte, minha cabeça lateja; a expectativa crescente pode me levar a um estado de pânico. Há muito lixo ali, mas há só uma página com pornografia.

É estranho... e triste.

Suponho que seja melhor do que nada.

— Deixa eu ver! — grita Daniel, com os olhos arregalados. A boca dele parece em conflito, sem saber se permanece aberta, parcialmente fechada ou quem sabe esboce o sorriso que é sua marca característica.

Entrego a ele a única página, fingindo que não estou interessado no conteúdo.

Daniel dá risada.

— Eu não sabia que *faziam* esse tipo de revista.

— Eu também não... Estranho terem rasgado só essa página pra jogar no lixo.

— Eu sei. Tem certeza de que não tem mais? *Bueno, mejor uno que nada.* Aqui, você pode pegar e esconder pra gente.

As palavras "pra gente" ressoam como uma sirene nos meus ouvidos.

Eu gostaria de dizer: "Daniel, sei que você sabe que sou gay e sei que você também é. A gente pode conversar sobre isso?"

Mas, por mais que eu pense em morrer... Eu não quero que a mãe me mate. Não vale a pena. *Ela* não vale a pena e não quero lhe dar nenhum motivo para isso.

Prefiro fazer isso por conta própria, quando não puder mais seguir adiante.

Mais tarde, quando estou sozinho no banheiro de casa, examino a única folha de pornografia entre homens que já vi. Os mesmos dois meninos estão em cada uma das três fotos. Eles provavelmente têm quase trinta anos, então acho que são homens, não meninos. Há alguns parágrafos na primeira página que detalham a atração que Lyle e Kurt sentem um pelo outro, como eles começam a se despir e a se beijar. A história prossegue na segunda página, mas o sexo provavelmente acontece nas páginas seguintes, que não tenho.

As fotos não são propriamente picantes. Na primeira, eles estão abraçados de lado, e nem têm ereção enquanto olham para a câmera. As fotos menores na segunda página mostram cada um deles olhando para o pênis do outro, a alguns centímetros de distância, com a boca ligeiramente aberta. Parece uma coisa muito encenada, forçada, não é muito sexy.

Não posso usar o buraco do dinheiro debaixo do colchão para esconder isso. Ainda guardo um pouco de dinheiro lá, mas se alguém encontrar essa página, eu realmente não acho que possa haver algo ou alguém neste mundo que possa impedir a mãe de me espancar até a morte por trazer essa "sujeira" para a casa dela.

Mas não posso jogar fora. É meu primeiro sinal, a primeira prova, a primeira evidência física da existência deste mundo exterior, que até então só havia aparecido em insinuações e murmúrios. É minha única conexão com o mundo exterior. Eu jamais cortaria a ligação entre um astronauta e sua nave, e o condenaria a viver para sempre perdido no espaço. Já passei tempo demais perdido e desinformado. Encontrei um bom esconderijo nos armários do banheiro. Há um espaço atrás das gavetas falsas, embaixo da pia, e é ali que coloco a página dobrada, um lugar onde ninguém poderá encontrá-la. Bati na bancada da pia algumas vezes só para ter certeza de que ela não cairia por acidente, mas a página está bem presa entre dois pedaços de madeira.

✦✦✦

A banda marcial começa a praticar no começo de agosto, do outro lado da rua, no campo do ensino médio. Algumas noites, por conta do frio, dá para usar um moletom.

Muitos vizinhos ouvem música no gramado da frente, observam vaga-lumes e matam mosquitos. Quando os grilos começam a cantar pra valer, são tão barulhentos quanto a banda.

Está quase na hora da volta às aulas.

E está quase na hora de Daniel partir para o seminário.

Estou com medo. O que vou fazer sem ele aqui?

Ele foi meu primeiro amigo.
Ele é o meu único amigo.
Ele foi o meu primeiro amor.
Ele é meu único amor.
Ficarei perdido sem ele.

Estou cada vez mais e mais angustiado. Está ficando insuportável. Eu sei o que eu poderia fazer, se quisesse.

✦✦✦

— Pedro, vou sentir sua falta.

— Eu também vou sentir a sua.

Daniel vai partir hoje, mais tarde.

Eu tenho que sair daqui. Eu não posso fazer isso agora. Estou tão preso e paralisado que se eu olhar para ele neste exato momento, nós dois pagaremos pelas consequências do meu ímpeto. Não sei bem como seria, mas a mãe jamais perderia a chance de cair matando para cima de mim.

E eu sei bem no que isso vai dar.

Meu Deus, por favor, permita que eu não seja como ela.

— Daqui doze dias eu estou de volta.

Ainda não consigo olhar para ele.

— Eu sei. Agora preciso ir trabalhar.

Nós nos abraçamos.

Daniel me dá um beijo longo, molhado e barulhento na bochecha.

E sorri.

Ele sabe como perfurar as minhas camadas protetoras.

Consigo manter o controle.

Mas vou precisar lavar bem o rosto antes de sair para ir trabalhar.

37
SEMINÁRIO
Daniel, 15 anos

Foi um longo verão.

Pedro e eu trabalhamos no Departamento de Transportes, e tivemos muitos momentos memoráveis. Eu me pergunto que histórias Pedro contaria sobre as experiências que teve e sobre a exposição a coisas novas e incomuns.

Com certeza ele nunca tinha visto uma coleção de pornografia tão explicita como a que vimos no Departamento.

Anos atrás, houve momentos em que eu o arrastei para o canto da banca de jornal enquanto o Sr. Harris atendia algum cliente e abri uma revista *Playgirl*. Os olhos de Pedro ficavam tão arregalados… depois ele saía correndo e me deixava lá sozinho com a minha perversão.

As coisas eram diferentes no Departamento.

+++

A mãe continuou sendo a mesma o verão inteiro. Ela continuou ameaçando me tirar do seminário antes mesmo de eu começar. Ela adora jogar a isca para ver se a gente morde. Faça isso, ou deixe de fazer aquilo, e você vai ver, você não vai pra nenhum maldito seminário! Tudo que eu podia fazer era revirar os olhos e ficar quieto.

Bom, seja como for, estou no "maldito" seminário agora e não poderia estar mais feliz. E não precisei usar a psicologia reversa, a arma mais eficiente de Pedro.

Falando no meu irmão, foi difícil nossa despedida. Ele começou a trabalhar numa casa de repouso um dia depois que a gente saiu do Departamento de Transportes, e planeja continuar trabalhando quando as aulas começarem de novo.

Não consegui fazer com que ele olhasse para mim quando nos despedimos, sozinhos, longe dos olhos e ouvidos dos outros, no nosso quarto, antes de ele sair para trabalhar. Ele está muito sentido. Não sei como posso ajudá-lo, sobretudo porque sei que a minha partida potencializa ainda mais seu desespero.

Embora eu vá sentir muito a falta dele, estou começando uma vida nova, com novas experiências e oportunidades. E eu sei que ele não sente rancor por isso.

Eu só queria poder compartilhar um pouco de tudo isso com ele.

✦✦✦

Alguém achou que seria uma boa ideia fazer o nosso quarto com três paredes apenas, sem portas, sem privacidade. Do corredor, minha cama de solteiro fica encostada na parede à esquerda. Há uma janela na parede oposta e, à direita, há uma escrivaninha embutida, estantes, armários e um pequeno armário. Realmente não há uma quarta parede, em nenhum lado. Qualquer pessoa que esteja no corredor pode ver tudo que se passa dentro de cada cômodo.

— Acho que a gente deixa a nossa privacidade na porta assim que entra no prédio — comenta outro novato como eu.

— Sério, eu já vi dormitórios assim por aí, mas agora que vou morar aqui, me sinto totalmente exposto — comento.

— Eu sou Harry — diz ele. — Estou do outro lado do corredor, então acho que estamos na primeira fila, um de frente pro outro.

— Prazer, sou Daniel. Tenho a impressão de que a gente vai se dar bem.

Os banheiros ficam no fim do corredor. Os chuveiros são abertos, o que eu acredito ser padrão nas escolas; os chuveiros do ginásio e do colegial na outra escola eram abertos também.

Não haverá privacidade aqui no seminário, a não ser no lavabo. Aprecio poder fazer *certas coisas* sem audiência.

✦✦✦

A maioria dos meus professores são sacerdotes. Alguns são jovens, ainda na casa dos vinte anos. No outro extremo do espectro estão os professores mais idosos que com certeza sofrem com artrite e artrose. Ao contrário do que possa parecer, a personalidade varia muito de um professor para outro, e muitas vezes eu prefiro a simpatia e o acolhimento dos mais velhos.

Tudo aqui é bastante regrado. Acordamos cedo, arrumamos a cama, tomamos café e assistimos à missa. Há um pequeno intervalo e depois começam as aulas: filosofia, teologia, matemática, inglês, espanhol, ciências. Temos um pequeno intervalo para o almoço. Depois mais aulas, uma hora de tempo livre antes da oração e depois vem o jantar.

✦✦✦

Levei um tempo para me acostumar com garotos andando pelados. A maioria deles ou participou de acampamentos de verão, ou fez parte dos Escoteiros, ou veio de lares menos reprimidos e estão mais acostumados à nudez. Parece que ficar sem roupa é uma coisa natural para eles, o que, pensando bem, faz sentido: a nudez é a coisa mais natural de existência. Só que não *parece* nada natural para *mim*.

Isso me faz lembrar todo o debate sobre a circuncisão. Como algumas famílias querem que seus filhos homens "se pareçam com o pai" lá embaixo. Nunca vi o pênis do papai, mas nunca me dei conta do quanto as coisas funcionam de um jeito diferente em outras famílias.

Quando éramos pequenos, uma vez Pedro abriu a porta do banheiro e viu o papai tomando banho. Ele estava ajoelhado com a cabeça debaixo da bica, lavando o cabelo com xampu; não tínhamos chuveiro naquela época. Pedro viu a bunda do nosso pai e ficou tão traumatizado por ter invadido a privacidade dele que por dias não conseguiu dormir. Coitado do meu irmão, sempre se envolve em situações delicadas.

Aqui no seminário não somos separados pela série da escola, então tem meninos de treze a dezessete anos no meu andar, todos passando por diferentes estágios da puberdade. Os meninos mais velhos têm praticamente um arbusto lá embaixo, o pau e as bolas deles praticamente têm o mesmo tamanho dos adultos. No início deste ano, os primeiros sinais da puberdade apareceram, então pelo menos posso dizer que não sou o último a florescer.

Esses caras aprenderam sobre sexo com seus irmãos, primos, amigos, companheiros de acampamento. Nesse tempo, alguns até tiveram experiências com caras. Aparentemente eles não têm nenhum problema com isso, mesmo aqueles que dizem não serem gays.

Então, estou aprendendo sobre masturbação e sexo. Estou experimentando e fazendo sexo com meus colegas de escola.

Toda vez eu sinto culpa e vergonha.

A igreja tem regras muito rígidas sobre sexo. Tudo se resume ao sexo depois do casamento, que é considerado o certo se o objetivo for a procriação — e ao sexo antes do casamento, que é qualquer tipo de sexo praticado antes de se casar, o que é considerado errado.

O que estamos fazendo é pior, porque é sexo gay. Agora definitivamente não resta a menor dúvida de que sou um *maldito maricón*. Eu sou um viado desgraçado. Ênfase no *desgraçado*, porque perdi a graça divina e estou condenado ao inferno.

E também tem a masturbação, que tecnicamente não é sexo, mas há passagens na Bíblia que falam sobre desperdiçar sua semente. Quando os rapazes se masturbam, "desperdiçam" seu sêmen, com milhões e milhões de espermatozoides que vêm junto. Aprendi recentemente que os espermatozoides são considerados "sementes", pelo menos na Bíblia.

Aos olhos da igreja, essas sementes derramadas são algo precioso, que deve ser guardado para o momento em que você e sua esposa, oficializada em sagrado matrimônio, se relacionam com o propósito de uma concepção milagrosa.

Mas, fala sério... milhões de espermatozoides, para a remota hipótese de uma concepção?

Moral da história: quando você desperdiça a sua semente, você meio que mata uma *possibilidade remota de gerar uma criança*.

Na Bíblia, Deus matou o irmão de Onã porque ele era "perverso".

Eu realmente gostaria que definissem a palavra "perverso".

Deus forçou Onã a se casar com sua cunhada viúva para que seu irmão morto — morto pelo próprio Deus — pudesse ter um herdeiro. Com esse acordo, o filho de Onã não seria considerado herdeiro de Onã, o que por sua vez não o agradou.

Então Onã fazia sexo com sua cunhada viúva — que então se tornou sua esposa, porque ele foi forçado a se casar com ela, já que Deus matou o marido dela, seu irmão —, mas ele sempre tirava antes de ejacular, e "desperdiçava sua semente" em vez de engravidá-la de um filho que não seria herdeiro dele.

Eu diria que Onã estava vencendo esse jogo, mas a história não termina aí.

Aparentemente, Deus ficou irado com Onã por desobedecê-lo e o matou por desperdiçar sua semente. Resumindo, Deus matou Onã por causa do coito interrompido, mas no final das contas o onanismo ficou conhecido como masturbação. E é considerado crime.

Pelo menos na Bíblia.

É por isso que a masturbação é proibida.

Mas, para ser mais preciso, há uma diferença técnica entre o coito interrompido e a masturbação, uma vez que podem ocorrer de forma independente.

Deus matou o irmão de Onã e depois matou o próprio Onã. Deus abriu uma brechinha em sua agenda lotada para dar uma espiada no que esses dois estavam fazendo, e então os matou ali mesmo.

E... Zípora temia que Deus matasse Moisés porque ele não circuncidou seu filho.

Levítico 5:17 diz: "Quem pecar, quebrando um dos mandamentos do Senhor, mesmo que não saiba, é culpado e será castigado pelo seu pecado". Em outras palavras: "A ignorância da lei não é desculpa".

A ignorância seria a minha desculpa, mas aí o Padre McCarthy mencionou Levítico e os pecados do onanismo em um de seus sermões de fogo e enxofre.

Basicamente, estou fodido.

E posso ser morto a qualquer momento.

✦✦✦

Passei a maior parte da minha infância achando que os padres não eram "homens de verdade". Eu não achava que as funções corporais deles fossem "plenas". Na verdade, não achei que eles tinham pau e cus, nem que iam ao banheiro. Além disso, nunca vi um padre se alimentando, a não ser do corpo de Cristo durante a missa, por isso eles sempre foram um mistério para mim.

Não consigo imaginar Jesus como um homem comum, normal, que fazia xixi e cocô. Mas as escrituras dizem que Ele era verdadeiro Deus e verdadeiro homem. Ele era a encarnação, "feito carne".

Algumas pessoas discutem se Jesus alguma vez sorriu ou se tinha propriedades materiais. Já eu me pergunto se Ele fazia xixi e cocô, se teve ereções, se teve orgasmos, se tinha sonhos eróticos ou se fazia sexo. Acho que não posso fazer essas perguntas para ninguém. Um dia, quando eu me tornar padre e puder conversar com Jesus, será que farei essas perguntas diretamente para Ele?

Para alguns, o simples fato de pensar essas coisas é um sacrilégio mas, sendo sincero, todo mundo tem curiosidade de saber como era a infância, a adolescência e a vida adulta d'Ele, não tem? Seria vergonhoso se o corpo de Jesus funcionasse igual ao de um outro homem qualquer? *Aos olhos de Deus, somos todos motivo de vergonha?*

Sei que os padres falam com Deus e agem *in persona Christi* — eles se tornam Deus durante certos ritos. Ainda não tenho certeza de como eles "falam com Deus" ou se Deus responde de alguma forma. Será que Deus e Jesus sussurram no ouvido dos padres? Ou será que aparecem como um holograma feito a Princesa Leia? Quando assisti *Star Wars*, aquela cena me lembrou dos animais que vimos no quarto de Sara quando a gente era criança.

Conversar com Deus foi, antes de tudo, o que me atraiu ao sacerdócio.

Acho que posso ajudar as pessoas se eu conseguir respostas para as dúvidas que as afligem. As pessoas querem respostas para perguntas, não mais perguntas como respostas.

Eu me pergunto se o Papa e os arcebispos têm uma linha de comunicação mais direta com a Trindade. Parece que eles não estão fazendo as perguntas certas, ou não recebem as respostas detalhadas o suficiente, ou então não estão compartilhando as respostas com a humanidade.

Isso me lembra uma citação atribuída a São Bernardo:

Há quem busque o conhecimento por amor ao conhecimento; isso se chama curiosidade.

Há quem busque o conhecimento para ser reconhecido pelos outros; isso se chama vaidade.

Há quem busque o conhecimento para servir; isso se chama amor.

Às vezes me pergunto por que Deus permite que essas dúvidas entrem na minha cabeça. Não quero ser desrespeitoso ao me fazer esse monte de perguntas. Definitivamente, não faço isso de propósito. Mas a impressão é que não consigo "expurgar" essas questões do meu pensamento, como os padres dizem que eu deveria fazer. Eu sei que esse é o jeito que eles têm de me dizer para parar de questionar como as coisas sempre foram.

Talvez aquela coisa de "Siga os dez mandamentos" e "Trate os outros como gostaria de ser tratado" pareça não funcionar para as pessoas. Acho que todos precisamos que nossas diretrizes sejam atualizadas a partir de conversas mais recentes com Deus.

✦✦✦

Agora sei que as minhas ideias de infância sobre os padres eram percepções erradas, baseadas nas informações escassas que eu tinha naquela época. Agora sei que os padres são homens como todos os outros, com corpo, vícios e defeitos reais; homens que estudaram para se tornarem sacerdotes, mas que permanecem homens, em todos os outros aspectos. Eles pregam: não faça sexo, a menos que seja casado e com o único propósito de ter filhos.

Mas agora sei que alguns deles fazem sexo. E que alguns fazem sexo uns com os outros. E que alguns fazem sexo com a gente, seus alunos. A princípio, eles parecem não ver nenhum problema nisso enquanto estão ali, fazendo sexo, mas depois eles sentem culpa e vergonha — até a próxima vez que entrarão em nosso corredor sem porta. São como lobos em pele de cordeiro.

"El hábito no hace al monje."

Minha vida inteira, a culpa e a vergonha estiveram à espreita por trás de cada pensamento e ação. Conto meus pecados na confissão todas as semanas e sinto um alívio momentâneo, mas meus pensamentos e ações subsequentes só trazem mais culpa e vergonha. Eu me pergunto se algum dia vou romper com esse ciclo. Pouco provável, se aqueles que deveriam nos guiar por um caminho moralmente correto preferem nos desviar para uma direção diferente. Somos todos *maldito maricones...* viados desgraçados. É claro que nem *todos* os gays são desgraçados. Só nós, que não praticamos o que pregamos.

"Haz lo que bien digo, no lo que mal hago."

A homossexualidade é algo de que se tem conhecimento desde as civilizações antigas, antes e durante o tempo de Jesus na Terra. O que me faz pensar por que Ele não disse nada a respeito do assunto... nem de masturbação.

Mais lenha na fogueira dos pensamentos intrigantes.

✦✦✦

— Não é a mesma coisa, Pedro! — grito, irritado e definitivamente na defensiva.

— Não é bem a mesma coisa, mas há semelhanças significativas! Você *precisa* ver isso!

— Tá bom, explica de novo. Mas acho que você está gostando muito mais disso do que eu.

— Não há nada para gostar nisso! — exclama Pedro enquanto joga os braços para o alto e os agita no ar. Eu me pergunto se ele está acrescentando a nossa triste situação à mistura. — Aquelas pessoas se dedicaram às suas crenças.

— Até aqui, tudo bem — resmungo por entre os dentes. Ele está me deixando com os nervos à flor da pele, e testando a minha fé na igreja. Sim, estou, na defensiva.

— Essas pessoas fizeram o que mandaram elas fazer — afirma enfaticamente, e talvez, com pesar. — Eles não questionaram, apesar da gravidade da ordem.

— Algumas delas.

— A maioria deles, Daniel... Você viu os mesmos relatórios.

— Tá, a maioria seguiu ordens. Mas sem saber... — digo, sabendo que não vou vencer a discussão... e que nem deveria tentar.

— Eles cometeram assassinato em massa e suicídio — acrescenta com a voz engasgada falhando.

— Sim, é verdade. Mas as outras religiões não fazem isso!

— Daniel... e a colonização do mundo? E as Cruzadas? Tá, eles não cometeram suicídio em massa, digamos, mas mataram vários indígenas, muçulmanos e judeus... E mataram até cristãos que não seguiram o governo papal! Em nome de quê?

— Alguns foram sancionados pelo Papa na época, mas nem sempre! E houveram outras religiões que fizeram o mesmo, à sua maneira. Houveram *muitos* tipos de guerras santas.

— Exatamente, Daniel! Não estou dizendo que foi só o cristianismo. Existem *muitos* exemplos de guerras santas envolvendo a maioria das religiões conhecidas.

— Sim. Contra isso não tem como argumentar...

— A religião é o ópio de *algumas* pessoas, uma válvula de escape para outras, e sabe-se lá o que mais — acrescenta Pedro. — Os líderes religiosos e os seus seguidores geralmente não seguem os seus próprios princípios básicos de compaixão e zelo pelo outro. Tá, pra ser justo, vou reformular: "muitos" líderes religiosos e "muitos" de seus seguidores.

Posso dizer que Pedro está triste e exasperado. As notícias e as imagens da Guiana são devastadoras. Ele vai ter que processar tudo isso sozinho, cheio de dor, pesar, sofrimento e muito mais.

Eu realmente não consigo explicar como isso pode ter acontecido nos dias de hoje.

38

TIME DE BEISEBOL
Pedro, 16 anos

As *comadres* ficaram perguntando por que eu não pratico esportes, então tive que entrar no cross-country. Dos males (todos os esportes), o menor (menos pior). Terei de correr na competição da primavera. Espero evitar as competições de inverno, que têm os piores uniformes: uma camiseta e uma sunga. Por que competir com tão pouca roupa assim em pleno inverno? As *comadres* ficam perguntando por que não tenho namorada.

Mas tenho só quinze anos, quase dezesseis, e preferiria um Rolf a um Liesl[7].

A mãe explica que não tenho tempo para meninas — vou ser médico! —, mas ainda assim ela se debate, e os tubarões que não param de circular a presa sentem o cheiro de sangue — e de vulnerabilidade.

Se a mãe soubesse que não quero namorar meninas, haveria uma longa fila de *comadres* com suas filhas à nossa porta. Felizmente, descobri que a psicologia reversa é capaz de fazer maravilhas com a mãe, mas é preciso ser cauteloso e utilizá-la com moderação para que não se perca o efeito. Para vencer uma guerra, há de se escolher as suas batalhas.

---

7. Referência aos personagens Rolf e Liesl, do filme *A noviça rebelde* [N.T.].

Então, assim como quem não quer nada, eu menciono o nome de uma garota em uma ou outra conversa...

— ¿Quién es esta Carolina? ¡Nunca quiero verte hablando con ella! ¡No tienes tiempo para estar persiguiendo faldas!

Tiro certeiro!

Agora não posso falar com Carolina nem "correr atrás do rabo de saia dela". E com certeza também estou proibido de namorar com ela.

A mãe pode contar para as *comadres* que "uma tal de Carolina" anda correndo atrás de mim, e que *eu* estou caidinho por ela, mas ela, mãe, me disse que não tenho tempo para ficar de namorico agora porque estou estudando para ser médico.

O que não é verdade.

Não exatamente.

Pelo menos por enquanto.

Estou no primeiro ano do colegial. Tenho pelo menos uns três anos pela frente antes de entrar pra Medicina e mais uns seis ou sete anos de faculdade para me *tornar* médico de verdade.

Não consigo explicar por que algumas pessoas acham que eu já tenho conhecimento ou formação médica.

Eu me sentiria mal por Carolina e pela má reputação dela, que estou ajudando a criar, se ela realmente existisse! Carolina é só um nome que usei para inventar essa história.

Claro que não quero mentir sobre uma Carolina que não existe. Mas que mal há nisso? No final das contas, finjo que gosto de uma suposta menina, a mãe não me deixa namorar com ela e assim posso dedicar mais tempo aos estudos.

Eu diria que todos, incluindo Carolina, estão conseguindo o que querem.

Eu me pergunto o que acontecerá quando a mãe perceber que há anos eu a engano. Não contei essa história de psicologia reversa para ninguém além de Daniel. Agora que ele está mais velho, é muito mais confiável para guardar meus segredos e *seus* interesses são maiores.

Mas há certos segredos que ainda não posso compartilhar com meu irmão. O risco para mim é muito grande. Sou um servo maltratado e vigiado, sem contrato nem plano de fuga.

Seria catastrófico se a mãe ouvisse minha confissão da boca de alguém que não fosse eu. Ninguém jamais entenderia essa ameaça... nem mesmo Daniel. Ninguém vê o ódio que vejo nos olhos dela.

✦✦✦

É extremamente constrangedor receber o almoço de graça no refeitório. A maioria das crianças sabe, e a maioria é gentil o suficiente para guardar isso para si. Mas há sempre aquelas que se esquecem dos seus valores cristãos.

Para ser claro, não conheço uma única família que não seja católica ou protestante. Não existem templos, mesquitas nem outros lugares não-cristãos na nossa cidade minúscula.

— Você não precisaria de almoço grátis se seus pais parassem de ter filhos, Pedro. Eles parecem coelhos! — zomba Larry Sommers enquanto as risadas ao meu redor aumentam. — Eles *fodem* como dois coelhos! Eles já ouviram falar de contracepção?... Ou de autocontrole?"

— Deixa ele em paz, Larry. Eles são católicos... Não acreditam em contracepção — afirma Molly Greene. — Aliás, Pedro, *quantos* irmãos você tem?

— Talvez fosse melhor eles simplesmente voltarem pro México em vez de roubar o governo — acrescenta Larry. Seus *minions* murmuram, concordando.

A julgar pela minha pele, minhas orelhas devem estar vermelhas devido ao calor que começa a subir do pescoço para cima. Com a visão turva, olho para o canto.

Eu gostaria de dizer: "Nasci na mesma rua, no mesmo hospital onde você nasceu!".

A familiar sensação de bola de nó na garganta me impede de falar. Evito o esforço inútil de ejetar letras e frases mal pronunciadas.

✦✦✦

Meu estoque secreto de dinheiro que guardo na minha caixa me rende uma caixa extra de leite todo dia. A merendeira de sempre é meiga e parece entender minha tentativa de esconder minha vergonha. O truque é dar a ela uma moeda de dez centavos em vez de uma de cinco pelo leite extra, assim ela precisa me dar o troco. Assim os alunos podem ver claramente a troca monetária.

Mas quando ela se ausenta por qualquer motivo, a senhora que a substitui é o Diabo em pessoa.

— Sessenta e cinco centavos — grita com os olhos, nariz e boca espremidos, como se ela tivesse acabado de sentir o cheiro do peido que ela mesma soltou pela boca quando espremeu o rosto.

— Minha merenda é gratuita — sussurro. E ofereço meus cinco centavos pelo leite extra.

— Como é? Fala mais alto!

— Minha merenda é gratuita — repito um pouco mais alto.

— Qual o seu nome? Vou verificar na LISTA DE MERENDA GRÁTIS — grita num volume crescente. — TODOS VOCÊS AGUARDEM ENQUANTO OLHO A LISTA DAS PESSOAS QUE NÃO PODEM PAGAR PELA MERENDA, MAS MESMO ASSIM CONTINUAM COLOCANDO MAIS E MAIS FILHO MEXICANO NO MUNDO.

Eu deveria arranjar um nome artístico ou algo do tipo...

✦✦✦

No ano passado, um estado geral de alerta tomou conta da população por conta de uma nova cepa de gripe chamada Gripe Suína. A princípio, acreditou-se que o vírus tivesse relação com o que causou a pandemia de gripe de 1918 e matou milhões de pessoas em todo o mundo. O governo federal não mediu esforço para acelerar a vacinação e imunizar toda a população no outono passado. Como vice-presidente dos Futuros Profissionais de Medicina, eu me ofereci como voluntário na campanha de vacinação e incentivei muitas pessoas a tomarem a vacina. Houve política envolvida, mas por outro lado a ação pareceu uma medida de saúde pública bem-intencionada contra uma pandemia que nunca se materializou de fato.

Infelizmente, a campanha foi um desastre, pois o investimento científico por trás da iniciativa foi insuficiente. Sinto certa responsabilidade por aqueles que vieram à toa, embora me sinta aliviado por ninguém da nossa comunidade ter sofrido os graves efeitos colaterais da vacina relatados nas notícias. Agora, a reputação das vacinas em geral está fragilizada, apesar de antes serem consideradas seguras e terem sido muito eficazes na prevenção de doenças graves e mortais em todo o mundo.

✦✦✦

— Foi muito difícil assistir os episódios de *Raízes*[8] quando começou a aparecer muita cena de violência — comento. — Eu não conseguia olhar para a mãe. As cenas pareciam muito com as coisas que acontecem em casa.

— Eu te entendo — observa Daniel. — Eu fiquei me perguntando o que se passava na cabeça dela.

— Cada ator negro foi fantástico. Sério, deu pra sentir na própria pele a dor e o sofrimento deles. Mas eu acho que foi um retrato particularmente comovente das atrocidades cometidas contra os negros por causa especificamente dos atores brancos que escolheram.

— Como assim?

---

8. *Roots*, minissérie de TV de 1977 baseada no livro *Roots: The Saga of an American Family* de Alex Haley. A série narra a história de gerações de uma família começando por Kunta Kinte, um jovem da Gâmbia que foi sequestrado e levado à força para ser escravizado nos Estados Unidos.

— No geral, os homens e as mulheres do elenco costumam fazer papéis muito diferentes dos que fazem em *Raízes*. Eles costumam fazer personagens engraçados e bonzinhos nos filmes e nos programas de TV. Mas ver esses mesmos atores interpretando gente vil e violenta me fez pensar como *qualquer pessoa* pode ser capaz de sentir tanto ódio assim.

— Hum... Tem razão. A maioria desses donos de escravos eram "cristãos fervorosos" que cometiam atos terríveis e cruéis... Isso me fez lembrar de *O senhor das moscas*. Essa história é tão perturbadora que só terminei de ler porque tive que escrever um relatório. Óbvio que me senti muito mal pelo Piggy.

✦✦✦

Brian Lawrence Taylor é uma das poucas raridades da nossa turma. Ele é um verdadeiro deus entre nós, o que pode parecer uma hipérbole, mas não é. Ele tem queixo quadrado com um furinho, covinhas distintas, cabelo castanho claro e levemente encaracolado, nariz retinho, lábios de mel e olhos azuis-caramelados.

E o corpo combina com o rosto.

Ele parece uma ilustração de um deus grego do nosso livro de história, daqueles pintados em vasos e louça antiga ou esculpidos em peDra. O Davi de Michelangelo é uma boa analogia, com aquele rosto, corpo, *nalgies* perfeitas e, bom... todo o resto.

Todos os meninos querem *ser* Brian; já todas as meninas querem namorar com ele.

E, ah, alguns garotos querem namorar com ele também.

Ok, posso ser o único garoto que quer sair com ele.

Brian é atleta. Ele é o célebre quarterback do time de futebol americano, o capitão do time de luta livre, o arremessador estrela do time de beisebol.

Essa é uma história de amor não correspondido como outra qualquer, exceto pelo fato de se tratar de dois meninos, com aparência física, raça, situação socioeconômica, habilidades atléticas e inclinações muito diferentes. E Brian sempre teve namorada.

Ele não é *nada* parecido comigo.

Será que é *por isso* que gosto tanto dele?

✦✦✦

Sempre tem uns pensamentos cutucando a minha cabeça.

Ele tem o hábito de ficar inventando coisas?

Eu gostaria que pudéssemos substituir "pênis" e "testículos" por outras palavras mais fáceis de dizer e ouvir. Palavras de uma sílaba apenas, que não me deixassem constrangido em relação ao meu próprio corpo, que não denunciassem que estou interessado por pênis e testículos.

E se...

"UM" pudesse substituir pênis, pau, pica, caralho, rola etc.?

"DOIS" pudesse substituir testículos, bolas, saco, culhão, bagos etc.?

"TRÊS" pudesse significar todas as opções acima?

Simples assim.

Por exemplo: O meu UM está pendurado no meu DOIS, e os meus TRÊS estão bem firmes dentro dos meus *chonies*.

Não tem nada mais constrangedor do que dizer essa frase com as palavras como são, embora eu esteja falando do meu próprio pênis e dos meus próprios testículos. Ou seja, do meu pau e das minhas bolas. Da minha pica e do meu saco...

✦✦✦

Acabei de correr vinte voltas ao redor do campo de atletismo praticando para a corrida. Sou sempre o último a terminar o treino. A mãe assiste tudo de casa, que fica bem do outro lado da rua das quadras da escola. Eu sei que ela não gosta que eu seja sempre o último, mas acho que no fundo ela admira a minha determinação em terminar. Às vezes, quando chego em casa, ela instrui: "*¡Toma agua!*".

Para os padrões da mãe, isso significa quase um "parabéns!".

Todo mundo pensa que chego por último porque sou um mexicano preguiçoso. Sei disso porque já escutei os meninos fazendo exatamente esse comentário.

A verdade é que sou um adolescente passando pela pior parte da puberdade — a ereção espontânea do meu *um* e a dor constante dos meus *dois*.

Ando pensando numa palavra para substituir ereção.

E se tem uma palavra que definitivamente precisa de substituição imediata, essa palavra é "escroto".

Chego por último todos os dias porque quero "tomar banho" por último, de preferência sozinho. A mãe não me deixa desperdiçar água em casa porque posso tomar banho no vestiário da escola. Então, faço meu melhor cabelo penteado à lá Benito Juárez para exibi-lo quando chego em casa, como prova de que economizei o dinheiro dela.

✦✦✦

Os garotos do beisebol me incentivam a colocar o braço dentro da máquina de refrigerante no vestiário antes de me aquecer para a corrida. Sei que isso é ridículo e potencialmente perigoso, mas não consigo dizer não para o Brian. Meu braço é magro o suficiente para passar pelas curvas internas da máquina e liberar o refrigerante, um atrás do outro. Eu sempre ofereço o primeiro ao Brian.

Às vezes me sinto mal porque não é certo roubar, mas aí o time vem, bagunça meu cabelo e me anima:

— Pedro! Pedro! Pedro!

É bom ter alguém me tocando sem me machucar...

Os meninos do beisebol são lindos. É incrível não ser invisível. Os arranhões no meu braço, as marcas de sangue na pele, nada disso parece incomodá-los. Para mim, tudo isso é um símbolo de lealdade.

Ou de servidão?

✦✦✦

Tem um short branco no chão ao lado do meu armário, que fica sempre no canto, onde posso me esconder entre a parede e a porta aberta quando me troco.

Não tem ninguém aqui, então jogo o short branco dentro do meu armário antes que alguém entre. Detesto usar calças cortadas para correr. Como seria bom usar shorts normais de ginástica.

Droga, tem alguém no chuveiro.

Por favor, que não seja o Brian.

Tomara que não seja o Brian.

Espera, por que não?

Tomara que seja o Brian.

Por favor, que seja o Brian.

O vestiário masculino é aberto e tem doze chuveiros. É uma verdadeira câmara de tortura. Uma câmara de tortura molhada e escorregadia. Os meninos não se contentam em tomar banho em silêncio, cada um na sua. Eles gritam, exclamam, berram, se cumprimentam e trocam tapas, brincam e se insultam. Eles derramam shampoo em você enquanto tenta se enxaguar. Às vezes, eles pegam o seu *um*, ou enfiam o dedo no seu *buraco*. Tipo, de brincadeira.

Geralmente ninguém nota a minha presença — eles estão muito ocupados com suas brincadeirinhas — então eu simplesmente me lavo, enxáguo e saio rápido.

É o Sr. Miller, o professor da oficina, quem está no chuveiro agora. Ele nada depois das aulas para treinar. O Sr. Miller tem muito, muito pelo, por toda a parte, do couro cabeludo aos tornozelos, tudo é coberto por pelos grossos. Quando ele se vira e me encara enquanto lava suas *nalgies*, é difícil ver o *três* dele porque tem muito pelo. Ainda assim, eles parecem maiores que os meus.

Quando você é um "*unzinho*" pequeno, não um grandão", a última pessoa que você quer é tomar banho perto de um "*um* grandão".

Fato.

Pelo menos entrei para a puberdade e as coisas começaram a crescer, mas gostaria que elas se apressassem um pouco e chegassem ao seu limite máximo.

Já ouvi a mãe dizer que "*Todo llega a su tiempo*", mas às vezes parece que o tempo não chega e tenho vontade de pisar no acelerador e apressar tudo.

"*Mejor antes que después.*"

Os olhos do Sr. Miller estão fechados e ele cantarola sozinho com a narina, sem dizer uma palavra sequer. Ele não se incomoda, não percebe e tampouco sabe que eu estou aqui.

Preciso me apressar antes que meu *três* acorde. Eu não acho que o Sr. Miller seja o tipo bonito, mas ele tem um corpo e tanto — a natação compensa. Talvez se ele se depilasse... um pouco aqui, talvez ali? Não... ainda assim não acho que daria jeito. Mas não posso confiar que o meu *um* não ficará em posição de sentido...

Ai! Esqueci o meu short branco no armário.

Eu me seco rapidamente para poder vestir a roupa antes de alguém entrar, mesmo que as costas ainda estejam pingando. Não vejo a hora de sair voando para casa e experimentar meu novo short de ginástica branco.

✦✦✦

Eu nem consigo acreditar.

Bem ali, dentro da cintura.

BLT, a sigla do time de beisebol.

Fica meio grande para mim, mas ainda assim não me aguento de alegria. Não sei se o short caiu da bolsa de alguém, ou se alguém simplesmente o descartou como uma pessoa qualquer se livraria de uma peça de roupa que não precisa mais. Não está rasgado nem manchado.

É simplesmente um short masculino e comum de ginástica, que alguém do time de beisebol usou.

Nossa, uau... Alguém do time de beisebol usou esse short.

Esse short tocou o corpo dele... *lá*.

E agora está tocando o meu.... *lá*.

Desnecessário dizer, mas sim, estou com uma ereção.

Não posso deixar a minha mãe saber. Eu tiro rapidamente o short e o coloco no buraco do dinheiro, na fenda da cama box. Precisei aumentar ainda mais a abertura.

Não dá para ver. Ninguém jamais vai saber dele.

Eu começo meu dever de casa...

Geometria.

Não consigo me concentrar...

História americana.

Sem chance.

Tiro o short o visto de novo. Visto uma calça por cima para ajudar a esconder a ereção. Droga, preciso MESMO arranjar uma outra palavra para isso.

Talvez, para esconder o meu *"volume"*?

Estou com a cabeça na lua quando a mãe grita:

— *¡Ven a come!*"

Tenho que admitir, a mãe cozinha bem. Adoro tudo o que ela faz, exceto *menudo*, repolho e abobrinha cozida. Tem gente que adora esses pratos, mas eu detesto, tanto a textura quanto o sabor. Não vou nem citar o que tem no *menudo*, caso você esteja de estômago cheio, porque pode sentir náusea só de pensar nisso.

— *¿Y por qué tienes pantalones puestos? ¿No tienes calor?*

— Não — murmuro baixinho, sem demonstrar nenhuma emoção, mesmo que esteja morrendo de calor por usar calça.

Frijoles refritos, *tortillas* de farinha de trigo fresca e *arroz con pollo*. Todos deveriam experimentar a culinária mexicana caseira. A maioria das pessoas não gosta do cheiro da pimenta, sementes de cominho, alho, tomate e *jalapeño* amassados num *molcajete con un tejolote* — um almofariz e pilão feitos de pedra vulcânica. O aroma saboroso que chega até o meu quarto no andar de baixo sempre me dá água na boca.

Depois de algumas horas do meu *volume* dentro do meu short, sinto uma dor nos *dois*. Consegui terminar meu dever de casa e estou tentando reler *O Hobbit*...

Decido usar o meu short do time de beisebol por cima da calça esta noite.

Estou obcecado por ele. Ou por Brian.

✦✦✦

Brian é meu melhor amigo e eu sou o dele! Eu sou seu parceiro!
Ele bagunça meu cabelo,
e me aperta de leve contra seu corpo atlético,
e coloca seus braços musculosos em torno dos meus ombros.
Ele me olha de lado,
e dá uma risadinha, que safado!
Meu coração bate nos ouvidos,
Pulsa, retumba, soa como gemidos...
Brian e eu caminhando lado a lado, juntos.
De repente, todos os alunos ao nosso redor.
Ele é tão atencioso... não poderia ser melhor.
Eu tinha esperança de que ele segurasse a minha mão, mas não rola.
Ele não quer que eu me sinta constrangido,
Todo mundo queria estar no meu lugar.
Tem buchicho, falação, eu sei que é aqui que eles queriam estar.
Euforia, pandemônio, palpitações...
Brian olha para mim na arquibancada enquanto arremessa a bola.
Ele piscou para mim, e agora?!

Sim, aquele rosto lindíssimo com covinhas, sim, ele piscou para mim!
Batidas, palpitações, calor, tudo nesse ínterim.
Brian está usando sua camiseta de luta livre
E caminha na minha direção.
Ele não tira os olhos de mim, ai meu coração!
Deitado no tapete da luta livre, me sinto exposto, mas feliz, muito feliz.
Seus lábios se abrem enquanto ele se ajoelha e...
é tudo que eu sempre quis!

Ummffuh... uhhsssshhh... uhhh
Hum?
Ah, não!
Mijei nos meus *chonies!*
Acordo em pânico.
Ah, não!
Fiz xixi nos meus *chonies* e no meu short do time de beisebol!
Tenho que ficar quieto. Não quero acordar a mãe. Meu irmão mais novo não se mexe quando saio da cama. Os lençóis não estão molhados. Acabei de fazer xixi nos *chonies*.

Que coisa bizarra.

Foi igual àquela noite em que sonhei com Ryan O'Neal, depois de assistir *Essa pequena é uma parada?*

✦✦✦

— Nossa retrospectiva anual não tem sido muito consistente, mas este ano ficará conhecido pela grande nevasca de 1978 — anuncio.

— E como o ano do dólar da Susan B. Anthony! — exclama Daniel.

— Finalmente teremos uma mulher estampada na nossa moeda, e as pessoas vão precisar se acostumar a dizer "a moeda do dólar".

— Quero acrescentar o filme *Grease* e Louise Brown, o primeiro bebê de proveta.

— Olivia Newton John, antes e depois de batom vermelho brilhante, calça justa de couro, salto alto e cigarro — comenta Daniel com um sorriso.

— Nossa, ela estava ótima em *Grease*. E eu *amo* a voz aveludada dela.

— E não podemos esquecer que este foi o Ano dos Três Papas! — acrescenta Daniel.

— Se eu conseguisse revirar os olhos, eu certamente faria isso agora.

Também me lembrarei do *Superman*, com Christopher Reeve. Ele definitivamente é a minha fantasia de um super-herói.

39
CONFISSÕES
Daniel, 16 anos

A Senhorita Samson acorda metade da turma quando bate na porta durante a aula do Padre Orlando. O momento de distração me alivia. A civilização antiga é um assunto velho e chato. É uma coisa tão do *último milênio*...

Hum, vou guardar essa frase.

— Daniel, tem uma ligação pra você na diretoria — anuncia ela para a classe toda.

Imagino — pra minha própria diversão — que o nome dela seja Edna, ou Enid, ou Eunice. Ou Eugênia. Adoro pronunciar Eugênia em espanhol: *Eh-oo-heh-nya*.

Senhorita Eugênia Samson.

Ela é uma mulher de meia-idade, que usa óculos tipo mulher-gato, e realmente se parece, tanto com a heroína dos quadrinhos quanto com a personalidade de um gato. Já me perguntaram: "Quem você acha que se saiu melhor, Julie Newmar ou Eartha Kitt?". A resposta é óbvia. As duas se saíram perfeitas no papel.

A mãe fica me ligando para conversar. Agora que estou no seminário, é como se eu fosse uma de suas *comadres*. Ela liga para fofocar ou reclamar do papai, de Pedro ou de alguma *comadre*. Às vezes, ela reclama de mim, de eu não ter feito algo que ela queria que eu fizesse no fim de semana quando eu estava lá, em casa, ou então para me acusar por estar me divertindo, "*revolcándote con puros muchachos*".

Não sei o que ela andou ouvindo por aí, mas "chafurdando por aí com um bando de garotos" me parece algo bem específico.

Sara está na faculdade e Juan está no Exército agora, então Pedro é o mais velho de casa. E a mãe está grávida de novo. Francamente, eu não trocaria nenhum dos meus irmãos por nada, mas será que meus pais já ouviram falar em "contraceptivo", "tabelinha" ou "abstinência"?

Toc-toc-toc...

Oi.... alguém aí?

"*Es como hablar a la pared.*"

Já que o papai sai de casa para trabalhar antes que meus irmãos voltem da escola, e chega quando todos estão dormindo, Pedro se tornou uma figura paterna para aquelas crianças. Quando a mãe entra em uma de suas fases e não sai da cama, ou simplesmente reclama e se enfurece, Pedro assume total responsabilidade por elas.

Mamãe fala sem parar ao telefone. Ela parece nunca se tocar que estou na escola e que deveria estar na sala de aula.

✦✦✦

Eu...

Eu acho...?

Acho que a mãe pensa que eu já sou padre.

Pelas nossas conversas ao telefone, ela se sente como que no confessionário. Ela não para de me confessar seus pecados, mas prefere explicar por que fez o que fez. Ela suplica por validação. Ela não entende como a confissão dos pecados deve ser de verdade.

Num confessionário, você revela seus pecados espontaneamente para eliminá-los de sua alma, e deve se arrepender deles para ser absolvido mediante uma penitência.

Mas a mãe parece pular a etapa do "arrependimento dos seus pecados", que é a parte em que ela deve reconhecer que pecou e que sente muito por ter feito isso.

Não acho que ela de fato queira compartilhar comigo muitas dessas coisas, e tento dizer isso a ela, mas minha mãe simplesmente divaga e continua resmungando. São coisas que ela deveria guardar para si, ou compartilhar numa confissão com um padre em exercício, não com o filho dela.

Eu não confiaria essas coisas a uma *comadre*.

Não quero atrapalhar o trem desgovernado que é sua linha de pensamentos, porque um descarrilamento seria desastroso para ela, para mim, e para muitas outras pessoas.

Então, eu simplesmente ouço.

Uma vez, ela falou por mais de trinta minutos sem parar, e de repente perguntou se eu ainda estava ouvindo. Tive que pegar o telefone às pressas para dizer:

— *Si!!!*

✦✦✦

¡¡¡No!!!
NÃO! NÃO! NÃO! NÃO! NÃO!
Eu não quero saber sobre sua vida sexual, mãe!
Por el amor de Dios, gente, eu realmente não quero saber absolutamente nada a esse respeito! Isso se encaixa perfeitamente em:

"*Consejo no pedido, consejo mal oído!*"

Não importa o que eu diga, ela não vai ouvir. Minha mãe está numa espécie de transe hipnótico e tenho medo de estalar os dedos sem querer, ela acordar e o inferno começar.

✦✦✦

Ela fica brava quando Pedro não sabe a resposta para uma pergunta médica. Acho que ela pensa que ele já é médico, só porque ele *quer* ser médico.

— *¡¡¡Ya sé que no eres un médico, pendejo!!!*

Quando ela diz isso, soa mais como uma acusação do que como uma afirmação.

É muito estranho o fato de ela nos ver como padre e médico, quando nenhum de nós começou de fato os estudos para exercer essas profissões. A faculdade de medicina e o seminário pra valer só vão começar daqui a alguns anos.

Tem uma década que ela respira o nosso objetivo profissional.

Será que ela se pergunta o que a gente tem feito ao longo de todo esse tempo? Acho que chegou a hora de contar para a mãe que tem mais uma década pela frente pra gente conquistar os resultados desejados.

"*No hay peor sordo que el que no quiere oír.*"

Isso me lembra Hermey, o Elfo, dando conselhos odontológicos a Rudolph e Yukon Cornelius, quando seu único conhecimento na área era dizer que queria ser dentista. Assim como a Lucy, que cobra cinco centavos de Charlie Brown pelo seu aconselhamento psicológico, mas ela é obviamente uma criança, portanto sem formação em psicologia, embora uma pessoa sensata, qualquer que seja a idade, possa sempre ajudar bastante.

E o Dr. Smith de *Perdidos no espaço*, que tipo de médico aquele bobalhão poderia ser?

Tenho certeza de que existem outros exemplos na TV e no cinema que podem ter confundido a cabeça da mãe em relação a essas coisas. Ela é uma pessoa naturalmente impaciente. Para a mãe, ter de esperar pelo que se quer é antitético.

✦✦✦

— ¡¡¡Y QUÍTATE ESA CARA!!! — grita a mãe enquanto me dá mais uma tapa.

Meu rosto arde e os ouvidos zunem com os múltiplos impactos. Mesmo assim, não vou dar a ela a satisfação de chorar como fazia antes.

Termino a tarefa que eu não tinha feito *exatamente* como ela desejava, e desço para o nosso quarto, onde Pedro com certeza espera por mim.

— Desculpa — murmura, aparentemente a ponto de começar a chorar.

— Pelo quê? Você não tem culpa *daquela mulher* ser a nossa mãe!

Olho para trás para ter certeza de que fechei a porta.

— Você tirou sua cara, como ela pediu? — questiona.

Às vezes Pedro sabe exatamente o que dizer.

— Quero morrer quando ela diz isso. Isso me lembra de "fica de olho na bola, Danny!"

Nós dois rimos.

Mas não creio que o demônio esteja plenamente satisfeito, então Pedro precisa tomar cuidado, ficar quieto.

— Você percebeu que ela está ficando mais dependente de objetos para conseguir pegar a gente? — pergunta Pedro.

— O que você quer dizer?

Fico intrigado. Pedro consegue perceber sutilezas da nossa mãe, como se a estudasse. De tanto observar a oscilação de humor dela, ele sempre conseguiu prever quando nossos pais estavam prestes a engatar numa briga daquelas de sair faísca.

Curioso como cada um de nós tem seus pontos fortes e fracos.

— Ela tem usado algum objeto de metal ou uma vassoura para causar mais dor, porque precisa que a gente tenha uma certa reação para se sentir satisfeita.

— Pedro, se isso que você diz for mesmo verdade, é assustador e sádico.

— Sadismo é sentir prazer em infligir dor e humilhação.

— Bom... Nunca pensei por esse lado.
— Eu sim... Penso nisso há muitos anos.

✦✦✦

— A mãe e o pai estão no telefone! — grita Pedro lá de cima. Pego a extensão no andar de baixo. Todas as crianças vêm correndo, de todas as possíveis direções, e se aglomeram em torno dos dois telefones para tentar ouvir.

A última notícia que tivemos deles foi há três semanas. Eles dirigiram até o México sem nenhuma das crianças. Entendi porque a mãe queria que Pedro e eu ficássemos em casa para poder trabalhar normalmente no nosso emprego de verão e ganhar dinheiro para ela. A gente parou de viajar para o México todo ano desde que atingimos idade suficiente para trabalhar em empregos de verão.

O pobre Pedro trabalha em tempo integral na casa de repouso durante o verão e também consegue uns bicos extras. Pelo meu irmão, ele só voltaria para casa para dormir. Na verdade, ele passou dois anos tentando arranjar um emprego no parque de diversões de Cedar Point, onde ele poderia morar no campus dos funcionários. Seria um tiro no escuro, e no final das contas, a mãe achou que ele acabaria se divertindo muito lá e disse não.

Achamos que foi irresponsável da parte dos nossos pais deixar todos os irmãos aos nossos cuidados, mesmo porque passamos a maior parte do dia fora. Mas esses detalhes não ficam registrados na cabeça da mãe.

— ¡Hola hijos! ¿Cómo están? — pergunta a mãe. — Los extrañamos tanto.

Tá, pera aí...

Não sei quem é essa pessoa conversando comigo do outro lado...

Parece a mãe, mas ao mesmo tempo *não*. Essas são palavras que ela não usa. *Como estamos? Ela está com saudade? Com MUITA saudade?!*

Tem alguma coisa errada.

Eu gostaria de estar lá em cima com Pedro.

— *Queríamos decirles que estamos aqui con mi papá.*

Pelo amor de Deus, isso não está me cheirando bem, e fazer uma careta não vai resolver...

O Papá morreu há *anos*. Como a mãe pode estar com ele? O que está acontecendo? Quem é essa *mãe*?

— *Quiero contarles una historia...*

A mãe... essa pessoa... essa "outra mãe"... começa a contar uma história estranha e complicada. Cada trecho faz parte de um quebra-cabeça maior. Eis a história:

Parece que a Mamá engravidou da mãe quando ela era muito jovem, e solteira.

Na zona rural do México, na década de 1930, isso era um verdadeiro escândalo.

Para reparar a vergonha trazida à sua irmã e à família, o irmão de Mamá desafiou o canalha — Jorge — para um duelo.

Nesse duelo, Jorge atirou e matou o irmão de Mamá.

Embora desafiar alguém para um duelo para reparar a honra de uma família não fosse algo incomum, e não tenha sido Jorge quem propôs o desafio — ele apenas aceitou —, naquela época os duelos já eram ilegais no México.

Portanto, aos olhos da lei, Jorge havia cometido assassinato.

Ele teve que fugir e se esconder.

Depois de tantas décadas, ele ainda não tinha encontrado a filha, nem a namorada dos tempos de adolescência, a Mamá.

Enquanto estava grávida, Mamá foi enviada para morar com a família em uma aldeia diferente, até que a mãe nascesse.

Em determinado momento, o Papá, nosso Papá, entrou em cena.

Tendo conhecido esse homem adorável, não é de se surpreender que ele tenha se casado com Mamá e criado a nossa mãe como sua própria filha.

Anos depois, eles tiveram um filho — o "querido" *tío*, também conhecido como Tío Bigote — que agora, depois dessa notícia, é meio-irmão da nossa mãe.

A mãe diz que há muito mais coisa nessa história para contar, mas que ela queria que soubéssemos que finalmente conheceu seu pai, sua meia-irmã e seus meios-irmãos em um pequeno vilarejo não muito longe dos parentes distantes de Mamá, em Rancho San Miguel.

O que está acontecendo?!

✦✦✦

Assim que os nossos pais retornam do México, mais detalhes surgiram sobre essa situação perturbadora.

O *chisme* da gravidez e o escândalo do duelo e do assassinato se espalharam pelos vilarejos da região quando tudo aconteceu, décadas atrás. Um *chisme caliente* nunca morre de verdade. As famílias passam anos e anos alimentando e aumentando o boato. E os filhos dessas pessoas escutam um bochicho aqui, outro ali e assim um novo ciclo de *chisme* começa.

Era evidente que em questão de pouco tempo os boatos chegariam aos ouvidos da mãe quando ela ainda era só uma criança.

As coisas estão começando a fazer sentido. Tem coisas que vem de berço... dádivas e traumas.

"Lo que se mama de niña, dura toda a vida."

Aquilo que se aprender desde cedo, nunca se esquece.

40

VERGONHA
Pedro, 17 anos

A mãe acaba de atacar uma mulher no estacionamento da fábrica em que o papai trabalha.

Suas interações com as pessoas têm sido cada vez mais inadequadas, mas essa loucura ultrapassou todos os limites, mesmo para alguém como a mãe.

Preciso voltar algumas horas nessa história:

Sou um motorista em treinamento, mas a mãe insistiu que eu a levasse de carro pela ponte da baía. Meu pescoço está esticado até o limite, então meu rosto fica quase apoiado acima dos nós dos meus dedos, vermelhos de tanto que estou apertando o volante com os cotovelos estendidos como se estivessem numa cruz. Uma cachoeira de suor frio desce pelas minhas axilas e escorre pelos meus flancos.

Palpitações desagradáveis e fortes pioram a sensação de pânico.

Que sensação desagradável é se deparar com uma situação desagradável.

Quando eu era pequeno, tinha muito medo de que aquela grande ponte fosse construída sobre a baía. Eu sonhei que a gente atravessava essa ponte, batia na grade de proteção e caía nas águas marrom-esverdeadas.

Desde então, eu detesto passar por ela.

Agora que é a primeira vez que dirijo por esta ponte, e ainda sob uma pressão emocional impossível de descrever, vou tão, mas tão devagar que todos ao nosso redor fazem todos os gestos possíveis com os dedos e buzinam para eu sair do meio do caminho.

Sei que o Sr. Turner, meu instrutor de direção, teria me aconselhado a mudar para a faixa da direita para que os motoristas mais apressados pudessem me ultrapassar. Mas a pista da direita fica bem ao lado daquele maldito parapeito.

Confio nesse parapeito tanto quanto confio em quem dirige em ziguezague.

Assim que chegamos ao outro lado e meu medo de morrer afogado em plena adolescência diminui, temos de parar algumas vezes para pedir informação. Nunca precisamos ir à fábrica que meu pai trabalha. Por motivos de segurança, risco e questões de propriedade intelectual, jamais teríamos permissão para entrar nas instalações. Então por que viríamos aqui?

Agora que me pego fazendo essa pergunta, fico surpreso com o fato do papai ter conseguido manter esse emprego. Porque, desde que me entendo por gente, a mãe liga para ele todo santo dia, aluga os ouvidos dele por um bom tempo. Percebo quando ele diz do outro lado da linha que precisa voltar ao trabalho, porque ela fala: "¡Sí, lo sé! ¡Pero déjame contarte otra cosa!". Depois da enésima vez, ela deixa ele em paz... mas só por um tempo, porque vai voltar a ligar, mais tarde.

Não sei por que estamos aqui, esperando no estacionamento onde o meu pai trabalha. A mãe continua fazendo caretas e murmurando coisas para si mesma, me lembrando Eunice de *Essa pequena é uma parada* depois que seus últimos nervos foram levados a prova e ela se mostra verdadeiramente comprometida.

De uma coisa eu tenho certeza, o que quer que esteja acontecendo aqui não vai acabar bem, e não gosto de estar envolvido nesse rolo. A mãe sempre consegue escapar da culpa nessas situações delicadas, mas eu não. Tem sempre um alvo tatuado na minha testa. E posso senti-lo martelando; vejo os pontos cegos no meu campo de visão. Estou voltando ao buraco negro do meu caos desenfreado e barulhento.

Sou arrancado do meu esforço de compartimentação dos meus próprios pensamentos e das palavras que revolvem a minha cabeça quando a minha mãe de repente dá um grito:

— ¡¡¡ES ELLA!!!

Eu me pergunto como ela sabe quem é o seu alvo... mas a resposta não demora.

Há apenas uma mulher saindo do prédio, acompanhada por um grupo de homens.

Num instante, a mãe sai da van e vai em direção à mulher, cujo carro deve estar perto do nosso, pois elas se encontram bem próxima do nosso carro. Estou num lugar privilegiado para testemunhar o pandemônio que se sucede. A mãe grita, arranha e estapeia. Ela agarra e puxa a blusa da mulher até o ponto em que a peça fica aos trapos, e a mulher espancada e desgrenhada permanece ali de pé, só de sutiã.

Bastante satisfeita, a mãe corre de volta para a van e, ainda com a porta aberta, ela manda eu dar a partida, antes mesmo que haja tempo de ela se sentar. Ela suspira e ergue seu precioso prêmio: a blusa rasgada e esfarrapada da mulher...

Sou a antítese de um motorista em fuga...

Com todo o cuidado, saio da vaga do estacionamento com uma dolorosa, desajeitada e lenta manobra de três pontos. Então dou a seta para avisar aos espectadores em estado de choque que pretendo virar à direita para sair do estacionamento, com a agressora ensandecida se passando por uma supervisora de direção devidamente qualificada, madura e adulta.

Minha visão turva me lembra que meus olhos não foram dilatados com colírio. Lá vem mais um dos meus ataques de pânico.

Senhor Deus, não tenho a menor ideia do está acontecendo.

+++

A mãe e o papai saíram para cumprir o ritual das compras do fim de semana. Daniel e eu temos um tempo sozinhos antes de começarmos a executar a nossa lista de afazeres, que inclui supervisionar as crianças e suas próprias tarefas. Estamos num canto da sala de estar no andar de baixo, um ponto seguro de onde podemos agir rapidamente caso a mãe faça uma de suas famosas *aparições surpresa* para ver o que a gente está fazendo.

Meu irmão e eu estamos ansiosos para discutir as últimas notícias quentes da visita dos nossos pais ao México.

É como se a mãe estivesse escrevendo um novo capítulo de sua própria novela todos os dias, e usando a gente como termômetro de audiência até encontrar o "ponto certo" para fidelizar a audiência. Tem muita coisa ainda para processar.

— O que mais impressiona é que a mãe sabia disso desde pequena, mas nunca contou a ninguém, nem pro papai — observo.

— Eu sei. Não consigo imaginar o que passou na cabeça dele.

— A mãe amava o Papá e ele tratava ela muito bem... com todo o carinho, como um pai mesmo... Ele realmente foi um pai maravilhoso. Por outro lado, a mãe discutia muito com a Mamá, e essas brigas geralmente acabavam com a Mamá chorando.

— Nossa, isso sempre me deixou péssimo...

— Isso pode explicar por que a mãe sente tanta mágoa da Mamá — pondera Daniel.

Nossos olhos se encontram, depois desviam de direção, depois voltam a se encontrar, depois desviam...

— Outra coisa, as origens do Papá são espanholas. Papá, Mamá e a mãe têm a pele mais clara. Mas o pai biológico dela, nosso avô biológico, é de família indígena mexicana... Ele tem a pele mais escura —

acrescento e faço uma pausa antes de continuar. — Embora eu seja a cara do papai... a mãe também carrega ascendência originária mexicana no sangue, mesmo que isso não seja evidente.

— Eu não tinha pensado nisso — murmura Daniel. Ele reflete um pouco e depois acrescenta: — Eu me pergunto se o Tío Bigote sabia dessa história da nossa mãe, e se ficava atormentando ela por causa disso.

— Se eu saí *"prieto"*, ela não pode atribuir toda a culpa ao papai. Aposto que sou a personificação da vergonha que ela sente.

— Pelo amor de... por favor, não pense assim, Pedro!

A boca de Daniel está bem aberta e seus olhos agora quase arregalados rapidamente leem as palavras que veem à cabeça dele: a mensagem oculta por trás de minhas palavras.

— Daniel, pense no estado psicológico da nossa mãe durante a infância. Ela era a filha bastarda de um pai indígena, cercada por um bando de preconceituosos que valorizavam a pele clara e desdenhava daqueles com pele mais escura. A família da Mamá detestava o Papá pelo que ele fez com ela... e com o irmão dela. A cor da pele do *abuelo* era o bode expiatório visível desse caos todo.

— Hum...

— A mãe aprendeu a palavra *renegrido* com alguém, e suspeito que tenha sido cedo. Imagine a batalha constante que ela devia travar, sentindo ao mesmo tempo atração e aversão por *prietos* como o nosso papai. Eu sinto como se a gente tivesse recebido a cifra secreta que vai nos ajudar a decodificar o psicológico dela.

✦✦✦

Meu projeto para a feira de ciências é sobre fertilização *in vitro*. O primeiro "bebê de proveta" nasceu ano passado. O processo pelo qual o bebê foi concebido gerou todo tipo de reação: de condenações a grandes honrarias.

Quando algo incomum chama a minha atenção, minha imaginação se liberta.

Ao longo do último ano, li obsessivamente todos os artigos de jornais e revistas que encontrei na biblioteca pública. Os desdobramentos para as famílias que não puderam ter filhos, bem como o avanço médico em si são significativos.

Não entendo bem como funciona a fertilização natural ou *in vitro*, o que torna meu projeto mais desafiador, mas estou achando toda a discussão fascinante. Estou especialmente interessado na forma como os líderes religiosos e os políticos estão tratando o assunto. Procuro semelhanças, divergências e inconsistências no que diz respeito às posições deles sobre controle de natalidade, aborto, sexo antes do casamento, homossexualidade e até pena de morte.

De maneira geral, a raiva parece dirigida à profissão médica — por brincar de Deus —, não ao casal que só quer gerar um filho. Mas quando a conversa se aprofunda aos detalhes e se volta para a possibilidade de casais não unidos pelo matrimônio ou de mulheres solteiras tirarem proveito da ciência sem se casarem, a coisa muda de figura. É aí que tudo começa a ficar pessoal e controverso.

E aqui vai um fato inusitado nessa história toda. A mãe me deu um livro que ela havia escondido na gaveta de roupas íntimas, um livro sobre sexo e concepção. Ela me avisou que era para o meu projeto, e que só estava fazendo isso porque vou ser médico. Poucos dias depois, ela me chamou de pervertido, porco e degenerado, em espanhol, e exigiu a devolução de seu livro.

Para ser sincero, o livro foi tão útil quanto o retiro da oitava série, com os cartazes anatômicos confusos e as insinuações confusas e constrangidas do padre.

O livro inteiro falava sobre sexo e concepção, e ainda assim não ajudou. Continuo sem entender nada.

O que há de *errado* comigo?

E por que logo a mãe — *entre todas as pessoas* — precisa de um livro que ensina sobre concepção?

✦✦✦

Há três jurados à minha frente na feira de ciências: a Sra. Steinway, treinadora esportiva das equipes femininas; o Sr. Driscoll, um líder comunitário; e o Sr. Tyson, professor de matemática.

Todos parecem mais nervosos do que eu. Os olhos dos três continuam vagando em torno do meu grande cartaz de três painéis com esquemas de corpos de homens e mulheres semelhantes aos que vi no retiro da 8ª série. O Sr. Merle, meu professor de química, me deu um grande tubo de ensaio e, no fundo dele, coloquei uma bonequinha que encontrei por acaso no brechó, há algumas semanas. Pareceu uma ideia um tanto criativa. É literalmente um *bebê de proveta*.

Decorei meu discurso em que detalho os fundamentos da fertilização *in vitro*. Tudo corre muito bem, até que digo:

— O esperma do pai foi coletado por masturbação...

A impressão é que a Sra. Steinway vai desmaiar. Os senhores Driscoll e Tyson parecem dois comediantes pastelões tentando escapar pela única porta da sala de aula, os dois ao mesmo tempo. Desnecessário dizer, mas não concluo a apresentação.

Eu sei que um líquido branco com esperma sai do pênis quando os homens se masturbam. Só não descobri como isso acontece. Mesmo depois de todas aquelas revistas do Departamento de Transportes. As histórias das revistas nunca me deram nenhuma pista, pois sempre tratavam de sexo, não de masturbação.

Tenho a impressão, mas é uma impressão, de que não há a necessidade de uma segunda pessoa para a masturbação.

E, aparentemente, não é algo que deva aparecer numa feira de ciências da escola. Depois de "escroto", acho que "masturbação" é a segunda palavra que precisa *imediatamente* de uma substituta.

✦✦✦

A mãe foi processada pela mulher que agrediu. Como sou a única testemunha, a mãe quer que eu minta para o juiz e diga que a outra mulher a agrediu primeiro. Eu repeti várias vezes que não vou mentir em juízo, e que minhas surras contínuas não vão mudar isso. Ela está com muita raiva, e posso dizer que está com medo de verdade, mas não dou a mínima. De verdade, não dou mesmo. Esta não é a primeira vez que ela agride alguém além do marido e dos filhos.

Eu adoraria dizer: "*A lo hecho, pecho*, mãe, porque finalmente chegou a hora de você pagar pelo que você faz. Um dia, a conta chega."

A cada cerdo le llega su San Martín.

Infelizmente, o *dicho* em espanhol faz referência a São Martinho de Tours e não a São Martinho de Porres, o padroeiro dos mestiços — ou seja, meu padroeiro. E ele se parece comigo, segundo a minha mãe.

✦✦✦

— Como vão as coisas na escola, Pedro? — pergunta o Dr. Fritz.

Estou fazendo o exame médico anual de cross-country.

Se eu não fizer esse exame agora, o diretor de atletismo vai me tirar da turma, como vai fazer com todos os outros garotos que também não fizeram o exame médico.

Ele vai levar a gente até uma clínica onde todos vamos tirar a roupa, um na frente do outro, e na frente do diretor de atletismo, dos médicos e das enfermeiras da clínica, e depois faremos um exame físico coletivo, como se vê nos filmes sobre forças armadas.

Nunca consigo tossir do jeito que eles querem — gostaria de sugerir que apontassem uma luz forte nos meus olhos para provocar três espirros altos e fortes —, então preciso tossir repetidamente, enquanto eles me cutucam aqui e ali lá embaixo, e os olhos de todos vagam por todas as direções da sala.

Eu suportei essa humilhação pública duas vezes. Este ano, vou me precaver para fazer o exame antes do prazo limite.

— As coisas estão correndo bem. Estou ansioso para ter aulas avançadas este ano.

— Que maravilha! — exclama. — Continua determinado a estudar medicina?

— Sim, é o meu objetivo! Desde criança.

— A sua mãe vai ficar muito orgulhosa de você.

Depois de uma pausa estranha, percebo que ele aguarda alguma reação minha.

— Ah, sim, ela está muito feliz porque vai ter um médico e um padre na família.

Ainda não sei como se diz "orgulhosa" em espanhol. Certa vez perguntei pra mãe como se diz "merecer" em espanhol, mas foi difícil para ela encontrar um sinônimo, então ela começou a se irritar, e aí eu desisti. Tenho certeza que ela achou que eu não *mereço* saber a palavra em espanhol.

— Pedro, parece que você tá entrando na puberdade. Já dá pra começar a fazer a barba!

Nós dois rimos. Cada vez mais, estou ganhando confiança e coragem para contar ao Dr. Fritz o meu segredo, obter algumas respostas e quem sabe certo conforto. Médicos sabem das coisas, eles nos leem. Assim como os padres. E os advogados.

Al médico, confesor, y letrado, no le hayas engañado.

E o que se confidencia a eles deveria ser mantido sempre em sigilo. Mas com um advogado não dá para conversar sobre você, seu corpo, suas inclinações. E não tenho afinidade com nenhum padre. Sinceramente, nem quero ter; não gosto de nenhum deles. Então tem que ser o Dr. Fritz quem vai me dizer que está tudo bem, que vou ficar bem, que as coisas vão melhorar.

— Tem alguma dúvida em que eu possa te ajudar, Pedro? — pergunta.

Eu olho para ele, respiro fundo e começo a dizer:

— Acho que eu sou...

Mas o Dr. Fritz pergunta de repente:

— Você já tem namorada?

Num instante, minha confiança se esvai, tragada de volta para o buraco negro na minha cabeça, com o rabo entre as pernas.

Se não tivesse feito essa última pergunta, o Dr. Fritz ainda seria meu herói, meu mentor, meu amigo.

Prometo a mim mesmo que nunca farei esse tipo de suposição quando estiver conversando com um paciente.

✦✦✦

A mulher agredida desistiu do processo, então a mãe vai se safar mais uma vez. Tem mais coisa nesta história, mas não vale a pena repetir aqui. Resumo no seguinte:

La hierba mala nunca muere.

É uma verdade que vaso ruim não quebra, mas acabo de perceber que não porque é resistente, mas porque tem sorte. Acabo de criar a minha própria versão para este *dicho*:

El malo no muere porque tiene buena suerte.

E, no que diz respeito a mim, se não existisse *má* sorte, eu não teria sorte alguma.

✦✦✦

Estou perdendo a pontinha de esperança que mantive escondida nos recônditos do meu caos.

Estou pensando cada vez mais e mais em acabar com essa impotência e desesperança.

✦✦✦

— Daniel, quando você começou a falar com ela? — pergunto em um sussurro alto, no nosso quarto. É o fim de semana de folga dele do seminário, por isso está em casa. É noite de Ação de Graças e estou morrendo de vontade de perguntar sobre a ligação que ele recebeu hoje de manhã.

Nossa família estava tomando café da manhã em torno da mesa enorme da cozinha. Papai estava sentado entre nós, a mãe, na nossa frente e as outras crianças estavam espalhadas por toda parte, entre os espaços. O telefone tocou e o papai atendeu.

— Daniel, *es para ti* — disse ele, e entregou o telefone ao meu irmão, ainda à mesa. O telefone tem um fio enorme para a mãe poder conversar com suas *comadres* de qualquer lugar.

Receber uma ligação é algo extremamente raro para qualquer um de nós, os filhos.

— Alô? — disse Daniel, e logo em seguida as sobrancelhas franzidas dele relaxaram e ele arregalou tanto os olhos que o branco quase desapareceu. — Ah. Olá... Estou bem, obrigado, e como você está?... Sim, Feliz Dia de Ação de Graças para você e toda sua família... Sim... Sim, obrigado... Fico muito contente que você tenha me ligado... Sim, pra você também... Tudo bem, eu vou... — Por uma fração de segundo, os olhos de Daniel encontraram os meus, de propósito. — Muito obrigado por ligar. Tchau.

A voz dele soava estranhamente alta e estridente...

— ¿*Y quién era?* — pergunta a mãe. Ela não tirou os olhos de Daniel nem por um segundo durante toda a ligação. Meus olhos alternaram entre os dois feito uma bola de tênis de mesa.

— *Una amiga que trabaja en la escuela* — responde Daniel, e depois me lançou um rápido olhar, que dispara uma espécie de descarga elétrica na minha espinha. Felizmente, a mãe não percebe. Ou pelo menos não comenta.

Quem poderia ter ligado para ele?

— ¿Una amiga? ¿Y por qué te está llamando una cualquiera? ¡Ya sabes que no puedes tener novias!

Decidi que a foto da mãe deveria aparecer no dicionário, nesta entrada:

ironia (i·ro·ni·a)
Substantivo feminino
Definição: o uso de palavras de maneira contrária ao esperado, resultando em efeito humorístico.

Ela perguntou a Daniel por que tinha alguém ligando para ele, e o lembrou que ele não podia ter namoradas.

Depois de a gente cumprir alguns afazeres, Daniel me puxou pelo braço quando a mãe não estava nos olhando, e desaparecemos da cozinha.

— Era a Graciela! — diz Daniel assim que chegamos ao nosso quarto.
— Quê? Nossa prima?
— Sim!
— ¡¡¡DÓNDE ESTÁN!!! ¡¡¡QUE LOS NECESITO!!! — grita a mãe da cozinha, convocando a gente para mais alguma tarefa doméstica antes que houvesse tempo hábil de eu saber os detalhes da ligação.

E desde essa manhã Daniel e eu não tivemos nem um tempo sozinhos para conversar...

— Eu encontrei ela no Kroger no verão e a gente começou a conversar — explica ele. — Eu gosto dela! De verdade. Ela é o maior barato! Brincalhona, tem uma energia muito boa. Quando voltei para o seminário, ela me telefonava lá e a gente ficava conversando, conversando... por um tempão. Pensando nisso, agora que estou falando com você, sei lá, é como se ela fosse uma *comadre*. Fiquei meio surpreso, mas sério, tô bem contente de ela ter ligado hoje!

— É inacreditável! Eu gostaria de poder conversar com ela! Ainda não consigo, apesar de a gente se ver todo dia na escola.

— Eu sei. Ela sabe que o problema não é a gente... Eu falei pra ela que você adoraria conversar com ela também... E, a propósito, quando ela ligou hoje ela disse para eu te mandar um "oi".

— Daniel, você se supera! E mamãe achando que era "alguma namoradinha" ao telefone... ligando pra te desejar Feliz Dia de Ação de Graças... Às vezes eu me pergunto se mamãe escuta o que ela diz — digo e nós dois rimos.

41
JESÚS
Daniel, 17 anos

Os pais não têm ideia de como o nome próprio pode afetar uma criança. Será que esquecem daquelas piadinhas infames que as crianças fazem? Os trocadilhos humilhantes? As crianças conseguem achar uma rima idiota pra praticamente qualquer nome: Sofia-cara-de-melancia, José-pé-de-chulé, Julieta-filha-do-capeta, Manuela-que-caga-na-panela e por aí vai. Ou então eles inventam de pronunciar o nome errado de propósito, tipo Amerda em vez de Amanda, Cocolina em vez de Carolina, Martelo em vez de Marcelo, Pauberto em vez de Alberto etc.

E ainda tem aqueles cujo nome e sobrenome criam um duplo significado: Kemel Pinto, Paula Tejano, Simas Turbano.

É por isso que admiro muito qualquer um que tenha um nome que remeta a órgãos genitais, porque você sempre será lembrado por isso e vai gerar curiosidade. Precisa se garantir, "matar a cobra e mostrar o pau".

Já que tocamos no assunto, preciso dizer que a falta de privacidade aqui no seminário tem me permitido ver muita gente mostrando o pau.

Um amigo afirma conhecer um cara chamado Paul Ennis que sempre escreve seu nome como P. Ennis, como se tivesse adotado um nome artístico. Imagino um dia ver um filme em que no cartaz está escrito: "Estrelando: o grande P. Ennis".

Essa história boba parece pegadinha besta de adolescente, como a daquele coroinha que desapareceu na volta para casa, o que estou começando a achar que é pura lorota.

✦✦✦

Meu nome é Jesús Daniel.

Com pronúncia em espanhol: *Heh-ssus*. Mas aqui nos Estados Unidos *nunca* vai sair certo. E, como pode imaginar, meu primeiro nome sempre causa algum tipo de estranhamento ou piadinha. Então prefiro que me chamem pelo segundo nome, Daniel — e que, de preferência, saibam apenas dele.

Gosto do nome "Jesus", mas não como meu nome, apenas como referência ao verdadeiro. Existe um peso em carregar o nome Dele. Quando sabem do primeiro nome, os outros garotos ficam me olhando, como se procurassem o que há de especial em mim, algo que justificaria o fato de ter o nome Dele. Não consigo lidar com isso. E quem conseguiria?

As únicas vezes que alguém me chamou de Jesus em voz alta aconteceram nos primeiros dias de aula. As crianças sempre riam quando a professora perguntava: "Você quer que a gente te chame de Jesus ou só de Daniel?"

O que ela acha? Que garoto ela conheceu que gostaria de ser chamado de Jesus?

É pedir demais que alguém saiba do meu nome sem dar risada?

Por um tempo, usei J. Daniel, mas ninguém pescou a dica.

Não posso andar sobre as águas. E mesmo depois de tantos anos daquele episódio em que caí no rio, ainda não consigo nadar. Então, até as coisas mudarem de figura, sigo como Daniel.

Obrigado, de nada.

✦✦✦

Todo cristão conhece Jesus por meio dos dois extremos de sua vida: o meigo menino Jesus numa manjedoura, no Natal, e o pobre e sofredor

Jesus na cruz, que ressuscitou dos mortos na Páscoa. Desde sempre, somos apresentados aos extremos opostos de sua curta existência. Impossível vê-Lo sem um desses lados, são indissociáveis.

Como eu poderia *não* me apaixonar por Ele, meu xará?

Ao contrário da maioria das pessoas, passei muito tempo imaginando Jesus como criança e como adolescente. Posso visualizá-Lo jovem, um pregador, um filósofo. As imagens que temos de Jesus se referem sempre a um período mais à frente da vida d'Ele, aos meses anteriores à sua morte, ainda jovem, aos trinta e três anos.

Mas nunca ouvi nada a respeito da infância d'Ele.

Acho que Ele deve ter sido uma criança com mentalidade avançada, curiosa. Digo isso não só porque sou um Jesus, mas porque eu mesmo fui uma criança adiantada e curiosa. Acho que a mente d'Ele vivia ocupada, acelerada. Talvez como acontece com Pedro... Tem tanta coisa se passando naquela cabeça!

Jesus vivia conversando com Deus, imaginando como convencer tanta gente com tantas características diferentes de que existia um Deus diferente, um Deus verdadeiro, de que havia uma vida diferente, com propósito diferente.

+++

Existem controvérsias interessantes sobre Jesus Cristo...

Poucos questionam se Ele existiu há dois mil anos, mas por que estudiosos passaram séculos discutindo se Jesus alguma vez sorriu? Não há nenhum registro disso em nenhum lugar da Bíblia, mas não é como se ela narrasse cada segundo dos trinta e três anos de vida d'Ele... Por que é importante manter uma imagem de Jesus séria e triste? Qual é o problema de sorrir? Ele amava as pessoas e amava especialmente as crianças. Será que Ele nunca sorriu perto delas? Que criança gostaria de ficar perto de um homem que nunca ri?

Na verdade, ouvi teólogos dizerem que Jesus nunca perdeu a paciência. Que Ele tinha "ira justa e controlada" quando virou as mesas no templo e usava um chicote para afastar homens e animais.

Teria Jesus em algum momento adquirido bens materiais? E qual seria o problema se sim?

Jesus alguma vez se casou? Eu sei que estou pisando num campo minado só de pensar nisso, e um dos meus colegas de sala nunca vai se atrever a perguntar novamente, depois da bronca que recebeu por fazer essa pergunta ao Padre Bernardino na aula de teologia.

Não sei muito sobre o povo judeu. Mas parece, se não estou enganado, que há dois mil anos o casamento e o nascimento de filhos eram uma parte importante da vida judaica, e de todas as outras culturas. A menos que Jesus fosse gay (não consigo nem me imaginar dizendo isso em voz alta), por que Ele não teria se casado, já que era homem em todos os outros aspectos?

E depois tem aquela questão da suposta aparição de Jesus como um homem do Oriente Médio, pele clara, cabelos claros e olhos azuis.

Estas são questões que nunca chegam a um consenso, e geram sempre controversa. Se existem respostas, elas estão em textos escritos há dois mil anos, em línguas antigas, em documentos antigos com materiais antigos, escondidos em alguma cripta, caverna ou tumba.

Temo que a doutrina artrítica nunca dobre as mentes rígidas dos resolutos que se esforçam para manter o *status quo*. Perguntas sem respostas sempre foram a força fundamental das igrejas. Anos de teologia me ensinaram isso muito bem.

Para mim, agora é uma missão: descobrir o que puder sobre o Jesus ser humano, para me ajudar a entendê-lo melhor como filho de Deus. Sei que nesse percursos provavelmente vou desagradar muita gente por aí. Mas:

"*Nunca es tarde para aprender.*"

42
IMPOSTOR
Pedro, 18 anos

O último ano do segundo grau é um sonho que se torna realidade. Só mais um ano dessa vida miserável, e vou poder fugir. A base do cálculo do meu encarceramento agora mudou de anos para meses. O próximo avanço será a mudança para semanas. E quando a contagem regressiva do número de semanas virar para um dígito, minha química sanguínea caminhará rumo à normalidade.

As surras da mãe ainda doem, mas não choro mais como antes. Minhas lágrimas são cada vez mais de raiva e de ódio. Ela tende a agir com mais e mais violência até conseguir a reação desejada. Mas sua energia acaba e ela não tem alternativa a não ser se render, contra a própria vontade, e lidar com a indignação e a frustração.

Meu medo de sentir medo finalmente encontrou alívio.

"El valiente vive hasta que el cobarde quiere."

A mãe tem medo de eu estar perdendo o medo dela.

A voz gloriosa de Gloria Gaynor começa a ressoar nos meus tímpanos agora: *I Will Survive!*

❖❖❖

Ah, meu Deus.

Não fale.

Não se mexa.

Não respire.

Apenas espere.

Talvez ela não tenha...

— *¿Qué fue? No comprendo. ¿Qué pasó?* — pergunta a mãe. Ela não entendeu o final do filme.

Papai explica que Billy Joe fez sexo com um homem quando estava bêbado, mas Billy Joe admitiu que o sexo não foi por um mero acidente por conta da embriaguez, tampouco um erro. Ele conta que Billy Joe disse à amiga — a garota que presumimos ser sua namorada — que fez sexo com aquele homem porque quis. E, depois, o papai explica que Billy Joe pulou da ponte Tallahatchie e se matou.

— *¿Qué? No comprendo. ¿Cómo es eso?*

Então, uma luz brilhante se acende na cabeça da mamãe.

O que eu quero dizer é que eu realmente vejo a luz, de verdade, como acontece num desenho animado, mas é a cara que ela fez que diz: "Uma luz brilhante se acendeu na minha cabeça!"

Ela sai do transe, e imediatamente vira para mim e grita:

— *¡Tú ya vete a la cama!*

Irei com prazer, mas primeiro tenho que cumprir o repulsivo ritual de dar um beijo na bochecha da minha mãe, depois na do papai.

— *Buenas noches* — digo a cada um deles, junto com o beijo. A mãe raramente responde, *la maleducada*.

— *Buenas noches, hijo* — responde o papai.

A gente nunca acrescenta "te amo" à frase, mas não é necessário, porque acredito que o meu pai me ama de verdade.

O filme que assistimos foi baseado numa canção popular que estava no topo das paradas há alguns anos. Não acredito que um ator adolescente e popular, ídolo das capas de muitas revistas para essa faixa etária, tenha interpretado um papel em que confessa que quis fazer sexo com um homem. Foi triste ver o personagem sentir que precisava se matar por conta disso.

Isso me faz pensar se existem caras normais que não sentem vontade de se matar depois de fazer sexo com outro homem. Vou querer me matar se algum dia fizer sexo com um cara? Será que algum dia conhecerei o amor? Aceitação?

✦✦✦

Estou na cerimônia de premiação para alunos do último ano do segundo grau. Aqui, os professores, o conselho escolar, grupos de moradores, clubes e organizações locais reconhecerão as conquistas dos alunos por meio de prêmios e bolsas de estudo.

Considerando a média das minhas notas e minhas extensas atividades extracurriculares — doações de sangue e campanhas de vacinação; voluntariado e trabalho na casa de repouso; participação na Sociedade Nacional de Honra, no Futuros Profissionais de Medicina e em outros clubes e associações; e levando em conta também as três equipes esportivas que agraciei com minha presença —, os prêmios e bolsas que recebo esta noite não surpreendem tanto assim.

Eu deveria estar feliz e orgulhoso.

Em vez disso, estou questionando se mereço. Eu aprecio *prêmios por mérito e honraria* mas abomino *prêmios de consolação?*

Eric Jones anunciou aos que dividiam a mesa com a gente:

— Claro que deram todos os prêmios e dinheiro pro Pedro! Eles sentem pena por ele ser pobre e mexicano. Só por isso... Não é certo... não é justo...

Quase chego a acreditar nele.

Fui uma falácia a vida inteira, não fui?

Um miserável, passando por uma *pessoa feliz.*

Um introvertido em pânico, se passando por *um cara normal*.

Um gay, passando por *hétero*.

Um agnóstico, passando por *católico devoto*.

Um filho averso à própria mãe, passando por um *filho carinhoso*.

Inteligente?

Sim...

Trabalha duro?

E como!

Determinado, competitivo, resiliente?

Sim, sim, e sim pra caralho!

Tirei notas boas nos últimos doze anos porque sou um estadunidense — sim, *estadunidense* — com ascendência mexicana ou porque *me esforcei* por isso?

Consegui boas notas nos testes regionais e estaduais porque sou de família mexicana, ou porque *me esforcei* para isso?

Caralho, espera um minuto!

Desde quando um maldito latino ganha um prêmio só por ser latino?

Então, sim, Eric Jones, seu filho de uma puta, eu *vou* "usar um carrinho de mão", como você mesmo disse, para levar todos os meus prêmios e o dinheiro da bolsa de estudos para casa. E colocarei meu troféu de Melhor Formando do Segundo Grau no topo, feito merda de uma cereja num bolo de chocolate.

E, por favor, *não* me perdoe pelos palavrões e, *sem* o devido respeito, muito obrigado por não me ajudar em *nada*.

— Eu queria ter dito tudo isso num discurso coeso e coerente, enquanto estava sentado na droga daquela mesa — digo —, em vez de guardar tudo aqui na minha cabeça.

— "*Só se tiran piedras al árbol cargado de fruto*" — comenta Daniel.

— O que isso significa?

— Que só árvores com frutos chamam a atenção. Basicamente, as pessoas só criticam quem está se destacando —explica Daniel. — Suponho que tenha a ver com aquela história de "a tristeza adora companhia" e como gente infeliz não suporta ver o outro feliz.

— Faz sentido.

— Aliás, meus parabéns. Tenho muito orgulho de você, Pedro. Você merece todos esses prêmios e muito mais. Não se esqueça: "A palabras necias, oídos sordos".

Também faz sentido. Não devo ligar para o que é infundado. Daniel me dá um abraço e sinto os músculos do meu pescoço e das minhas costas relaxarem.

✦✦✦

A mãe está insuportavelmente amargurada porque no final de agosto vou sair de casa para cursar a faculdade. Depois de dezoito anos, finalmente não estarei sob o controle dela.

Eu me preparei para o pior, então arranjei três empregos de verão.

Vou trabalhar à noite toda numa casa de repouso, meio-período num pequeno parque temático familiar e vou ser faz-tudo para uma mulher de meia-idade.

A renda extra agrada a mãe, então ela não reclama tanto por eu não estar em casa.

Mas a sua natureza sempre inconstante fala mais alto.

Ela me obriga a fazer cada vez mais coisa em casa, para ver como eu vou reagir.

Sou a gasolina, a lenha e a pederneira e a mãe já é uma fogueira acesa. Nós dois no mesmo ambiente significa incêndio.

✦✦✦

— ¡¡¡RENEGRIDO CHINGADO!!!...

.... ¡¡¡CÓMO... TE... ODIO!!!...

.... ¡¡¡NO.... TE... MEREZCO-O-O!!!

...¡¡¡MALDITO... MARICÓN... de mieRDA-A-A...!!!

A mãe cai depois do último tapa no meu rosto, mas ela sabe que eu a observo, então trata de se levantar rapidamente.

Finalmente eu cresci. Agora estou alto demais para a investida de postura inclinada favorita da minha mãe. Ela não consegue atingir o impulso necessário para meter um *coscorrón* suficientemente satisfatório.

Ela estava me estapeando há algum tempo. Ela queria me ver sucumbir — caso contrário, teria usado o cabo de vassoura que ela havia cortado para que pudesse manejar com mais agilidade, força e eficiência, e que sempre fica ao lado dela na cadeira, estrategicamente. Eu não reajo nem digo nada. Simplesmente fico olhando para ela com o ódio que me consome. Eu sou *La Momia Muda* com uma máscara distintamente nova e claramente desafiadora, resiliente e resistente, e que a abala e a enfurece.

Ela sabe que eu sei que ela está em pânico e isso reforça minha determinação.

Frustrada por conta da própria exaustão que a trai, ela liga para papai no trabalho e ordena que ele volte para casa imediatamente. Ele sabe que não tem escolha. Ela ligará praticamente de minuto em minuto, e não se dará por satisfeita enquanto não lhe disserem que ele veio embora.

Meu pai leva cerca de quarenta minutos para chegar em casa. Eu continuo sem me mexer. Continuo parado no mesmo lugar. A mãe está furiosa, sentada em sua cadeira, a poucos metros de mim, fingindo assistir TV.

— ¡¡¡*Pégalo!!!*

Ela grita para papai me bater.

Ele para diante de mim e me observa. Ele se demonstra tão abatido, que parece ter sido espancado tanto quanto eu.

— *Eso no lo voy a hacer* — diz para ela, lembrando o homem de atitude que um dia foi, muito tempo atrás...

Eu não deixo essa fagulha escapar.

— Por que você não se separa dela? — indago ele, em alto e bom som, apontando sem parar o meu dedo em direção a "ela", assumindo o controle *total* da situação.

Não há como voltar atrás...

— *¿Qué dice? ¿Qué dijo?* — pergunta a mãe, traída por um estado de pânico que de repente ela não consegue controlar nem esconder. Ela finge não entender minhas palavras. Palavras que demandaram uma força sobre-humana, convocada das minhas entranhas para serem enunciadas com perfeição.

— Por que você não se separa dela, papai? Me diz! — Eu faço uma pausa. — Você já teve essa chance antes. E ainda pode fazer isso! Seja feliz, vá viver a sua vida, papai! Antes que seja tarde! Se separe e recomece, com alguém que te ama, que te merece.

— *¿Qué dice? ¿Qué está diciendo?*

— O que ele está dizendo?

— *Quiere saber por qué no me he ido.*

— Quer saber porque não me separei de você.

— *Y, ¿qué le dijiste?*

— E o que você respondeu?

— *No le he contestado.*

— Ainda não respondi nada.

Não, papai... você não me respondeu. Mas eu acredito que finalmente tenha respondido a *si mesmo*. E, pensando bem, isso é tudo o que eu preciso agora.

Venci essa batalha, a primeira de muitas que virão antes da minha emancipação.

"Más vale morir parado que vivir de rodillas."

E prefiro isso. Prefiro morrer em pé, do que viver de joelhos. Este é meu novo lema. Sinto uma renovação, novas forças, outra determinação. E não vou mais pensar em suicídio...

✦✦✦

O papai só me bateu uma vez em toda a minha vida.

Quando a gente era pequeno, a mãe deu uns comprimidos enormes para supostamente fazer a gente crescer, para se livrar dos vermes que não tínhamos e para tratar a anemia que também não tínhamos.

Nunca consegui engolir comprimidos. Não sei se isso tem alguma coisa a ver com a minha gagueira ou com meus outros problemas de fala, mas meus músculos e meus reflexos necessários para ingerir um comprimido não funcionam. Por isso, toda vez que tenho que ingerir comprimidos, eles ficam ali, na parte de trás da minha língua, dissolvendo lentamente em uma pasta salgada e amarga.

Tentativas desesperadas de engolir só pioram as coisas. Começo a engasgar, que, seguindo a lógica, é a última etapa que precede o vômito.

Os gritos, tapas e murros da mãe nunca ajudaram.

Naquele episódio em particular, quando eu era pequeno, ela disse ao papai para me bater, assim eu *engoliria o maldito comprimido*.

Àquela altura, acho que *qualquer um* teria feito *qualquer coisa* para ela parar de gritar e calar a boca.

Para ser claro, essa é uma mera especulação, não uma descrição da situação, tampouco um relato do que *de fato* aconteceu.

O papai se levantou, segurou meu braço esquerdo perto do ombro e deu uma cintada na minha bunda. Uma pancada foi suficiente para me convencer de que eu estava realmente sozinho neste mundo. Na escala de dor, o cinto mal fez cócegas se comparado à dor das surras de mamãe. Mas o golpe foi sentido feito como uma espada cortando as poucas fibras que formavam nossa frágil aliança.

Aquilo trouxe danos irrevogáveis e irreparáveis. Fiquei arrasado com a traição do meu pai.

Então, a natureza inconstante e dúbia da mãe veio à tona sem a menor noção do quão paradoxal é: ela gritou com papai por ter me batido e o expulsou de casa.

Talvez, depois de todos esses anos, meu pai ainda se lembre daquele momento crucial tão claramente quanto eu.

Embora ele só tenha me batido uma vez, ele nunca me defendeu. Eu amo meu pai... mas nunca o respeitei de verdade. Sempre soube que ele está ciente do meu desprezo latente e vergonhoso, apesar de seus esforços contínuos para reparar os danos. É uma vergonha profunda que me atormenta por dentro até hoje.

✦✦✦

Percebi que o maior ponto fraco da mãe é o medo do abandono, de acabar sozinha. Há uma coisa irônica e soturna no comportamento dela que afasta e agride as pessoas, e com isso os medos dela acabam se tornando realidade.

Mas eu preciso tomar todo o cuidado. Um animal assustado, ferido e raivoso jamais deve ser abordado e encurralado. Melhor deixar que lutem contra seus próprios demônios internos.

✦✦✦

A Sra. Ludetsky é uma mulher de quarenta e poucos anos que dirige um impecável Chevrolet Delray 1958 nas cores azul bebê e branco, com apenas 2.119 quilômetros rodados. Sei disso porque o carro é tão incomum e lindo que tive que perguntar a ela sobre a quilometragem. Ela diz que faz troca de óleo e manutenção a cada três meses. O mecânico deve amá-la.

Depois de trabalhar para ela no verão passado, a Sra. Ludetsky me recontratou como faz-tudo. Ela me busca às 8 da manhã e depois me deixa em casa à noite, nos dias em que não estou trabalhando nos outros empregos. O marido dela morreu há alguns anos e a casa e o jardim mostram sinais de abandono.

Eu varro, podo, corto e faço tudo que precisa para cuidar dos arbustos da extensa propriedade. A Sra. Ludetsky entrou para se trocar, e agora se aproxima de mim usando um grande chapéu de palha com um lenço transparente amarrado num laço frouxo na altura do queixo, óculos de sol estilo Jackie, uma blusa larga com estampa floral e lapelas largas e, claro, calça capri e um mocassim confortável.

De repente me vem à cabeça a imagem do amigo dela, o Sr. Martin, que me contratou no verão passado para um trabalho parecido com esse. Foi assim que conheci a Sra. Ludetsky, embora eu não me lembre como o conheci.

Quando o Sr. Martin veio me buscar em casa, usando um gravata de seda com estampa de leopardo, camisa branca engomada, calça estilo marinheiro com pregas acentuadas, blazer azul-claro, chapéu panamá, um grande anel de sinete com joias em cada mindinho e um leve ceceio na fala, tive a forte impressão de que ele era homossexual.

Até Sara percebeu que o Sr. Martin era afeminado. Ela disse à mãe que eu não deveria ir com esse homem para a casa dele, mas não soube explicar o porquê — pelo menos não com as palavras vulgares em espanhol que a mãe precisaria ouvir para entender a preocupação —, mas eu entendi muito bem o que ela quis dizer. Tudo o que a minha mãe enxergou no Sr. Martin foi dinheiro vivo ao final do dia, por isso fui junto com ele.

Foi um dia normal de verão, sem intercorrências de trabalho no jardim. O Sr. Martin era só um homem que precisava de ajuda para preparar a casa de veraneio para a temporada. Voltei para a casa dele, para mais uma tarde banal como qualquer outra. As preocupações de Sara (de que eu seria corrompido?) eram precipitadas e infundadas.

Um dia, a Sra. Ludetsky passou desfilando pelo gramado muito bem cuidado do Sr. Martin, usando um *caftan* fino até o tornozelo e um lenço na cabeça combinando, um conjunto digno de um cabideiro do estúdio de Hollywood. Os sofisticados óculos de sol e bijuterias enormes dela eram verdadeiras obras artísticas. Nos lábios ela usava um batom carmesim, que deixaram a boca chamativa e vistosa. A meu ver, para completar o visual faltava apenas um glamoroso par de botas plataforma nos pés descalços. E talvez uma piteira estilo Marlene Dietrich. O esmalte dos dedos dos pés e das mãos combinava com o batom.

Daniel teria ficado encantado!

A Sra. Ludetsky e eu nos damos muito bem desde o primeiro contato, então fui contratado para começar a trabalhar para ela também na semana seguinte.

Durante o tempo em que trabalhei com o Sr. Martin, tive medo de perguntar a ele se era gay, e como era a sensação de ser assim, e se poderia fazer mais algumas perguntas etc. etc. etc. Provavelmente ele teria me dito que não somos os únicos e que algum dia eu ficaria bem. Talvez ele tivesse explicado a tal da masturbação, embora eu nunca, jamais teria me atrevido a perguntar.

Mantive todas as minhas perguntas guardadas na minha cabeça.

❖❖❖

De repente me ocorre que a mãe entendeu o que a Sara quis dizer. Claro que entendeu. Com uma espécie de *maricón* imponente e totalmente resoluto parado bem na nossa frente, a preocupação de Sara era um aborrecimento inoportuno que a mãe logo tratou de jogar para escanteio.

Embora o Sr. Martin nunca tenha sido uma ameaça, a mãe não ligava quem ele era, o que poderia ser ou o que poderia acontecer comigo quando eu saísse com ele... desde que eu trouxesse dinheiro para ela. Desde que eu entregasse o meu pagamento para ela no final do meu turno, estava tudo bem.

Todos aqueles *anos e anos* de críticas pesadíssimas e nocivas contra os homossexuais simplesmente desapareceram quando ela descobriu que poderia se beneficiar de um.

Ela sabia o que ganharia pelo tempo que eu passasse trabalhando para o Sr. Martin. Ela simplesmente *não se importava* com o que esse serviço poderia implicar.

Os dois negociaram o meu preço enquanto eu estava ali, bem na frente deles.

Esse bem que poderia ser uma espécie de leilão.

Ela tinha me cafetinado, sem a mínima preocupação.

A mãe realmente acredita que é *dona* de mim e do meu corpo.

Que ela pode me vender...

Que pode me alugar...

Que pode me descartar...

✦✦✦

A Sra. Ludetsky e eu queimamos o resto de folhas e madeiras do jardim numa área isolada, fazendo uma fogueira enorme que durou horas. Gosto e ao mesmo tempo não gosto do cheiro e do calor e do fogo.

Fico extasiado quando uma lufada espessa e cinzenta de fumaça me envolve... me consome...

Vem de repente, de uma maneira voraz, completa. É um risco controlado que desperta o caos *recém-descontrolado* no meu pensamento:

Fico hipnotizado.
Meus olhos ardem.
Lágrimas surgem.
Será por conta da fumaça ou da minha profunda tristeza?

O caos chama isso de covardia.
Meus olhos se enchem.
Lágrimas caem.
Será por conta da fumaça ou da minha profunda tristeza?

Quero mergulhar ali, colocar um fim em tudo isso.
Uma tosse me tira desse transe.
Lágrimas transbordam.
Será por conta da fumaça ou da minha profunda tristeza?

+++

A Sra. Ludetsky almoça às 11h30. Nós comemos um sanduíche de presunto e queijo suíço, com mostarda alemã granulada em um pão fino de centeio integral. Cada componente tem um sabor novo, forte e estranho. Não sei dizer se gosto de algum desses ingredientes, mas não sou *maleducado* e como tudo.

A Sra. Ludetsky levanta as mangas compridas para lavar a louça e imediatamente vejo a tatuagem de números que ela tem no antebraço. Já li sobre eles, mas nunca vi ninguém com uma dessas tatuagens. Quando desvio o olhar do antebraço, observo o rosto gentil e carinhoso da Sra. Ludetsky. Ela sorri para mim, abaixa as mangas e voltamos ao trabalho.

PARTE 4
1980 — Diagnóstico

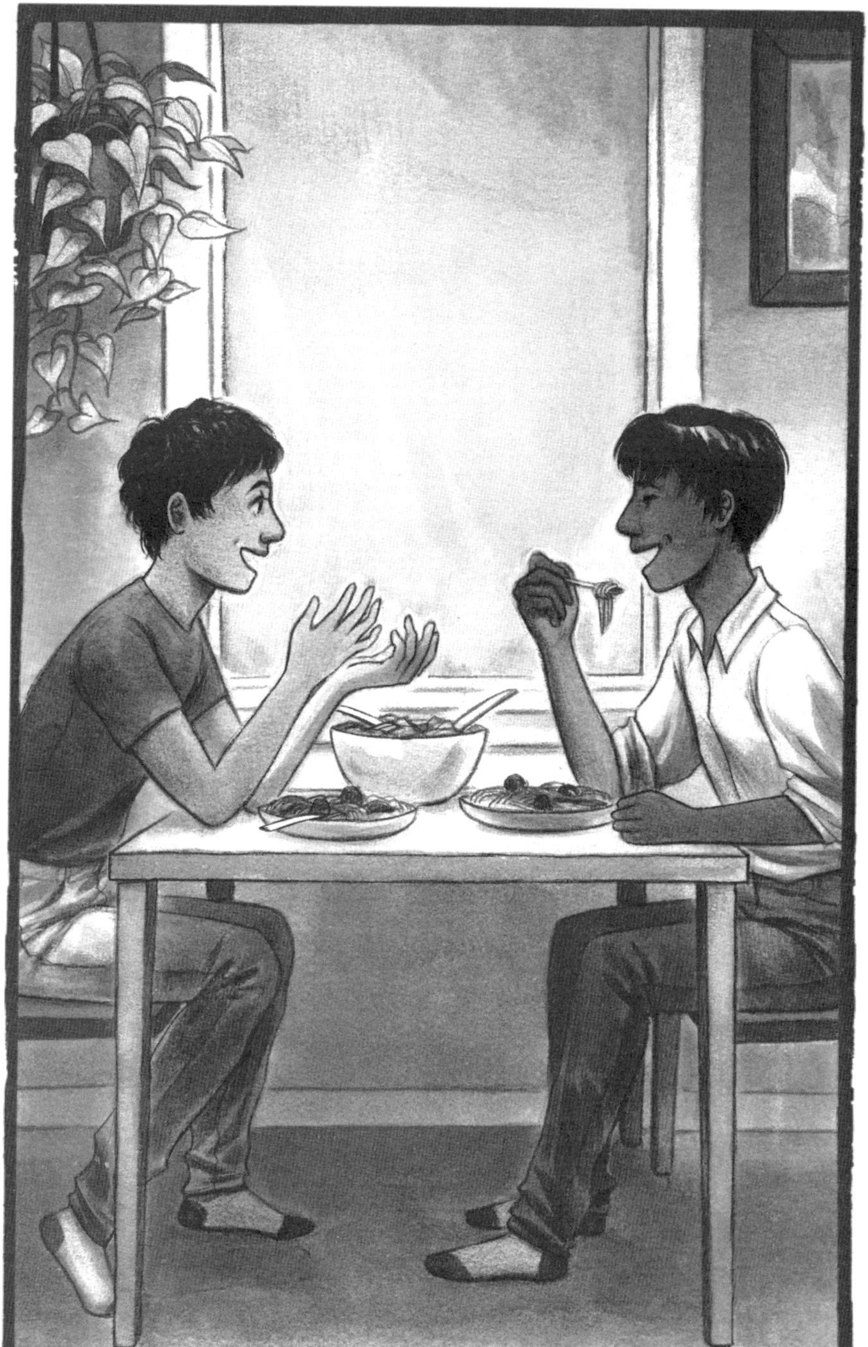

43
VIDA
Daniel

Agora entendo melhor o desespero que Pedro sentiu quando fui para o seminário. Os momentos corriqueiros que passamos juntos nos fins de semana em casa, fora do radar da mãe, eram os últimos fios que nos uniam.

E, agora, *é ele* quem *me* deixa.

Pedro entrou para a faculdade e agora tem uma vida nova. Meus fins de semana em casa, sem ele, têm sido terríveis. Ainda não tenho uma relação muito próxima com meus outros irmãos. Cada um de nós representa uma das bolhas de vidro de um termômetro de galileu que representa as constantes mudanças de temperatura da mãe.

Meu último ano no seminário não vai bem. É a primeira vez que sinto um desgosto real, uma coisa concreta. Thomas, meu *quase* namorado, decidiu que não é mais gay. Ou melhor, recebeu a informação de que é melhor não ser gay. A mãe dele descobriu o nosso lance e ameaçou tirá-lo do seminário e ameaçou mandá-lo para um campo especializado em experimentos de expurgação e lavagem cerebral dignos de um discípulo de uma autarquia mengeliana.

No final das contas, ele vai permanecer no seminário, mas o plano de período probatório estipulado pelos pais exige transferência para um andar e dormitórios diferentes e um rearranjo na grade de disciplinas que ele cursa para minimizar que ele se exponha às evidências do mal encarnado: *eu*.

Essa perda me deixou arrasado. E me sinto humilhado pela exposição pública e perversa de um assunto que era só nosso.

Observo Thomas à distância. Ele se retrai todo quando me aproximo. Está ficando com uma expressão doente e sombria, como se as ameaças de tortura fossem tão terríveis quanto a própria tortura em si. Parece que ele não está comendo, dormindo, tomando banho. Acredito que eu sou a única esperança de salvação dele e, ao mesmo tempo, se eu intervir, serei a mola propulsora e o motivo do aceleramento de sua condenação.

Thomas passou alguns dias na enfermaria.

E agora, é *ele* quem me abandona. Ele deixou o seminário numa manhã fria de dezembro. Sua mente, corpo e espírito se tornaram apenas um coro de sussurros do jovem feliz, saudável e lindo que ele foi. Um parâmetro injusto para enfrentar a perseguição que o esperaria em casa ou num campo de terapia de conversão.

"*Las desgracias nunca vienen solas.*"

Não tem ninguém — ninguém mesmo — com quem conversar sobre perda num relacionamento entre meninos num ambiente sexualmente reprimido com relações sexuais desenfreadas. Em relação a esse assunto, meus confessores não são imparciais, tampouco solícitos. São como raposas furtivas dentro de um galinheiro. Chaves são supérfluas quando faltam fechaduras em portas condenadas.

Penso em ligar para Pedro. Eu não me assumi oficialmente, embora ele deva saber que sou gay. Mas ele não sabe da minha atividade sexual aqui ao longo desses anos e com certeza eu não tive a menor oportunidade de contar para ele nos momentos em que estive em casa.

+++

Cada fim de semana alternado em casa trazia consigo a ameaça de a mãe exigir conversar com alguém da diretoria ou com algum professor quando fosse me buscar na sexta-feira ou quando me deixasse de volta no domingo. Depois de tantos anos de maldades e truques ardilosos dela para me difamar, espero que ninguém acredite que eu sou mal-humorado, preguiçoso, desrespeitoso, rancoroso, insolente, maldoso — nem que acrescente nenhum outro adjetivo na lista que ela já usa como rótulo.

Mãe, com o passar do tempo, talvez você descubra que a reputação que tanto quis construir a nosso respeito acabou tendo efeito contrário e recaindo sobre você.

Ano que vem vou pro Seminário Maior St. Joseph, em Columbus. Estarei mais longe do alcance dela.

"*Mañana será otro día.*"

+++

Comecei a fumar. Acrescente aí, à lista de vícios que adquiri pela convivência com os meus dois grandes companheiros da vida: culpa e vergonha. Eu absorvo os produtos químicos que me anestesiam como se eu já tivesse me tornado um paciente com enfisema, desesperado pela falta de oxigênio.

Fumo o último cigarro no banheiro de casa antes de ir para o seminário maior. Vai ser difícil a mãe não perceber meu hálito azedo quando eu der o beijo de despedida no rosto dela.

+++

A maior diferença entre o seminário maior e o menor é a diferença de idade dos estudantes. Quanto à rotina regrada em relação às refeições, missas, aulas, limpeza, é tudo igual. Devemos manter os quartos e banheiros limpos e organizados — é uma metáfora para a limpeza da nossa alma. Para ter uma renda extra, ajudamos a cuidar dos jardins, fazemos pequenos reparos de manutenção e trabalhamos na cozinha. Para compensar, no tempo livre temos fácil acesso a álcool, cigarros e maconha. A atividade sexual começa logo, sem rodeios e sem alarde.

— Você gosta de se divertir? — pergunta Jason para mim.

Jason é meu mentor do segundo ano e recebeu orientações para me mostrar como as coisas funcionam. Acho que "se divertir" é uma delas.

— Sim — respondo.

— Legal. Quando quiser companhia, é só deixar a porta meio aberta. É esse o sinal.

— Ah... tá bom.

— Óbvio que você não tem como saber quem vai vir ficar com você, só dá pra saber isso quando ele já estiver na sua cama — explica, com um sorriso de satisfação. — A menos que você combine alguma coisa com alguém, nesse caso não precisa deixar a porta entreaberta.

— Ah... tá bom.

— Alguma dúvida?

— Você... Você se diverte?

Logo descubro que o tal "sinal" não serve só para os meninos do nosso andar. E também que não é *só* para os *meninos*. Quando o Padre Matthew sussurrou o meu nome ao entrar no quarto e fechar a porta, decidi que precisaria combinar as coisas no futuro. Parece um sonho impossível estar num lugar que tenha portas com fechaduras que possam impedir a entrada de pessoas indesejadas.

44
LIBERDADE
Pedro

— Você vai sentir minha falta? — pergunto com um sorriso que não consigo arrancar do rosto nem se a minha vida dependesse disso.

— Sim, Pedro — responde Daniel. — Claro que vou sentir sua falta... vou sentir muito.

Sem nenhuma surpresa, nós dois estamos chorando aqui no andar de baixo, no nosso quarto, sem olhos e ouvidos indesejados para estragar esse momento só nosso.

Finalmente chegou o dia da minha emancipação. Hoje saio de casa para ir para a faculdade. Claro que *ainda* não saí de casa. Eu *ainda* não cheguei na faculdade. Alguma coisa terrível ainda pode atrapalhar os meus planos. Sei que diante dessas incertezas eu não devo relaxar, só farei isso no momento em que minha mãe me deixar lá e for embora.

— Vou sentir sua falta também, Daniel. Mas só de você, de mais ninguém.

Eu o puxo para um abraço. Ele cheira a malmequeres que estava arrancando do jardim. Daniel é o único que poderia convencer uma flor a crescer no solo do nosso jardim seco.

— Eu queria que tivesse um jeito de a gente se encontrar com frequência — sussurra no meu ouvido.

— Mas você pode vir me visitar... talvez? Deixa quieto. Eu sei que ela nunca permitiria isso.

Nós dois suspiramos. Daniel está estranhamente inexpressivo. Não consigo ler seus pensamentos. Estranho, ele parece magro, abatido... Sempre achei ele uma pessoa despreocupada, calma, mas depois do seminário ele parece sempre à flor da pele, vive num estado de ansiedade que eu realmente nunca tinha visto.

Tenho medo de perguntar se ele está bem....se ele *vai ficar* bem. Se a resposta fosse "sim e sim" seria maravilhoso, mas o que eu poderia fazer para ajudar, se uma das respostas for "não"?

— O Dia de Ação de Graças ainda vai demorar muito pra chegar — diz ele.

— Pensando bem... não vai demorar tanto assim. É possível sentir medo de voltar antes mesmo de partir? Agora eu vou passar pela mesma coisa que você passa no fim de semana, quando vem pra casa na folga do seminário. Tenho certeza que vou pagar meu preço também.

— Pode crer... A propósito, você sabia que tem seu próprio *dicho*?

— Como assim?

— "*Quien quiere a Pedro, quiere su perro*". Nesse caso, sou eu o seu cachorro. Quem te ama, vai precisar me amar também — explica com sorriso largo. — Somos um combo. Não dá pra separar.

O peso que incomodava os meus ombros se esvai. E eu retribuo o sorriso de Daniel.

— Sim, somos — concordo, e a gente se abraça pela última vez.

♦♦♦

Alguns meses depois de entrar para a faculdade, a mãe liga para o único telefone compartilhado entre os doze caras que moram no mesmo andar que eu para me interrogar. Ela pergunta se eu me alistei no serviço militar, porque sou "bem o tipo de gentinha que foge de uma obrigação civil". Menciona alguma coisa sobre María Ramírez a ter lembrado que eu já deveria ter me alistado, como o precioso filho dela que escolheu o serviço militar em vez da faculdade. Tantos anos se passaram desde que Héctor Ramírez perdeu para mim num concurso de ortografia, mas Maria Ramírez continua ressentida, e a mãe continua suscetível a essas *metiche chismosas*.

Lembro à mãe que me alistei no serviço militar logo que completei dezoito anos, como haveria de ser, e enquanto ainda morava em casa.

Mas ela me fez pensar...

E se eu *tivesse* entrado no exército? A mãe não poupou absolutamente nenhum centavo do dinheiro que recebi com os empregos que tive antes da faculdade. Na verdade, vou reformular: a mãe pulveriza dinheiro como pulveriza *tudo* na vida dela.

Ela não se ofereceu para devolver nenhum centavo para me ajudar com a faculdade. E, como sou uma causa perdida, estou mandando dinheiro para ela. Estou trabalhando sem parar neste primeiro ano da faculdade de Medicina e mando para ela a maior parte do dinheiro que ganho entre estudo e trabalho.

Eu sei que isso é uma merda, mas é a única forma de evitar que ela fique me ligando sem parar no dormitório.

Estou comprando a cooperação dela para me deixar em paz.

Consegui um bom financiamento estudantil, mas todo ano vou precisar pleiteá-lo, o que exige a colaboração da minha mãe. E meu compromisso trabalho-estudo é de vinte horas por semana, e, ao mesmo tempo, tenho longos períodos de aula nesses primeiros semestres, sem falar que terei de pagar todos os meus empréstimos quando sair da faculdade.

Sem falar no custo que a faculdade de medicina demanda.

O serviço militar bem que poderia me ajudar a pagar a maior parte da minha formação. E isso poderia me ajudar a romper totalmente com a minha mãe. Foi o que aconteceu com Juan.

✦✦✦

O Suboficial-Mor Andrews é um homem bonito, na casa dos seus trinta anos, que respondeu ao meu desejo de ingressar na Marinha. Por um momento, penso se um corte baixinho e uma farda podem tornar qualquer homem mais atraente, pelo menos um pouco. Ele veio de Cleveland para me entrevistar e para administrar o Teste de Aptidão das Forças Armadas. O rosto do Suboficial-Mor se anima quando ele anuncia que minha pontuação foi 94.

— Você só precisava de dezoito para passar — comenta, com as sobrancelhas ainda erguidas.

— Sério? — Estou confuso e preocupado. Então o mínimo para ser aprovado é dezoito?

— Agora, só precisamos fazer algumas perguntas sobre sua saúde geral e algumas outras coisas.

— Ok.

Ele faz várias perguntas sobre minhas condições físicas, e explica que passarei por exames médicos, por isso tenho de ser preciso e sincero. Menciono as radiografias que fiz por conta de alguns problemas nas costas que tive enquanto trabalhava pesado na casa de repouso, mas que os exames mostraram ser uma contusão muscular. No mais, sou magro, porém saudável.

Mas aí, de repente, ele pergunta:

— Já se sentiu atraído por alguém do mesmo sexo?

— O quê? — pergunto, com uma tosse.

Leva um tempo para eu me recuperar do repentino nó na garganta. Eu sei que não é possível ingressar no exercício se você for gay. Eu só não imaginava que iriam me perguntar assim, na lata e tão rápido.

— Desculpe, precisamos perguntar isso pra todo mundo. Não se preocupe, desde que não seja um homossexual ativo, pode responder que não — explica, ao mesmo tempo em que marca a opção "não".

Ele achou que eu tinha ficado nervoso porque me senti ofendido com a pergunta, como se estivesse pensando: "E o que te levaria a pensar que eu sou gay?"

— Ah, tudo bem… Não, não sou um homossexual ativo. — Acho que acabo de mentir para um militar americano. Mas essa palavrinha "ativo" pode ser uma bela mão na roda.

Valeu a experiência, mas quando o Suboficial-Mor Andrews me liga entusiasmado me convocando para integrar a Marinha dos Estados Unidos, recuso gentilmente. Eu fico mal por ele, é uma sensação estranha, delicada.

Eu me vanglorio de contar à minha mãe que passei pelos testes do alistamento e que recebi o convite para integrar a Marinha. Eu a deixo se debater um pouco com as próprias emoções — sei que no fundo ela fica chateada, por egoísmo, claro. Digo que eu poderia me tornar um tecnólogo da área da saúde se eu entrar para o serviço militar.

— Não, eu não vou me tornar médico se entrar para a Marinha — explico a ela em espanhol. Deixo a minha mãe pensar que foi ela quem me convenceu a permanecer na faculdade e insistir na carreira de médico. Salve a psicologia reversa, minha grande e velha amiga.

✦✦✦

— Ah!… Hmm…hmm… humm…

Juntei as palmas das mãos, em formato de prece, para fingir ser uma vagina e começo a enfiar o pau no espaço que fica entre as minhas mãos e os pulsos.

Que gostoso!
Que delícia!

Estou tentando me concentrar.

Estou tentando ignorar a pergunta incômoda que paira na minha cabeça:

Por que não tentou fazer isso antes, PENDEJO?!

— Mmmhhh... mmmmmhhh...

Acho que eu deveria pensar em algo ou alguém.
Por que não posso fantasiar quando quero?
Quando eu preciso?

— Hummmmmmmmm...

Inacreditável!
Como isso é bom!
Por que diabos não tentei isso an...

— Oh... oh... uh... ah...ahhhh!...ahhhh!...AHHHHH!

✢✢✢

QUE PORRA FOI ESSA QUE ACONTECEU?!

✢✢✢

Ontem à noite eu finalmente descobri o que é a masturbação. Incrível como demorei pra descobrir isso.

Meu colega de quarto foi passar o fim de semana em casa e pela primeira vez na faculdade eu passei a noite sozinho... talvez essa tenha sido a primeira em toda a minha vida. Fiquei pensando muito nisso e não consigo me lembrar de uma única noite que passei sozinho, a não ser ontem à noite.

Fiz o que me pareceu bom, que me fez sentir bem, até chegar ao meu primeiro orgasmo de verdade.

Foi uma surpresa, apesar de esperada. Acho que muitas crianças acabam descobrindo essa sensação por acaso. Só que eu não sou mais uma criança.

Engraçado pensar como a privacidade é uma espécie de privilégio.

✢✢✢

Estou com raiva de mim. Eu sabia que o esperma e o sêmen saem com a masturbação, mas por que não sabia nada sobre o *orgasmo*?

Como eu não sabia o que era isso, como eu não sabia que uma sensação dessas poderia existir, como o meu próprio corpo é capaz de gerar uma coisa tão boa dessas, como pode haver uma coisa tão sensacional e... caralho, não vejo a hora de sentir isso de novo!

Como posso ser um maldito de um PENDEJO?

❖❖❖

Minha libertação naquela primeira noite, e em todas as vezes seguintes, veio acompanhada de culpa e vergonha. Ouvi dizer que todo mundo se masturba, e que aqueles que não se masturbam, bem, estão mentindo, porque todo mundo se masturba.

Mas isso ainda não me livra da sensação de culpa e vergonha.

Por que não posso simplesmente aproveitar?

Quem estou prejudicando com isso?

❖❖❖

Acho que não sou um *pendejo* qualquer.

Estou mais para um *pinche pendejo*.

Depois que os caras no meu andar acabaram com um barril de cerveja ontem à noite, a conversa naturalmente pendeu para sexo. Christopher fez um gesto obsceno, como se estivesse se masturbando com seu pênis do tamanho de um macarrão de piscina, e Alex fez movimento de vaivém com a pélvis, com as mãos suspensas no ar, simulando que estava segurando um cone de trânsito invisível, representando seu pau enorme.

Naquele momento, três luzes acenderam na minha cabeça:

Primeiro: eu precisava ter tido essa conversa com amigos/primos/colegas/*qualquer um*, talvez seis ou oito *anos* atrás.

Segundo: talvez eu não precise simular uma vagina com as mãos; posso usá-las da mesma forma que esses caras fizeram, fingindo se masturbar;

Terceiro: talvez eu não precise empurrar o pênis... Eu poderia simplesmente usar as mãos... ou talvez *uma mão* apenas.

Thomas mencionou loção para as mãos e Larry mencionou condicionador de cabelo como "lubrificante".

Claro, tenho que experimentar muita coisa. Preciso me livrar do meu colega de quarto com mais frequência.

A última informação que obtive na festa foi particularmente intrigante: os caras geralmente adoram foder, porque é claro que todos já fizeram sexo, mas uma opinião unânime é que os boquetes são o "crème de la crème para gozar" — e eu acredito que essa frase em francês não foi usada à toa. Pelo menos eu não sou tão ingênuo assim e sei que boquetes sempre exigem outra pessoa.

Acho que Jeremy estava brincando quando disse que alguns caras podem fazer sexo oral em si mesmos.

Como isso seria possível?

Acho que eles pensam que eu vou acreditar em qualquer coisa que disserem.

✦✦✦

Um cara fofo começou a conversar comigo no bufê de saladas do refeitório. Não sei como a gente chegou no assunto de que eu joguei tênis no colegial, mas o fato é que o cara me convidou para jogar tênis amanhã, e fez o convite ali mesmo no bufê de saladas, cinco minutos depois de conhecê-lo. Ele está no terceiro ano de Biologia e mora em uma das fraternidades.

✦✦✦

— Sem compromisso? — pergunta Chris enquanto segura meu pênis e minhas bolas feito um tapa-sexo tosco. Terminamos uma partida de tênis em um parque público fora do campus, depois disso ele me levou para uma cabana abandonada no meio do mato, perto dali. Tenho a impressão de que já estive aqui.

Não sei o que significa "sem compromisso". Isso me faz pensar em contracepções e preservativos — coisas sobre as quais meninos e meninas conversam nos filmes, antes de fazerem sexo. Não precisamos disso.

Nenhuma das revistas do Departamento de Transportes mostrava dois caras fazendo nada disso juntos, e nunca encontrei nenhuma referência a "sem compromisso" em nenhuma das histórias. Mas *agora* definitivamente não parece o momento certo para fazer perguntas a Chris.

— Tudo bem — digo.

❖❖❖

Minha primeira experiência sexual hoje, com Chris, na primavera do meu primeiro ano da faculdade, foi estranha por vários motivos, mas ele foi doce e gentil, e foi inesquecível. Com certeza Chris é muito bom nisso e aprendi muito com ele.

A vergonha no meu rosto me impediu de correr o risco de encontrar algum amigo no refeitório, então Chris e eu jantamos numa lanchonete fora do campus. A gente se conheceu melhor fazendo perguntas básicas um ao outro.

Não precisei perguntar diretamente, mas "sem compromisso" aparentemente significa o seguinte: "Não quero nenhum relacionamento porque tenho namorada. A gente vai se casar ano que vem!".

Uma coisa estranha paira no ar porque Chris, que claramente faz sexo com outros caras, não é gay. Ou melhor, ele não se identifica como gay. Eu ainda não conheci nenhum outro cara 100% gay. Espero não descobrir depois que Chris de repente se atirou da ponte Tallahatchie.

45

GERARD
Daniel

O primeiro ano no seminário maior passou como um borrão. Fiz o que era necessário para passar, meio que de um jeito mecânico. Na maior parte das vezes foi chato. Lembro de uma vez ou outra apenas em que assisti a aula e consegui absorver o mínimo. Bebida e *bongs* serviram para me entorpecer quando eu era chamado ao covil particular de depravação de algum professor. Eu não esperava sentir tamanho desespero. Sem nenhuma surpresa, sinto inveja da fuga precoce de Thomas, anos atrás. A desonra rapidamente se transforma em desdém quando não há um remédio para a podridão que me deteriora por dentro.

Agora que estou no segundo ano, fui substituído pelos inexperientes novatos de olhos arregalados. Sinto um desprezo somado a um arrependimento quando vejo esses jovens tomando o mesmo rumo que o meu passado recente, e não tomo qualquer iniciativa para intervir a favor deles.

Essa trégua está reavivando em mim um sentimento de esperança, embora seja às custas deles.

❖❖❖

Aumentam os rumores de que a hierarquia da Igreja está preocupada com a ampla divulgação por parte da imprensa de relatos de abusos sexuais cometidos por padres. Os estudantes foram notificados de que a atividade sexual não será tolerada e que a consequência para quem contrariar a regra será a expulsão imediata.

— Parece aquela história de "faça o que eu digo, mas não o que eu faço" — reflete Michael.

— Sim — retruca Todd. — O Velho Padre Intima estava bem contente ontem à noite, como sempre.

— Quem? — pergunto.

— Padre Intima? Sabe, aquele que toda noite *intima* alguém do primeiro ou do segundo ano pra ir no dormitório dele — explica Sam.

— Ugh. Fico feliz de não estar na listinha dele — digo, sentindo nojo.

— Então, tem um papo de que eles vão manter os padres gays e tentar eliminar os estudantes gays antes que se tornem novos padres — revela Michael.

— Mas com isso não vão acabar ficando sem novos padres? — especula Sam.

— Essa foi boa — digo, dando um risinho. — Mesmo que você não tenha tentado fazer uma piada.

✦✦✦

— *Hijo*, saí de casa. Deixei sua mãe.

— O quê?! Papai, o que aconteceu?

— Daniel, eu gostaria de não ter que te contar por telefone. Eu não conseguia mais... *ya no la podía soportar.*

— Você está bem? Onde você está?

— Estou bem, Daniel. Ela me expulsou ontem à noite e eu saí com o carro dirigindo meio que sem rumo... Mas agora estou indo para a Flórida... Vou encontrar um primo. Ele vai me ajudar. *Para eso está la familia...*

Então, finalmente chegou o dia... Ela o expulsou pela última vez. Mas... duvido que ela saiba disso.

— Ok, pai. Eu entendo. Eu realmente entendo. Eu quero que você seja feliz.

— *Gracias, hijo.*

— Me ligue quando chegar lá. E não deixe de me avisar caso precise de alguma coisa. Com o que eu puder, conte comigo.

— *Gracias, hijo.* Preciso ir. Preciso ligar para os outros agora.

— Ok, papai. Cuidado na direção, e faça umas paradas no meio do caminho. Eu te amo, papai!

— Eu também te amo, *hijo.*

✦✦✦

Padre Gerard foi ordenado há poucos anos. Ele se juntou à equipe este ano, no departamento de filosofia. Gerry e eu tivemos um relacionamento intermitente nos últimos meses. Ele está extremamente preocupado com o próprio mandato, haja vista a sua sexualidade e os decretos que têm sido emitidos pelos seus superiores. Acredito que ele se autoflagelaria ou usaria o cilício se pudesse. Depois que fazemos amor, muitas vezes ele me pede para nunca mais voltar, mas me chama de volta antes mesmo de eu chegar à porta. Não sei se está bem de *la cabeza*, mas ele é gentil comigo *na maior parte do tempo*, durante nossos encontros.

✦✦✦

Quando um amigo é expulso por comportamento sexual mundanamente lascivo, fico com medo. Há um novo grupo de controle autoritário inspirado pela Gestapo composto por funcionários e alunos do seminário, encarregado de cortar o mal pela raiz e erradicar alunos corrompidos. Padre Gerard leva muito a sério o seu trabalho na força-tarefa.

Por isso, nosso relacionamento chegou ao fim novamente.

✦✦✦

Meu último ato de desobediência é quando decido ir a um clube gay para me encontrar com pessoas do mundo — caras que conheci em clubes gays, que me mantêm com os pés no chão quando a vida de seminarista me sufoca.

— Você já se perguntou de onde veio a palavra "seminarista"? — pergunta Brad, mastigando o canudinho do seu drinque. O cabelo dele é loiro, escovado, um estilo meio Mike Brady, e ele veste uma camisa psicodélica de cetim aberta até o umbigo e jeans boca de sino. Ele evidentemente ainda está em uma discoteca dos anos setenta.

— O que você quer dizer? — pergunta Tony, que se autodenomina de "garanhão italiano".

E, a julgar pelos rumores, ele não está muito errado.

— Sei lá, parece que vem de "seminal", tipo "vesícula seminal", não é? — conclui Brad.

Os dois parecem ansiosos e curiosos pela minha resposta. Estou esperando o barman preparar minha bebida.

— Gente, para de queimar neurônio à toa — retruco com uma risada. — As palavras "seminarista" e "seminal" têm em comum a raiz "sêmen". E, sim, a palavra "seminário" meio que significa "terreno fértil", mas não do jeito que estão pensando.

— Ah, meu bem, isso explica tudo — responde Brad com um sorriso malicioso e uma risada.

— Ah, e tem também aquela ligação esquisita entre "reitor" e "reto" — acrescenta Tony, com uma risadinha. — Isso faz a gente se perguntar quem decide usar essas palavras… e por quê.

Todos caímos na risada e vamos pra pista dançar.

Não fico surpreso ao ver Gerry no balcão do segundo andar, olhando para mim, na pista de dança. Ele está com uma regata justa e um jeans tão, mas tão coladinho no corpo que mais parece pintura, deixando em evidência certas protuberâncias e curvas impróprias para um padre. Ele deve ter colocado um traje sacerdotal por cima desse vistoso uniforme gay quando saiu para vir para cá.

— Ignora, finge que não vê — aconselha Brad, com uma risada sarcástica, enquanto olha para Gerry.

— É, aquela bicha não vale o pão que come — enfatiza Tony.

Eles têm razão, mas eu não consigo me conter...

✦✦✦

— Você não deveria estar aqui, Daniel — reclama Gerry no meu ouvido enquanto aguardo a minha bebida no bar. Eu sabia que ele viria atrás de mim.

— Ah, que milagre... — digo.

Que ódio sinto de mim mesmo, porque isso pode ter soado como flerte.

— Sério, é melhor você ir embora — exige.

— Ou o quê, Sargento Schultz? — rebato. Acabou o flerte. — Vai me denunciar ao Coronel Klink?

— Suponho que você seja tipo um coronel Hogan nesta analogia sem pé nem cabeça da Gestapo? — brinca.

— Gerry, você vendeu sua alma arrependida e agora está em busca de um propósito — grito por cima da música e do barulho. E, seguindo o ritmo da música, estalando os dedos num movimento prévia e meticulosamente treinado, fazendo um "Z" no ar: um... dois... três... quatro, acrescento: — Mas você não vai durar muito... então, já vai tarde, meu bem!... Vai com Deus, bicha, aqui você não manda em nada!

✦✦✦

Não fiquei *surpreso* quando fui convocado na segunda-feira de manhã ao gabinete do reitor, e não aos seus aposentos particulares, onde fui expulso sem cerimônia e sem demora do Seminário Maior St. Joseph.

Ainda não terminei o segundo ano, mas fiquei desiludido, frustrado, brochado e tudo mais que possa imaginar.

É claro que não tenho nenhum plano B, nenhuma estratégia, nenhuma pista do que fazer.

Liguei para Brad, que foi muito gentil em me oferecer um lugar para ficar até eu pousar deste salto sem paraquedas.

✦✦✦

Vejo Gerry saindo pela entrada lateral do dormitório enquanto marcho para longe dos meus sonhos, em direção a um táxi que me espera. Eu tinha esperanças de evitar todo e qualquer tipo de despedida agora, já que saio em pleno horário de aula.

Gerry sempre esteve na minha cola. Mas, naquele momento, eu só queria que ele me deixasse em paz. Não tenho nada a dizer para ele. Não há nada que eu precise ou queira dele.

— É para o seu próprio bem, Daniel — diz Gerry timidamente enquanto se aproxima com toda pomposidade de um padre piedoso: colarinho clerical, batina e crucifixo, com as mãos enfiadas nas mangas opostas feito a porra de uma Madre Superiora.

Esse idiota filho da puta está flertando comigo agora?

— *A otro perro con ese hueso, pendejo!* — declaro.

— O que isso significa?

— "Jogue esse osso pra outro cachorro, seu idiota" — eu traduzo.

— Mas pra você, Gerry, vou reformular: Padre Gerard, você é um filho da puta frio, calculista, e uma vergonha para a igreja, e o seu carma é ser uma bicha.

46
BICHO-PAPÃO
Pedro

Não tenho conversado com Daniel ultimamente. Fazer ligação do campus é complicado. A gente pode receber ligações interurbanas, mas não temos autorização para ligar para ninguém do único telefone disponível no dormitório.

Depois de uma surra particularmente forte que tomei na manhã de Ação de Graças no primeiro ano da faculdade, parei de ir para casa durante as férias.

Todo mundo ainda estava dormindo quando a mãe, feito um bicho-papão dos mais mal-intencionados, entrou no meu quarto, na ponta dos pés, e despejou sobre mim todo seu descontrole maníaco.

Até na guerra, os direitos humanos básicos são considerados invioláveis, mas não sob o teto da mãe. Meu corpo adormecido não poderia esperar clemência, compaixão, boa vontade. E é óbvio que amor, ternura e bondade nunca foram opções.

Saí correndo de casa, descalço e de cueca, enquanto nevava. Não voltei para passar o resto do longo período de férias.

"Vale mais huir que morir."

É melhor correr que morrer, porque sobrevivendo, terá a chance de vencer num outro dia.

✦✦✦

As pessoas se perguntam por que eu nunca revidei. Às vezes eu também me pergunto, mas a resposta é que há vários motivos. Primeiro, não consigo me imaginar batendo em ninguém. Quando se viu de perto ou experimentou na própria pele a violência, é repulsivo se imaginar fazendo uma coisa dessas. Não consigo nem assistir filmes que tenham alguma cena de violência ou crueldade com pessoas ou animais. Em segundo lugar, sei que pode soar protecionista demais, mas não se pode bater em uma mulher. Ponto final. E, terceiro, dizem que aqueles que sofrem violência muitas vezes acabam se tornando agressores, embora eu não consiga imaginar que algum dia a minha repulsa por violência física possa desaparecer.

Quando criança, eu raramente vi o papai revidar. Só depois de ter sido levado ao último limite, quando já estava quebrado, machucado, espancado e sangrando, e já não conseguia suportar mais.

Todos nós temos um limite.

Quando você depende do seu agressor para ter abrigo e comida, nem lutar e nem fugir são opções de autodefesa. Antes da faculdade, eu era indefeso. Agora, fugir é uma opção, e eu nunca mais permitirei estar sob o controle da mãe novamente.

Eu preciso *eliminar* a mãe da minha vida desperta. Definitivamente.

Mas temo que ela sempre estará nos meus *piores pesadelos*.

✦✦✦

Nos recessos semestrais, consegui ficar com alguns amigos perto do campus. Passei um verão em Harvard em um programa para estudantes negros de medicina. Foi a primeira vez que saí de Ohio sozinho. Meus olhos absorveram muita novidade. Tenho muito a aprender sobre a vida fora das pequenas cidades do Centro-Oeste.

✦✦✦

Eu estou correndo.
Estou sempre correndo.
Estou correndo como se não houvesse amanhã.
Estou nu.
Claro que estou.
Completamente vulnerável. Suscetível. Humilhado.
Estou tremendo, suando, sem fôlego.
Um machado mira o centro da minha barriga rotunda e dura.
Um alvo para a evisceração.
Um machado mira minha genitália exposta.
Um alvo para a emasculação.
Me torno um boneco nu.
Sem nada entre as pernas.
Estou correndo.
Sou Kunta Kinte.
Estou correndo como se não houvesse amanhã.
É ela.

É ela, com certeza.
Minha mãe.
Se aproximando.
Ela estica o braço,
Tentando me agarrar.
Ela estica o braço
Em direção ao céu.
Sempre a mesma postura inclinada.
Estou perdido.
Me encontraram.
Estou perdido.
Soldados com máscaras de gás, botas e baionetas
caçam meus irmãos.
Los Prietos. Los Morenos.
Los Renegridos. Los Indígenas.
Quando acordo, eu me sinto vazio, envenenado, empapado.
Lágrimas, uma enxurrada torrencial fluem
de sonhos sombrios, obscuros.
E encharcam o meu mundo desperto, fatigado e inútil.

A faculdade de medicina tem sido desafiadora. Não tenho tempo para nada. Minha nova vida é uma estranha e dolorosa combinação entre privação de sono, devido à falta de tempo para dormir, e uma série de episódios de insônia.

Os últimos dois anos serão de rotação eletiva em hospitais, com horários de plantão, o que significa que vou trabalhar durante o período noturno numa noite, e no diurno no dia seguinte. Se eu não estivesse tão cansado, tentaria imaginar algum comentário sarcástico de Daniel, sei lá, alguma coisa meio: "E o que poderia dar errado?"

✦✦✦

Então, a resposta à pergunta "O que poderia dar errado?" é a seguinte: não sei. Porque não consigo me lembrar de quase nada da rotação nos hospitais nos últimos dois anos da faculdade de medicina.

Fora do hospital, acho que poderia mencionar minhas viagens pelo mundo.

Ou os momentos em que não consegui viver o momento *de fato*.

Por exemplo, quando eu estava sentado numa cadeira da plateia da Broadway, com o ingresso que havia comprado meses antes, mas minha expectativa foi desaparecendo à medida que eu caminhava sob a marquise em direção às portas de entrada do teatro.

Ou as minhas várias tentativas de relacionamento.

Histórias, talvez, para um outro momento.

Por ora, basta dizer que já sou médico, a caminho de um ano de estágio, seguido de dois anos de residência.

✦✦✦

Na minha primeira noite como estagiário no Hospital Militar, acordo com a sensação de um rato rastejando na minha barriga, no peito e depois pescoço. Estou gritando e me debatendo até que caio da cama; as enfermeiras entram correndo e me encontram lutando com os lençóis, cobertores e comigo mesmo, no chão.

— Fizeram dedetização na cozinha essa noite — anunciam. — Os ratos tiveram que fugir para *algum* lugar... Está tudo bem, volte a dormir.

Não vejo, mas posso *sentir* a careta que elas fazem.

✦✦✦

Estar de plantão na UTI é como esperar que uma bomba exploda a qualquer momento. A tensão aumenta por conta dos anos de insônia e pela escala a cada três noites. A qualquer momento, a enfermeira pode aparecer pra te mostrar algum resultado de exame, o bipe pode disparar, avisando a chegada de um novo paciente, o alarme pode soar, alertando que alguém teve uma parada cardíaca.

Meu corpo não está preparado para isso.

Mas não tenho um plano B.

✦✦✦

Quando se é criança, você ouve as pessoas dizerem que dá muito trabalho ser médico. Mas impossível saber, compreender, muito menos imaginar o desgaste físico e mental que um treinamento médico requer.

Não importa se é seu sonho, se as disciplinas da faculdade simulam a vida profissional, ou mesmo se você está mais do que empolgado para iniciar a carreira. Nada disso te dá suporte para aguentar o alto grau de estresse e de privação de sono que essa profissão implica — agora, imagine só o quanto isso se potencializa quando você traz consigo um histórico de ansiedade descontrolada e transtorno de estresse pós-traumático.

✦✦✦

Quando se tem que pisar em ovos todo santo dia da sua infância, você acaba desenvolvendo um impulsivo reflexo, que se torna sua primeira linha de defesa para o resto da vida.

A vida de estudante de medicina, estagiário e agora residente nas enfermarias de vários hospitais elevaram o meu reflexo a outro nível.

Agora, a qualquer momento, e pelo menor dos motivos, uma reação em cadeia pode ser disparada em mim quando as pessoas me veem assustado. É muito engraçado, para não dizer trágico.

Pesadelos dos mais terríveis são bastante regulares agora, agravados pela falta de sono e pelas noites nas enfermarias. Esses pesadelos consistem numa mistura da minha mãe sendo a minha mãe, e de cenas de guerra, afogamentos e esforços incomensuráveis para ressuscitar pacientes que sofreram parada cardíaca.

Não vejo mais o machado, mas sei que ele aguarda nas sombras.

❖❖❖

No meu último ano de residência, estou aproveitando meus meses eletivos e atuando em diversas subespecialidades.

Minha passagem em psiquiatria é particularmente fascinante. Estou avaliando um homem de meia-idade que teve seu primeiro episódio de mania. A esposa chora, soluçando baixinho contra uma das mãos do marido, o filho adolescente segura a outra mão e olha para os sapatos, enquanto o homem pronuncia categoricamente suas habilidades em contraespionagem, jogos de azar de alto risco, consumo de bebidas alcoólicas, conquistas amorosas, tudo isso digno da personalidade de um James Bond que sua mania disparou. Há apenas alguns dias esse homem era um vendedor de calçados esportivos, tranquilo e modesto num comércio local, muito devoto à esposa e ao filho.

Será que a minha mãe pode ser maníaco-depressiva ou bipolar? Claro que o caso deste homem chegou ao extremo, mas parece familiar.

❖❖❖

— Não está dando certo — digo, ou ele diz, dependendo de qual "tentativa de relacionamento" está chegando ao fim agora.

— É, eu sei — ele diz (ou eu digo).

— A gente pode ser amigo? — pergunto (ou ele pergunta).

— Sim, eu adoraria — ele afirma (ou eu afirmo).

— Mais uma, pelos velhos tempos? — eu questiono (ou ele questiona).
— Claro! — ele responde (ou eu respondo).
— Garçom! — chamamos juntos.
Pego em alguma coisa verde pra dar sorte!

✦✦✦

A mãe está puxando loucamente todos os acessos de medicação dos braços e tubos das gargantas dos meus pacientes!
Ela começa a desligar todos os aparelhos!
As enfermeiras correm, gritam, tentam me acordar no quarto de residência.
Estou tão cansado...
Por favor, me deixem dormir.
Não consigo abrir os olhos, mas posso ver claramente tudo que se passa na UTI inteira.
As enfermeiras me estapeiam, me batem.
Não consigo ouvir a voz abafada delas, mas seus lábios dizem:
— Acorda! Código azul! Acorda!
Estou tão cansado...
Por favor, me deixem dormir.
Não consigo nem falar! Não sai uma palavra da minha boca.
A mãe aponta para mim e ri da minha cara.
Ela não precisava se aproximar de mim com aquela mesma postura inclinada de sempre, que é sua especialidade.
Suas substitutas estão executando o papel muito bem.
Meus pacientes se transformaram em zumbis, múmias, e estão empunhando machados!
Estão vindo atrás de *mim*, não da minha mãe.
Foi a mãe quem fez isso com eles, não eu!
Foi ela! Ela! Quero gritar.
Mas não consigo nem falar. As palavras não saem.

Ela está se safando!
Ela está se safando de novo! De novo!
Estou tão cansado...
Por favor, me deixem dormir!

✦✦✦

Acordo assustado, em pânico, tentando avaliar rapidamente a situação para tentar entender a causa, vítimas, os efeitos colaterais.

Mas estou em casa, na minha cama, longe do caos dos hospitais, e da ameaça física conhecida como mãe.

✦✦✦

Resumindo uma longa história: terminei a residência e o treinamento médico e decidi não continuar o treinamento em uma subespecialidade. Estou satisfeito com o título de clínico geral. Vou acompanhar meus pacientes, supervisionar a saúde de cada um deles e, sempre que precisar, vou encaminhá-los para os respectivos especialistas de acordo com o caso.

Meu objetivo final é aprender o máximo possível sobre o HIV, a infecção viral que vem devastando a comunidade gay há anos. O número de casos é muito grande para que os especialistas em doenças infecciosas deem conta sozinhos dos pacientes. E há uma tendência preocupante de alguns médicos se recusarem a cuidar de pessoas com HIV. Alguns alegam que o estilo de vida dos pacientes ofende sua fé. Outros temem pela própria segurança por pura ignorância, medo e desconhecimento dos meios de transmissão do vírus.

Médicos generalistas e demais profissionais da saúde e de centros de saúde comunitários estão avançando a passos largos para fazer jus ao nosso juramento de Hipócrates de zelar pela saúde de todas as pessoas, sem preconceito.

✦✦✦

— Oi, papai — digo.

— ¡Hola, Pedro! ¿Cómo estás, hijo?

— Vou bem. Como você está, a Glória, e as crianças?

— Estamos todos bem, *gracias a Dios*.

O papai mudou para a Flórida depois de sair de casa, conheceu uma mulher adorável, e eles tiveram dois filhos. Ele antes vivia preso, mas agora se libertou e está aproveitando ao máximo a vida.

Lembro-me da noite em que o desafiei a deixar a mãe...

O papai me liga com frequência. Ele também nunca esquece de mandar cartão nas datas comemorativas e nem no meu aniversário. Eu sou menos disciplinado do que ele no compromisso de reavivar relacionamentos.

Eu só me sinto cansado. O tempo todo.

O sono não me traz descanso.

E o descanso não me leva ao estado de paz.

Paz na mente.

Paz no corpo.

— Estou contente por você estar feliz, papai — digo. — Você se sente feliz *mesmo*?

— *Sí, hijo* — responde. — Não somos ricos, mas somos felizes e saudáveis. E aqui comida boa é o que não falta. Você já comeu carne de jacaré?

— Tem gosto de frango? — indago, brincando.

— Se grelhado, parece um pouco com frango e um pouco com bife.

— Sério? Olha, na verdade, uma bela fatia de peixe-espada, coberta com maionese, bem grelhadinha também tem gosto de bife!

— Precisamos então experimentar, *hijo*.

— Sim, da próxima vez que for te ver na Flórida, vamos preparar.

Meu pai e eu não temos muitos interesses em comum, então faço questão de falar de coisas básicas sobre os indígenas de Cleveland, a população negra de Cleveland, as condições climáticas em Ohio, na Flórida e na Nova Inglaterra, e qualquer coisa relacionada ao México.

— Agora vou te deixar em paz, papai, acho que a Gloria avisou que o jantar tá pronto.

— Sim. Ela pediu pra te dizer "¡Hola!"

— ¡Hola, Gloria, Francisco e Sonia!

— Eu te amo, hijo.

— Eu também te amo, papai.

E espero que ele saiba disso.

47
EXCLUÍDO
Daniel

—Eu também sou gay, Daniel — confirma Pedro.

Ele veio para um encontro de família e a gente *finalmente* tocou no assunto.

— O quê?! É sério?!

— Sim! Pensei que você soubesse. Eu sempre soube que *você* era.

— Mas é que eu meio que sempre dei na cara…

Nós rimos. Não foi tão estranho quanto eu temia. Por que eu me preocupei tanto?

— Quando você foi embora para estudar no seminário, foi difícil te contar… mas, sinceramente, não teve nem um segundo debaixo daquele teto em que eu me senti seguro para me assumir.

É a mais pura verdade.

— Mas você é atleta… e até já namorou meninas!

— Peraí! *Uau!* Eu sou um atleta? Está se ouvindo? Outra coisa, alguns gays gostam mesmo de praticar esporte. E tem mais, existem meninas e "meninas" — retruca ele, fazendo um gesto de aspas no ar.

— Eu amo estar com as mulheres, mas não para namorar.

Acho que sinto exatamente o mesmo.

— Mas... a Sara disse que viu você se agarrando com uma menina em Boston. Vocês não estavam se beijando?

— A Julie é uma amiga... A gente estava conversando com um pessoal do lado de fora do bar gay... tínhamos acabado de sair, perto da Biblioteca Pública de Boston.

— Ah, alarme falso, então. Acho que a Sara viu chifre na cabeça de cavalo.

— Quando a Sara e as amigas dela passaram pela gente, eu tinha acabado de abraçar a Julie assim meio de lado. Mas a gente não estava se beijando, nem se agarrando. Eu nunca beijaria uma pessoa em público.

— Que puritano — brinco.

— Imagine só se, em vez da Julie, fosse meu namorado da época?

— Bom, quem vai gostar muito da notícia são meus amigos. Eles se apaixonaram por você desde quando te viram pela primeira vez, lá no St. Joseph.

— Que bom saber que ainda conversa com eles, Daniel... mas o que aconteceu com o padre que te denunciou? Por que não pegou nada por *ele* estar no bar gay também?

— Ah, não aconteceu nada com *ela*. Disse para mim que era obrigação *dela* me denunciar. Engraçado... só faltou *ela* contar que vinha dormindo comigo há uns meses...

— Eu não saquei... Ele é um padre gay que faz sexo com homens, *inclusive* com os próprios alunos, mas aí tudo bem?

— Via de regra, não tá tudo bem, não. *Ela* já é padre, então preferem não se livrar *dela*. *Ela* é um investimento novo. Querem explorar e usar o que *ela* tem como fonte de lucro um pouquinho...

— Gente, que coisa mais cínica e asquerosa...

Contar tudo isso dói. Tudo que Pedro diz é válido, mas abre minhas feridas e derrama sal nelas.

— Há uma pressão da diocese para impedir que gays se tornem novos padres. Eles querem manter esse escândalo fora da primeira página dos jornais... O que aconteceria se eu "desse com a língua nos dentes"?

— Talvez sua denúncia servisse para expor a hipocrisia de toda a igreja. Imagine se a igreja não fosse tão rígida em relação a essas questões de sexualidade? Parece que muitos padres continuam tendo vida sexual mesmo tendo se comprometido com o celibato.

— Ah, você não faz ideia!

— Acabo de perceber que comprometer é uma palavra ludibriosa. Veja, você pode *se comprometer com* o celibato e também pode *se comprometer com* uma pessoa, ou seja, namorar, casar e tal. Completamente o oposto.

— É verdade. Mas não acho que seja um verdadeiro contrônimo como "chocante", "contra", "alugar".

— Falando nisso, sabe o que não é um contrônimo, mas um paradoxo? A mãe. Eu defino assim: "A natureza opressora da mãe é opressora da sua própria natureza". Meu Deus! Como senti falta do meu parceiro de jogos de palavras.

— Nossa, precisávamos voltar a brincar com as palavras! Gosto de pensar que as estrelas brilham quando as luzes se apagam. Nós brilhamos, agora que apagamos a mãe.

— Falando assim, parece que a gente cometeu um matricídio! — brinco.

Ficamos ali rindo por alguns momentos, e depois passamos um tempo em silêncio. Nós dois olhamos para um lugar e um tempo distantes.

— Você gostaria de voltar, se eles te convidassem? — pergunta Pedro.

— Sim, com certeza. A Igreja Católica é muito importante para mim.

— Por quê? Se você não se importa com a pergunta...

— Ah, a Igreja é o meu mundo, tudo que sempre quis pra minha vida, tudo pelo que sempre me esforcei. Eu não tenho nenhum outro plano... Não tenho ideia do que vou fazer agora.

— Como se sente com isso?

— Vai ficar tudo bem.

— Daniel, como você se sente com isso?

— Vou ter que ficar bem.

Pedro me observa por um segundo a mais. Fico constrangido e desvio o olhar.

— Mais vinho? — pergunto enquanto pego a garrafa.

— Claro — responde com um sorriso. — Aliás, é sério... *por que diabos* me chamaria de atleta?

— Não sei. Você é tão diferente de mim... Você parece tão inteiro, completo... Todo composto, sabe?

— Você quer dizer reprimido, né? — retruca, mas achando graça.

— Como o sacerdócio católico.

✦✦✦

Estou trabalhando em uma pizzaria. Paga as contas — na maior parte do tempo — mas não é nem nunca foi meu sonho. Depois de sair do seminário ano passado, sem esperança de voltar, tenho tido dificuldade de traçar novas metas. Tem sido muito, muito frustrante. O que vou fazer da vida? É *isso* que está reservado para mim?

A impressão é que eu cresci rápido demais, o que quer dizer então que eu nunca cresci.

Credo. Parece a síndrome de Peter Pan.

Conheço um cara aqui, outro ali, mas faz tempo que não namoro ninguém.

Eu nunca tive um namorado de verdade. Pedro diz que eu deveria sair de Ohio, o que faz sentido. Os gays tendem a se mudar para o litoral ou para as cidades maiores. Provavelmente eu teria mais chance de conhecer um cara legal em uma cidade grande.

Mas, recomeçar... do zero? Como eu faria isso?

✦✦✦

A mãe está com raiva porque comecei a convidar nossos primos para os encontros de família.

Conversar com Graciela anos atrás foi o catalisador para eu jogar no ventilador o absurdo que era impedir os primos de conversar e de interagir como em qualquer outra relação entre primos. A relação passiva-agressiva foi a marca registrada da rivalidade entre Alexis e Krystle, na série *Dinastia*. Para quem não conhece, a história basicamente se refere a uma primeira esposa toda classuda, mas maldosa, *versus* uma segunda esposa que pouco a pouco aprende a revidar. Eu uso o que esses personagens me ensinaram para concretizar meu plano: integrar essa família fragmentada.

Não me arrependo. E provavelmente, pela primeira vez, a mãe não tem como vencer essa discussão. Se ela quiser me ver em reuniões familiares, terá que calar a boca *e* aguentar.

Será que Pedro de alguma forma influenciou a minha atitude?

✦✦✦

— Daniel, você sabe que eu te amo, mas você *precisa* dar o fora desta casa — diz Brad, meu colega de quarto. Ele está com uma fantasia literalmente maravilhosa da Mulher-Maravilha, se preparando para a festa à fantasia na casa de Tony. Fui convidado, mas nunca confirmei presença.

Responderei a Brad em um segundo, mas antes só preciso observar seu peito peludo por trás de umas bolas de basquete ridículas de espuma, simulando os seios no bojo do sutiã da Mulher-Maravilha — e sua flagrante ruptura ao antigo hábito de disfarçar as partes íntimas na fantasia. Pelo que vejo, posso dizer que ele não foi forçado pela mãe dele e pelo Dr. Fritz a cortar nada.

— Primeiro, preciso dizer que percebi a sua escolha pelo batom vermelho-alaranjado, essa quantidade *generosa* de sombra azul-celeste, esses cílios Tammy Faye e essa peruca *loira* meio Loretta Lynn.

— E?

— E nada.

— Vai te catar, bicha.

— Bradley James Harrison, que tal lavar essa boca com sabão? — provoco com uma risada, mas logo volto a falar sério. — Bom, agora sobre a sua pergunta, não tenho vontade de sair. Dá muito trabalho. Não vale a pena. Desculpe.

— Amiga, o homem dos seus sonhos não vai entrar por aquela porta se você não conhecer ele em algum lugar por aí.

— Eu sei.

— Ah, eu sei que você sabe. E tenho tanta certeza do que digo quanto você tem desses malditos *dichos* que não para de recitar.

✦✦✦

Fato é que faço o longo percurso para casa todos os dias, depois de regurgitar insuportavelmente a mesma frase, milhões de vezes, com a voz estridente e contente: "Gostaria de acrescentar ao seu pedido uma torta de maçã quentinha por apenas quarenta e nove centavos?".

A essa hora, a Emerald Avenue está cheia de diversões fáceis e interessantes para a noite, mas que só camuflam minha necessidade de encontrar um relacionamento estável ou de longo prazo.

✦✦✦

Pedro veio para casa por conta de um casamento na família. Tanto ele quanto eu estamos cultivando o relacionamento com os nossos irmãos, agora que somos mais velhos e estamos longes de casa, e que não há nenhuma corrida de obstáculos nem esteira para disputar o afeto inconstante da nossa mãe. Todos podemos conversar e nos conhecer melhor, enquanto aos poucos vamos eliminando as barreiras de sigilo e defesa.

Já faz dois anos que deixei o seminário, minhas esperanças e sonhos se transformaram numa caminhada obsessiva e patética por um vale sem saída, numa busca desenfreada pela liberação de oxitocina.

Parei de assistir ao noticiário à noite, de ler revistas e de escutar o rádio, tudo para evitar pensamentos indesejados sobre os riscos que corro com meus casos amorosos.

— Você já fez o teste? — pergunto a Pedro. — Não tive coragem de fazer ainda.

— Não fiz, mas sou muito cuidadoso. Vivo na minha utopia particular de que todo mundo está tendo o mesmo cuidado.

— Faz sentido.

— Nosso foco no hospital é a prevenção. É assim que vamos controlar essa situação.

— Você se refere a preservativos?

— Sim, o uso de camisinha pode inclusive diminuir a propagação de outras infecções, então estamos apoiando a campanha agressiva na mídia sobre o assunto.

— Ai. Esqueci de todas as outras infecções que também estão circulando por aí.

— Seria ótimo ter toda essa situação sob controle.

Que droga... Fazem você voltar toda a sua atenção para uma coisa, quando se tem muito mais por aí com que se preocupar também.

— Você pode me falar mais sobre o HIV? — pergunto. — Como... o que é isso *exatamente*? Não sei em que acreditar.

— Infelizmente, ainda temos muito a aprender sobre o vírus... Mas basicamente ele funciona como uma espécie de robozinho, minúsculo e adormecido, que requer células vivas para poder se replicar.

— Nunca tinha ouvido alguém explicando assim.

O rosto de Pedro se ilumina, como se de repente ele começasse a entender de verdade.

— A minha mente tem essa mania... apara tudo o que é informação demais e cria um jeito mais simples de ver as coisas — explica ele.

— Eu sei. Você sempre foi assim.

Ele sorri.

É tão bom ver o meu irmão sorrindo...

— Quando o vírus assume o controle dos mecanismos internos de uma célula para se replicar, ele geralmente destrói a célula. Talvez não imediatamente, mas isso acaba acontecendo, cedo ou tarde. Nosso sistema imunológico entra em ação para tentar se livrar da infecção. Ocorrem reações químicas... Dependendo do vírus, algumas pessoas se recuperam totalmente. Mas com o HIV, as pessoas manifestam sintomas e podem ter complicações. Pode ser grave... e muitas delas acabam morrendo.

Minhas sobrancelhas e orelhas se mexem. Aparentemente, Pedro percebe.

— Essa é a parte assustadora — murmuro. — Sabemos de onde veio? Como começou a infectar humanos?

— Talvez a gente nunca saiba ao certo. Os vírus, no geral, conseguem entrar no nosso corpo de maneira natural, por vias abertas, mas também por vias artificiais, aberturas feitas por agulhas, mordidas, arranhões.

— Hum.

Ele fica parado olhando para mim por um tempo, depois diz:

— Alguns vírus *não* infectam humanos... Eles usam outros meios, como animais ou até bactérias para se replicar.

— Sério? Eu não sabia que os vírus usavam bactérias.

— Pois é... mas, em alguns momentos, esses vírus podem ser introduzidos em humanos.

— Agora entendi. Faz sentido agora...

✦✦✦

Brad comprou pra gente uma cortina de chuveiro com um cowboy estampado, em tamanho real, usando apenas um chapéu e uma bandana no pescoço. Acho que essa é a única pista de que se trata de um cowboy. A cortina é transparente, então é como se você e Buck Nekkid estivessem tomando banho juntos.

— Adorei! — exclama Pedro ao entrar no banheiro. — Ele vai jantar com a gente? Será que esse é o novo conceito de *roupa casual*?

— Ah! Bem que eu queria! — brinco.

Fiz espaguete com almôndegas, um dos poucos pratos que sei fazer bem. Vou fazer uma salada e colocar um pouco de pão de alho no forno.

— Você está namorando alguém? — pergunta Pedro quando volta à cozinha.

— Não, nada sério. E você?

— Não, não tenho tempo... Nem energia. Mesmo morando numa cidade grande, não é fácil conhecer gente legal. E eu detesto barzinho.

Os olhos de Pedro vagam ligeiramente por cima do meu ombro, e seus lábios abrem feito um saquinho zip-lock ao contrário. Às vezes consigo perceber quando ele perde o foco e se desconecta da conversa. Aí de repente os olhos dele brilham e se concentram em mim.

— Daniel, você acha que algum dia a gente vai encontrar um amor de verdade?

— Será que isso é possível?

— Nossa, espero que sim. Torço mesmo. Só não sei como seria. Que tipo de cara pode se apaixonar por gente tão zuada mentalmente como nós dois... e sabe, digo isso *"con todo respecto"*.

— E *"con todo cariño"*. Mas, desculpe a modéstia, falando por mim, sei que tenho muito a oferecer, e qualquer cara se rastejaria por mim.

— Haha! Modéstia, claro! Você é a pessoa mais modesta que eu conheço!

— Fazer o quê, é um fardo que eu carrego...

Rimos juntos, é uma risada espontânea, gostosa, que cessa aos poucos, em conjunto.

— Não vejo a hora de encontrar todo mundo amanhã, principalmente os nossos primos!

— *Todo mundo?* — pergunto.

— Você entendeu o que eu quis dizer. Caramba, Daniel, você conseguiu juntar a família, de certo modo... Nunca pensei que isso um dia fosse possível.

— Eles são pessoas incríveis e sempre quiseram se aproximar da gente...

— Espero que eles saibam que é mútuo. Pelo menos para mim. Não quero estragar o clima, mas estou curioso.

— O que você vai fazer quando você encontrar a mãe amanhã?

— Não sei... Vou dizer um "oi", é claro... não sou *maleducado*.

— Não quero que você se arrependa, Pedro. "*Cuando puedo, no quiero; cuando quiero, no puedo.*"

— Hum. Não, Daniel, eu sinceramente acredito que não vou me arrepender por não manter um *relacionamento fingido* com a pessoa que me torturou física e emocionalmente por duas décadas e continua a me aterrorizar nos meus pesadelos.

— Você não acha que deveria superar isso e seguir em frente?

— Seguir em frente? Para onde? E para quê? Quem se beneficiaria se eu perdoasse alguém que nunca pediu meu perdão?

"*Ojos que no ven, corazón que no siente.*"

— Ela está sozinha, Pedro. Desde que o papai saiu de casa, ela sempre me liga... Eu sei que ela liga para as meninas também.

— Cabe a cada um decidir que tipo de relacionamento quer ter com a mãe... Prefiro viver sem a presença dela na minha vida. Simples assim. E fico muito contente que o papai a tenha deixado. Ele está com uma mulher que o ama do jeito que ele *merece* ser amado.

— Eu também fico contente que ele esteja feliz. De verdade. Mas a mãe não merece ser feliz também?

— *Todo mundo* merece ser feliz. Engraçado, quando eu era criança passei boa parte do tempo tentando descobrir como dizer "orgulho" e "merecimento" em espanhol. Duvido que eu teria conseguido pronunciar *orgulloso* e *merezco*. Mas imagine só se a gente tivesse ouvido "Estou orgulhosa de você" ou "Você merece amor e felicidade" quando éramos criança?

— Provavelmente as coisas seriam diferentes para nós.

— Não consigo nem imaginar — sussurra.

— Bom, tem um *dicho* assim: "*El tiempo cura y nos mata*".

— Nossa, Daniel, que reconfortante! — diz Pedro, sarcasticamente. — Mas não deixa de ser engraçado, sei lá, é meio macabro, meio Mortícia Addams.

— Sou mais a Lily Munster — rebato e rimos. — É só pelo cabelo.

48

MEDICINA
Pedro

O problema de ter cabelo preto e grosso é que meu couro cabeludo é muito, muito branco. Tipo platinado, porque nenhuma luz solar consegue atravessá-lo. Na verdade, ele parece muito com a pele de cadáver que dissecamos na aula de anatomia no meu primeiro ano da faculdade. O corpo era de um homem caucasiano que morreu com quase sessenta anos, de linfoma.

No México há homens carecas com a minha pele e cujo couro cabeludo combina com a cor da pele em outros lugares do corpo, então desconfio que as células da pele do meu couro cabeludo tenham alguma melanina ali, hibernando, esperando ser despertada.

— O que aconteceu aqui?

Jennie pergunta ao meu reflexo no espelho, segurando o pente e a tesoura na mesma mão.

— Hum? O quê? Onde? — pergunto, saindo do devaneio que sempre me acomete quando alguém, não importa quem seja, toca a minha cabeça com carinho.

— Parece que tem uma cicatriz feia — diz ela. — No topo da sua cabeça.

Então parece que a cicatriz de salto-agulha, cravada no couro cabeludo platinado num mar de folículos capilares pretos e sólidos, continua clamando por atenção mesmo décadas depois.

— Ah, isso aí... Minha mãe diz que eu bati a cabeça numa porta quando eu tinha uns seis anos...

— Deve ter doído.

✦✦✦

Quando preparei meu discurso de vencedor para a cerimônia do Oscar pelo roteiro que ainda não escrevi, fiz questão de agradecer ao Sr. Merle, meu professor de química do segundo grau. Ao longo dos anos de escola, me identifiquei com muitos dos meus professores, e tenho consciência, sem me ressentir de modo algum disso, que mais de uma vez fui o bichinho de estimação de um professor ou uma professora.

Em muitos aspectos, o Sr. Merle se parecia muito comigo. Não direi que ele era gay, porque não posso afirmar algo que não sei, e não gostaria de, em pleno discurso do Oscar, fazer uma referência equivocada à sexualidade de outra pessoa. O Sr. Merle tinha gagueira. Também não direi isso no discurso porque não tem a menor relevância para a ocasião. Mas para mim tinha, e como tinha.

Ele suportou tanta zombaria, tanto desrespeito, e ainda assim ficou lá, todo santo dia, conversando com um bando de idiotas sobre átomos, cátions e ânions.

Eu era um covarde no segundo grau. Abria a boca para falar só quando era absolutamente necessário.

Eu não conseguia lidar com o combo de problemas de fala acumulados. Eu sabia que eu tinha dislexia e gagueira. Quando finalmente fiz testes para receber o diagnóstico, anos depois, acrescentaram à lista de fatores que afetam minha fala, minha leitura e minha pessoa, o transtorno de deficit de atenção.

Eu não ficaria surpreso se Daniel tivesse TDAH, com uma *dose extra de hiperatividade*, como ele suspeitava anos atrás. Embora os especialistas não tenham feito testes para o transtorno do espectro do autismo, eles apontaram que eu poderia ter transtorno de ansiedade e transtorno obsessivo-compulsivo, como se isso não fosse evidente. Sob ameaça de agressão, minha mãe exigia que eu executasse absolutamente tudo com exímia perfeição e esperava que eu expressasse minha virilidade machista em todo o resto. Óbvio que eu tenho ansiedade clássica, TOC e TEPT.

Ainda estou surpreso por "anemia" não ter entrado no meu radar.

A química me acompanhou nos tempos do segundo grau e na faculdade de medicina. Por incentivo do Sr. Merle, consegui ser aprovado em química no primeiro ano e me tornei tutor de química e assistente de laboratório da faculdade.

O crédito que cumpri com essa atividade extra me permitiu assistir aulas não relacionadas à medicina em si, e assim escolhi estudos feministas no meu terceiro ano. Eu senti que precisava aprimorar meus conhecimentos sobre feminismo, uma vez que a teoria e o movimento partilham aspectos de uma abordagem contra a homofobia e contra o racismo.

Recebi prontamente o primeiro "Por favor, me procure" da minha vida, recado deixado pelo professor, na tarefa da primeira aula.

Até então, os trabalhos de casa de ciências e matemática exigiam resposta a problemas, equações ou questões específicas com uma fórmula, um número ou uma frase simples. Parágrafos era coisa de humanas.

A tarefa da aula de estudos feministas era escrever uma redação sobre algum livro que tínhamos lido e responder cinco perguntas básicas a respeito dos principais tópicos abordados pela obra.

Aqui vai uma reprodução do que eu escrevi:

1. Blá, blá, blá. (Resposta à pergunta 1.)
2. Blá, blá, blá. (Resposta à pergunta 2.)

3. Blá, blá, blá. (Resposta à pergunta 3.)
4. Blá, blá, blá. (Resposta à pergunta 4.)
5. Blá, blá, blá. (Resposta à pergunta 5.)

Sim, até listei os números correspondentes ao que fiz na redação. Hoje, tantos anos depois, morro de vergonha só de pensar nisso. E foi assim que aprendi a escrever de verdade um artigo. Obrigado, Sra. Evans, por acreditar em mim e por me dar uma segunda chance! Eu deveria citá-la no meu discurso também! Sem sua orientação e o apoio que a senhora e o Sr. Merle me deram, eu nunca teria aprendido a escrever um artigo, uma tese, um romance nada disso... muito menos um roteiro!

Sim, meu cérebro ainda funciona nesses meandros tortuosos e tangenciais.

❖❖❖

A fome é uma arma.

A dor física e emocional causada pela fome
é incompreensível para os afortunados.
Eu não tive tanta sorte assim.
Os cristãos do refeitório, em seu bufê bíblico,
negavam refeições às crianças nas escolas.
Outros usavam a fome para submeter
o outro às suas vontades.

A fome é uma arma.

A fome de amor é humana,
A fome por aceitação é humana,
A fome de pertencimento é humana,
A fome de significado é humana,
A fome de poder é humana.

A fome é uma arma.

A fome de conhecimento é imbatível contra as outras armas.
Foi o que me mostrou o mundo fora da caverna.
O conhecimento é meu,
Guardado,
Onde ninguém pode vê-lo,
Onde ninguém pode encontrá-lo,
Onde ninguém pode levá-lo,
Onde eu posso usá-lo.

✦✦✦

— Fiz o teste… Pedro, eu peguei. Estou com HIV.

Puta merda… Ainda bem que estamos conversando por telefone, assim ele não consegue ver a histeria nos meus olhos, os espasmos do meu corpo, nem desconfiar muito do nó na minha garganta.

— Ah, Daniel… — digo, pigarreando algumas vezes. — Como está se sentindo? — pigarreio mais uma vez. — Tem alguma informação específica?

Eu preciso respirar fundo! Não posso deixar transparecer meu estado de pânico.

— Minhas células T estão em 483. A médica me disse que não é tão ruim. Ela diz que é quase normal. Que o vírus provavelmente está escondido em certos órgãos.

Ele parece relativamente calmo. Talvez eu o tenha ouvido fungar.

Mais algumas respirações. Mas rápido. Não posso permitir nenhum momento de silêncio que possa soar estranho.

— Não é ruim — começo a dizer, mas tenho que pigarrear mais uma vez. — Você tem razão. Os níveis normais são um pouco mais altos, mas essa contagem atual não está ruim.

Por que eu disse "contagem atual"?

Estou ganhando tempo, tentando criar um desvio.

Esses números podem mudar de hora em hora e de dia para dia. O nível mostra um registro momentâneo. É um indício, mas não o quadro completo. Ainda não temos um bom teste clínico disponível para medir a atividade ou a concentração viral dessa doença. A contagem de células T é *insuficiente*, só serve como um indício para monitorar o vírus HIV.

Caramba, e agora, o que devo dizer?

Minha mente parece uma tela em branco... na verdade, ela é uma tela em branco... na hora errada.

— "La salud no es conocida hasta que es perdida" — diz Daniel.

— É verdade... — digo com a voz embargada. Que bom que os *dichos* de Daniel nos ajudam nessa conversa. Eu geralmente tenho uma expressão facial padrão que uso na prática médica, em que não demonstro nenhuma emoção nem desespero, mas essa notícia me chacoalhou dos pés à cabeça. Eu nunca diria isso em voz alta, mas contrair HIV é praticamente uma sentença de morte. Essa é uma notícia devastadora.

— Você precisa se cuidar, Daniel. — Droga, esse maldito sapo fechando a minha garganta! — Durma e descanse bastante. Se tiver dificuldades para dormir, procure algo que vai ajudar. Podemos conversar sobre nutrição, exercícios, álcool e tudo mais, agora ou mais tarde. Mas, por favor, descanse.

— Ah, querido, descansar minha beleza sempre foi meu lema — afirma ele, e em seguida faz uma pausa. Daniel pigarreia e engole as lágrimas que certamente se acumularam ali. — Mas eu sei o que você quer dizer. Tenho tido problemas para dormir por causa da ansiedade. Vou pedir ao meu médico para me receitar alguma coisa.

— E não aceite um não como resposta! Os médicos têm uma certa resistência em prescrever pílulas para dormir. Eles ficam reticentes e tendem a convencer os pacientes a não tomarem. Por enquanto tudo que você precisa fazer é assumir o controle de sua saúde e descansar. Farei o possível para ajudar. Basta me dizer o que precisa.

De repente, estou me sentindo otimista. Eu não acho que ele percebeu a turbulência que me corrói por dentro. Conversamos um pouco, respondo suas perguntas, a conversa acaba entrando num ritmo familiar.

— Obrigado Pedro. Eu agradeço por... Quando foi a última vez que eu disse que te amo?

— Acabou de dizer. E eu também te amo, Daniel... Eu vou te ajudar a vencer esse vírus maldito.

Por tudo que é mais sagrado, vou ajudar o meu irmão a vencer essa desgraça.

PARTE 5
Diagnóstico — 1992

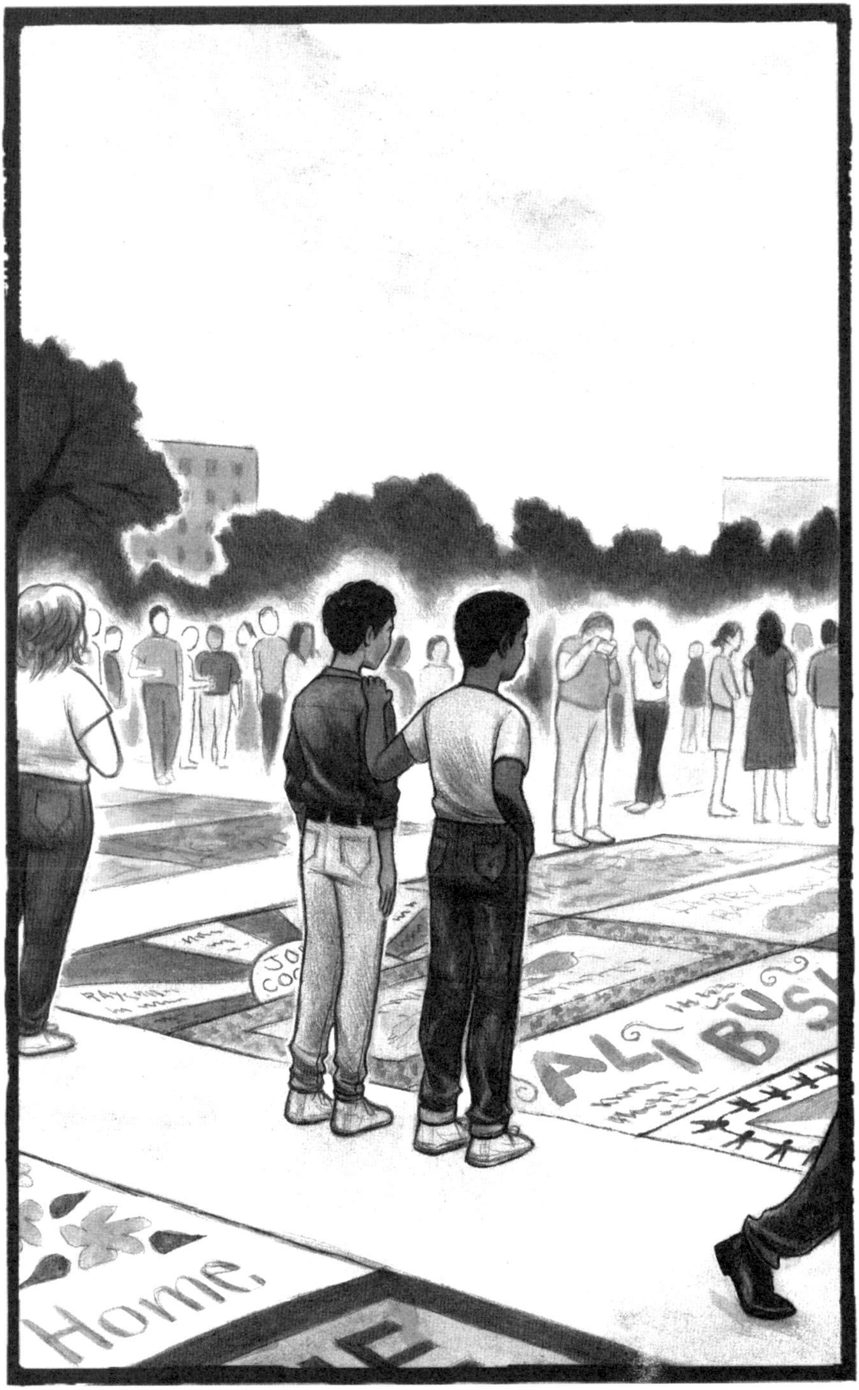
ALI BUS
Home.

49

HIV
Daniel

Acabei de contar ao Pedro que tenho HIV. Queria que ele estivesse aqui comigo.

Recebi o diagnóstico de HIV-101, como Pedro se refere ao vírus. Ele me passa as informações básicas que me ajudarão a entender o que está acontecendo com meu corpo. Eu tenho muita sorte de poder contar com o meu irmão.

Mas me sinto tão sozinho!

Eu *estou* sozinho.

Tenho um pequeno grupo de amigos, cujo "líder" é Brad. Ele é uma espécie de nossa abelha rainha. Passo a maior parte do tempo trabalhando na pizzaria e depois volto para casa. Não faço mais as minhas caminhadas repentinas pelas ruas cheias de tentações.

Nos fins de semana de folga, visito meus irmãos e a família deles. Eu brinco com os meus sobrinhos... Beijo cada um deles... Eles colocam as mãos na minha boca e agarram minha bochecha com seus dedinhos.

Não sei o que vai acontecer agora...

Embora tenham se passado anos, ainda me lembro da polêmica que surgiu depois que Rock Hudson beijou Linda Evans em *Dinastia*. Foi o beijo mais mecânico, esquisito e sem sentimento que se possa imaginar, dado por um galã da minha idade. Mas ele não revelou que tinha HIV para Linda Evans quando contracenou com ela, nem para ninguém, o que causou um alvoroço enorme e críticas tão odiosas que quase dava para ver o veneno escorrendo e borbulhando na boca das pessoas.

Vou ter que contar pra todo mundo.

Vou ter que expor a minha vida. *De novo.*

Primeiro foi: "Eu sou gay".

E agora essa: "Eu tenho HIV".

É cansativo, desmoralizante.

E agora, com o HIV, selei o meu destino. Ninguém nunca vai me querer. Ninguém nunca vai me amar. Eu vou morrer sozinho.

Ai, autopiedade é algo que não combina comigo.

✦✦✦

O HIV é um anzol. Uma vez que ele te agarra, não dá pra fugir nem se livrar dele.

Comecei a tomar AZT a cada quatro horas, todo dia, incluindo uma dose no meio da noite. Nem preciso dizer que perco o horário da pílula noturna com frequência. Agora reduziram a dose, mas continua uma coisa horrível. As náuseas e os vómitos são insuportáveis.

— Acho que vou parar de tomar — digo ao telefone para Pedro, que está a mais de mil quilômetros de distância.

— Daniel, eu queria que o AZT pudesse te ajudar e que você se adaptasse bem a ele. Mas se você não estiver tomando conforme prescrito, pare de tomar agora mesmo. Há novas medicações surgindo, por isso nada de perder a esperança.

— Eu sei... Meu médico diz a mesma coisa. Mas eu estou sempre me sentindo muito mal. Não sei se é por causa do remédio ou da doença. Sendo bem sincero com você, parei de tomar a pílula por um tempo e percebi que me sinto *um pouco* melhor quando faço isso, mas não *muito*. Vou parar de vez.

— Meu Deus, Daniel, e como você está levando? Consegue dormir? Está comendo? A comida está parando no seu estômago?

Eu sei que essa última pergunta é um jeito de atenuar a pergunta "*você está vomitando ou tendo diarreia?*", mas me sinto aliviado de não ouvir essas frases, apesar de saber que estão ali, implícitas.

— Ai, eu detesto falar sobre esse assunto.

— Eu posso imaginar. Mas é muito importante. Principalmente dormir bem e descansar.

— Estou tomando um remédio para dormir que aparentemente tem funcionado. Talvez ajude também com a ansiedade? É tipo um Valium, só que não tão viciante? Tentei outras coisas primeiro, mas não funcionaram.

Até falar sobre o assunto me cansa.

— Não se preocupe com uma possível dependência de uma medicação que está te ajudando neste momento. E não permita que nenhum médico te faça se sentir mal se estiver precisando de algo para dormir ou para controlar a ansiedade.

— Eu me sinto bem por estar conseguindo dormir, mas "*Una golondrina no hace verano.*" — digo.

— Quê?!

— É um *dicho*. "Uma andorinha só não faz verão".

— Ah... Andorinha... O pássaro... Entendi.

— Como assim?

— Você sabe que "*golondrina*" significa também "engolida", né?

Demoro um pouco para desvendar o que meu irmão entendeu...

— Quê?!

❖❖❖

Não tenho viajado muito de avião, então essa viagem para Boston tem me deixado um tanto tenso. Pedi um assento na janela e agora penso que um assento no corredor teria sido melhor, pois assim eu poderia correr mais rápido até o banheiro. Tenho dois sacos de vômito à mão, só para garantir...

Pedro está me esperando bem à frente do portão logo que desembarco. As sobrancelhas dele se fundiram, se tornando apenas uma, parecendo uma lagarta preocupada.

— Como foi? — pergunta.

— Ah, foi tudo bem — respondo. — Eu não vomitei.

— *Gracias a Dios*. Às vezes tem turbulência entre Ohio e Massachusetts... — comenta, depois de um momento de silêncio, com um sorriso malicioso ele acrescenta: — E eu não me refiro à política.

A gente se abraça apertado e depois vamos direto para a esteira de bagagens. Vou ficar aqui por uma semana, então me sinto surpreso por ter trazido só uma mala grande e uma bagagem de mão. Nunca se sabe o que pode acontecer, por isso é melhor se precaver e se preparar para toda e qualquer ocasião. Dentro de alguns dias, pegaremos o trem para Nova York para visitar a exposição *México: Splendors of Thirty Centuries* no Metropolitan Museum of Art.

— Está com fome? — pergunta Pedro. É a primeira vez que a gente se vê desde que parei de tomar AZT, há alguns meses, e ele parece agitado. Como se meu irmão quisesse que eu fosse aquela pessoa feliz, saudável, o Daniel de antes. Mas Pedro não diria essas coisas. Não dessa forma.

— Sim, um pouco. Eu como pouco e com mais frequência agora. Melhora as náuseas.

O que guardo comigo é: *Continuo perdendo peso*.

— Bom, aqui tem todo tipo de restaurante, ou então tem *arroz con pollo* que fiz ontem à noite.

— *Arroz com pollo*, é claro. Obrigado, de nada!

Pedro tem um apropriado Honda Civic que cabe nas vagas de estacionamento de Boston. Ele mora em um pequeno apartamento de um quarto em South End, um bairro congestionado, mas charmoso. Alguns gatos siameses nos cumprimentam com uns gritinhos estranhos quando abrimos a porta.

— Esses são Héctor e Félix, ou mais conhecidos como Hectorio y Feliciano — apresenta Pedro.

— Ah, claro, eles têm apelido.

— Como está nossa pequena Sonia?

— Ah, ela é um amor de cachorrinha. Brad vai cuidar dela enquanto eu estiver fora. A propósito, ele pediu pra te mandar um "oi".

— Oi, Brad. Ah, e "oi" para nosso amigo Buck Nekkid também, claro! — diz Pedro, rindo. — Como ele está? Me refiro ao Brad, não ao Buck.

— O pobrezinho se apaixonou por uma mona e ficou na fossa, mas está se recuperando.

— Mona... Toda vez que te encontro aprendo uma palavra nova.

✦✦✦

No dia seguinte, vamos ao meu museu favorito aqui em Boston e depois caminhamos pela Freedom Trail. Sou aficionado por história, apesar de não estudar o assunto há muito tempo. Meu *presque vu* se manifestou com força total quando o guia de turismo fez algumas perguntas muito simples sobre Paul Revere e seus contemporâneos. Foi bastante embaraçoso, embora ninguém mais soubesse as respostas que em outros tempos eu teria deixado escapar sem nem pensar.

Às vezes eu me pergunto se o HIV está afetando a minha memória.

Será que *cada* novo sinal, sintoma ou estranheza é consequência do HIV?

É uma nuvem escura e carregada que acompanha cada movimento meu.

✦✦✦

No terceiro dia, Pedro me dá uma bolsa de mão e diz para eu escolher as roupas para passar dois dias em Nova York. Eu faço as malas para três dias, nunca se sabe...

Lo que es moda no incomoda.

Pegamos um táxi até a estação de trem.

— Credo! Que cara de bunda a daquele homem! — deixo escapar. — O cara só xingava, reclamava... Ele não mereceu a gorjeta que você deu. Hoje decidi me vestir tipo um estudante candidato à Harvard, da cabeça aos pés. Uma camiseta rosa falsa com o logo da universidade, calça cáqui, sapato de couro sintético, tudo cortesia da Filene's Basement. Estou me sentindo particularmente animado hoje.

— Coitadas das bundas... — reclama Pedro com a voz séria.

— O quê?

— É que a gente fala assim, "fulano tem cara de bunda", mas tem muita bunda por aí que está longe de ser feia. Pensa na do Mel Gibson, Rob Lowe, Patrick Swayze...

— Hum, gostei dessa ideia! Vejamos... Christopher Reeve, Richard Gere, John Stamos, Kevin Costner, Harrison Ford, Tony Goldwyn.

— E mais um monte por aí! Claro, a gente está *cogitando* que a bunda deles corresponde ao que a gente *fantasia* ser, né? — pondera Pedro. — De agora em diante, acho que a gente deveria simplesmente dizer que uma coisa é feia e pronto, pra ser mais preciso. Ou então dizer que tem "cara de bunda feia". Porque *na real*, tem muita bunda por aí que não é feia.

— Pedro, você me faz mijar de rir. Você sempre se compadece dos burros quando alguém diz que "fulano trabalha pra burro", e agora essa coisa da "cara de bunda".

— Mas é sério!

— Tá bom... e se em vez de BUNDA a gente usar...traseiro... raba... lomba... pacote... poupança...bagageiro... porta-malas... Imagina, "nossa, como aquele cara tem cara de porta-malas!"

— Tá! Terminou? — pergunta Pedro, com uma sobrancelha arqueada parecendo o Ronald McDonald.

— Nádegas, buzanfa, bandas.
Admito, minha mente é diabolicamente criativa.
E me sinto aliviado por ainda não ter perdido a minha sagacidade.
— Engoliu um dicionário?
— Sinceramente... sei lá!

✦✦✦

Dando risada, caminhamos em direção à bilheteria. Eu nunca peguei trem na vida. Nunca estive em Nova York. Estamos vivendo miniaventura, antes da grande aventura. Pedro diz que o trem é mais lento do que um avião, a menos que você leve em conta o tempo até chegar ao aeroporto, esperar o voo, entrar no avião e depois pegar um táxi do aeroporto no Queens até a cidade.

— No final das contas, dá praticamente a mesma quantidade de tempo só que com menos complicações — explica Pedro.

— Fico feliz de pegar trem. Não sou nem um pouco fã de avião.

O trem está parado, aguardando o embarque dos passageiros. Encontramos alguns assentos no meio do vagão, não muito longe do banheiro, o que é sempre prioridade.

✦✦✦

— Temos quatro horas daqui até Nova York — declara Pedro. — Então, botar o papo em dia. Como você tem se sentido?

Não tínhamos conversado muito sobre minha saúde, o que é bom. Pedro geralmente me dá espaço para respirar, para fingir que estou saudável, mesmo que por pouco tempo.

— Ah, eu tenho dias bons. O que, claro, significa que tenho também dias ruins... estou me sentindo muito melhor depois que parei com o AZT. Mas as minhas células T estão caindo.

— Que número?

— O menor foi 280, mas depois subiu. Geralmente fica abaixo de 300.

— Será que tem algum grupo de estudo de que você possa participar? Talvez algum em Ohio?

— Não consegui qualificação para novos estudos... ou meus números são muito altos, ou muito baixos. Ou estou acima do peso, ou abaixo. Ou então estou muito anêmico, ou isso ou aquilo... Provavelmente está tudo bem, já que pareço ter 50% de chance de tomar placebo ou 50% de chance de sofrer efeitos colaterais.

Os olhos de Pedro ziguezagueiam e as sobrancelhas acompanham o movimento, mas ele decide não compartilhar seus pensamentos.

— Bom, fico contente de saber que você está conseguindo dormir e que as refeições menores estão funcionando... Já experimentou tomar suplemento para ganhar peso? — pergunta.

— Nunca, bicha! Você quer que eu perca meu corpinho sarado? — rebato, com uma risada dissimulada. Percebo alguns olhares tensos de passageiros ao nosso redor. Também fico retesado. — Sim, eu experimentei, mas não gosto do sabor. Infelizmente, sorvetes e outros laticínios machucam meu *delicado trato digestivo*.

Conversamos sobre o habitual: homens, atores, atletas (mas não sobre esportes), outros homens, *chisme*, Broadway e uma seleção de mulheres glamorosas.

Conto a Pedro que encontrei algumas fitas VHS de Cantinflas e de antigos musicais mexicanos que a gente assistia quando criança. A qualidade das imagens é ruim, mas ainda assim foi divertido assistir.

+++

Depois de um tempo de silêncio contemplativo, digo:

— Acho que a gente podia conversar sobre mutações e resistência, já que é confuso e o meu médico continua trazendo isso à tona.

— Boa ideia. Então... você já sabe o básico sobre o HIV. É um organismo unicelular que requer uma célula hospedeira viva para se replicar.

— Sim.

— A maioria dos seres vivos tem objetivos básicos... permanecer vivo, prosperar e se reproduzir.

— Você ainda pensa em ter filhos? — pergunto.

— Desculpa interromper, mas é que o que você disse me fez pensar nisso. A impressão que tenho é que descarrilei Pedro. A expressão dele muda. Claro, uma pergunta repentina e pessoal, do nada... Será que eu sempre deixei escapar perguntas assim?

— Não — responde ele. — Quanto mais velho fico, mais percebo que não tenho energia para ser pai. Definitivamente dá muito trabalho. E ter que descobrir como fazer isso por meio de uma barriga de aluguel é demais para minha cabeça. — Ele se detém por um momento. — E a adoção não é, digamos, uma boa opção pra um homem gay e solteiro, mesmo em Massachusetts.

Ele parece relaxar, depois abafa um bocejo. Ficamos acordados, conversando até tarde na noite anterior.

— Sim, não consigo me imaginar sendo pai. Mas é legal ter tantas sobrinhas e sobrinhos para paparicar. É divertido encher eles de doce, biscoito e sorvete... e depois mandar de volta para os pais!

Nós dois rimos.

— Bom... Onde eu estava mesmo?

— Viver, prosperar, reproduzir.

— Isso mesmo! Sua memória de curto prazo é melhor que a minha! — comenta Pedro com um sorriso. — Terei que verificar sua memória de longo prazo mais tarde... se eu lembrar.

Espero *mesmo* que a gente lembre de pedir para ele verificar minha memória mais tarde. Eu realmente acho que estou perdendo a minha capacidade de guardar informações. Tem alguma coisa errada.

— Quando qualquer ser vivo se reproduz, pode haver algumas pedras no caminho durante o processo.

— "Pedras no caminho"... É um termo médico?

— É um termo visual para a explicação. Posso continuar, espertalhão?

— Sim, doutor — respondo, pensando em Bill Murray em *A pequena loja dos horrores*.

— Quando os humanos se reproduzem, pode haver problema com o espermatozoide, com o óvulo, com ambos, ou ainda com o processo após o encontro dos dois. É assim que as doenças genéticas começam ou são transmitidas a outra geração.

— Ok, isso é fácil de entender.

Acho que estou começando a entender essa coisa toda.

— Os vírus se replicam de maneira diferente. Eles fazem isso de forma rápida e repetida.

— Estou impressionado. E com *inveja*.

— Mas não é como no sexo.

— Eu sei. Mas não deixa de ser intrigante.

— Imagino que sim... Bom, o fato é que a replicação rápida e repetida afeta a confiabilidade de fazer réplicas exatas do vírus original. Mesmo uma mudança muito pequena no código genético de uma geração subsequente pode acarretar prós e contras complexos para o vírus, e consequentemente prós e contras *correspondentes* para o seu portador.

— Bom, até aqui as coisas estão fazendo sentido... Não é que o vírus descobre como fazer a mutação, isso simplesmente acontece "por acidente" enquanto ele se replica. E algumas dessas mutações podem modificar o vírus a ponto de ele se tornar resistente aos medicamentos.

— Exatamente! — exclama Pedro. — As mutações são apenas ocorrências casuais. Mas os vírus se replicam muito rápido e em grande número. Então, estatisticamente, uma mutação casual é provável.

— Isso também faz sentido.

Vou lembrando vagamente de tópicos e assuntos das minhas aulas de Estatística: probabilidade, chances, variáveis, a hipótese nula...

— Um exemplo de mutação que "beneficia" o vírus, mas prejudica o ser humano, é quando surge uma nova geração viral resistente aos medicamentos que temos disponíveis. Cada nova geração desse vírus específico replica esse *mesmo* vírus *modificado e mutado*, até que aconteça uma nova mutação.

— Hum, beleza, pelo menos consigo visualizar agora o que é uma mutação. Já sei que... não é um esforço coordenado pelo vírus para se tornar resistente aos medicamentos. Isso ajuda a entender que as mutações são acidentais. Ajuda saber que o vírus não está tentando me matar *intencionalmente*. Você entende o que eu quero dizer?

— Com certeza, Daniel. Quando olhamos para os vírus no seu nível de sofisticação e deixamos de lhes atribuir características humanas, a coisa se torna *menos* pessoal. Na verdade, não é nem um pouco interessante para o vírus que seu hospedeiro fique doente ou morra.

✦✦✦

Nova York é incrível. Eu me sinto, ao mesmo tempo, mais vivo e mais insignificante estando aqui. Todos os meus sentidos são aguçados com movimentos, sons e cheiros constantes. Levo um tempo para sentir as minhas pernas pisando aqui nessas terras.

Estamos hospedados em uma pousada gay no Village. Há homens e mulheres aqui de todos os lugares do mundo. Que divertido! Sempre tive uma queda por sotaques.

Pedro me leva a um passeio rápido pelas principais atrações. Avistamos a Estátua da Liberdade do Battery Park. Caminhamos pelos arredores da Times Square, inclusive pelas partes mais puídas, cheias de estabelecimentos de entretenimento adulto, todos ao ar livre com suas marquises e anúncios, divulgando seus produtos.

Eu me sinto feliz por Pedro, mas confesso que sinto um pouco de inveja agora. Ele já assistiu muitos espetáculos da Broadway cujos anúncios vimos nas marquises do teatro, com muitas das minhas lendas favoritas do teatro.

— É assim que escapo da realidade — diz ele. — Quando venho para a Broadway, é como se eu fosse transportado para outro lugar, um outro tempo.

Sinto como se tivesse perdido tempo no meu pequeno raio de oito quilômetros desde que deixei o seminário, quando poderia ter saído e viajado mundo afora. Mas é tarde demais para chorar pelo leite derramado.

Caminhamos pelo Central Park, que tive que vivenciar fisicamente para apreciar de verdade. Os filmes que assisti até agora não fazem jus a essa preciosidade. Os nova-iorquinos, pelo menos ao que parece, sentem muito orgulho do seu parque.

Pedro me leva ao Zoológico do Central Park. É um lugar lindo, uma surpresa muito bem-vinda e atrativa.

50
MÉXICO
Pedro

— É uma das coisas que mais gosto de fazer em Nova York — digo enquanto compramos o ingresso para entrar no Zoológico do Central Park.

A impressão é que os ambientes foram pensados com todo o cuidado, para garantir o bem-estar físico e mental de todos os animais. Cada local é fantástico. Sinto que Daniel não quer ir embora, ainda mais depois que contei que vi muitas celebridades por aqui com seus filhos.

— Não vou nem tentar escolher o que eu mais gostei, porque não vou conseguir decidir — comenta ele com um suspiro ao sair, horas depois.

— E eu não seria louco de te pedir isso.

— Tá, preciso admitir que os ursos polares me deixaram em transe... Na real parecia que eles estavam se divertindo.

Os ursos estavam brincando com melancias e cubos enormes de gelo, em que havia pedaços de peixe dentro.

— Sabe, uma das minhas primeiras lembranças é de nós dois no zoológico. Não sei dizer exatamente quando foi, mas a gente era bem criança. Lembro de ter me sentido muito triste enquanto observava aquele interminável movimento de pessoas indo de um lado para o outro, enquanto os animais estavam presos em celas de concreto.

Eu sabia que Daniel iria adorar este zoológico. Passamos tanto tempo nele que precisamos pular o Empire State Building. Depois, caminhamos por vários bairros e encerramos o passeio voltando ao Village, onde jantamos em um restaurante italiano fofo com uma comida deliciosa e um garçom igualmente fofo e italiano.

✦✦✦

— Que dia maravilhoso, Pedro! — exclama Daniel já no nosso quarto, no hotel, nos preparando para dormir. — Obrigado por organizar tudo isso.

— Estou tão feliz que a viagem tenha dado certo. Eu quero muito visitar a exposição do México com você!

Vamos para a cama, uma *queen-size*, onde cabe muito bem as duas rainhas aqui, bem diferente da cama de solteiro que por tantos anos compartilhamos.

— Lembra daquela vez que a gente viajou de carro pelo México e viu a silhueta de uma mulher e de um homem na cordilheira? — indago.

— Lembro. Foi em Popocatépetl e Iztaccíhuatl. Uma história de amor trágico, se é que esse amor existiu.

— Eu sei! Não consigo imaginar um homem cumprindo uma promessa e me amando como Popocatépetl amou Iztaccíhuatl. Talvez um dia desses a gente descubra uma história de amor gay mesoamericana.

— Eu adoro histórias mesoamericanas — sussurro.

Sei que meus olhos ficam marejados.

— Eu também. Cada viagem que a gente fez ao México abriu mais meus olhos para a nossa própria história.

Viro de lado, dobro o braço e apoio a cabeça na mão.

— Você sabia que "asteca" é um termo usado de maneira incorreta?

Daniel se vira e me observa.

— Não. Como assim?

— Essa palavra começou a ser usada séculos depois do genocídio deliberado e da escravização dos povos indígenas do México, mais conhecido como a Conquista do México.

— Ah, *nem* me fale — retruca Daniel. Eu vejo as sobrancelhas dele se aproximarem em direção à ponta do nariz, como se estivessem sendo puxadas por um espartilho. — *Lo que mal empieza, mal termina.*

— Eu sei. Eu já contei essa história várias vezes... Adoro observar a expressão das pessoas quando explico o que tem por trás dessa palavra... É engraçado como a cara de *confusão* aos poucos vai dando lugar à *compreensão*. Principalmente quando eu faço essa explicação com a cara séria.

— É que sua cara de homem hétero é bastante convincente.

Nós dois rimos e deixamos escapar um suspiro profundo.

— Você sempre solta a piadinha certa.

Daniel faz cara de quem estranha o comentário.

— Sério? Eu sempre achei que piada nunca foi o meu forte.

— Mas, então, voltando ao assunto, lembra da minha viagem a Iucatã uns anos atrás?

— Lembro.

— Meu guia de turismo gay compartilhou umas informações históricas enquanto a gente passava de um sítio arqueológico para outro.

— Hum, conta mais — incentiva. — Incluindo os detalhes *importantes* sobre o tal guia.

Meu irmão sorri de um jeito que só ele sabe.

— Basicamente, havia uma aliança de três nações tribais de língua náuatle quando os europeus chegaram à região central do México. Séculos depois, essa Tríplice Aliança foi chamada de "Império Asteca" e o nome pegou.

— Credo, é como se estivessem passando uma borracha na existência dessas nações — resmunga Daniel.

✦✦✦

Quando Daniel volta do banheiro, continuo:

— Minha fofoca quentíssima favorita… aliás, não acredito que a gente não tenha conversado sobre isso ainda… é que os "astecas" e os maias têm deuses que são patronos da homossexualidade.

— O quê? — exclama. — A propósito, *adoro* ouvir você se referindo a eles no *tempo presente*. — Ele chacoalha o braço, que deve ter adormecido.

— Sim! É muito importante que a cultura deles seja vista como algo vivo. E como eles são nossos ancestrais e parentes, estou incluindo a gente nessa história.

Depois de dizer isso, sinto como se de repente um sapo ficasse preso na garganta.

— Às vezes eu gostaria de ter um megafone… ou um púlpito. — Ele me lança um olhar e entendo a que o meu irmão se refere. Ele acrescenta: — Nunca concordei com o *dicho* "*Más vale saber que hablar*". Ah, fala sério, né? Eu acho que conhecimento deve ser compartilhado.

Preciso pigarrear antes de poder responder.

— Concordo!

Ele levanta a mão e executamos o que acredito ser nosso primeiro "toca aqui".

✦✦✦

— Obrigado — digo à atendente do serviço de quarto enquanto lhe entrego o recibo assinado e uma gorjeta. Decidi comprar uma garrafa de champanhe. Não qualquer um, mas um Veuve Clicquot, porque a ocasião merece.

O papai!

Sirvo um pouco em cada taça, parando a tempo de deixar as bolhas subirem até a borda e estourarem, antes de servir mais.

— Uau, você é bom mesmo nisso, hein? — reflete Daniel. — Nem uma gotinha desperdiçada.

— Viva México!

— ¡Mi México Lindo y Querido!

Nós erguemos nossas taças e tilintamos umas nas outras antes de tomar.

— Tenho mais coisa para contar sobre a história mesoamericana — digo.

— Por favor, prossiga.

— O deus maia da homossexualidade se chama Chin ou Chen. O deus "asteca" é Xochipilli.

— Eu não sabia de *nada* disso. Nosso povo é parte da nossa essência desde... sempre.

— Você sempre teve jeito com as palavras.

— E você sempre soube reconhecer os meus dons.

Nós rimos e depois desviamos o olhar, divagando...

Estou na Mesoamérica,
fingindo que trabalho num templo dedicado a Xochipilli
e eu não sou comerciante nem agricultor
e eu não sou um sacrifício humano...

Ele tem o hábito de ficar inventando coisas?

— O guia falou sobre os deuses que tem dois gênero, Xochipilli e Xochiquetzal, que são gêmeos, ou duas metades de um todo, ou um mesmo deus que têm características masculinas e femininas. Os povos antigos celebravam a dualidade e as forças opostas. Como homem *versus* mulher e caos *versus* ordem. Coisa demais para o meu cérebro conseguir processar, mas fiquei encantado com essas forças opostas do caos e da ordem.

— Caos Controlado! — exclama Daniel.

— Exatamente! Igualzinho à minha mente. Os povos antigos teriam adorado me conhecer e saber o que se passa dentro da minha cabeça.

— Claro!

— Tem tanta coisa ainda sobre a nossa cultura que eu quero aprender... — acrescento. — Estou contando as horas pra amanhã.

— Boa noite, Mary Ellen.

— Boa noite, vó.

— Bicha má! — retruca Daniel. — Essa foi boa.

✦✦✦

Chegamos ao Metropolitan Museum of Art na manhã seguinte depois de acordar cedinho e tomar um café da manhã maravilhoso. Fazia meses que eu estava contando as horas para ver essa exposição. Nossa conexão com tudo o que diz respeito ao México é profunda.

— Mal posso esperar para ver os autorretratos da Frida Kahlo — confesso.

— E *La Rana*! — acrescenta Daniel. — Essas pinturas não podem faltar.

— Ando meio obcecado por ela.

— Eu sei. *La Sufrida* passou por muita coisa física, emocional e espiritualmente...

— Parece familiar.

Daniel se vira para mim e seu rosto relaxa.

— É um dos motivos de eu me identificar tanto com Frida e suas pinturas... Eu entendo o sofrimento dela.

As salas da exposição estão esmagadoramente lotadas. Por um lado, *adoraria* ver tudo aquilo com pouquíssima gente ao meu redor. Por outro, me sinto satisfeito de ver tanta gente interessada na história do nosso povo. Hoje (e todos os dias), me sinto muito orgulhoso de ser descendente de mexicano.

Caminhamos pelos corredores no nosso próprio ritmo, ocasionalmente nos encontrando para compartilhar nossas impressões.

— Muita gente — comenta Daniel quando chegamos à metade da exposição.

— Eu sei. Suponho que isso seja bom.

— Eu só queria conseguir pegar os folhetinhos para fazer a visita lendo as informações. Ainda bem que a gente conseguiu a visita guiada.

✦✦✦

Na próxima vez em que nos esbarramos na exposição, comento com Daniel:

— Tem uma pessoa em particular sobre quem eu não sabia absolutamente nada.

— Quem?

— Sóror Juana Inés de la Cruz. Parece uma mulher fascinante.

Ele se anima.

— Eu conheço! Ouvi falar dela no seminário. Acredito que ela era uma freira bem "fora da caixa"... e "fora do armário". Era uma freira lésbica! As coisas que ela escreveu parecem incríveis e excêntricas.

— Meu tipo de escrita — comento com um sorriso.

✦✦✦

— Que fofo — diz Daniel ao se aproximar e parar do meu lado.

Estou olhando para uma pintura de Emiliano Zapata, retratado por Diego Rivera. "Fofo" não é *bem* a palavra que eu usaria para descrevê-lo, mas ele parece uma caricatura de Daniel, então talvez a observação dele tenha sido proposital. Viro na direção dele para comentar, mas vejo que Daniel está olhando para um segurança bonitinho do museu, parado na porta que leva à sala ao lado.

✦✦✦

— Esta exposição não decepcionou — comenta Daniel enquanto me aproximo dele. Tínhamos combinado de nos encontrar no guarda-volumes quando ele me deixou na lojinha do museu para ir ao banheiro.

Ele abre um sorriso quando lhe entrego de presente o catálogo enorme que conta toda a história da exposição.

— Acho que tem foto aí de todas as peças da exposição, cada uma com descrições breves — digo. — É basicamente uma enciclopédia da história artística do México.

— Muito obrigado, Pedro! Pode ter certeza de que vou tirar o máximo proveito disso!

Nossos olhos ficam marejados.

— Não preciso dizer que a Kahlo e o Rivera foram as pinturas que mais gostei, né? — declara.

— Espero que um dia haja uma exposição só dela. Frida merece. *Nós* merecemos também. Eu viria visitar.

— Queria poder protegê-la. Colocar dentro de uma garrafa, levar pra casa e fazer carinho atrás das orelhinhas dela — murmura enquanto nos abraçamos, depois beija meu rosto.

— Nós somos dois *chillones* — digo, enxugando as lágrimas, enquanto observo meu irmão fazer o mesmo.

— Essas lágrimas são de alegria e orgulho. De solidariedade à Frida e a tudo que ela passou. Assim como são pelo México e por tudo mais que a Frida sofreu nos últimos quinhentos anos.

— Apesar de tudo o que aconteceu com ela, o México continua sendo um país com a cultura muito rica e eu sinto orgulho dela!

— ¡¡¡*Que viva México*!!! — declaramos juntos, em uníssono.

Pego no verde para dar sorte!

51

HOMENS
Daniel

— Pedro, revirar os olhos com a dramaticidade perfeita exige prática.

— A prática leva à perfeição — afirma. Os olhos dele disparam para cima e para baixo, da direita para a esquerda, de uma direção a outra, como se ele estivesse lendo rapidamente.

— *Por el amor*, Pedro. Como você chegou tão longe na vida sem aprender a revirar os olhos de maneira eficaz? — comento com uma risada. — Você vai se machucar! Então, escuta, é igual o *"ojo de gallo"*... você tem que manter a cabeça parada. Pelo menos até conseguir dominar a técnica.

— Entendido, cabeça parada — murmura ele, com os olhos arregalados.

Tento conter a risada.

— Agora, sem mexer a cabeça, volte os olhos ao máximo para a esquerda e aos poucos gire seu olhar gay para cima, depois para o outro lado, até chegar no canto direito.

Vejo que ele não entendeu, então sugiro:

— Imagine que está na linha do equador, e está olhando o movimento do sol subindo e descendo. — Depois acrescento, meio que cantando, num certo ritmo: — Da esquerda para a direita. Para cima e para baixo. Nascer do sol e pôr do sol... Ou você pode fingir que está seguindo um arco-íris, onde tem um pote de ouro gay em cada ponta... O que for melhor e que funcione para você.

Pedro tenta revirar os olhos novamente. Mas os olhos dele parecem uma espécie de engrenagem, ou como se estivessem acompanhando o ponteiro de segundos de um relógio de pulso, um... segundo... por... vez.

— Ai, querido, *precisa* continuar praticando.

— Ah, não vem com essa — resmunga, com a voz séria, sarcástica e de quem já perdeu — Não é como se você fosse um especialista em revirar os olhos.

— Queridinho, se tem uma coisa que é minha especialidade é revirar os olhos com maestria. Falando sério, Pedro, você renovou sua "carteirinha gay"? Não sei, me parece que os dirigentes da Comunidade Gay dos Estados Unidos são muito rígidos em relação ao cumprimento de prazos, sobretudo no caso de renovação!

— Você sempre bancando o espertinho.

— Não, é sério, Pedro! Me escuta! Você precisa estar em dia com seus documentos! Não queira entrar num período probatório porque o processo de readmissão é um verdadeiro DEDO NO CU! E sem prazer, se é que me entende. Acerte a sua dívida, pague a associação em dia, Pedro! Se a sua assinatura expirar, não vou poder fazer nada!

Ele faz cara de espanto e depois congela.

— Está falando sério?! Não estou sabendo de nada disso! — Os olhos dele vão e voltam de novo, mas dessa vez claramente em estado de pânico.

— Caramba, Pedro! Tinha me esquecido o quanto você é influenciável.

Dou risada, me contendo para não cair na gargalhada.

Aparentemente ele não está achando graça nenhuma.

— Meu Deus, quando você quer consegue ser um dedo no cu mesmo... — resmunga e, com um sorriso malicioso, acrescenta: — E *sem* prazer.

— Ah, um dedo no cu não é de todo mal...

✦✦✦

Pedro consegue alguns avanços, mas duvido que ele conseguirá revirar os olhos do jeito certo algum dia, por mais que treine. Eu me divirto ensinando "coisas gays" para o meu irmão. Quando a gente era criança, ele vivia me ensinando e me ajudando a fazer as coisas.

Já tem seis meses que a gente fez aquela viagem para Nova York. Agora ele veio para os meus aniversários. É um aniversário só, mas eu sempre planejo *duas* comemorações; uma para a família e outra para os amigos, com alguns convidados em comum.

Pedro e eu continuamos próximos, mas talvez a gente não se conheça tanto, como era quando éramos pequenos. Ainda que na infância e na pré-adolescência, a gente não conversasse sobre sermos gays.

Será que nos conhecíamos de verdade?

✦✦✦

— Meu Deus, espero que você não esteja me pedindo para explicar o maior mistério do mundo, que denominamos "Homens" — resmunga Pedro.

— Bom, você tem mais experiências com homens do que eu.

— Talvez eu não tenha entrado nos detalhes de quando as coisas ficam feias! — comenta ele, rindo.

— Certamente, feias não ficam. Pelo menos não como "cara de bunda feia" — acrescento com uma risada. — Todos os seus namorados tinham caras e bundas lindas.

Nós dois rimos.

— Não consigo explicar a minha sorte — continua Pedro. — Não me considero atraente. Pelo menos, não me sinto fisicamente atraente para mim... se é que isso faz sentido.

— Eu entendo completamente.

— Tem sido difícil superar o prejuízo psicológico causado pela retórica racista repulsiva da mãe.

— Sim, posso imaginar.

Sirvo um pouco de vinho para ele.

— *"Para todo mal, mezcal"* — brinda ele.

— *"Para todo bien, también"* — retribuo.

Incrível, alguns *dichos* ficam melhor quando uma pessoa complementa a fala da outra.

— Voltando aos homens, eles são carentes e dão muito trabalho — resmungo.

— Sim, bem fazem as lésbicas. Homens nem pensar.

— E elas podem ter filho sem precisar envolver nenhum homem na história! Lembra do meu projeto de ciências que fracassou no ensino médio?

— Essa… e digo isso com toda a sinceridade… é a história mais engraçada que você já contou! Todo mundo pirou porque você disse as palavras "sêmen" e "masturbação" em voz alta em plena escola… Eu daria tudo para ter visto isso! E olha que você ainda nem tinha descoberto o que era masturbação! Nossa, se eu soubesse, Pedro, eu teria te contado tudo, botado a boca no trombone… Aliás, juro que nem foi minha intenção dizer isso metaforicamente, mas admito que "botar a boca no trombone" me pareceu interessante.

— Nossa, que mente mais pervertida!

— Ei, ei, espera! Tenho um *dicho* perfeito para essa ocasião. Aprendi lá no seminário… É meio pegadinha, então presta atenção que precisa entender direitinho.

Una vez al día, es manía.
Una vez por semana, es cosa sana.
Una vez por mes, es dejadez.
Una vez al año, se te oxida el caño.

— Quê?! — exclama Pedro. — Que sandice é essa?! E ainda é um poema!

— É sobre tomar banho, seu pervertido! No que você pensou?

— Ah, claro! Falou o Rei do *Doble Sentido*!

— Pra você é *Rainha*, senhorita!

— Somos uma dupla de *delincuentes, maleducados y sinvergüenzas*, cheios de *porquerías y pendejez*!

— A tampa e a panela... fogueira e brasa... avião e asa.

— Nossa, a mãe ficaria muito orgulhosa da gente agora.

Rimos feito dois *torpe tontos*.

Pedro me pede para repetir algumas vezes o *dicho* para poder memorizá-lo. Não consigo imaginar quando e na companhia de quem ele seria capaz de repetir isso. É um jogo de palavras sobre banho... ou... mais provavelmente... sobre masturbação.

✦✦✦

Hoje pela primeira vez fui ao funeral de alguém vítima da AIDS... Era uma pessoa que eu conhecia... e amava.

Betty foi minha gerente na pizzaria, há alguns anos, logo depois que eu saí do seminário — quando mergulhei numa depressão profunda e implacável. Ela era uma mistura entre Carol Brady e Shirley Partridge, uma mãe adotiva para desgarrados como eu.

Ela acolheu Brad quando os pais dele o expulsaram, aos quinze anos. Depois, num ato emblematicamente benevolente, mediou as coisas entre Brad e a família dele até que a relação entre eles se tornasse mais saudável, tanto individualmente quanto em família.

Talvez Betty tenha *me* salvado.

Ela me ligava todo dia de manhã para me incentivar a sair da cama, comer, tomar banho e ir trabalhar, até o ponto em que isso se tornou rotina e eu consegui começar a fazer isso por conta própria. Os conselhos dela me levaram a subir de cargo na hierarquia corporativa da rede de pizzarias. Sob a tutela dela, eu me tornei gerente de loja rapidamente. Naquela época, Betty era minha gerente regional.

E aí veio aquele dia fatídico.

Ela estava em trânsito, entre uma loja e outra da pizzaria, quando sofreu um ataque cardíaco. Betty perdeu o controle de seu sedã, que colidiu com toda a força contra um poste de luz. O ataque cardíaco foi o que menos a prejudicou, Betty teve de ser submetida a uma cirurgia de emergência devido a uma fratura na perna.

Ela precisou de uma transfusão.

Visitei Betty no hospital algumas vezes, e outras na clínica de reabilitação. Então, perdemos contato.

Por que abandonei uma pessoa tão adorável?

Quando o marido dela me ligou para contar que ela tinha falecido, minhas pernas fraquejaram.

O longo histórico de diabetes e os danos causados aos rins pela doença fizeram com que o HIV e aqueles medicamentos terríveis arrasassem seu corpo já debilitado. Essa mulher encantadora — e todo seu altruísmo — não foram páreo para essa doença tão insidiosa.

Um demônio lutando contra um anjo.

— Ah, Sam, meus sentimentos. Eu amei a Betty, com todo o meu coração — falei.

— Eu sei, Daniel. Ela adorava você, era uma das pessoas de quem ela mais falava. Ela vivia me contando suas travessuras e falava muito também dos seus *dichos*... e a gente ria muito junto quando ela lembrava dessas coisas.

— Sinto muito por ter perdido o contato com ela. Sinto mesmo, de todo coração.

— Daniel, ela estava muito feliz de te ver prosperando. Isso era o mais importante para a Betty. Honre a memória dela com sucesso contínuo em seus empreendimentos.

— Eu... É o que vou fazer, Sam. Vejo você amanhã no velório — respondi.

E então eu chorei como não chorava desde que saí do seminário.

✦✦✦

Algumas pessoas nascem para servir aos outros, seja por escolha própria, ou em nome de Jesus Cristo, ou de algum outro chamado superior.

Mas eu me perdi no caminho.

Eu me perdi do meu compromisso e agora o tempo está correndo.

Sin propósito para servir, no sirves para ningún propósito.

52

PROVINCETOWN
Pedro

Já faz quase um ano que Daniel e eu fomos para Nova York. A gente se divertiu muito quando visitei o meu irmão em maio, no aniversário dele. Ele adora lembrar que é o mesmo mês de aniversário da Cher. Não o via desde então, mas conversamos com frequência por telefone.

Dessa vez, Daniel veio me visitar em Boston, no começo de setembro, perto do Dia do Trabalho, que é um ótimo momento para estar aqui. Hoje vamos ao Museu Isabella Stewart Gardner. Já estive com ele lá, mas não estranho que esse museu esteja sempre na lista de coisas que ele quer fazer quando vem à cidade.

O museu era a antiga casa de Isabella Stewart Gardner. Ela mandou construir a casa em estilo *palazzo* veneziano. Olhando do lado de fora, a construção não parece nada demais. Mas assim que você coloca o pé lá dentro, é transportado para outro lugar e outro tempo.

Não sei quantas vezes já estive aqui, mas as molduras vazias colocadas onde obras-primas roubadas uma vez estiveram, são sempre um soco no estômago. Como alguém pode ser tão egoísta e corrupto a ponto de comprar uma obra de arte roubada? Acho que isso vem acontecendo desde que a humanidade é humanidade. Do contrário, como explicar as várias peças de arte e outros artefatos que foram roubados por saqueadores e ladrões, inclusive durante as guerras, religiosas ou não? Toda vez que vejo artefatos antigos em um museu, eu me pergunto como eles foram parar ali. Muitas vezes penso que seria mais razoável que fossem expostos perto dos lugares de onde eles se originaram.

— Eles ainda não encontraram estas obras? — pergunta Daniel, apontando para os quadros vagos.

— Não — respondo, mas sigo em direção à *O Rapto de Europa*, de Ticiano, que fica ali perto, antes que ele perceba as minhas lágrimas amargas. A explicação durante a visita guiada sobre a combinação de Gardner (feita quase cem anos atrás), entre um vestido de seda dourada e cetim cintilante, somada a tudo que se vê nesta obra-prima... eu me arrepio. Ela era uma mulher fabulosa.

✦✦✦

— UAU, aquele era John Waters de bicicleta! — grita Daniel. — ¡El mundo es un pañuelo!

— Entendo que quer dizer que o mundo é pequeno... mas por que comparar com um lenço?

— Não se deve questionar os *dichos* — afirma Daniel.

Estamos a caminho do *T-dance*, em Provincetown. Eu gostaria que Daniel fosse ao *The Last Dance*, e ouvisse *Last Dance* de Donna Summer tocando, com centenas de gays e lésbicas cantando e dançando a plenos pulmões. É uma coisa ensurdecedora e caótica, todos os sentidos são acionados ao mesmo tempo, à beira da sobrecarga. O barulho é tanto que é possível ouvir de uma distância considerável do local.

No Dia do Trabalho, ir ao *The Last Dance* é um jeito simbólico de encerrar a temporada turística, o último *T-Dance*[9] antes da primavera começar. É *dulce-amargo*. Agridoce.

---

9. Eventos organizados pela comunidade gay que comumente acontecem nas tardes de domingo. O T-Dance, ou *Tea Dance* [Dança do chá], teve início em Nova York, entre as décadas de 1950 e 1960, e surgiu como alternativa à proibição imposta aos bares de servir álcool à comunidade gay, pois nesses eventos servia-se chá em vez de bebidas alcóolicas. Os eventos ainda ocorrem, mas a bebida não alcóolica é mais aspergida entre as pessoas do que ingerida [N.T.].

Daniel não está me acompanhando nesta viagem. A caminhada longa pelo cais até Long Point, na ponta de Cape Cod, o extenuou. Apesar de ter recebido terapia antiviral intermitentemente por alguns anos, a contagem de células T do meu irmão caiu... demais. *Tecnicamente*, ele começa a ter AIDS agora, mas acho que Daniel não tem consciência disso.

E eu não quero contar a ele.

Para os profissionais da saúde, cuidar dos pacientes sem causar estresse ou danos desnecessários é como tentar se equilibrar numa corda fina e instável: *primum non nocere*. Uma contagem de células T inferior a duzentos é uma designação "semi-arbitrária" para a transição diagnóstica da infecção pelo HIV para a AIDS, ou para HIV em estágio avançado.

Na verdade, alguns pacientes podem viver muito anos com uma contagem de células inferior a duzentos. Outros apresentam números que oscilam, tanto para mais quanto para menos. Há ainda os que sucumbem com contagens superiores a duzentos. Esse é um belo exemplo de que a medicina é uma arte *e* uma ciência.

Resumindo, ter AIDS significa que Daniel corre um risco maior de contrair infecções oportunistas e doenças malignas. Isso definitivamente atesta um diagnóstico de AIDS.

Caralho.
Caralho.
Caralho.

Daniel nunca tolerou medicamentos para o HIV. Acho que ele parou de tomar porque não o ajudaram ou porque os efeitos colaterais eram muito agressivos. Ele se inscreveu em um ensaio clínico uma vez, mas não melhorou; ou ele estava tomando placebo ou o tratamento era ineficaz.

Eu me sinto o pior dos inúteis. Eu sou um gay que trata pessoas com HIV e não posso fazer nada pelo meu irmão com AIDS. É um tipo peculiar do que se pode chamar de inferno na terra.

— Inacreditável a quantidade de gays que tem por aqui — comenta Daniel enquanto andamos por Provincetown. — Este lugar é mágico... nunca ouvi falar de um lugar com tanta coisa legal.

Passamos por homens e mulheres com todos os estilos e combinações imagináveis... vestindo cores e roupas que provavelmente não usam em outros lugares. Todo verão, esta pacata vila de pescadores se torna o destino das férias para gays, lésbicas, bissexuais, transgêneros e para quem mais se possa imaginar, inclusive os heterossexuais. De algum modo a coisa funciona. Os moradores locais dependem desse influxo de dólares dos turistas, e os turistas entusiasmados esperam descansar e se entreter por alguns dias ou semanas. Preconceituosos não vão gostar nem um pouco daqui, porque qualquer fagulha de ódio é apagada antes mesmo de ser acesa.

Fala-se e escreve-se sobre como a luz por aqui é retratada na pintura e em obras de arte. Não é necessário ser nenhum artista para perceber como a luz reflete, interage, dança e se move pelos quatro cantos dessa cidade; ela é, literalmente, de tirar o fôlego.

Chego à conclusão de que Provincetown é, na verdade, diferente de qualquer outro lugar do mundo. Não é de se surpreender que pessoas de diferentes lugares do mundo se desloquem e venham para esse ponto de difícil acesso bem na extremidade de Massachusetts. Além de ser um lugar naturalmente belo — com dunas em cascata, florestas de faias e pinheiros, ciclovias e trilhas para caminhada, e pôr do sol cromático deslumbrante sobre o oceano —, não há tolerância para a intolerância. É o único lugar até hoje por onde andei na rua segurando a mão de outro homem. Foi o único lugar onde beijei um homem, na boca, em plena luz do dia, sem a menor preocupação com qualquer risco que eu pudesse correr.

— Todo verão é assim... Tento vir sempre que posso. Sorte minha ser tão perto.

— Sim... Sorte a sua — sussurra Daniel.

O olhar dele vaga para longe. A expressão dele muda, de repente os olhos parecem perdidos, desconcentrados... Uma sombra se abate sobre ele. Algo não me cheira bem.

— Você tem sorte de não ter contraído essa doença maldita — murmura quando parece sair do seu estado de transe, agora com os olhos mais focados, mas cheios de lágrimas. — Eu me sinto tão aliviado por você, Pedro... de verdade. Mas por que eu fui pegar essa merda? A gente poderia passar mais tempo juntos, felizes. Não temos o direito de ser adultos saudáveis?

— Ah, Daniel — lamento, e o puxo para perto, para um abraço. E assim ficamos, abraçados, por um tempo.

— Tá tudo bem, eu tô bem... Tá com pena? Peninha? Toma vergonha na cara, seu pedacinho patético de merda!

Ele se estapeia em tom de brincadeira várias vezes, girando a cabeça dramaticamente a cada bofetada, imitando uma cena de *Dinastia*. É estranho ver o sorriso tão característico de Daniel combinado com os olhos vermelhos e lacrimejantes e o nariz escorrendo.

Apoio a mão no ombro dele e ficamos nos olhando por um tempo. Depois continuamos nossa caminhada pela Commercial Street.

— Tudo bem se sentir triste e com raiva — eu digo. — Mas a gente tem vários anos pela frente para planejar viagens e outros encontros.

— Ah, Pedro... Eu sei que você sabe que eu não tenho anos pela frente.

Solto um suspiro profundo e repentino. Torço para que ele não tenha percebido. Suponho que eu poderia argumentar. Que eu poderia tentar distorcer a verdade. Mas ele tem razão, e está na cara que ele sabe de alguma coisa.

— Estou com sarcoma de Kaposi — diz num sussurro quase inaudível.

Doença maligna oportunista. Um tipo de câncer de pele.

Caralho.

Caralho.

Caralho. Preciso assumir o controle... de mim mesmo... da situação.

— Olha Daniel, não é uma boa notícia, mas existem vários tratamentos para esse sarcoma. Tenho certeza de que os médicos que estão te tratando sabem disso.

— Eu sei, eu sei. Mas agora eu tenho AIDS. Estou com a porra da AIDS, Pedro — afirma ele, com os olhos lacrimejando mais uma vez, iguais aos meus.

53
RELIGIÃO
Daniel

Eu acredito em Deus.

Eu acredito em Deus.

Eu acredito, acredito, acredito, eu acredito em Deus.

Embora às vezes seja um compromisso difícil de continuar a carregar...

Eu compreendo céticos como Pedro — mais agnósticos do que ateus — que se perguntam se Deus existe. E eu entendo as perguntas dele que começam com: "Se Deus existe, então por que...?"

Sim, por que existe guerra, doença, fome, violência e miséria?

Eu também acrescentaria à lista: "Por que Ele me fez gay?" Por que eu sou o que sou? Por que Deus me fez assim? Eu não *escolheria* passar a vida inteira sofrendo ofensas e outras injúrias, antes mesmo de saber o que significava ser um maldito *maricón de mierda*.

Não, *chiquito*, não é assim que funciona.

Todas essas perguntas são válidas e sem respostas claras.

O que há são meras expressões filosóficas de possíveis explicações que *podem* ilustrar a expectativa de Deus de que o *homem pode* — a partir da bondade com que Ele muniu nossos corações — *mudar*... e amar uns aos outros... e trabalhar juntos... para acabar com todo o sofrimento do mundo.

Blá, blá, blá...

Por fim, eu diria, sem Deus... o que *há lá do outro lado?* Porque depois de dois mil anos de ensinamentos de Jesus Cristo, parece que não evoluímos, não nos tornamos cristãos melhores.

Acho que é tarde demais para abandonar a esperança de que Ele existe.

Mas não tenho motivos para questionar ou duvidar, não há nenhum dilema em questão aqui. Eu sei que Deus existe. Ele nos enviou anjos quando éramos pequenos e nossos pais brigavam. É a *prova* de que Ele existe. E eu tenho três testemunhas que ainda se lembram do que aconteceu, mesmo tantos anos depois.

Quando conto às pessoas sobre aquele episódio totalmente atípico, elas sempre tentam desviar o assunto, dizendo que só pode ter sido fruto da imaginação frutífera de uma criança: *Talvez fossem sombras dos postes de luz da rua ou das árvores!* Mas não havia postes de luz na nossa rua nem árvores no nosso quintal.

E essas imagens que vimos apareceram em cores tridimensionais.

E, além das imagens, também escutamos uma música

Talvez você tenha esquecido que havia postes de luz e árvores!

Há fotos minhas e de Pedro na varanda da nossa casa naquela época. O ângulo mostra claramente nosso árido jardim da frente, bem nos "confins dos Estados Unidos", onde não havia iluminação pública.

E, como eu já disse: cor e som tridimensionais.

Você era tão jovem! Talvez fosse outra coisa!

Sara tinha dez anos, Juan, nove, Pedro, seis e eu tinha cinco. E TODOS NÓS OS VIMOS JUNTOS.

Vai saber o que era de verdade!

Não sei ao certo o que eram aquelas imagens. Parecem faltar palavras para explicar, descrever o que era aquilo, mas de uma coisa tenho certeza:

NÃO ESTAMOS SOZINHOS NESTE UNIVERSO.

✦✦✦

Acredito que Deus impediu meu afogamento quando eu era pequeno; que Ele pegou a mão de Juan e a colocou onde deveria estar, para me encontrar nas águas do rio, me agarrar para que o papai pudesse me tirar de lá. Por qual outro motivo uma criança magricela que não sabe nadar sobreviveria depois de submersa em um rio profundo?

Provavelmente Deus me salvou de inúmeros outros perigos ao longo desses anos. Tenho vagas lembranças de ter dito ou sentido: *Ah, meu Deus, muito obrigado por ter me salvado.*

Mas Deus não nos protegeu da nossa mãe.

E...

Deus não me protegeu da AIDS.

✦✦✦

O Senhor está me testando? Vendo se eu seria capaz de escapar disso sozinho? Averiguando se aprendi *alguma coisa* com os vários obstáculos que colocou de propósito no meu pobre e patético caminho, repetidas vezes?

O Senhor não poderia, sei lá, talvez ter lançado algumas oportunidades boas no meu caminho? Que ao menos estivessem ao meu alcance? Mesmo que de vez em quando? Ou, sei lá, pelo menos *UMA VEZ?*

Não havia neste mundo uma única pessoa que eu pudesse amar, e que pudesse retribuir esse meu sentimento? Entre bilhões e bilhões de pessoas no planeta?

Nem um homem sequer?

Nenhum?!

Por el amor de Dios...
Pelo amor de Deus...
E tudo isso é bom...
Com todo o respeito...
Ok...
Respira fundo...
Acho que terminei...
Mesmo horário amanhã?
Preciso encontrar consolo em:

"*Siempre se hizo lo que Dios quiso.*"

Mas Ele terá que me explicar o que realmente queria quando eu cruzar aqueles portões perolados.

❖❖❖

Não me passou despercebido que ter passado uma vida inteira nutrindo o desejo de falar com Deus foi uma falácia metafórica proposital, criada por clérigos conspiradores para controlar as suas congregações, e que aqueles que afirmam conversar verdadeiramente com Ele precisam seriamente de uma avaliação psicológica.

Demorei muito para jogar a toalha, mas...

"*Más vale tarde que nunca.*"

❖❖❖

Por muitos anos, procurei por um amor recíproco. Eu não mereço isso como todo mundo merece? É minha sina ficar assim, abatido e desanimado até essa merda finalmente acabar de vez com a minha vida fodida?

Isso é mais do que autopiedade.

Eu realmente quero saber por que não mereço conhecer o amor, saber o que é ser amado.

Pedro e Daniel

"*Más vale estar solo que estar mal acompañado.*"

Por que esses *dichos* desgraçados surgem na minha cabeça quando eu menos espero ou quero?

Na década de 1980, Ohio não era bem o lugar mais fácil e mais propício de se encontrar homens bem resolvidos (uma definição vaga, né?), fora do armário (pelo menos para ele mesmo?), atraente (e nem quis dizer bonito!), empregado (ou pelo menos empregável?), não muito velho (menos de 35?) e saudável.

Eu adoraria ter lido uma descrição dessas nos classificados de um jornal, mas não daria a menor chance para um sujeito triste desses.

✦✦✦

— Pedro, às vezes eu fico me perguntando... se a mãe tivesse me ensinado a amar... a amar a mim mesmo e a amar os outros... será que ainda assim eu teria ido buscar o amor nos lugares errados?

Pedro olha para mim do outro lado da mesa de jantar e mecanicamente apoia o garfo no prato. Continuo:

— Eu sei que é um clichê dos piores possíveis, e uma desculpa, sem dúvida nenhuma. Sinto raiva de mim por pensar nisso, de verdade... mas não consigo deixar de me perguntar... Isso martela a minha cabeça, é um peso feito uma sombra escura que embaça a visão, sufoca a pouca autoestima que consegui reunir nessa minha vida miserável.

Logo os olhos do meu irmão marejam e as lágrimas começam a escorrer. Ele está *olhando* para mim, mas não acho que esteja me *vendo*.

— Ah, Pedro, você é o único capaz de entender o que eu quero dizer.

Eu levanto e dou a volta na mesa para abraçá-lo por trás da cadeira. Ele permanece quieto enquanto chora.

E o silêncio perdura, tamanha a dor e a tristeza.

✦✦✦

— Dizem por aí: "*Es mejor haber amado y haber perdido que nunca haber amado*" — recita Pedro. — Não concordo com isso.

— Não?

Nós nos recuperamos da emoção que a conversa sobre a nossa mãe e o amor trouxe à tona, e estamos sentados no meu sofá, tomando vinho.

— Embora os momentos em que eu senti o que acredito ter sido amor tenham sido bons, a dor de perder esse amor engole o sentimento bom... preferia nunca ter sentido nada disso. Pelo menos o saldo não seria negativo.

Percebi que Pedro não consegue olhar nos meus olhos quando fala sobre a nossa mãe ou sobre as emoções dele. Vez ou outra, quando termina de falar, ele me olha de relance.

— Acho que entendo o que você quer dizer — digo. — Eu nunca *amei* de verdade, mas já me *apaixonei*. E quando a paixão passa, dá um desespero, é uma coisa sufocante, como se eu estivesse me afogando. Eu me pergunto se a experiência de quase ter me afogado me dá uma sensação diferente a esse respeito.

— Sim. É por aí — comenta Pedro. — Com certeza, por conta do nosso passado, a insegurança é sempre o que impera, quando não é a culpa e a vergonha. Quando a coisa acaba, você fica se perguntando se foi amor verdadeiro mesmo.

— Hum.

— Posso dizer com toda a sinceridade que perder um amor, alguém que você ama de verdade, é a angústia mais profunda e desesperadora que eu já senti.

— Meu Deus, Pedro, parece mesmo triste demais. Talvez tenha sido melhor eu não ter passado por isso, então...

— Sim, eu não gosto de falar sobre esse assunto. Ironia do destino ou não, a mãe acabou poupando a gente da tristeza, evitando que a gente se aproximasse das pessoas, até dos amigos. Não tínhamos muito o que perder, já que não nos permitíamos nos aproximar de quase ninguém. Faz sentido?

— Infelizmente, faz, sim, Pedro.

— E a gente também não lidou muito com a morte. Perder Papá e *abuelita* foi uma tristeza e tanto, mas a gente não conhecia os dois tanto assim e não sentíamos a ausência *física* deles, porque raramente nos encontramos com eles. Imagino que certas mortes seriam piores do que a perda de um namorado.

Pedro não olha para mim desta vez.

Eu sei que ele está se referindo a mim.

Ele deve estar desesperado por dentro, o medo da minha morte iminente deve estar sufocando o meu irmão. Eu não estou em negação. Eu sei que a hora está chegando.

— Uma vez, eu estava falando com o meu namorado ao telefone, aí desliguei sem dizer "eu te amo" e uma amiga me chamou a atenção disso. Eu disse: "A gente não diz 'eu te amo' um pro outro... preferimos demonstrar esse amor".

— Aposto que foi um belo de um "cala a boca" pra ela — murmuro.

— Foi. Lá em casa a gente nunca aprendeu a dizer "eu te amo". E a mãe nunca demonstrou amor pela gente, mas muita gente que diz "eu te amo" não faz isso do fundo do coração.

— "*Las palabras se las lleva el viento*" — declaro.

— Exatamente.

Fico me perguntando o que passa na cabeça de Pedro, em seu caos controlado. Seus pensamentos, demônios, medos, ânsias... Pedro tem uma espécie de fortaleza que o protege e não permite a entrada de absolutamente ninguém. Lá dentro, deve estar a criança assustada e agredida, simplesmente tentando sobreviver a tudo isso. Mesmo depois de todos esses anos.

Quanto a mim, procurei por um amor verdadeiro no lugar errado. E me descuidei, admito:

"*Si te acuestas con perros, amaneces con pulgas.*"

Quem deita com cachorros, acorda com pulgas.
Talvez eu só estivesse cansado.
Talvez eu tivesse desistido.
Talvez eu estivesse procurando... por isso.
Para me ajudar a... por um fim neste sofrimento do qual não consigo me livrar.
Mas eu não tinha parado para pensar nisso.
Uma morte lenta e desagradável neste mundo cheio de ódio não foi uma boa escolha.

✦✦✦

— Daniel, você sempre foi um dedo no cu — resmunga Tony.
— E *não* do tipo que dá prazer, como costuma dizer — acrescenta Brad.
— Eu gosto dele — intervém Aloysius.
— É claro! — exclama Brad, sorrindo. — *Ele* acabou de dizer que *você* tem o nome mais perfeito de todos.

Aloysius é o mais novo namorado de Tony. O nome dele sempre ressoou como música para os tímpanos. É melódico, poético, inusitado, um enigma ortográfico.

Estamos sentados à mesa, na casa de Tony, depois do jantar. Brad e eu somos os primeiros convidados. Na verdade, Brad e eu somos sempre os primeiros a serem convidados para jantar na casa de Tony quando ele quer apresentar um novo namorado.

Eu devo ter exagerado nos coquetéis que bebi, antes de exagerar nas garrafas de vinho.

Não *acho* que eu esteja usando isso como desculpa.

— Gente, calma, segura a peruca aí — peço. — Só dei uma opinião sincera, palavra. Em nome de Jesus Cristo.

— Viado, não vem com esse papo de Jesus agora. Isso não cola! — rebate Tony. — Você disse que o meu nome lembrava o cheiro de ovo podre do produto que a sua mãe usava no cabelo.

— Olha, já que você tocou nesse assunto... — diz Brad, com um sorriso. — Uns anos atrás eu *usei*, sim, produtos Toni[10] para o meu permanente de Mike Brady.

✦✦✦

É claro que quando eu era criança eu já sabia que Pedro era gay, mesmo que a gente não conversasse sobre o assunto. A precisão e a exatidão do meu gaydar não falham. Naturalmente, esse gaydar não teve nenhuma serventia pra mim; é um mero distintivo que trago no peito.

A mãe bem que tentou arrancar o *maricón* de mim, mas cá estou, eu, eu mesmo e Daniel em pessoa.

Acho que todos já sabemos como *isso* tudo acabou.

A mãe tentou arrancar isso de Pedro também, não uma, nem duas, nem mil vezes. Não sei como ele foi "descoberto". Pedro, ao contrário de mim, nunca demonstrou absolutamente nada. Talvez ele tenha recebido a culpa "por tabela". A opressão da nossa mãe o deixou tão reprimido, introvertido, constrangido que não havia nada, nenhum sinal que um olhar "destreinado" pudesse captar. Nada no meu irmão poderia sugerir que ele fosse gay.

Pelo menos, ao que parece, ele está começando a sair das sombras agora, devagar, mas está. Sendo sincero, eu me pergunto se ele teria se tornado gay se a mãe não tivesse sugerido isso desde o dia em que atingimos a idade suficiente para segurar uma boneca. Eu fico me perguntando o quanto o ambiente em que convivemos influenciou Pedro.

Eu sei.

---

10. Antiga marca de produtos cosméticos e de tratamento para cabelos que surgiu nos Estados Unidos, em Minnesota, na década de 1940. A Toni Home Permanent é uma marca conhecida por ter introduzido o primeiro produto para permanente "caseiro" do mercado.

Soa como um pretexto.

Natureza *versus* Criação ainda é um tema polêmico. Definitivamente eu sou a Natureza. Mas me pergunto se Pedro não seria a Criação.

E de que serviu tudo isso? Mamãe e Pedro não se falam há anos, nada além de um breve "*Hola*" numa ou outra reunião de família. Quando ele vem para ver os parentes, ele não a visita. Quando digo que ela quer vê-lo, ele diz: "muito provavelmente não" ou "sem chance" ou "pra quê? Pra ela tentar me controlar de novo? *Mil gracias, pero no.*"

Eu gostaria que eles se encontrassem, mas sinceramente não posso dizer que ela mudou, que agora as coisas são outras, que ela trata a gente bem. Ela ainda tem uma visão paranoica e míope de tudo, de todos. Talvez isso mude com o tempo.

Mas o *meu* tempo está esgotando.

Acho que faz sentido Pedro se manter distante e fora do alcance da mãe. Talvez ele esteja mais saudável porque encontrou uma maneira de escapar das garras dela.

A verdade é que me sinto triste por eles. E por nós como família.

Será que algum dia encontraremos a paz e a alegria como família?

É uma pergunta retórica.

Eu sei a resposta.

54
AIDS
Pedro

— Como se sente? — pergunto, com medo de ouvir a resposta do outro lado da linha.

— Ah, feito manteiga — responde Daniel.

Ele parece melhor hoje. Meu irmão se recuperou depois de ter passado uma semana internado. Algum braço grande e forte deve tê-lo puxado de volta das garras da morte... de novo.

— *Gracias a Dios* — digo, para preencher o silêncio.

Ele parece estar com a cabeça no lugar. A voz é cansada, mas ainda assim consigo perceber seu senso de humor.

— Vou sentir falta do Glenn, com certeza — lamenta. — Ele me deu os melhores banhos que já tomei na vida.

Daniel sente a falta que seu enfermeiro mais doce e fofo vai fazer. Glenn foi um anjo para ele, para mim, para todo mundo.

— Tenho certeza de que banho era a especialidade dele — digo.

— Sim, era mesmo — Daniel responde, com uma risadinha. "*No hay miel sin hiel*". Os mais fofos costumam ter pegada. Mas o que é bom sempre dura pouco.

Daniel agora vai contar com assistência domiciliar, enfermeiros irão até a casa dele regularmente para ajudá-lo com a medicação intravenosa. Rezo para ele não pegar outra infecção pelo cateter.

✦✦✦

— Pedro, a Sra. Langford ao telefone quer falar com você. Lembra, a mãe de Doug?

— Obrigado Jeannette. — Tive um dia longo na clínica, mas continuo respondendo mensagens, atendendo telefonemas.

— Olá, Sra. Langford. Como vai?

— Estou bem, doutor. Vou bem...

Fico em silêncio por um tempo, dou a ela espaço para organizar os próprios pensamentos.

— Sinto falta dele, doutor. Sinto muita falta dele — diz ela, abafando um soluço saturado.

Um nó repentino se forma na minha garganta, e preciso desfazê-lo o quanto antes para conseguir continuar essa conversa.

— Eu sei Sra. Langford. Sinto saudade dele também. Ele era muito especial... As visitas dele ao consultório eram especiais, ele tinha um senso de humor incomparável...

✦✦✦

Doug Langford, um dos vários pacientes que minha equipe tratava, morreu no mês passado. Cada perda dolorosa traz consigo o triste lembrete: ainda não temos um tratamento eficiente para esse maldito vírus.

Conheci Doug há alguns anos na noite de estreia de *A Pequena Loja dos Horrores*. Ele estava namorando o diretor de uma companhia de teatro local cujas produções eu adoro. Doug estava estudando direito aqui em Boston. Algumas semanas depois, ele marcou uma consulta comigo na clínica.

Na primeira consulta, Doug contou que convivia com HIV há anos. A terapia experimental e a monoterapia não funcionaram para ele.

Eu me lembro de ter perguntado a um especialista em HIV a opinião dele a respeito da combinação de medicamentos para tratamento do vírus, como fazemos nos casos de tuberculose e outras doenças infecciosas.

— Pedro, como você sabe, os testes experimentais parecem promissores, mas no momento os dados não são conclusivos. Eu gostaria de poder recomendar esse tipo de tratamento, mas nem temos certeza de qual dose de cada medicamento seria apropriada. Há preocupação sobre as interações medicamentosas, e além disso, um paciente pode estar tomando um dado medicamento que possa implicar outra interação medicamentosa, arriscada. Acho que a gente ainda não chegou lá... Precisamos de mais estudos. É preciso deixar a ciência nos guiar.

Há uma rede pequena de profissionais da saúde, na maioria gays, que lideram iniciativas de tratamento que muitas vezes levam a ensaios clínicos nos Estados Unidos e em outros países do mundo. Embora o nosso instinto nos diga para sempre seguir a ciência, os números e os dados, às vezes, fatalmente, acabamos procurando uma anedota aqui ou ali que, de algum modo, possa lançar luz, nos guiar em direção à próxima descoberta sobre os mistérios que envolvem esse vírus.

Sem vacina e sem um tratamento concreto — que funcione bem e traga poucos efeitos colaterais, de preferência nenhum —, estamos de mãos atadas.

A monoterapia, que requer administrar apenas um medicamento por vez, não está funcionando porque o vírus muitas vezes sofre mutações quando se replica, e algumas dessas novas gerações virais são resistentes a um único tratamento medicamentoso.

Ao longo desse último ano, a doença de Doug progrediu rapidamente, tornando-o suscetível a infecções oportunistas. Apesar de medidas profiláticas, ele passou por várias internações hospitalares por superinfecções bacterianas e fúngicas. A saúde de Doug piorou drasticamente.

O olhar de Doug e seu senso de humor são apenas lembranças opacas do jovem atraente que conheci no teatro. Foram eles que me confortaram quando o vi no hospital e depois, quando o visitei na casa de sua mãe, onde ele começou a receber os cuidados paliativos de enfermeiras.

A Sra. Langford havia feito um curso intensivo sobre cuidados de saúde domiciliar e assumiu a maior parte do trabalho.

Àquela altura, muitos pais em toda parte do mundo subitamente tornaram-se cuidadores; infelizmente, houve aqueles que evitavam o filho ou filha por causa do estigma do HIV. No consultório, vejo pacientes com diferentes características e reações por parte da família.

+++

Há alguns estudantes de medicina que acompanham o meu trabalho nas tardes de quinta-feira. Marquei uma das visitas domiciliares que faço a Doug neste dia da semana para que esses alunos pudessem me acompanhar.

Cumprimentamos a Sra. Langford da entrada da garagem. Ela tem o melhor abraço de urso de todos, quase a ponto de quebrar as costelas. Ele alivia a tensão muscular enraizada nas minhas costas e pescoço.

Doug estava na sala. Era o local mais óbvio e lógico para acomodar a cama do hospital, que ocupava o espaço que seria do sofá. A Sra. Langford havia deixado ali umas cadeiras dobráveis com almofadas.

Segurei a mão de Doug e perguntei:

— Doug, como vai, meu amigo?

Entre uma tosse e um chiado no peito, ele respondeu:

— Incrível! Nunca me senti melhor... Vou vencer esse vírus maldito.

Os olhos dele já não tinham mais aquele brilho de antes. Ele os fechou e caiu no sono.

Acariciei sua mão e o cabelo dele enquanto conversávamos com a mãe dele.

A Sra. Langford apreciava minhas visitas domiciliares. Ela se acalmava quando eu estava lá. Eu sempre reforçava que ela estava fazendo um trabalho extraordinário nos cuidados domiciliares.

Doug estava recebendo os cuidados de um paciente terminal: o foco era prover algum conforto. Ele recebia medicação intravenosa, analgésicos e alimentação através de um tubo que perfurou a barriga e chegava até o estômago. Doug não estava mais recebendo efetivamente as medicações para tratamento do HIV nem para outras doenças.

Ele partiu enquanto dormia. Não tive coragem de acordá-lo para dizer adeus. Eu tinha certeza de que me arrependeria dessa decisão.

Mas por que eu deveria acordar alguém que abominava o mundo desperto?

Cada um de nós recebeu um longo abraço de despedida. Em seguida, saímos.

No caminho de volta para a clínica, eu disse aos meus alunos que aquela provavelmente era a última vez que veria Doug. Nenhum de nós conseguiu conter a emoção. Era mais fácil simplesmente deixar o fluxo incessante de lágrimas rolar do que continuar cutucando meus olhos com um lenço já encharcado.

Deixei escapar uma risada quando olhei para os passageiros horrorizados, parados no semáforo próximo da gente. No fim, eles aparentemente acreditaram que eu não estava fazendo nada de ruim. Que não era uma tentativa de roubo, sequestro ou coisa pior. O pânico e medo no rosto deles desapareceram e deram lugar ao alívio e ao constrangimento.

Foi particularmente catártico compartilhar essas lágrimas com os alunos que estavam simplesmente começando uma carreira clínica. Torci para que o entusiasmo e a compaixão deles não acabasse diante daquela cena. Discutimos a importância do autocuidado nesta profissão, principalmente durante esta pandemia maldita.

✦✦✦

Algumas semanas depois, fomos ao funeral de Doug. Fiquei emocionado com o fato de os meus alunos quererem acompanhar esse evento que marca o fim da vida, e por fazerem questão de dar os pêsames à Sra. Langford, que tanto os marcou.

A Sra. Langford e Doug eram católicos devotos, mas a última vontade dele foi recusar uma missa e qualquer tipo de celebração católica, mesmo que lhe permitissem esse direito.

— Como uma exceção à regra deles? Não, muito obrigado — afirmou Doug.

Doug e eu falamos sobre a falta de empatia do Papa, e da Igreja em geral, no que diz respeito ao HIV e à AIDS.

— A obsessão pelos "pecados da homossexualidade" é uma defesa rígida da doutrina religiosa. É uma deturpação vergonhosa dos princípios básicos do Cristianismo.

Eu carregava essa frustração. Compartilhei com Daniel há algum tempo, mas internalizava isso em outros momentos.

Daniel ainda ama muito sua igreja, apesar de tudo. A igreja significa muito para ele, mesmo que ele signifique pouco para ela.

A Sra. Langford aceitou a visita do padre à casa dela nos momentos finais de Doug, mas deixou de ir às missas e à igreja, pois sofreu muito a dor da rejeição deles ao filho tão amado.

Eles já não se sentiam mais bem-vindos na própria igreja.

✦✦✦

— Doutor, preciso muito que você saiba o quanto Doug e eu estimamos todo o cuidado que teve com ele ao longo desses anos. Eu sei que ele gostava de bancar o sabichão, sempre tinha alguma coisa a dizer, língua afiada, não tinha filtro nenhum. Mas você enxergou o meu filho para além disso... Ele nunca foi bom em expor as vulnerabilidades que escondia nas profundezas daquela armadura protetora. Eu queria muito que ele não tivesse sofrido tanto, que não vivesse em conflito em relação a si mesmo, ou a quem ele era... Espero que ele saiba que eu o amei todos os dias de sua vida... E espero que você saiba que ele também te amava muito, doutor.

Num gesto involuntário, inspiro rápido o ar.

— Obrigado pelas palavras, Sra. Langford. Eu também amei muito o Doug — respondo, reprimindo minhas emoções. — Ele me ensinou muito... Eu nunca vou me esquecer dele... Não quero perder outros amigos, irmãos, nem irmãs para esse...

— Vírus maldito? — completa, e nós dois rimos juntos, com meu lenço já encharcado de lágrimas e catarro.

— Sim, esse vírus maldito — gaguejo, agora rindo quase que histericamente entre as lágrimas que escorrem pelo meu rosto.

— Adeus, doutor — diz ela, quase sussurrando. — Espero que não se importe se eu ligar de vez em quando para saber como você está.

— De modo algum, vou adorar! Ligue quando quiser. Cuide-se Sra. Langford. Muto obrigada por ter me avisado.

55
TALVEZ
Daniel

Pedro ficava muito bravo com a Igreja Católica e o papado. Ele enumerava os "fatos históricos" que havia lido e que comprovavam a sua tese de que os papas *não* são infalíveis.

Agora ele quer me contar o que descobriu sobre eles em todos os livros e enciclopédias que leu.

— Quero compartilhar isso com você para que entenda o meu ponto de vista. Não que eu *goste* de saber isso que eu sei. Não me *agrada* nem um pouco entender como a Igreja Católica, sob a liderança e a orientação dos papas, causou tantas atrocidades ao longo dos séculos, inclusive se envolvendo com a escravidão e com o abuso físico, emocional e sexual de crianças.

— Entendo, Pedro. Quero ouvir o que você tem a dizer.

Ele está sentado na minha poltrona estilo anos cinquenta, encontrada num brechó. Eu estou no sofá, as mãos enfiadas debaixo das coxas. Depois de anos de aulas de teologia e de ter feito as minhas próprias investigações, não creio que ele tenha nada de muito novo para contar, pelo menos nada que eu já não saiba. Mas estou preparado para escutar até o fim, com atenção e sem demonstrar nenhuma emoção.

— Eu vou ler esta lista porque quero citar os títulos e as datas corretamente, e os efeitos diretos e indiretos que esses documentos tiveram na humanidade:

"A bula papal *Dum Diversas*, de 1452, que legitimou o comércio de escravos.

A bula papal *Romanus Pontifex*, de 1455, que santificou o confisco das terras de povos não cristãos e encorajou a escravização dos povos indígenas, na África e no Novo Mundo.

As Bulas Alexandrinas, de 1493, que dividiu o mundo não-cristão entre a Espanha e Portugal.

O *Requerimiento*, de 1513, que obrigava os povos indígenas a aceitarem o domínio espanhol e perdoava os missionários católicos por todas as guerras, escravidão ou mortes que porventura causassem."

O rosto de Pedro estava vermelho, principalmente as orelhas, dava para ver, apesar da cor da sua pele. A voz dele vacila. Ele prossegue:

— A hostilidade contra os colonizadores e missionários espanhóis não era permitida e o desconhecimento dessas bulas não servia como defesa contra a sujeição forçada. Essa "Doutrina do Descobrimento" é usada há quinhentos anos para justificar o roubo de terras e a escravização dos povos indígenas no mundo todo... Daniel, tudo aponta para a Igreja Católica e para os papas, especificamente.

As lágrimas correm livremente pelo rosto dele.

— Sei disso, Pedro. Eu li e estudei todas essas bulas nas aulas de teologia. Imagine como me senti quando li, num documento católico, "invadir, procurar, capturar, dominar e subjugar todos... reduzi-los à escravidão perpétua".

— Você sabia disso tudo?

— Sabia, Pedro.

— Que essas bulas são consideradas como a legitimação da escravidão e do comércio de escravos?

— Sim, Pedro.

— E já conversamos sobre os papas que tiveram amantes... homens e mulheres. Alguns *abusavam* de crianças. Outros tiveram filhos enquanto exerciam o papado!

— Todos esses são exemplos da corrupção perversa de *alguns* homens dentro da igreja.

— Então, nós dois temos as mesmas informações, mas reagimos a elas de maneira diferente.

— Não. Na verdade, não. Eu entendo, Pedro. Entendo mesmo.

— Entende?

— Eu entendo — repito. — O papa... e todos os padres... são humanos. Quando se tira a batina deles, todos os paramentos, todo o espetáculo, eles são meros homens. A maioria tenta fazer a diferença, fazer o bem. Mas eles têm defeitos e muitos violam as regras dos bons católicos, dos bons cristãos.

Pedro suspira pesado.

— Acho que o que eu quero dizer é que os papas *não* são infalíveis.

— Sério?

— Sim.

— Ah.

— Eu deveria chutar a bunda do papa para longe da minha vida... Que *pensamento estranho* esse que me veio à cabeça.

— Hahaha! A sorte é que eu não estou bebendo agora! Ouvindo isso, eu ia fazer uma verdadeira lavagem nasal com espumante rosé!

— Prefiro uma boa cusparada, bem certeira — respondo, rindo.

✦✦✦

Houve gente que foi excomungada ao longo dos séculos por terem esse mesmo sentimento em relação ao papa. Divisões religiosas — ou cismas, uma das palavras favoritas de Pedro — aconteceram por causa de discordâncias em relação à infalibilidade. A forma como escolhem um novo papa — feita nos bastidores, as conspirações, negociatas, subornos, traições — também não estão de acordo com os ensinamentos cristãos básicos.

Claro que eu sabia de tudo isso. Talvez com um elemento de negação, de letargia preguiçosa, uma convicção fraca demais para desafiar o *status quo*.

Mas amo a Igreja Católica apesar das divergências e das discrepâncias doutrinárias. E não existe Igreja Católica sem papa. Não consigo me ver numa igreja diferente, com uma fé diferente, então fico preso num paradoxo por amar uma igreja que não me ama. Uma história de três décadas de amor não correspondido:

"*Amor no correspondido es tiempo perdido.*"

✦✦✦

Às vezes tenho inveja da maneira como Pedro vê a religião. Ele ainda vive de acordo com os valores cristãos, porque foi isso que ele aprendeu. Na verdade, ele fala:

— Eu só abraço os ensinamentos de Jesus Cristo, nada mais.

É tão simples. Parece tão profundo.

Sem as camadas de doutrina e ostentação, sem a enorme riqueza das igrejas. Quando você se afasta e examina a fé cristã, na verdade, não é disso que se trata? Dos ensinamentos de Jesus Cristo? Ou melhor, não é disso que *deveria* se tratar?

✦✦✦

Já enterrei dúzias de pessoas.

Amigos e colegas de trabalho. Ex-namorados. Ex-colegas de classe. Todos nós com essa doença maldita. Sempre que nos encontramos, pensamos: "Quem vai ser o próximo? Quando vai chegar a minha vez?"

Todo dia, quando acordo, sinto decepção e euforia. Não *quero* morrer, não sei *como* quero morrer, mas não dá mais para evitar...

"*Es hora de cagar o salir de la olla.*"

As cerimônias estão começando a soar sempre iguais. É mais conveniente e confortável usar sempre as mesmas funerárias, os mesmos salões para velório, os serviços de quem demonstra ter boa vontade para atender a nossa comunidade. A hora do velório não é o melhor momento para discutir com alguém que não quer receber "dinheiro de aidético".

Quero que façam para mim uma missa católica. Não estou preparado para dizer "*adiós a Dios*". Já combinei com um amigo que é padre, que não está tecnicamente alinhado com a igreja católica. Quero uma missa completa, com todas as leituras, e espero que meus familiares se reúnam para celebrarem juntos a minha vida, como eu mereço.

¡Qué yo merezco, gente!

✦✦✦

— Não me agrada não deixar nenhum legado — murmuro. — Não deixar nada que faça as pessoas se lembrarem que eu existi.

"*La vida de los muertos está en la memoria de los vivos.*"

Fizemos uma reunião de família ontem para celebrar meu aniversário. Eu sabia que teria um enorme bolo branco, então deixei o bolo de cenoura que Pedro trouxe no meu apartamento. Há anos ele vem aperfeiçoando essa receita. Ativa todas as minhas papilas gustativas.

— Daniel, você não está morto — responde Pedro. — E se você morrer primeiro, eu não vou te perdoar *nunca*.

Pedro pega uma fatia de bolo.

— O que você quer dizer com "se eu morrer primeiro"? O que é que está acontecendo?

Talvez tenha elevado um pouco a voz. E talvez tenha apontado a faca para ele... Não gosto de surpresas desagradáveis.

— Nada! Você sabe como a sorte tem assoprado os ventos na direção contrária a nós a vida inteira. *"Sólo se sabe que nunca se sabe."*

— Nunca ouvi esse *dicho*!

— Eu meio que inventei.

— Tô impressionado, Pedro. Adorei... e é verdade. A gente nunca tem certeza de nada.

Comemos o bolo em silêncio por alguns minutos. Mas não consigo deixar de lado aquele pensamento irritante...

— Eu gostaria de ter tido filhos ou de ter conseguido fazer alguma coisa importante na vida. Alguma coisa que mantivesse a minha memória viva.

— Isso me faz pensar no *Día de los Muertos* — diz Pedro.

— É mesmo! Teria gostado de festejar essa data.

— Por que será que a mãe e o pai não tinham esse costume? — pergunta. — Só me interessei mais pela data por causa da Frida e dos outros artistas. Parece uma tradição legal.

— Você se lembra daquilo que a gente escreveu sobre a morte? — questiono. Pedro franze as sobrancelhas, depois relaxa, vejo a lembrança surgir no rosto dele.

— Foi o nosso maior feito poético, provavelmente, melhor ainda quando recitado por *dos borrachos pendejos* — diz ele, sorrindo.

— Ou cantado por Vicente Fernández, *borracho y depreciado*.

— Já imaginou? Ok, você começa.

Limpo a garganta e começamos a declarar:

"Cuando la muerte te toca..."
                    Quando chega a hora da morte,
"Todo se ve desenfoca..."
                    Fica turva tua visão,
"Tal vez te sientes desboca..."
                    Talvez percas o norte,

"*Mientras tu vida se choca...*"

"*Por tener suerte tan poca...*".

"*Hay que cerrar bien la boca...*"

"*No vale una provoca...*"

"*Hasta el hombre que se ahorca...*"

"*Y el que brinca de roca...*"

"*Sólo causan trastoca...*"

"*La Muerte no s'equivoca...*"

"*No miente cuando convoca...*"

"*Ni si tendrás una roca...*"

"*No vale una advoca...*"

"*Por tu vida tan loca.*"

Vendo tua vida ir em vão,

Com tanta falta de sorte.

É melhor ficar calado,

Não vale a pena provocar,

Até mesmo quem se enforca,

E quem se joga lá do alto,

Tudo é só distração.

Pois a Morte não se engana,

Não mente quando nos chama,

Nem se tens um diamante,

Não vale a pena argumentar,

Por uma vida tão louca.

Caímos na risada, como *un par de rufianes*.

✦✦✦

"*La Muerte:*
Cuando te toca, aunque te quites.
Cuando no te toca, aunque te brinques."

A Morte:
Quando chega a tua hora, não adianta fugir.
E se ela não chega, não adianta se atirar.

✦✦✦

Pedro diz que quer contar nossa história em um livro, uma espécie de romance de formação, desde a infância até a maturidade. Ele acha que é uma tragicomédia importante que deve ser compartilhada com o mundo, para que outros meninos como nós saibam que não estão sozinhos, que não são descartáveis, que as coisas podem melhorar com o tempo:

"*Nunca es tarde si la dicha es buena.*"

— *Más pode la pluma que lá espada* — digo — "A caneta tem mais poder que a espada."... esse *dicho* se prova por si mesmo.

— Sim, é verdade... e eu acho que contar a nossa história pode ser uma catarse, para expurgar uma parte da raiva, da culpa e da vergonha que ainda sinto. Talvez me ajudasse a me livrar também desses pesadelos malditos.

Ele segura o garfo como se fosse um porrete, pronto para atacar seus pesadelos. Como se fosse assim tão fácil. Pedro e eu acreditamos que usar a violência contra a violência só gera mais violência.

— "*Recordar es volver a vivir*" — falo.

— Você inventou isso aí?

— Não, é um *dicho*. Ah... Olha só... eu tenho o final perfeito para o livro! Vou parafrasear. É mais ou menos assim:

Pouco tenho,
Devo muito,
O que restar,
Deixo aos pobres.

— Uma sacada e tanto! — exclama Pedro. — Vou anotar, se não esqueço.

— Foi o último desejo e o testamento de uma linha só do meu querido amigo e mentor François Rabelais, que viveu em 1500 e pouco... E tem mais! Na minha lápide, quero que esteja escrito:

"*Parti em busca de um grande TALVEZ*"

— Você é demais.

— Quero que as pessoas fiquem com uma pulga atrás da orelha... depois que eu tiver ido embora — digo, com um riso de satisfação —, como elas fazem, enquanto estou por aqui.

— Você sabe que as pessoas te amam, né? — pergunta Pedro. — As pessoas sempre te amaram.

Meu rosto desabrocha lentamente de alegria.

— A bajulação vai te levar... longe! Vai, continua! Pode continuar!

— Família, amigos, vizinhos, colegas...

— Talvez um ou outro professor não tenha dado o devido valor aos meus inúmeros talentos. — Levo o indicador ao queixo.

— Haha! *Você é o vento que me faz voar*[11] — declara Pedro cantarolando. Ele se inclina um pouco para frente, balançando os braços abertos levemente, perdido em um voo, longe das preocupações deste mundo, com um sorriso no rosto, ridículo, mas adorável.

— Será que você pode pedir pra Bette cantar no meu velório? — pergunto, quase desejando mesmo que ele faça isso.

— Seria bom, não?

Ficamos perdidos nos próprios pensamentos por um instante. Eu me levanto para colocar os pratos na pia.

— Não esqueça de falar como eu era alto, musculoso e bonito. Não deixe que a verdade estrague uma bela história. — Eu me viro e pisco para ele, com o meu melhor sorriso.

---

11. Referência à música *You're the wind beneath my wings*, de Bette Midler [N.T.].

— Achei que você queria que as pessoas se lembrassem de *você* — diz, com sarcasmo. — Não esqueça:

"*Al mentiroso le conviene ser memorioso*".

— Ah é, quem mente tem que ter boa memória. Mas como você vai descrever o meu físico invejável, meu intelecto inigualável, minha graça, meu charme, meu estilo incomparável e, claro, minha modéstia e humildade excepcionais? Escolha... suas palavras... com muito cuidado... meu caro.

Com as palmas da mão na cintura, meus dedos ameaçadores apontam diretamente para ele. Não devo parecer tão intimidador quanto penso que estou.

— Vou mencionar seu humor seco e seus *dichos*, sempre engraçados e educativos.

— Ou seja, uma pessoa sem sal — protesto. — Imagino que tem um elogio *generoso* escondido em algum lugar aí... bom, "*hasta el mejor escribano echa un borrón*".

— Hum. Mas lembre também que "*a caballo regalado no le mires el diente*" — brinca Pedro.

Agora, é ele quem está em uma posição que deveria parecer ameaçadora, mas é só ridícula.

— Ah, sim... "*A quien dan, no escoge*"... Ensinei você direitinho, jovem gafanhoto. Vá em frente e prospere.

Junto as mãos e me curvo devagar.

56
HOMENAGEM
Pedro

— Bem... Quero agradecer a todos que vieram aqui celebrar a vida de Daniel.

"Em especial, agradeço às IRMÃS LÉSBICAS e aos IRMÃOS GAYS que o apoiaram durante todos esses anos. Vocês são a família que escolhemos, cujos laços, muitas vezes, são mais estreitos do que com os nossos consanguíneos.

Nossa comunidade de gays e lésbicas tem lutado por aqueles que vivem com o HIV e a AIDS, enquanto o Papa, as igrejas, o governo e, muitas vezes, nossas próprias famílias, abandonam nossos entes queridos quando eles mais precisavam da nossa compaixão e do nosso amor.

Também quero agradecer aos nossos primos e a todos os nossos parentes que estão aqui, porque Daniel se esforçou muito para que superássemos a inexplicável divisão que existia entre nós.

"Vou terminar dizendo que... se existe um Deus... acredito que ELA está recebendo Daniel de braços abertos, para que ele continue A servindo com toda a devoção..."

"Espero que ELA saiba... que ELA não merece tudo que ele dedicou a ELA."

E... corta!

"Esse discurso vai chocar a todos!", penso comigo mesmo.

"Fale em alto e bom som, articulando bem... e enfatizando cada maldita palavra."

No espelho diante de mim, há um homem com raiva, amargurado, ensandecido. Uma pessoa aparentemente numa catarse completa. Imagino que, dentro da Igreja de Nossa Senhora da Imaculada Conceição, o Padre Hopkins ou a Irmã DeStefano vai me atacar no púlpito antes que eu consiga pronunciar as últimas palavras em homenagem a Daniel... se é que vão permitir que o funeral seja realizado lá. *Ele tem o hábito de ficar inventando coisas?*

✦✦✦

Talvez seja inapropriado e prematuro preparar minha homenagem ao Daniel antes de ele morrer.

Mas creio que meu irmão acharia divertido.

Ele pegaria sua caneta vermelha e corrigiria tudo que escrevi de forma desvairada.

Começar pelo final e ir trabalhando de trás para frente me ajuda a lidar com o que está por vir. Geralmente, escrevo primeiro a última frase, o último capítulo de uma história. Assim posso vislumbrar os diversos caminhos para chegar a esse final. É claro que todo escritor sabe que haverá dezenas de revisões, e o final pode mudar diversas vezes antes de o livro ser concluído. Todos temos nossas maneiras de estabelecer uma meta e encarar o desafio.

Teoricamente, eu deveria escrever o roteiro que vai ganhar o Oscar antes que ele possa ser indicado, portanto, estou a muitos passos de vencer meu desafio e atingir essa meta. Para ser justo comigo, quando planejei meu discurso de vitória, esperava concorrer ao prêmio de melhor ator coadjuvante, mas depois que me vi em uma gravação de vídeo, percebi que até mesmo esse prêmio seria impossível. Afinal de contas, vivo na realidade concreta... em *partes*.

Meu raciocínio mágico me diz que se eu *imaginar* a morte de Daniel, ela *não* acontecerá. Alimentar um mundo de faz de conta tem lá suas vantagens. Mas como essa forma de pensamento não é muito confiável, eu imagino a morte do meu irmão todos os dias. Como garantia adicional, também me imagino ganhando na loteria. Nunca ganhei na loteria porque me imagino ganhando; o que traz alguma lógica para essa teoria.

Eu me pergunto se é possível comprar um bilhete de loteria sem ter a esperança de ganhar...

Droga, não vou ganhar o Oscar se eu me *imaginar* ganhando. Que diabos há de errado comigo?

No fim das contas, eu não devo escrever o roteiro.

Isso me faz lembrar um *dicho*:

"*El que no espera vencer, ya está vencido.*"

✦✦✦

A menos que eu sofra um acidente inesperado — porque, convenhamos, "*Sólo se sabe que nunca se sabe*" — vou ter que falar no funeral do Daniel. Somos uma família de *chillones*, e a última coisa que quero é me desmanchar num espetáculo lacrimoso, sentado numa poça de lágrimas enquanto tento, *não tão sutilmente*, mostrar o dedo do meio à igreja, especialmente ao Papa, e "com todo o... desrespeito".

Tiro o chapéu para a minha mais nova heroína, Sinéad O'Connor, que aproveitou uma oportunidade em rede internacional de televisão para rasgar ao vivo uma foto do Papa, em protesto contra os relatos de abuso sexual de crianças por parte de padres. De certa forma, ela ajudou a revelar o fanatismo arrogante, falido, corrupto, enganoso, maligno, imundo, culpado, odioso, indecente, cínico, malicioso, negligente, obsceno, perverso, charlatão, repugnante, hipócrita, tirânico, feio, vil, devasso, @#$%& e covarde que parecia irrepreensível.

Estou praticando o discurso em frente a um espelho de corpo inteiro, com caixas empilhadas na minha frente que servem de altar improvisado. Colei uma foto do Papa na frente das caixas para que eu possa ver, bem abaixo do meu reflexo, esse homem com cabeça pelada, cara de bebê e totalmente falível.

✦✦✦

Refletindo sobre o que vivenciamos na infância, penso nos vizinhos, *comadres* e *compadres*, padres, policiais, assistentes sociais e conselheiros que falharam conosco. Não está claro o quanto o Dr. Fritz sabia ou não. Mas acredito que muitos foram coniventes.

Eu me pergunto o que teria sido revelado se naquela época houvesse reuniões de pais e mestres, que agora são tão comuns. Será que as freiras teriam interferido quando os padres se omitiram?

No meu primeiro ano de faculdade, alguns dias após o ataque da mãe na manhã de Ação de Graças, enquanto eu dormia, finalmente consegui desabafar com o Sr. Merle, meu professor de química. Fiquei triste porque vi o sofrimento dele. A sua preocupação me deu forças. Aprecio o cuidado dele, assim como a consideração de outros adultos, mas era tarde demais. As duas décadas de maus-tratos já haviam feito muitos estragos.

Penso em Daniel quando criança, em casa com a mãe, no seminário menor, no seminário maior, nos seus anos sem rumo e completamente sozinho. Ele nunca teve descanso. Os dedos magros que sempre anunciavam algo ruim se agarravam a ele sem dó nem piedade. E esse novo mal o agarra pelo pescoço de forma sinistra e cruel. Nenhuma medicina ocidental, *santería* ou *brujería* o ajudará agora.

Daniel está convicto de que nunca conhecerá o verdadeiro amor, o conforto e a aceitação de um parceiro, da sua igreja, do seu país. E meu fraco poder de persuasão não consegue convencê-lo do contrário.

Ele tem muitos amigos e familiares fiéis e corajosos que o ajudam e apoiam quando necessário. Eu gostaria de morar mais perto... para o bem de nós dois. Nossos irmãos cresceram e se transformaram numa espécie de turbilhão de energia, confiança e determinação. O papai me liga com frequência para saber notícias e, em seguida, liga para o Daniel para demonstrar o seu amor e apoio. Hoje em dia, ele e Daniel parecem conversar sobre tudo. Muitas vezes fico sabendo novidades de um pelo outro.

A mãe ajuda à sua maneira, embora queira que suas *comadres chismosas* acreditem que Daniel tem câncer, não AIDS. E ela não quer que os outros saibam que ele é gay. Embora a morte diga respeito ao falecido, os vivos geralmente mudam o foco para si mesmos, antes mesmo de a morte acontecer de fato.

Sou grato por Daniel aparentar desconhecer a vergonha e o constrangimento da mãe. Minha homenagem tratará desse assunto quando chegar a hora.

✦✦✦

Convidei o Daniel para se encontrar comigo na capital, em Washington, para a exposição do AIDS Memorial Quilt[12] no National Mall. Serão exibidas 21 mil colchas, pelo menos uma de cada estado, e outras vindas de vinte e oito países — a maior mostra de arte pública já realizada no mundo.

Sei que este convite pode ser, ao mesmo tempo, reconfortante e trágico, devido ao frágil estado de saúde de Daniel. Talvez seja ignorância e irresponsabilidade da minha parte, mas quero guardar essa lembrança para o resto da minha vida. E... quero que Daniel experimente o verdadeiro amor e a aceitação de *diversos* grupos da sociedade durante essa comemoração solene.

---

12. A exposição é um memorial em homenagem às vítimas fatais da AIDS. Foi criada na década de 1980, quando os primeiros casos de AIDS começaram a aparecer, e essas vítimas muitas vezes não tinham o direito de ter o corpo velado num funeral como as outras pessoas. [N.T.].

Cheguei a Washington um dia antes. Percorri as áreas públicas do hotel e os restaurantes locais. Listei as opções de banheiro em cada um deles. No meu bolso, há um guia de como chegar ao National Mall no sábado.

❖❖❖

No Aeroporto Nacional de Washington, uma mulher de cenho franzido pigarreando e fazendo estalos com a boca me despertam do meu estado de transe. Agora, percebo que caminho entre dois pilares, com as mãos cerradas, balançando-as violentamente para frente e para trás. Acho que se estivesse vendo a mim mesmo, também me acharia estranho.

Vejo o avião de Daniel chegar ao terminal. A passarela sanfonada se expande do portão e envolve a porta na lateral do avião.

Quando avisto Daniel na procissão de passageiros desembarcando, solto um suspiro involuntário que, felizmente, ele não consegue ouvir. Nos meses que se passaram desde a última vez que o vi, sua saúde piorou drasticamente. Ele está magro e abatido. Ele se parece com o homem em pé, que olha para cima, na pintura *El entierro del Conde de Orgaz*, de El Greco; aquele que está logo acima de Santo Agostinho que, por sua vez, segura Conde de Orgaz. No entanto, o tom acinzentado da pele de Daniel se parece mais com a do conde falecido.

Silenciosamente repreendo meus olhos cheios de lágrimas por traírem meu desejo de não demonstrar nenhuma emoção, medo ou pânico. Não adianta. As lágrimas insistem em correr, apesar de minhas pálpebras piscarem agitadas tentando afastá-las.

— Eu sou um *chillón* — digo, e choro, feliz por ter justificativas para as minhas lágrimas.

— Somos dois — cochichou no meu ouvido enquanto nos abraçamos e nos beijamos.

❖❖❖

Daniel está com náuseas há semanas, provavelmente meses. O sarcoma de Kaposi afeta sua boca, especialmente as gengivas. O corpo frágil e debilitado não passa de uma sombra da pessoa que meu irmão foi. Vamos a um restaurante tranquilo perto do hotel. O cardápio tem algumas sopas e massas que podem ser boas opções, visto que ele não está consumindo alimentos sólidos ou picantes.

Estou à flor da pele.

Mal consigo disfarçar.

Eu não quero que Daniel perceba que estou alarmado com a repentina piora do seu quadro de saúde.

"Controle-se!"

Eu encontro força na negação.

Agora, estou irritantemente otimista de que ele comerá e ganhará peso.

— *¡Comiendo entra la gana!"* — insisto.

— Há *dichos* para todas as ocasiões.

✦✦✦

Diferente das visitas anteriores, dessa vez eu havia preparado uma lista de assuntos, e o HIV não estava incluso nela. É como quando ligo para o meu pai: antes, pesquiso sobre esportes e clima, para ter assunto. Assim, evitamos os silêncios incômodos.

— O que você acha que vai acontecer no próximo mês? — pergunto.

— O véio Herb Bush provavelmente será reeleito. Você acha que a véia Barbara o deixará perder? Eu *não* gostaria de cruzar com essa senhora em um dia bom, se é que ela já teve um.

Rimos.

— Eu realmente espero que Clinton ganhe. Oito anos de Reagan e quatro anos de Bush sugaram toda a alegria e esperança do mundo.

— Por falar em Clinton e sugar... — Daniel sorri maliciosamente.

— Ah, sim! Ele é bonito, mas Al Gore? Aquele queixo quadrado? Aquele sotaque do Tennessee? Aqueles ombros largos?

— E que sapato enorme! — acrescentou Daniel, rindo até tossir. — Eu jamais o expulsaria da minha cama.

Rimos mais ainda.

Apesar de parecer que a tosse tenha causado dor, Daniel insistia em comer a sopa de mariscos. Comecei achar que ele comeu até demais. Mais tarde, ele come dois raviólis de abóbora, que adora, e deixa o restante no prato. Ele fica de olho na porta do banheiro no corredor ao lado da cozinha. Não deixo que ele perceba que notei.

✦✦✦

Ao chegar no nosso quarto de hotel, Daniel corre para o banheiro.

Troco os canais da TV com o volume bem alto para ele pensar que não o ouço vomitar.

Então, começa a diarreia. Nunca me senti tão desesperado e inútil. *O que eu faço com tudo aquilo que preparei? Por que não consigo lhe oferecer apoio? O que estou fazendo?*

— Daniel, posso fazer alguma coisa por você? — pergunto na porta do banheiro.

— Você pode me trazer um refrigerante? — responde ele com voz fraca.

— Com certeza! Mais alguma coisa?

— Não, só isso.

Não tenho pressa de chegar até a máquina de refrigerantes que fica no corredor. Sei que ele gostaria de ter um pouco de privacidade para deixar seu corpo fazer o que precisa ser feito. Sinto como se minhas emoções fervessem dentro de mim.

✦✦✦

No dia seguinte, quando acordamos, Daniel se sentia indisposto e fraco.

— Acho que não consigo ir hoje, Pedro.

— Não tem problema, Daniel. Podemos fazer o que você quiser... Ajudaria se eu conseguisse uma cadeira de rodas?

Comecei a me repreender por não ter pensado nisso antes. Ainda tenho esperança de irmos juntos ao AIDS Memorial Quilt.

— Talvez... mas onde você conseguiria uma?

— Não faço a menor ideia.

Ligo para hospitais, empresas de ambulância e farmácias... Não consigo alugar — nem mesmo comprar — uma cadeira de rodas. Estou pronto para embrulhar o meu cartão de crédito para presente para qualquer pessoa que o aceite.

Depois de um tempo, Daniel parece melhorar. Sua pele pálida começa a ganhar cor.

— Acho que consigo ir. Vamos enquanto tenho forças — disse ele.

Estamos perto de uma estação de metrô, mas chamamos um táxi, só para garantir. Hoje não teremos pressa. Não há motivo para estresse num dia tão bonito e ensolarado.

❖❖❖

Cada colcha é um painel de um metro por dois. Oito colchas são costuradas juntas formando uma peça de quatro metros quadrados. Há corredores largos de tecido ao redor de cada quadrado para que as pessoas não pisem nas colchas. É preciso muitos lenços para secar as lágrimas, ao menos para nós. Familiares e amigos criaram verdadeiras obras de arte, usando todo o tipo de material imaginável, para celebrar a vida do ente querido. Alguns têm objetos tridimensionais costurados. Há um boato de que alguém prendeu uma bola de boliche a um painel. Às vezes, sinto orgulho da inteligência humana.

❖❖❖

Não consigo descrever a enorme extensão de colchas feitas à mão expostas à nossa frente, muito além de onde os nossos olhos conseguem alcançar. A cena me faz lembrar da impressão que tive ao ver pela primeira vez o Central Park — impressão que Daniel também teve. Todos os filmes, programas de TV e descrições que eu tinha lido e assistindo não conseguiram transmitir sua imensidão e beleza.

Sentimentos de alegria, tristeza, esperança e desespero são como uma lâmpada incandescente dentro de mim. Os organizadores têm uma equipe de voluntários que se dedica apenas a desdobrar e estender cada quadrado da colcha. Em transe, nós os observamos trabalhando. As lágrimas escorrem pelo rosto. É inútil enxugá-las.

✦✦✦

Dizem que a história é escrita pelos vencedores.

Sempre fui cético em relação aos "fatos históricos", em especial aqueles relacionados à colonização das Américas e do resto do mundo.

Na história, pessoas, tribos, países e regiões envolveram-se em conflitos e guerras devido a uma busca maníaca por poder, riqueza, terra e fama. Os oportunistas egocêntricos usam um preconceito, uma religião ou qualquer outra convicção como motivo justo. Por consequência, os perdedores dessas batalhas são vistos de maneira depreciativa por anos, décadas e até séculos.

Fico imaginando como Reagan, Bush, legisladores, igrejas cristãs e o Papa serão vistos pela história em relação à pandemia do HIV. Será que eles se importariam se a sua falta de empatia fosse uma nota de rodapé no obituário deles?

✦✦✦

Daniel e eu andamos pelos quadrados de colcha, lendo o que as pessoas escreveram sobre seus entes queridos. Em alguns casos, desconhecidos, geralmente voluntários, prestaram homenagem a uma pessoa que não teve uma colcha feita para ela.

Vejo uma colcha para J. Daniel Hernández e, de repente, me ocorre que Daniel é o nome do meio do meu irmão. Que crueldade ter recebido o nome de Jesús Daniel. Todos nós ignoramos ou desconhecemos o seu verdadeiro nome, que ele tentou esconder durante a vida toda. Eu nunca o chamei pelo primeiro nome. Será que isso faz alguma diferença para ele? Mas acredito que seja tarde demais para essa indagação.

✦✦✦

Paramos em frente a um painel com uma fantástica representação artística de um contrabaixo. Há palavras amorosas e muitas fotos coladas. No canto inferior direito, há uma foto de quatro garotos de banda de garagem.

— Daniel, você se lembra da vez em que vimos aquelas imagens na parede de Sara quando a mãe e o pai estavam brigando?

Ele fixa os olhos na foto do painel. Não tenho certeza se ela despertou a mesma lembrança para ele.

— Claro... Como poderia esquecer. Acredito que Deus os enviou para nos confortar. É a minha prova de que Ele existe.

Suspiro, como se estivesse liberando alguma pressão reprimida.

— Também gostaria de acreditar nisso. Mas por que você acha que Ele nunca enviou nenhuma ajuda real? Por que você acha que Ele nos deixou sofrer tanto por tanto tempo?

— Eu não sei — respondeu ele olhando para cima, em direção ao Capitólio. — Mas lembre-se, Jesus teve dúvidas depois de quarenta dias e quarenta noites no deserto. Depois, ele teve dúvidas quando estava morrendo na cruz. Ele disse: "Meu Deus, meu Deus, por que me abandonaste?".

— Por que você acha que Deus faz isso com as pessoas?

Ele olha para mim de repente, como se estivesse em choque, e então vejo um lampejo, depois sua luz se esvai.

— Sinceramente, Pedro... Eu sempre me fiz essa pergunta e a tenho feito cada vez mais nos últimos anos.

✦✦✦

Vimos apenas uma parte das colchas quando Daniel diz:

— Ok, quero ir embora. Já vi o suficiente.

Não sei bem o que ele quis dizer com isso. Será que está ficando cansado? Será que acha que já viu o suficiente para entender o Memorial?

Ou será que tudo isso está lhe causando um desgaste emocional muito intenso e ele não consegue mais lidar?

Tenho uma mistura estranha de sentimentos quando deparamos um painel para Rock Hudson. É uma emocionante homenagem para uma paixão de infância. Sinto como se uma força incrivelmente irrefreável me puxasse para baixo da colcha, como se um grande peso estivesse sobre mim.

De repente, percebo que a colcha se parece muito com um cemitério. O tamanho e a forma de cada painel parecem um túmulo individual. Não vejo só a vida de cada pessoa exposta nessas colchas, mas imagino o corpo de cada uma debaixo dela.

Será que essa sensação foi intencional, quando a colcha foi criada?

Acho que a ideia é genial e ao mesmo tempo devastadoramente pungente.

Também estou exausto.

Demoramos um pouco para sair da área, agora lotada com centenas de milhares de pessoas. Tem um monte de gente falando no palco principal: ativistas, políticos e, ocasionalmente, uma celebridade convidada. Ouvimos seus apelos inflamados por mais financiamento, pesquisa e compaixão do nosso governo e do mundo inteiro.

Um lampejo de esperança me ocorre, antes de a realidade se impor, ao nos afastarmos do otimismo utópico do National Mall.

Será que amanhã as pessoas se importarão mais do que ontem?

✦✦✦

Daniel descansa um pouco. Depois, vamos ao restaurante do hotel no andar de baixo para um jantar leve. Ambos estamos emocional e fisicamente esgotados, por isso não conversamos muito. Apesar da lista que preparei, estou tendo dificuldade para pensar em assuntos interessantes, e Daniel parece satisfeito em manter um silêncio meditativo.

✦✦✦

Daniel partirá amanhã, de avião.

Isso me faz lembrar a letra melancólica da música *Daniel*, de Bernard Taupin, cantada de forma encantadora por Elton John.

A música foi lançada quando Daniel tinha dez anos, e eu sempre achei que ela foi escrita... para mim... sobre Daniel, meu irmão. Embora ele seja mais jovem, e não mais velho do que eu, a música fala de dor, de feridas que não cicatrizam e dos olhos de Daniel.

Os olhos de Daniel.

Quando a ouvi pela primeira vez, achei que Daniel havia morrido na música, e chorei muito. Daniel, meu próprio irmão, quase havia morrido alguns anos antes, e o trauma emocional ainda era uma ferida recente, uma ferida ainda não cicatrizada.

A impressão era que a dupla de compositores sabia sobre nós dois, Daniel e eu, sobre nossas histórias juntos, nosso vínculo fraternal que não será quebrado.

Lágrimas descem pelo meu rosto.

É sempre assim. Choro com muita facilidade. Isso tem sido um grande incômodo e constrangimento desde que me entendo por gente. Já julguei como um sinal de fraqueza, mas estou começando a acreditar que me preocupo tanto com Daniel que não consigo mais contê-las.

Sei que sua jornada será diferente daquela da música.

Lágrimas vão embaçar a minha visão quando eu vir Daniel acenando para mim, se despedindo amanhã.

Sentirei muita falta dele.

✦✦✦

Na manhã seguinte, levo Daniel ao aeroporto. Quero ter certeza de que ele vai embarcar no avião tranquilamente. Uns amigos dele vão buscá-lo em Columbus e garantirão que ele chegue bem em casa.

— Me avisa assim que chegar em casa.

— Pode deixar. Vou dar um grito de Columbus! — brinca, com seu sorriso inconfundível, os olhos grandes e castanhos e o humor seco.

É estranho... De repente, vejo um pouco do papai, um pouco da mãe e um pouco dos meus irmãos no semblante dele.

Eu nunca havia notado isso antes...

Por que eu nunca havia notado?

Eu não imaginava que ele e eu fôssemos *parecidos*, feito irmãos.

Mas isso estava lá o tempo todo.

Por que eu nunca percebi isso?

Nós nos abraçamos por um longo tempo.

— Eu te amo, Jesús Daniel.

Ele suspira e me aperta com força.

Olhamos um para o outro.

Nossos olhos transbordam.

— Somos dois *chillones* — soluça ele em meio a respirações curtas.

Vejo Daniel por entre minhas lágrimas turvas. A cada piscar de olhos, vejo novas imagens do Daniel como meu único e verdadeiro tesouro: nos campos de tomate, comprando doces no México, pendurado nos *columpios*, correndo em volta do campo de beisebol, no Kenny's, no Departamento de Transportes, coçando os braços nos blocos de granito ao lado do rio...

É assim que quero me lembrar de Daniel, meu irmão.

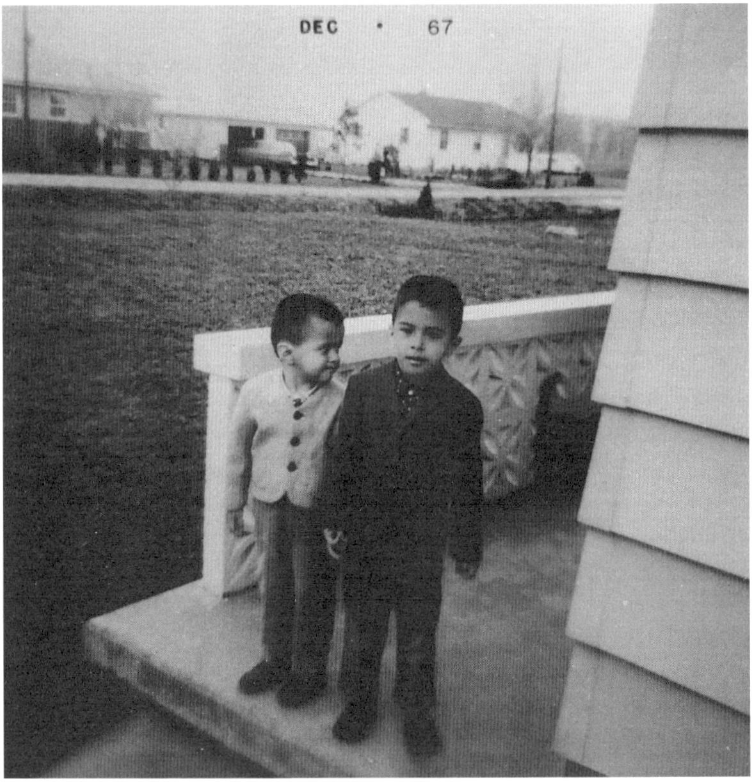
DEC • 67

Eu me lembro da lição de casa:
— Tragam alguma coisa muito especial,
algo que seja um verdadeiro tesouro para vocês.
As meninas levaram suas bonecas, vestidos, diários.
Os meninos mostraram seus álbuns de figurinhas,
carrinhos, gibis.
Eu estava nervoso no ônibus.
Como consegui convencer a mãe?
Eu me lembro da cara da professora, de boca aberta.
Porque o meu verdadeiro tesouro era o meu irmão Daniel.

AGRADECIMENTOS

Quando algo incomum chama a minha atenção, minha imaginação se liberta.

Este livro foi escrito para o meu irmão, Daniel, e para crianças como Pedro e Daniel, cujo valor, potencial e beleza não são valorizados e nem sequer vislumbrados. Eu enxergo vocês e desejo sinceramente que acreditem que, com o tempo, isso vai melhorar. Se necessário, escondam a sua esperança, mas lembrem-se onde a guardaram e não se esqueçam de alimentá-la regularmente. Vocês têm essa chave. O que vocês aprendem, com professores de todos os tipos, com livros ou qualquer outro tipo de material, pertence a vocês. Ninguém pode roubar o conhecimento. Essa é outra chave.

Nick Thomas, editor executivo da Levine Querido, faz milagres. Ou talvez simplesmente mágica. Ele se apaixonou pelo manuscrito de um livro ilustrado e depois me convenceu a transformá-lo em romance. Serei sempre grato por sua amizade e sua forma colaborativa de conduzir as coisas. Desde o primeiríssimo momento, Irene Vázquez (editora assistente e publicitária da Levine Querido) foi uma defensora ímpar deste romance, especialmente por causa do colorismo, tão raramente tratado na literatura, seja infantil ou não. Agradeço também aos demais membros da equipe da Levine Querido: Arthur A. Levine, Antonio Gonzalez Cerna, Madelyn McZeal e Arely Guzmán.

Sinto-me abençoado pelo meticuloso trabalho feito por Will Morningstar na edição deste manuscrito.

Agradeço também à Julie Kwon pelo seu belo trabalho artístico, tanto na linda capa como nas ilustrações que captaram o amor, a alegria, a esperança e a resiliência de Pedro e Daniel. Muito obrigado à designer Semadar Megged.

O manuscrito mencionado acima quebrou todas as regras de escrita de um livro ilustrado. Simplesmente, é o meu jeito de escrever.

444 | Pedro e Daniel

Esse romance tem um pouco de cada elemento: de livro ilustrado, em capítulos, de versos, de livro para o ensino médio, para o público juvenil, para jovens adultos, de ficção, não ficção, conto e memórias. Talvez por isso meu próximo projeto seja um romance gráfico. Mais uma demonstração de um editor que está aberto para possibilidades que vão além das convenções.

As regras foram feitas para serem quebradas e, as convenções, para serem desafiadas.

Um agradecimento coletivo aos agentes e editores que enxergam o potencial que existe em não seguir regras arbitrárias sobre "como contar uma história". Existem muitas maneiras de contar uma história, seja ela popular ou não.

Quando algo incomum chama a minha atenção, minha imaginação se liberta.

Aprendi inglês como segunda língua, primeiro com meus irmãos e as crianças da vizinhança, e mais tarde na igreja e na escola pública. Prestava muita atenção às aulas de inglês. Era a minha chave para acelerar a assimilação, que permitiu que eu me misturasse e desaparecesse, quando a cor da minha pele não era uma ofensa.

Os professores são pouco valorizados e mal pagos na nossa sociedade. Dou muito valor a todos os meus professores, do jardim da infância até hoje. Presto homenagem a vocês com um abraço simbólico e um "obrigado!" em alto e bom som, que eu tento soltar, sempre que possível.

Um agradecimento especial às Sras. Davidsons e aos Srs. Merles do mundo todo.

Devo muito à várias comunidades de escritores:

Minha participação no #50PreciousWords, em 2021, representa *as primeiras cinquenta palavras* que escrevi sobre a admirável relação entre Pedro e Daniel. É especialmente significativo para mim que sejam também *as últimas cinquenta palavras* deste livro. A participação naquele concurso tornou-se o manuscrito do livro ilustrado que Nick Thomas leu, pouco tempo depois. Aquele manuscrito, "Cuidado com o Vento", se transformou no primeiro capítulo de *Pedro e Daniel*.

As dezessete histórias que escrevi para o desafio #12x12PictureBook foram em parte moldadas pelos outros membros, que ofereceram suas críticas, comentários e sugestões inestimáveis. As dezessete histórias se transformaram e fazem parte de *Pedro e Daniel*, Parte Um.

Agradeço as parcerias e o apoio recebido de Boston´s GrubStreet, Porter Square Books, All She Wrote Books e Poets & Writers, Inc. A Society of Children´s Book Writers and Illustrators (SCBWI) e o *Kweli Journal* desempenharam um papel importante nessa jornada.

Muito obrigado aos inúmeros críticos, companheiros que leram minhas histórias e trouxeram opiniões, sugestões e críticas indispensáveis. CK Malone, Yolimari Garcìa, e Andrew Hacket se destacaram como editores inteligentes, meticulosos e generosos deste trabalho.

Por último, quero agradecer às minhas famílias, tanto aquela que me foi dada como as que escolhi. Meu marido James J. Jordan foi extraordinariamente paciente e compreensivo ao longo desta jornada. Cristian "El Socio" Tobar, muito obrigado por tantos anos de fidelidade à FEWorks.

Guardo no coração todos os membros de quatro pernas da minha família, Lola, Jonah, Hector, Felix e Max. *Pepito, o Esquilo*, foi o catalisador da minha mais recente (e última?) escolha profissional. Ele deixou uma marca indelével no meu pobre coração humano. Ele modificou a minha própria química, algo que celebro nos meus livros ilustrados da série *Pepito, o Esquilo*.

NOTAS DO AUTOR

Há uma certa ironia no fato de que esse livro, que relata a preocupação com a desastrosa pandemia de Gripe Suína de 1976 – 1977 e a tristeza causada pela pandemia da AIDS, tenha sido escrito durante a pandemia do Covid-19 e em meio a uma crise climática global.

Estima-se que o tempo de existência dos seres humanos na Terra corresponde a de cerca de 0,004% da idade do planeta. Se a humanidade acreditar e usar a ciência, e se aprender a trabalhar em conjunto, a raça humana pode prolongar a sua sobrevivência. Caso contrário, a natureza vai encontrar uma espécie para nos suceder e tomar nosso lugar.

Este livro trata de muitas questões sérias.

Estas histórias mostram em detalhes várias formas de abuso. Foi necessário descrevê-las para mostrar os efeitos que tiveram sobre Pedro e Daniel. Com um pouco de esperança, as crianças às vezes podem sobreviver a atrocidades. Mas as cicatrizes emocionais e físicas podem durar uma vida inteira.

O colorismo pode ser um conceito novo para os leitores. É uma forma de racismo na qual o preconceito ou a discriminação ocorrem por causa do tom da pele ou das características corporais ou faciais do outro, consideradas inferiores ou pouco atraentes. Com frequência, pessoas dentro do *mesmo* grupo étnico ou racial, têm opiniões coloristas. Em *Pedro e Daniel*, alguns latinos de pele mais clara têm atitudes coloristas em relação a outros latinos de compleição mais escura.

Além da discriminação em si, o colorismo tem um efeito insidioso nas oportunidades que as pessoas têm ao longo da vida, e acabam afetando sua capacidade financeira, saúde e expectativa de vida.

Pessoas de todas as idades, raças, etnias, religiões, identidades de gênero, identidades sexuais e condições socioeconômicas foram subjugadas e escravizadas ao longo da história, de diversas formas.

Isso pode ocorrer muitas vezes dentro de quatro paredes, no núcleo familiar, mas pode ser visto e escutado.

Conforme mencionado no livro, o papa e a Igreja Católica usaram as bulas papais, incluindo aquelas conhecidas como *Doutrina do Descobrimento* para normalizar atrocidades, incluindo a escravização de povos indígenas em vários continentes e o roubo de terras no mundo todo. Deixo que as palavras deles falem por si.

Mais tarde, Thomas Jefferson, a *Doutrina Monroe* e John Marshall, juiz da Suprema Corte dos Estados Unidos, usaram tais bulas como base para justificar o imperialismo estadunidense, fortalecendo o poder colonial sobre os povos indígenas dos Estados Unidos.

A Igreja Católica foi um instrumento importante na criação dos internatos indígenas nos EUA e, mais tarde, no Canadá. Em 30 de julho de 2020, o Papa Francisco, ao deixar o Canadá a bordo do avião papal, reconheceu que os abusos sistemáticos contra crianças indígenas e suas famílias foi um genocídio cultural. A palavra "genocídio" não foi usada durante a sua visita de seis dias àquele país.

O abuso sexual de crianças nas mãos de clérigos católicos recebeu atenção da mídia nos anos 1980 e vinte anos mais tarde o *Jornal Boston Globe* conquistou o prêmio Pulitzer por uma série de reportagens sobre o assunto.

Talvez nunca saibamos quando tiveram início os abusos físicos e sexuais contra crianças nas mãos de clérigos católicos e nem a dimensão dessa desumanidade, porém, existem indícios na igreja há séculos.

É importante deixar claro que a Igreja Católica é apenas uma das diversas igrejas cristãs que carregam essa mancha indelével em sua história.

Desde os anos 1990, os papas católicos têm sido pressionados para que revoguem formalmente a *Doutrina do Descobrimento* e reconheçam os direitos dos povos indígenas.

Alguns teólogos afirmam que a igreja já retirou e substituiu esses éditos, e que a doutrina não tem autoridade moral nem legal. Embora isso seja tecnicamente verdade, trata-se de um argumento astuto contra as ações reparadoras da igreja e a cura.

A Doutrina e outros éditos papais alcançaram os efeitos pretendidos, direta ou indiretamente, e eles perduram até os nossos dias.

O juiz Marshall usou a *Doutrina do Descobrimento* na decisão unânime da Corte Suprema no caso Johnson *versus* M'Intosh, que serviu de base para determinar quem tinha a propriedade das terras indígenas.

O movimento de Revogação da Doutrina deve continuar até que o papa rescinda formalmente as bulas papais que tratam da *Doutrina da Descoberta*, emita um pedido formal de desculpas a todos os povos indígenas do mundo que foram afetados por ela, devolva os artefatos indígenas que estão no Museu do Vaticano e atenda à outras demandas que sejam razoáveis.

Acredito que a Igreja Católica não pode se esconder atrás de um mantra que afirma que a Mãe igreja não é responsável pelos pecados cometidos por seus filhos. A Igreja deve ser um instrumento para ensinar aos seus seguidores o que foram as bulas papais e os efeitos duradouros que tiveram sobre os povos indígenas de todo o mundo, incluindo o racismo e o colorismo institucionalizados.

APÊNDICE DOS *DICHOS* USADOS EM *PEDRO E DANIEL*

Os *dichos*/ditados utilizados neste livro não têm necessariamente origem mexicana. Tentei descobrir a origem identificável sempre que possível. Alguns têm uma redação muito própria que implica uma origem única em espanhol, mas o significado proverbial pode ter se originado de uma forma diferente, em outra língua, em outro lugar. Muitos dos *dichos*/ditados não têm origem discernível ou podem ser atribuídos a várias pessoas. Estes eu listei como Origem Desconhecida.

MAIO, 1968

Más vale pájaro en mano que cien volando.
Mais vale um pássaro na mão do que cem voando.
John Ray, *Handbook of Proverbs* (1670)

Piensa en todo la belleza en tu alrededor y sé feliz.
Pense na beleza ao seu redor e será feliz.
Anne Frank (1929–1945)

La rueda que chilla consigue la grasa.
A roda que chia é a que recebe a graxa.
Josh Billings, "The Kicker" (c. 1870)

CUIDADO COM O VENTO

Quisiera matar dos pájaros en un tiro.
Gostaria de matar dois pássaros com uma pedra só.
Origem desconhecida

Son tal para cual
Cara de um, focinho de outro.
John Lyly, *Euphues and his England* (1580)

Querer es poder
Querer é poder.
George Herbert, *Outlandish Proverbs* (1640)

El que no llora, no mama.
Quem não chora não mama.
Origem desconhecida

A canas honradas no hay puertas cerradas.
A quem age com honra, nenhuma porta está fechada.
Origem desconhecida

Media verdad es media mentira.
Meia verdade é meia mentira.
Origem desconhecida

La amistad sincera es un alma repartida en dos cuerpos.
A amizade sincera é uma alma dividida em dois corpos.
Aristóteles (384–322 AEC)

JUNHO, 1968

Más vale paso que dure, y no trote que canse.
É melhor um passo que dure do que um trote que canse.
Origem desconhecida

Lento, pero seguro.
Devagar e sempre.
Esopo (c. 620–564 AEC)

UMA *HIGHLIGTHS* PARA PEDRO

Apretados pero contentos.
Apertados, mas contentes.
Origem desconhecida

No se puede tener todo.
Não se pode ter tudo.
Origem desconhecida

Fuera de vista, fuera de mente.
O que os olhos não veem o coração não sente.
Origem desconhecida

El que la sigue, la consigue.
Quem espera sempre alcança.
Thomas H. Palmer, *Teacher's Manual* (1840)

JULHO, 1968

Quien más mira, menos ve.
Quem muito olha, pouco vê.
Origem desconhecida

Vísteme despacio que tengo prisa.
Vista-me devagar, que estou com pressa.
Napoleão Bonaparte (1769–1821)

Más de prisa, más despacio.
Quanto mais depressa, mais devagar.
Origem desconhecida

HERMANOS DE DOBLES SENTIDOS

Otra cosa, mariposa.
Outra coisa, borboleta.
Origem desconhecida

El mismo perro con distinto collar.
O mesmo cachorro com coleira diferente.
Origem desconhecida

Hay que hacer de tripas corazón.
Tem que fazer das tripas coração.
Origem desconhecida

AGOSTO, 1968

Cuando en duda, consúltalo con tu almohada.
Quando em dúvida, consulte seu travesseiro.
Origem desconhecida

Duerme en ello, y tomarás consejo.
Durma com isso e receberá um conselho
Origem desconhecida

El que no oye consejo, no llega a viejo.
Quem não ouve conselhos, não chega a velho.
Origem desconhecida

El amor y la felicidad no se pueden ocultar
Não se pode esconder o amor e a felicidade.
Origem desconhecida

Desgracia compartida, menos sentida.
Desgraça compartilhada é menos sentida.
Origem desconhecida

SETEMBRO, 1968

Para tonto no se estudia.
Para ser tolo, não se estuda.
Origem desconhecida

No estudio para saber más, sino para ignorar menos.
Não estudo para saber mais, e sim para ignorar menos.
Sóror Juana Inés de la Cruz (1648–1695)

Dios nos libre del hombre de solo un libro.
Deus nos livre no homem de um só livro.
Tomás de Aquino (1225–1274)

SINAIS NAS PAREDES

Entre padres y hermanos, no metas tus manos.
Entre pais e irmãos, não meta suas mãos.
Origem desconhecida

Donde hay humo hay fuego.
Onde há fumaça, há fogo.
John Heywood, *Proverbs* (1546)

Quien espera, desespera.
Quem espera, desespera.
Origem desconhecida

OUTUBRO, 1968

Más vale gotita permanente que aguacero de repente.
É melhor uma gota constante do que um aguaceiro repentino.
Origem desconhecida

La mejor salsa es el hambre.
O melhor tempero é a fome.
Origem desconhecida

DOCES OU TRAVESSURAS

Sobre gustos no hay nada escrito.
Gosto não se discute.
Origem desconhecida

A beber y tragar, que el mundo se va a acabar.
Beba e aproveite, pois o mundo vai acabar.
Origem desconhecida

NOVEMBRO, 1968

Un hombre sin alegría no es bueno o no está bien.
Um homem sem alegria não está bem.
Origem desconhecida

Una manzana al día para mantener alejado al médico.
Uma maçã por dia mantém o médico afastado.
Origem desconhecida

NOSSAS CORES TÊM SOMBRAS

Es peor el remedio que la enfermedad.
O remédio é pior que a doença.
Origem desconhecida

DEZEMBRO, 1968

No dejes para mañana lo que puedas hacer hoy.
Não deixe para amanhã o que pode fazer hoje.
Origem desconhecida

El perezoso siempre es menesteroso.
O preguiçoso sempre acaba necessitado.
Origem desconhecida

LA VIRGEN DE GUADALUPE

Los niños deben ser vistos y no escuchados.
As crianças devem ser vistas, e não ouvidas.
Origem desconhecida

Hay ropa tendida.
Tem roupa no varal.
Origem desconhecida

La mejor palabra es la que no se dice.
A melhor palavra é a que não foi dita.
Origem desconhecida

Algo es algo, menos es nada.
Algo é algo, menos é nada.
Origem desconhecida

JANEIRO, 1969

Aunque la jaula sea de oro, no deja de ser prisión.
Mesmo que a gaiola seja de ouro, continua sendo uma prisão.
Arthur Lamb, *A Bird in a Gilded Cage* (1900)

Prefiera libertad con pobreza que prisión con riqueza.
Prefira a liberdade com pobreza do que prisão com riqueza.
Origem desconhecida

La libertad es un tesoro que no se compra ni con oro.
A liberdade é um tesouro que não se pode pagar.
Origem desconhecida

PALAVRAS NA CABEÇA

Mejor la verdad que la mentira.
Melhor a verdade do que a mentira.
Sir Edwin Sandys, *Europa Speculum* (1599)

FEVEREIRO, 1969

Una onza de alegría vale más que una onza de oro.
Um pouco de alegria vale mais do que muito ouro.
Origem desconhecida

Más vale un presente que dos después.
Vale mais o agora do que o depois.
Origem desconhecida

PASSADO, PRESENTE, FUTURO

Siempre tranquilo antes de la tormenta.
Sempre vem calmaria antes da tempestade.
Origem desconhecida

De músico, poeta y loco, todos tenemos un poco.
De músico, poeta e louco, todo mundo tem um pouco.
Origem desconhecida

El que mucho mal padece, con poco bien se consuela.
Quem muito sofre, com pouco se consola.
Origem desconhecida

Cuando hay hambre, no hay pan duro.
Quem tem fome não escolhe.
Origem desconhecida

MARÇO, 1969

Todo por servir se acaba.
Tudo que se usa se desgasta.
Origem desconhecida

SMORGASBORD DE DELÍCIAS

La vida no es un ensayo.
A vida não é um ensaio.
Origem desconhecida

ABRIL, 1969

El que ansioso escoge lo mejor, suele quedarse con lo peor.
Quem escolhe o melhor de forma ansiosa, acaba ficando com o pior.
Origem desconhecida

Anda tu camino sin ayuda de vecino.
Siga seu caminho sem a ajuda do vizinho.
Origem desconhecida

OS MAUS VENTOS QUE A TRAZEM

Más vale dar que recibir.
É melhor dar do que receber.
Bíblia, Atos 20:35

Camarón que se duerme, se lo lleva la corriente.
Camarão que dorme a onda leva.
Origem desconhecida

MAIO, 1969

Contestación sin pregunta, señal de culpa.
Resposta sem pergunta é sinal de culpa.
Origem desconhecida

No pidas perdón antes de ser acusado.
Não peça perdão antes de ser acusado.
Origem desconhecida

Excusa no pedida, la culpa manifiesta.
Desculpa não pedida é sinal de culpa manifesta.
Origem desconhecida

TRISTEZA NA FLORESTA

Haz el bien sin mirar a quién.
Faça o bem sem olhar a quem.
Origem desconhecida

JUNHO, 1969

Hay que aprender a perder antes de saber jugar.
É preciso aprender a perder antes de aprender a jogar.
Origem desconhecida

Nada arriesgado, nada ganado.
Nada arriscado, nada ganho.
Origem desconhecida

No da el que puede, sino el que quiere.
Não dá quem pode, e sim quem quer.
Origem desconhecida

LONGE DAS SOMBRAS

No hay más que temer que una mujer despreciada.
Não existe nada mais perigoso do que uma mulher ferida.
William Congreve, The Mourning Bride (1697)

JULHO, 1969

Las deudas viejas no se pagan, y las nuevas se dejan envejecer.
As dívidas antigas não se pagam, e as novas não envelhecem.
Origem desconhecida

Gasta con tu dinero, no con el del banquero.
Gaste seu dinheiro, não o do banqueiro.
Origem desconhecida

Más lejos ven los sesos que los ojos.
A mente vê mais longe que os olhos.
Origem desconhecida

LIÇÕES NOS CAMPOS

El que madruga coge la oruga.
Deus ajuda quem cedo madruga.
Origem desconhecida

Donde hay patrón, no manda otro.
Onde tem patrão outro não manda.
Origem desconhecida

Nadie puede servir a dos.
Uma pessoa não pode servir duas.
Origem desconhecida

AGOSTO, 1969

El pendejo no tiene dudas ni temores.
O tolo não tem dúvidas nem medos.
Origem desconhecida

Sabe el precio de todo y el valor de nada.
Sabe o preço de tudo e o valor de nada.
Origem desconhecida

Mal piensa el que piensa que otro no piensa.
Mal pensa quem pensa que o outro não pensa.
Origem desconhecida

PEIXE NO RIO

El tiempo lo cura todo.
O tempo cura tudo.
Menandro (300 AEC)

CASA

Como elefante en una cacharrería.
Como elefante em uma loja de cristais.
Frederick Marryat, *Jacob Faithful* (1834)

A palabras necias, oídos sordos.
Palavras tolas, ouvidos surdos.
Origem desconhecida

CHONIES

Con la honra no se pone la olla.
Com a honra não se brinca.
Origem desconhecida

CHISME

La ausencia hace crecer el cariño.
A saudade aumenta o amor.
Sexto Aurélio Propércio (15 AEC)

Dos oídos, pero una boca. Escucha más y habla menos.
Tem dois ouvidos e uma boca para escutar mais e falar menos.
Zenão de Cítio (300 AEC)

Guarda la ayuda para quien te la pida.
Guarde a ajuda para quem pedir.
(300 AEC)

En bocas cerradas no entran moscas.
Em boca fechada não entra mosca.
Thomas Carlyle, *Sartor Resartus* (1831)

No hay fuego más ardiente que la lengua del maldiciente.
Não há fogo mais potente do que a língua do maledicente.
Origem desconhecida

Quien comenta, inventa
Quem muito comenta, inventa.
Origem desconhecida

COLUMPIOS

El que se fue a Sevilla perdió su silla.
El que se fue a Torreón perdió su sillón.
Versão em espanhol para "Quem acha guarda, quem perde chora"
Plauto (200 AEC)

Gusta lo ajeno más por ajeno que por bueno.
Gosta-se mais do que é alheio do que do que é bom.
Ovídio (43 AEC–18 DEC)

Consejo no pedido da el entrometido.
Conselho não pedido vem do intrometido.
Origem desconhecida

Lo que no mata, engorda.
O que não mata, engorda.
Friedrich Nietzsche, *Crepúsculo dos Ídolos* (1888)

De mal el menos.
Dos males, o menor.
Aristóteles (384–322 AEC)

El mejor no vale nada.
O melhor não vale nada.
Origem desconhecida

DULCE

El que quiere algo, algo le cuesta.
Quem quer algo, algo lhe custa.
Origem desconhecida

El que es puro dulce, se lo comen las hormigas.
O que é doce demais, as formigas comem.
Origem desconhecida

No hay que ahogarse en un vaso de agua.
Não tem porque se afogar em um copo d'água.
Origem desconhecida

FEIRA

Más sabe el diablo por viejo que por diablo.
A sabedoria vem com a idade, não só com a astúcia.
Origem desconhecida

BOLA DENTRO

No se puede sacar sangre de pieDra.
Não se pode tirar leite de peDra.
Origem desconhecida

Hierbas malas que nunca mueren.
Ervas daninhas nunca morrem.
Heródoto, *Histórias*: só os bons morrem cedo (c. 45 AEC)

El éxito llama el éxito.
Sucesso chama sucesso.
Origem desconhecida

FANTASIA

El hombre que se levanta es más fuerte que el que no ha caído.
O homem que se levanta é mais forte do que o que nunca caiu.
Origem desconhecida

KENNY'S

Lo que no sabes no te hará daño.
O que não se sabe, não causa danos.
George Pettie, *A Petite Palace* (1576)

A los tontos no les dura el dinero.
Para os tolos o dinheiro não dura.
Thomas Tusser, *Five Hundred Points of Good Husbandry* (1557)

Quien poco tiene pronto lo gasta.
Quem pouco tem pouco gasta.
Origem desconhecida

Quien mal anda mal acaba.
Quem mau anda mau acaba.
Origem desconhecida

Más vale lo que aprendí que lo que perdí.
Mais vale o que aprendi do que o que pedi.
Origem desconhecida

El que jugó, jugará.
Quem jogou, jogará.
Origem desconhecida

Dame pan y dime tonto.
Me dê pão e me chame de tolo.
Origem desconhecida

De casi, no se muere nadie.
Ninguém morre de quase.
William Camden (1614)

MELHOR AMIGO

El saber es fuerza.
O saber é poder.
Origem desconhecida

ALTAR

Con esperanza no se come.
Com esperança não se come.
Origem desconhecida

Casi, pero no.
Quase, mas não.
Origem desconhecida

El que la hace, la paga.
Quem faz, paga.
Provérbio francês (1590)

El empezar es el comienzo del acabar.
O começar é o início do acabar.
Origem desconhecida

AMIGOS

Borra con el codo lo que escribe con la mano.
Apaga com o cotovelo o que escreve com a mão.
Origem desconhecida

468 | Pedro e Daniel

Cada quien com su cada cual.
Cada um com seu cada qual.
Provérbio latino

Dime con quien andas y te diré quién eres.
Diga-me com quem tu andas que direi quem tu és.
Miguel de Cervantes, Don Quixote (1615)

¡BAILE!

Al que le pique, que se rasque.
A quem lhe coçar, que se arranhe.
Origem desconhecida

Como dos y dos son cuatro.
Como dois e dois são quatro.
Origem desconhecida

CISMA

No es lo mismo hablar de toros que estar en el redondel.
É fácil falar sobre os touros, difícil é estar entre eles.
Origem desconhecida

CAOS

Hombre precavido vale dos.
Um home precavido vale por dois.
Origem desconhecida

La suerte está echada.
A sorte está lançada.
Júlio César (49 AEC)

Cada cabeza es un mundo.
Cada cabeça é um mundo.
Origem desconhecida

Los genios pensamos iqual.
Gênios pensam igual.
Origem desconhecida

CIRCUNSPECÇÃO

La risa es el mejor remedio.
O riso é o melhor remédio.
Bíblia, Provérbios 17:22

Todo con moderación, incluso la moderación.
Tudo com moderação, inclusive a moderação.
Hesíodo (c. 700 AEC)

Las palabras se las lleva el viento.
Palavras são levadas pelo vento.
Origem desconhecida

Los mirones son de pieDra.
Os curiosos são de peDra.
Origem desconhecida

La cabra siempre tira al monte.
A cabra sempre vai para o monte.
Origem desconhecida

ESQUISITOS

Qué bonito es ver la lluvia y no mojarse.
Que bonito é ver a chuva sem se molhar.
Origem desconhecida

ESPERANÇA

Deja de mirar atrás, si no nunca llegarás.
Pare de olhar para trás, ou nunca chegará.
Origem desconhecida

DEPARTAMENTO DE TRANSPORTES

Todo llega a su tiempo.
Tudo chega em seu tempo.
Origem desconhecida

Mejor que nada.
Melhor que nada.
Origem desconhecida

Donde fueres, haz lo que vieres.
Onde fores, faz o que vires.
Origem desconhecida

SEMINÁRIO

Trata a los demás como te gustaría ser tratado.
Trate os outros como gostaria de ser tratado.
Bíblia, Mateus 7:12

El hábito no hace al monje.
O hábito não faz o monje.
Origem desconhecida

Haz lo que bien digo, no lo que mal hago.
Faça o que eu diga, mas não faça o que eu faço.
Origem desconhecida

TIME DE BEISEBOL

Todo llega a su tiempo.
Tudo chega em seu tempo.
Origem desconhecida

Mejor antes que después.
Antes tarde do que nunca.
Origem desconhecida

CONFISSÕES

Es como hablar a la pared.
Como falar com as paredes.
Origem desconhecida

Consejo no pedido, consejo mal oído. / nunca es bien recibido.
Conselho não pedido não é bem recebido.
Origem desconhecida

No hay peor sordo que el que no quiere oír.
O pior surdo é o que não quer ouvir.
Origem desconhecida

Lo que se mama de niña, dura toda la vida.
O que se aprende na infância dura toda a vida.
Origem desconhecida

VERGONHA

Quando algo incomum chama a minha atenção, minha imaginação se liberta.
Pedro em *Pedro e Daniel* (2025)

A lo hecho, pecho.
O que está feito, está feito.
Origem desconhecida

A cada cerdo le llega su San Martín.
Cada um colhe o que planta.
Origem desconhecida

Al médico, confesor, y letrado, no le hayas engañado.
Não engane o médico, o confessor e o advogado.
Origem desconhecida

El malo no muere porque tiene buena suerte.
O mal não morre porque tem boa sorte.
Pedro em *Pedro e Daniel* (2025)

Si no fuera por mala suerte, no tendría ninguna suerte.
Se não fosse pela má sorte, não teria sorte alguma.
Origem desconhecida

JESÚS

Nunca es tarde para aprender.
Nunca é tarde para aprender.
Origem desconhecida

IMPOSTOR

El valiente vive hasta que el cobarde quiere.
O valente vive o quanto o covarde quer.
Origem desconhecida

Solo se tiran piedras al árbol cargado de fruto.
Só se atiram pedras na árvore carregada de frutos.
Origem desconhecida

A palabras necias, oídos sordos.
Não vale a pena ouvir críticas sem sentido.
Origem desconhecida

Más vale morir parado que vivir de rodillas.
Mais vale morrer em pé do que viver de joelhos.
Emiliano Zapata, Revolução Mexicana (1910–1920)

VIDA

Las desgracias nunca vienen solas.
As desgraças nunca vem sozinhas.
Origem desconhecida

Mañana será otro día.
Amanhã será outro dia.
Origem desconhecida

LIBERDADE

Quien quiere a Pedro también quiere su perro.
Quem gosta de Pedro também gosta de seu cachorro.
Versão de Daniel para um *dicho* de origem desconhecida, *Pedro e Daniel* (2025)

GERARD

A otro perro con ese Hueso
Dê a outro cachorro esse osso.
Origem desconhecida

BICHO-PAPÃO

Vale más huir que morir.
Vale mais fugir do que morrer.
Origem desconhecida

EXCLUÍDO

Cuando puede, no quiere; cuando quiere, no puede.
Quando pode, não quer; quando quer, não pode.
Origem desconhecida

Ojos que no ven, corazón que no siente.
Versão em espanhol para "O que os olhos não veem, o coração não sente".

El tiempo cura y nos mata.
O tempo pode curar e matar.
Origem desconhecida

MEDICINA

La salud no es conocida hasta que es perdida.
A saúde só é valorizada quando se perde.
Origem desconhecida

HIV

Una golondrina no hace verano.
Uma andorinha só não faz verão.
Grécia Antiga

Lo que es moda no incomoda.
O que é moda, não incomoda.
Origem desconhecida

MÉXICO

Más vale saber que hablar.
Vale mais saber do que falar.
Origem desconhecida

HOMENS

La práctica hace al maestro.
A prática leva à perfeição.
John Adams, Diary (décadas de 1760)

Para todo mal, mezcal. Para todo bien, también.
Para toda tristeza, um brinde. Para a alegria, também.
Origem desconhecida

El que no vive para servir, no sirve para vivir.
O que vive para servir, não serve para viver.
Origem desconhecida

Sin propósito para servir, no sirves para ningún propósito.
Sem propósito para servir, não serve para nenhum propósito.
Origem desconhecida

PROVINCETOWN

El mundo es un pañuelo.
O mundo é como um lenço.
Origem desconhecida

Primun non nocere.
Primeiro, não prejudicar.
Origem desconhecida

RELIGIÃO

Siempre se hizo lo que Dios quiso.
Sempre se fez o que Deus quis.
Bíblia, Mateus 6:10

Más vale tarde que nunca.
Antes tarde do que nunca.
Geoffrey Chaucer, *The Canterbury Tales* (1386)

Más vale estar solo que mal acompañado.
Antes só do que mal acompanhado.
George Washington, carta para o sobrinho (1791)

Es mejor haber amado y haber perdido que nunca haber amado.
É melhor ter amado e perder do que nunca ter amado.
Alfred Lord Tennyson, "In Memoriam A. H. H." (1850)

Si te acuestas con perros, amaneces con pulgas.
Quem dorme com os cachorros acorda com pulgas.
John Webster, The White Devil (1612)

AIDS

No hay miel sin hiel.
Não há mel sem fel.
Origem desconhecida

TALVEZ

Amor no correspondido es tiempo perdido
Amor não correspondido é tempo perdido.
Origem desconhecida

Es hora de cagar o salir de la olla.
É hora de cagar ou sair da moita.
Origem desconhecida

La vida de los muertos está en la memoria de los vivos.
A vida dos mortos está na memória dos vivos.
Origem desconhecida

Solo se sabe que nunca se sabe.
Só sei que nada sei.
Versão de Pedro para "nunca se sabe", *Pedro e Daniel* (2025)

Nunca es tarde si la dicha es buena.
Nunca é tarde se a felicidade é boa.
Origem desconhecida

Más puede la pluma que la espada.
Mais pode a caneta do que a espada.
Edward Bulwer-Lytton, *Richelieu* (1839)

Recordar es volver a vivir.
Recordar é voltar a viver.
Origem desconhecida

*I have nothing, I owe a great
deal, and the rest I leave to the poor.*
"Não tenho nada, devo muito, e o resto deixo para os pobres."
François Rabelais, last will (c. 1494–1553)

I got to see a Great Perhaps.
Parti em busca de um grande TALVEZ.
François Rabelais, últimas palavras (c. 1494–1553)

La adulación no te llevará a ninguna parte.
A adulação não te levará a lugar nenhum.
Origem desconhecida

Don't let the truth ruin a good story.
Não deixe que a verdade estrague uma bela história.
Mark Twain (1835–1910)

Al mentiroso, le conviene ser memorioso.
Ao mentiroso, convém ter boa memória.
Origem desconhecida

Hasta el mejor escribano echa un borrón.
Até o melhor escriba comete erros.
Origem desconhecida

A caballo regalado no le mires el diente.
Cavalo dado não se olha os dentes.
Origem desconhecida

A quien dan, no escoge.
A quem dão, não escolhe.
Origem desconhecida

HOMENAGEM

El que no espera vencer, ya está vencido.
O que não espera vencer, já foi derrotado.
José Joaquín Olmedo, "La Victoria de Junín" (1825)

Comiendo entra la gana.
Comendo, a fome aumenta.
François Rabelais (c. 1494–1553)

La historia la escriben los vencedores.
Os vencedores escrevem a história.
Origem desconhecida